U0607237

逃过夜的黑
逃不过昼的白

雄岩 著

SPM
南方出版传媒
花城出版社
中国·广州

图书在版编目（ＣＩＰ）数据

逃过夜的黑，逃不过昼的白 / 雄岩著. -- 广州：
花城出版社，2016.12（2021.7重印）
ISBN 978-7-5360-8129-1

Ⅰ．①逃… Ⅱ．①雄… Ⅲ．①长篇小说－中国－当代
Ⅳ．①I247.5

中国版本图书馆CIP数据核字(2016)第261940号

出 版 人：肖延兵
责任编辑：蔡 安　欧阳蘅
技术编辑：薛伟民　凌春梅
封面设计：刘红刚

书　　名　逃过夜的黑，逃不过昼的白
　　　　　TAO GUO YE DE HEI, TAO BU GUO ZHOU DE BAI
出版发行　花城出版社
　　　　　（广州市环市东路水荫路11号）
经　　销　全国新华书店
印　　刷　北京一鑫印务有限责任公司
　　　　　（北京市顺义区北务镇政府西200米）
开　　本　880 毫米×1230 毫米　32 开
印　　张　11.375　1 插页
字　　数　200,000 字
版　　次　2016 年 12 月第 1 版　2021 年 7 月第 2 次印刷
定　　价　35.00 元

如发现印装质量问题，请直接与印刷厂联系调换。
购书热线：020－37604658　37602954
花城出版社网站：http://www.fcph.com.cn

献给爱我的人们
献给我爱的生活

目录
Contents

Primer
引子 结局

1

天空即将破晓，黑沉沉的夜色终究算是到了尽头。

韩宁，两手空空，身无一物，站在清水桥的栏杆外。

他的心里，此刻终究回归平静，任乍暖还寒的春风掠过耳畔，任脚下奔腾的清江水哗哗东流……

韩宁累了，累得终于再也不想逃离了。

逃离故土，逃离城市，逃离婚姻，逃离家庭，逃离工作，逃离生活……直到方才，都还在为了逃离而慌不择路，但终究，也终有疲累的时候，而其实，却似乎也还是留在原地。

韩宁明白，积极也好，消极也罢，生活原本就是一个被迫不断逃离的过程；此时的韩宁还明白，即便如此，即使选择逃离，也不是任何事都可以一逃了之，也不是任何人都清楚能够逃去哪里。

此刻，韩宁在静静地聆听内心的声音，不知道未来会走向哪里——只是无边无际，只是漫无目的……

有人在叫他的名字，循声而望，一个女子的身影由远而近。韩宁闭上眼睛，深深地呼吸了一口新鲜的晨气……

逃得了夜的黑，也逃不过昼的白。遥远的天幕边，天空破晓，初升的太阳，为天际镀上一抹炫目灿烂的金色……

Chapter 1
第一章　日子

2

　　"韩大夫，下半年的房租，我多少得涨一些了！"正值年中，房东来催下半年的房租。

　　"张大妈，您老有福，不在乎那几个钱！还是半年一万五吧！现金您收好！一分不少！"韩宁紧张地应付着。

　　"韩大夫，我也没办法。你去打听，邻居几间铺子不知比我贵了多少！"

　　"我知道！所以说您老人好，您老有福！您看我给您的房子收拾得多干净！况且，这些年，不都一直是遵纪守法，从没给您添过一点麻烦吗？您老先把这钱揣好！"韩宁边说边向房东的口袋里塞钱。

　　"我说小韩……你，你，你这油嘴滑舌！我，我就是吃亏在你这抹了蜜的嘴上！"

　　"您老见笑！我是实话实说，从不撒谎！"

　　"别得意！回头我跟家里老头子再商量看！……我走了！"

　　"您老刚来，我还没来得及给您冲茶……""好……您老慢走！

有空来坐！"

终于打发走了房东！韩宁长舒一口气，一屁股坐在沙发上，继续无所事事地瞎寻思。转眼间，一万五又没了！不过，好在应付过去下半年；明年，明年的房租指定要涨！怎么办？……要是在以前的日子，哪会有这门子的担心和操心？！……唉！明年的事，明年再说吧！

唉声叹气、长吁短叹中，一个上午倏地就没了。除了韩宁，这间不大的诊所里头，鸟都懒得来拉屎！

房间里的电视机一直开着，这时候正在播放本地新闻：据我市统计局近期统计数据，我市上半年工业与服务业进一步发展，新增就业岗位×××个，新增农民工人数×××，增长率达到××%……农民工及其所属各行业为我市今年经济的进一步提升做出了突出贡献……

韩宁瞅着电视，心里更烦，他忽然在想，自己算不算是本市这些做出了"突出贡献"的农民工当中的一分子？当然不算，自己有学历、有文凭，关键是还早就已经有了这座城市的户口，所以应该就是"我市"的一分子，不是农民工；不过，自己也是从农村走出来，放着在农村里面朝黄土背朝天的日子不过了，跑到这座城市来，这样，跟农民工其实又是一回事。因为心烦，韩宁拿起遥控器，关了电视机。

韩宁懒洋洋地从沙发里起身，走出门，锁好；正午的太阳照得他只好眯起眼睛；正待迈腿出去，迟疑了一下，瞅着门外左右打量一番；大概想起什么，拿出钥匙，开门，进屋拿了一把鸡毛掸子，冲着门边墙上的招牌，仔细地把灰尘掸了掸——

"韩氏心理咨询诊所"。

再掸了掸自己身上，又关门，锁门，这回是心安理得地走了，肚子饿了，应付中午饭去。

施南市，这是一座普通得不能再普通的城市。说普通，偌大的中国，这样的小城不知有多少：千篇一律的水泥、钢筋、混凝土；市委、市政府、学校、医院、公园……

该有的，这里当然也都有，有繁华的景致，热闹的生气；难得的是，还有蓝的天，绿的水。

总之，韩宁应该承认，在这样一座小城里的这样一种生活，还行。

韩宁出生在施南这座小城市下属的最小的一个县下属的最穷的一个乡镇下属的一个叫凤凰村的村子里。说是叫凤凰村，事实上这么多年过去，也没见村子里能够飞出一只"凤凰"来。村子离这座城市的距离倒不算远，七弯八拐的也就百来公里，所以，从地理上来说，从村子里走进这座城市并不困难；不过从生活上来说，特别是从人的身份上来说，要真正从村子里"走进"这座城市，倒是的确很困难，至少，韩宁的父母穷其一生也没有做到。

韩宁的日子，说实话，是不容易的，三十好几的他，没有一般80后的优越感和幸运。生于农村、长于农村，从小是一边喂猪、下地，一边读书；一边啃土豆、烤地瓜，一边省吃俭用买文具；一边身兼数职做兼职，一边刻苦念大学，慢慢熬出来的。

从小，老实巴交的农民父母只给韩宁灌输了一个成功的标准：等你做了城里人，只要是这座小城市的城里人的时候，你就是成功了。

所以，韩宁算是成功了，施南小归小，总归给了他城里人的身份——总算逃离了父母们穷其一生也未能逃离的农村。用"逃离"这个词并不过分，韩宁心里就是这样认为的，尽管儿时的他觉得每天的生活其实很快乐，但在父母的影响下，他认定城里的生活才是更加精彩的，他害怕一生窝在自家村子里的鼠目寸光，他憧憬，甚至急切地盼望融入城市里的海阔天空，所以，告别农村，告别农村人的身份的这个过程，在韩宁看来，就是一个"逃离"的过程。

而且，韩宁还有一个看似体面的身份——心理咨询师——说"看似"，也确实只算是看似，没多大实惠，在施南这样的小城里，这名头也并不吃香。对，韩宁还有一点值得欣慰，讨了一个城里媳妇儿，六七年前，结了婚。

当年的韩宁算是一个帅小伙子——当年，也就是大学时代、青葱时代、挥斥方遒的时代里。当年的韩宁在施南市的施南民族大学念书。一米八的身板，油黑浓密的小平头，宽肩窄腰，浓眉深眼，鼻梁挺直，套着件T恤衫，蹬上水洗白的牛仔裤和运动鞋，是青春、是活力、是迷死人。

选择大学的时候，韩宁没有一般人那么多想法，只要能考上，就可以，选择大学专业的时候，韩宁更没有一般人的那么多想法，不至于权衡利弊，取舍难择；也不指望父母能够给什么建议——那个节骨眼儿上，只要是大学，韩宁就知足了，也就是韩宁父母眼中的天堂了。韩宁几乎没怎么考虑就挑了离老家最近的施南民族大学，虽然听起来不入流，但好歹是大学，而且是本科，当然，也相对更加容易考上。韩宁几乎也没怎么考虑就选了心理学，不为别的，他就想知道这心事也能琢磨？琢磨心事是怎么一回事？况且，这个专业的分数线相对较低。最终，他进了大学、学了心理学专业。

拿到大学录取通知书的那天，韩宁的父母记得很清楚，因为老两口的儿子成为村子里有史以来第一个货真价实的大学生，老两口挺直了一回腰板。

韩宁选择爱情的时候，跟他选择大学专业时的情形差不多，简单直接而没什么纠结，或者，至今回想起来，也说不准那算不算是爱情，但一定是他的初恋，一定是他唯一的恋情。

进大学的时候，农村孩子，土是土点，但抵不住确实长得好看，土气反倒成了质朴可靠的气质，于是，好些情窦早开的女孩子早就盯上了韩宁。韩宁没谈过恋爱，情窦也不曾打开，跟那些女孩子打交道，就时时觉着稀里糊涂、莫名其妙，总之，就是不开窍的傻小子。

直到有一天夜晚在操场跑步的韩宁，被同班一个女孩子堵了去路，大义凛然地说"我喜欢你，你做我男朋友！"然后，在依旧莫名其妙的韩宁脸上脆脆地亲了一口以后，韩宁终于在那晚皎洁的月光下开了情窍。

然后，韩宁就和那个女孩子恋爱了。恋爱中的韩宁，最喜欢做的事情就是带着那个女孩子，一起漫步在夜幕下的清江河畔、清水桥上。韩宁跟那个女孩子说，这是他最喜欢的时候和最喜欢的地方，他喜欢夜色中的安静，因为心也跟着安静；他喜欢听清江水哗哗流淌的声音，因为心也跟着共鸣。那个女孩子说，我也喜欢，因为你。

再然后是韩宁一心一意地恋爱了，他从此再没有对任何一个女孩子开过情窍，就轻而易举地被俘虏了。至于那个女孩子，韩宁当年的女朋友，如今，修成正果地成了韩宁的媳妇儿，她叫马媛。

即使是当年的马媛，也算不上绝对的好看，至少，跟韩宁站在一起的时候，就当然地被比了下去，但当年的马媛，毕竟青春勃发，细嫩的脸蛋，总是红扑扑，像是要拧出汁来，翘耸的胸脯，总是鼓囊囊，像是包裹着无限的美好，还有，马媛是地道的施南市人，是地道的城里人，跟韩宁站在一起，她理所当然地显得洋气。

后来，马媛直言不讳地跟韩宁说过，她喜欢上他，就是因为他好看。韩宁却从没有告诉马媛自己为何接受了她，许是她的大胆，许是她的诱惑，但还有一点，因为她是城里人——至少，毕业两年后的结婚，韩宁的确是考虑过这个因素——他太想永远地告别那儿时的农村了。

大学毕业的时候，韩宁和马媛正是如胶似漆、不分不舍的时候，好在刚好市里的人民医院刚刚组建了"心理咨询科"的诊室，于是，和多数飞往天南海北的其他同学不同，他们俩一起选择了留下，施南民大的校园恋顺理成章地过渡到了市人民医院的办公室恋情。韩宁清楚地记得去医院报到的第一天的情景，那一天，他和她一起，和医院签订了就业协议——这不是普通的合同，这不仅是包含一种所谓"编制"意义的、牢固而不可破的就业契约，而且更是包括永久性的城市户口的身份证明，韩宁之所以记得那么清楚，是因为在那一天，他踏踏实实地告诉自己，终于成了名副其实的城里人了。

至于说两年之后两人的结婚，韩宁的记忆倒显得相对模糊了，韩宁的父母记得很清楚，因为那一天，二老有了个城里儿媳妇儿，这意味着，不但儿子从农村走进了城里，儿子成家就意味着老韩家也从此从农村走进了城里；还因为那一天，当二老走在城里宽阔的水泥路上的时候，他们觉得，终于可以从此以后，都名正言顺地挺直腰板了。

4

韩宁和马媛后来的感情并没有当初海誓山盟的时候想得那么好，磕磕绊绊过来，吵了两次险些离婚的架，并且就此永远地留下了后遗症。

第一次的架是在床上吵的，当然是关于床上的事。

婚后的马媛很想马上有个孩子，其实韩宁也很想，韩宁的父母更想。就着新婚后的劲头，两人几乎每天晚上都要在床上拼了命地折腾。可是时间长了，孩子没有倒腾出来，却把两个人的激情倒腾没了；特别是韩宁，每当面对马媛一边脱衣服，一边孩子长孩子短地絮叨的时候，就会感觉自己像一匹无辜的种马，马媛就像一位严肃认真、兢兢业业的配种师。

实在没有办法，两人终于去了医院检查——还不敢去自己工作的医院，害怕各种版本的流言蜚语——结果是，韩宁的身体问题。于是，此后伴随韩宁的，除了时不时的"配种"以外，还有每天苦不堪言的各种中药。

直到一个周末的前夜，韩宁喝完了例行的一大杯中药，躺在床上一个劲儿反胃，马媛没有上网，没有看电视，没有翻杂志，而是早早地洗完澡上床了——韩宁的心里马上紧了一下，他明白，这是马媛晚上又要折腾的前奏。

"睡吧，明天周末。"马媛的动员令已经很明白了。

"你先睡吧，我想看会儿书。"

"什么时候不能看书？睡吧，抓紧时间。"

"抓紧什么时间？"

"别装糊涂！今天刚好你服药服满了两个疗程，我算了我的'日子'，也就差不多今天！"

"可是今天感觉很累。"

"怎么就累了？！办公室那点事就我心里清楚，怎么就累了你了？！"马媛明显提高了说话的腔调。

"……好好……睡吧！"

马媛很快就黏在韩宁身上，韩宁无可奈何地应付着……

"你怎么回事？"马媛掀起被子，怒气冲冲。

"又怎么啦？什么怎么回事？"韩宁莫名其妙。

"你不乐意是吧？"

"我怎么不乐意了？"

"你那东西怎么还是软蔫儿蔫儿的？！"

"我……我怎么知道？！……我不是告诉你今天我累吗？！"韩宁脸红了。

"少来！以前怎么从没见你累？！你是不想跟我做吧？！"

"你神经病！放屁吧！"

"我放屁？！你看你那德行！就跟你下面一个蔫儿样！"

"凶神恶煞！谁他妈愿意跟你做？！"

"好你个韩宁！……你，窝囊废！造不出个人来也就算了；连，连他妈鸡巴都没用了！"

"你……你！……"韩宁一怒之下，猛地坐起身子，猛地扬起右手。

"你敢？！还想动手？你试试？"马媛怒目圆睁，涨红了脸，还故意扭直了脖子，把脸凑给了韩宁。

"你……你！……"韩宁终究没有打下去；他呆了几秒钟，一言不发，在这几秒钟里，他诧异地意识到女人居然可以是这般的下流与狰狞；然后，他起床，去客厅睡了一宿。

这件事情以后的后遗症是，韩宁再也没有碰过马媛的身子，任她怎么闹他都不碰；此外，韩宁整个人也就变得像自己下面一样，软蔫儿蔫儿的了。

第二次的架是在办公室吵的，当然是关于工作的事。

韩宁和马媛所在的"心理咨询科"是医院的新兴事物，说实话，也是当时医院为了应付上级的评级检查，必须补上还缺的几个部门，于是赶鸭子上架临时增设的，也是他们跟医院有缘分，刚好赶上他俩的大学毕业季，于是就给招来了。科室里除了他们，还有一位老同志，其实那位老同志跟这科室丝毫不沾边，医院只是给他个位子养老罢了，所以，真正坐诊的，也就韩宁、马媛两口子——说得好听点是坐诊，其实小城的老百姓们也还没能接受所谓的"心理咨询"，心里真有事的时候，宁可找知己朋友喝几杯酒，发发牢骚也就完了，谁也没有心思到医院来花这冤枉钱，所以，每天来办公室的病人寥寥无几，韩宁、马媛在办公室的大部分时间都是无所事事。

韩宁觉着挺没劲，他觉着自己辛苦学的东西就这样荒废了；马媛也觉着挺没劲，她觉着待在这样一个"清水衙门"，除了每个月守着一点饿不死人的死工资外，毫无油水、毫无希望，未来的日子就完了。不同之处在于，韩宁每天在郁闷地思考；马媛每天在医院上下人前人后地"攻关"。

一个礼拜一的上午，科室的老同志照例请假没有来上班，韩宁照例在边喝茶边看报，马媛在外头风风火火地跑了一圈，忽然撞门而入。

“你吓死我了！”韩宁呛了一大口茶。

“感谢我吧！有好消息！”马媛手舞足蹈，脸上像绽开一朵花。

“行了，好好说，什么好消息？看把你乐的！”

“你知道吗？医务科最近一直在招人！”

“知道！这事情谁都知道，张罗这么久了。”

“对！医务科张主任答应晚上和我们吃饭！有戏！”

“吃饭？有戏？吃什么饭？有什么戏？”韩宁疑惑地看着兴奋不已的马媛。

“书呆子！你没看见我最近在四处找人联系？你以为我没事瞎折腾？！告诉你吧，我绕了几个弯，终于扯上了张主任，给他带了个话，让你去医务科！今晚他答应跟我们吃饭、见我们！”

“我？医务科？我没说我想去！”韩宁更是莫名其妙。

“就说你是书呆子！医务科多肥的地方！医院上下谁不买账？！哪个科室办点事不求他们？你看那张主任，除了不如院长，走在医院里头比那几个副院长都牛！再说，医院在外的各种外联应酬，都得指望他们！每年的油水收入，看得见看不见的，不知有多少！你要是去了，再怎么也比待在这里强！”

“我没说要去！”韩宁似乎不再对这个话题感兴趣，撇头又瞅回报纸上去了。

“韩宁！你瞎掰什么？！别胡闹！”

“谁胡闹？我真不想去！”

“你别不识好歹！多少人都盯着！再说这些天我跑的容易吗？不也是为了你、为了家吗？”

“你稀罕你去，我不愿意去！去那里干吗？天天不是趾高气扬，就是点头哈腰，哪有医生的气节？再说，我要去了，我学的专业就真是都得永远丢了！”

“韩宁！你……你！好！那晚上我们跟张主任吃了饭再说！”

“吃饭也不去！”

"韩宁！你真拿自己当回事？！"

"我还真是！就见不惯那个什么张主任！哪里算什么医生？纯粹是官僚！跟他吃饭，累！"韩宁一副大义凛然的样子。

"你到底去不去？"

"不去！也没那钱，吃不起！"

"谁让你拿钱了？张主任出去吃饭，大把人抢着埋单，晚上还有一家医药公司的销售代表参加，你说这饭钱还轮得着你吗？"

"腐败！龌龊！我嫌脏！"韩宁似乎还真动怒了，起身，阔步往办公室外走。

"你……你，站住！你站住！别给你脸你不要脸！"马媛一把拉住韩宁。

"你起开！瞧你一副市侩的德行！"韩宁怒视着马媛，一甩膀子，终究还是奔了出去。

办公室外已然围过来的几个护士赶紧散去，马媛呆若木鸡，随即号啕大哭……

那晚的饭局，马媛独自去了，没过多久，马媛自己进了医务科这样一个让她朝思暮想的肥水部门。

这件事以后的后遗症是，马媛越来越忙碌，韩宁继续无所事事地虚耗自己的才华；马媛的收入节节攀升，韩宁继续守着"清水衙门"里的那一点死工资；马媛成了医院里的红人，韩宁在同事们瞧不起的眼神中自惭形秽……

结果，马媛后来升到了医务科副主任的位子；韩宁既不想虚度光阴，也觉着在医院待不下去，于是后来自作主张地辞去了医院的工作，下海了，也就是说，韩宁主动把之前与医院之间签订的那牢固而不可破的契约给撕毁了，所谓的"脱编"了；然后，韩宁租下房东的门脸铺子，开了一家"韩氏心理咨询诊所"，说是总算还是保证让自己的专业对口了，但生意勉强应付，已算是万事大吉。

5

只是，如今的韩宁，尽管才三十多岁，却怎么也看不出当年的帅气了。瘦了，腰板、背、肩膀，都不如以前那么直挺了，头发，少了很多黑的，添了不少白的，憔悴了，也没有朝气了，每天都是一副慢条斯理、无精打采的样子，正如马媛之前说的，整个一个蔫样儿了，几年光景居然老了这么多，只是眼睛里头，还间或能见到当年的光芒。

韩宁扛着背，在正午的太阳底下慢悠悠地踱着步子，几步路，就踱到了马路对面的小饭馆。这几乎是他每天的、习惯的节奏。然后坐在了这熟悉的饭馆里靠角落旮旯里一个熟悉的小座上。

他喜欢这家小饭馆，他喜欢这里便宜家常的饮食，他喜欢这个似乎只为他专留的小座，他喜欢这里叫作"孙二哥"的老板兼厨子，他喜欢这种熟悉的感觉，他喜欢这种熟悉的节奏，他喜欢这种熟悉的生活，他喜欢这种熟悉的熟悉。

"来了？！"孙二哥头也没抬地在检查电饭煲里头煮的一大锅快熟的米饭。

孙二哥并不是土生土长的施南人，也不会说施南本地话，总是操着一口不标准的普通话，听口音就知道，应该是湖南人。孙二哥自己也说自己老家在湖南，到施南，只是独自在外闯荡，为自己，也为老家的老婆孩子混口饭吃。孙二哥的年纪看起来快五十了，他自己从没有说起过，韩宁也就没有具体问过，反正看起来应该离五十不远了。孙二哥的样子看起来就是典型的中国农民的形象：结实有力的身板，似乎所有的艰难困苦在这副身板面前都不在话下；黑白斑驳的头发，短簇浓密得像钢针一样扎在头顶上；脸上和手臂上的肤色都是古铜甚至黝黑的，泛着油光，还总是沁着一层细汗，加上总是见到他忙碌的身影，所以孙二哥也总是给人一种劳动就是健康美的感觉。至于穿着则非常简单，应该是身为厨子的缘故，基本上总是看见他穿着短袖的白褂子，下身一条肥大的牛仔裤，裤脚则收拢塞进脚上的那双胶筒靴里。韩宁特别喜欢看孙二哥笑，孙二哥笑的时候总是那么无拘无束的开怀，咧着嘴露出整齐洁白的牙齿，脸上的皱纹褶子更添了一份沧桑和纯朴的味道。韩宁老是觉得在孙二哥的身上能够看到自己儿时对父亲以及父辈的印象，所以韩宁不自主地对孙二哥有一种亲近感。唯一不同的地方是，韩宁觉得父亲的眼睛总是浑浊的，浑浊得就像他辛苦的一生那般厚重；孙二哥的眼睛却是清澈的，清澈中却大概有一些隐藏的机警或不为人知的故事……

"哎！"韩宁也是头也没抬地应着，"对了，老样子吧！"韩宁连菜谱也不用看地补了一句。

"好好！老样子！……"孙二哥一边招呼店里唯一的、叫作"英子"的服务员把冰箱里头那碟肉丝端出来，一边开始刷锅上灶。

半盏茶工夫，孙二哥端着大碗米饭，上面盖着喷香的青椒肉丝，亲自给韩宁端上了桌。

韩宁眼睛都不用扫，很熟练地从桌角的筷篓里抽出一双一次性筷子，"噼啪"掰成两根，"刷刷"交叉着摩擦了几下，右手执筷，开始了今天，和昨天、前天、大前天、再往前都差不多样子的午饭。

今天中午饭馆客人不多，孙二哥在灶台拾掇了一会儿，闲着无事，坐到韩宁身边来，点燃一支香烟，有一句没一句地和韩宁聊起来。

"肉丝还行吧？今早去市场，刚杀的猪！我称了几斤，专门给你留着这一口！够新鲜！"

"嗯，不错，还是你手艺好！"韩宁一边大口刨饭，一边由衷应付着，两眼只盯着碗里的肉丝，仍旧头也不抬。

"唉！今天一上午把我累的！瞧，我把后院养的那几只鸡全宰了，省心，也把院子清理干净了……唉，总算歇口气抽支烟了！"孙二哥一边嘀咕着，一边深深地咂了一大口烟，然后烟雾缓缓从鼻孔、嘴里漏出来，和韩宁饭碗上的腾腾热气混在一起，烟气里袅绕的是孙二哥怡然陶醉的表情。

这股瘾头过足，孙二哥又冲韩宁补了一句："还是你们知识分子日子舒坦，自在、轻松！"

"咳咳……"韩宁呛了一口辣椒，立马灌了一大口茶，嘴里辣得还不住地哈气，"孙二哥抬举我！呜呜……啊，好辣！……我的日子你还不知道吗？！成天哪有几个人来？我心里头都犯愁！呜呜……你这里多好，生意兴隆，财源广进！"

"韩大夫又说笑！"孙二哥咧嘴笑得灿烂。

"我怎会说笑？！"韩宁抬起头，费劲咀嚼着嘴里的食物，总算喘口气，刚刚吃得太急了，"今天房东又说要涨房租了，我还在着急琢磨往后怎么办。"

"也是！如今什么都涨！"孙二哥应声答道。

半晌，孙二哥忽地左顾右盼一下，拖了拖屁股下的椅子，挪近韩宁，凑近去，然后压低声音故作神秘地问："这几天晚上又都没回家去？"

"嗯！"

"你两口子何必呢？，都是知识分子，多好的日子！这就是两人瞎较劲！你俩这样僵着我看着都累，真服了你还过得优哉游哉的！"

韩宁愣了一下，抬了一下头——这顿饭吃得额头上都沁出一层细汗——"挺好的，我现在挺自在。待诊所里也好，省得耽误病人、耽误生意。"少顷他就又埋下头去。

"你那点生意我不知道？！就瞎掰！自己回去，给弟妹说两句热乎话，就好了！"

"二哥，你不明白……"

……

"韩大夫，您看您看，好像有人在敲您门！找您的病人吧？！"英子指着马路对面打断韩、孙二人的谈话。

"二哥，你看！我说了生意耽误不得！"

"你小子！……还不过去看看？"孙二哥边说边站起身，似乎准备马上收拾韩宁的碗筷了。

"我就说嘛！……"韩宁一边抹嘴，一边急匆匆站起身往外冲。到了门口，头也没回地又补了一句，"二哥，记得记账！"

"行，行！去，去！"孙二哥一边只盯着桌子收拾，一边爽朗朗地应着，嘴里还叼着仅存的一丁点烟屁股，烟雾一个劲儿地从一边往上蹿，他只好歪着头，眼睛也被熏得眯了起来。

Chapter 2

第二章　缘起

6

　　韩宁三步并作两步就踏过了马路，回到诊所跟前。

　　眼前那个人还没留意到韩宁的出现，这时正探到窗口，踮着脚往诊所里头窥探着。

　　韩宁并不着急，干脆倚在旁边，歪着脑袋打量起这个人来：中等身材，五官普通，既不难看，也算不上标致；穿着打扮在韩宁看来，则有点奇怪，一件不知牌子，却颜色鲜艳，鲜艳得有点扎眼的夹克衫，下身是一条黄色的休闲裤，怎么看，都觉得上下身的色差过于明显，明显得很不协调，不过倒还干净整洁；发型本是普通的三七分，却涂上了不少发胶，不但没有梳理出好看的发型，反而显得油腻；年纪不大，二十多岁的样子。总之，韩宁觉得，眼前的小伙子本是普普通通，让人看过之后很难留下印象的模样，却似乎是想把自己打扮得潮流时尚一些，却不知效果并不好，反而有点不伦不类、半土半洋。

　　韩宁正在一声不吭地观察思量，小伙子冷不丁发现身旁有人，警觉地扭过头来，惊得跟跄一步："这位大哥！您这是？……吓死我了！"

韩宁从小伙子的正面，看到了他的眼睛，这是一双留给韩宁深刻印象的眼睛，不大，单眼皮，可是眼白很少，眼珠子却是又黑又圆，闪动着晶莹的光芒，特别是，韩宁在小伙子的眼睛里看到一种神采，是一种健康的、朝气的、活跃的神采。

"这位小兄弟，我还想问您！您这是忙活什么？"韩宁仍在打量。

"我，我，看看，看看。"许是韩宁的眼神盯着自己不自在，小伙子显得更加警觉了。

"看看？"小伙子的回答让韩宁有点不乐意了，有点微愠地说，"看看？看什么？诊所里头能有什么？"

"对，就，就看看这诊所里头能有什么！"小伙子被韩宁的话呛住了。

"你看病？"韩宁不太相信。

"嗯……对，看病！嗯……不不，不算看病！"小伙子模棱两可。

韩宁本着心理咨询医师的职业本能，大概明白了一二，心里刚才的不乐意总算被抵消了："小伙子看病早说嘛！"边说边掏钥匙。

"我说了，不是看病！"

"我都知道！来吧！"韩宁这时亲切地上前揽住小伙子的肩头。

"你，你，是大夫？是老板？……"小伙子一边将信将疑，一边有点不自在地把肩头往后拧。

"对！来来！！"韩宁打开门，把小伙子算是驱赶着迎进了屋里，"不急，进屋好好聊！"

"来，坐，别客气。我来给您倒杯水！"韩宁麻利地张罗。

"别，您别客气，我没说我看病！您先别忙活！"

韩宁没有搭话，自顾自地忙开了……

"来，喝口水，慢慢说……"韩宁把茶水放在小伙子身前的茶几上，"实话跟您说，小兄弟，您这样的朋友我遇着多了，心里有事，但到了我这里，没一个说自己看病的。"

"……"小伙子似乎被韩宁一下子将了一军，哑口了。

"我没有说错?！"韩宁的话像是询问，像是肯定，"没事！谁心里都有疙瘩，我们把它化开就好了！"

"嗯……"

"小兄弟，我这里不是坑人的。您看看，这里、这里，那里，我是正规执业的医师！保管放心！"面对小伙子仍旧有些模棱两可的狐疑，韩宁指着墙上挂的各类证书、执照。

"看您说的！谢谢谢谢！"小伙子舒缓下了一直挺直的腰板，在沙发上挪了挪屁股，让自己坐得更舒服些，大概是放下心来，抑或是寻思着"既来之，则安之"。

"大夫，这个……对了，您贵姓?"

"我姓韩，韩宁。"

"好好，韩大夫，说实话，最近心里不爽快。您这里一般是怎样的疗法、疗程?"

"要看您的具体情况。总之，我们先沟通，先化解那些不爽快。"

"那就是聊天侃大山?"

"呵，您要这么说，我同意！我跟到这里来的所有人都这么说！但我首先也必须跟您说明白，我们的交流，或者说聊天，是有着严肃目的的、认真的聊天，你不能吹牛、开玩笑、胡编乱造，我不能天马行空瞎扯，这也是我们彼此尊重的一个原则。"

"……嗯……"小伙子又将信将疑了。

"放心，我还跟您说几点：第一，您说您不是看病，我也暂且认为您没病，所以我绝不会没病找病地坑您；第二，不论病因病果是什么，我的疗法是什么，我的收费绝对便宜地道，您可以上大医院去打听；第三，我本人是专业出身，从我这个门走出去的朋友反响至少都不差！"

小伙子觉得韩宁说的全是实在话，于是合计着就在这里好好看病，好好让韩大夫把心病给治了，"好！谢谢韩大夫！"

"我得感谢您的信任！叫我韩宁，我比您大不了几岁；叫得亲切些，拉近距离，我们好沟通！"

"对对！韩……韩宁，我叫杨大力，叫我大力就好！"

"好！来，那你坐过来！"韩宁指着自己办公桌前的沙发。

"这，这，你意思是，我们这就开始了？"

"开始了……"

"不是都得躺着吗？"杨大力转着脑袋四下打量着诊所里，目光停在了靠墙角的一张大躺椅上，然后又回过头看着韩宁，"我看电影里咨询心理医生的时候，不都是舒舒服服躺着，像睡觉一样，然后听着医生的开导吗？"

韩宁觉得杨大力很有意思："电影是电影，心理咨询最根本上就是交流，只要你觉得能够放松，能够舒服地跟我交流，躺着、坐着、站着，都可以。不过，你是想好好跟我交流呢，还是图新鲜一样地非得虚头八脑地躺去那张躺椅上呢？"韩宁说完笑眯眯地看着杨大力。

"哦，这样啊，"杨大力不好意思地吐吐舌头，"那这么说倒是没必要了，放心，就这样坐着，我也很放松，看您方便就好！"

"行！不过你如果实在想去躺着的话，就跟我说，没问题的，好吗？"

"嗯，好好好！……对了，这治疗费？……"

"先别提这个。我们先交流，也先看看你满不满意！"

"可是，可是……也不需要准备什么的？"

"准备好了！我们刚刚已经聊了很多！"韩宁自信地微笑着。

"……也是，也是……"

韩宁和杨大力都不知道，自此，他们开始了彼此与彼此的交流、彼此于彼此的影响、彼此与彼此的交集、彼此与彼此往后岁月的至关重要。

7

韩宁趁着杨大力开始自我寻思的空当，开始端详起坐在他面前的这个年轻人，二十多岁，外表还是给他一种普通、寻常，却又刻意，甚至怪异打扮的印象，既像学生，也像刚从学校毕业的青年，尽管他可能自以为有些新潮，但估计丢在人群里，就能马上湮没其中；还是那双眼睛，眼睛里有聪明，甚至聪明得有点调皮的色彩……

杨大力喝了一口水，顿了顿，短暂地蹙了蹙眉头，算是思考了一阵，算是自己理清了一些思路，该从哪里说起，然后，向前探了探身子，很认真地向韩宁开口了：

"我叫杨大力……"

"等等，大力，不用这么拘谨，我知道你的名字了，不用严肃地跟我汇报，就像平时跟朋友聊天就好！"韩宁笑着打断了杨大力，"要不要抽根烟，边抽边聊？"

"嗯，也好！"

韩宁拉出抽屉里专门用来待客的香烟，递给杨大力："我这里不是医院，医院不给抽烟，我这里轻松自在，不要把彼此当作医生、病人，我们就是交流，相互交流！"

杨大力一边点头，一边抽出一支香烟，然后很自然地先递给韩宁。韩宁说："你自己抽就行，我不抽烟。"

"好！嘘……呼……"杨大力再一次缓下了情绪，有滋有味地咂了一大口烟，继续说道，"我，其实也没什么事情，我今年二十四，本命年；不知怎么回事，从今年初开始，我总是不自觉地惦记，今年不是有好事，就一定有坏事，心里每天七上八下。"杨大力右手夹着烟，托着下巴，歪着脑袋，愁眉苦脸又不得其解地盯着韩宁，神情仿佛是渴望着他能够立即给自己看清楚病情、开一个药到病除的良方。

"哦……这样……"韩宁若有所思，然后突然问道，"今年都快过半了，你究竟是发生了什么好事，还是坏事？"

"什么事都没有！所以我越发地成天担心起来！"杨大力更是一脸愁容了。

韩宁似乎明白了一些，刚刚紧皱的眉头稍稍解开了："大力，我明白你现在的意思，就是，就是不怕贼偷，就怕贼惦记？！"

"对对，你说这有救吗？"

"我先说清楚，你千万不要把我当算命先生，我解不了你的命，好事坏事，该来的我都解不开、挡不住……"

"那，那你的意思是？"

韩宁马上想说："其实你这样很正常，每个人都有胡思乱想的时候，特别是年轻人，精力充沛、思维活跃，胡思乱想的时候就更多了……"韩宁甚至还寻思着："虽然也有不少人因为各种压力或者本身性格在心理上喜欢疑神疑鬼，但他这一大小伙子，样子看起来阳光灿烂，不像有这种心病的可能；难不成无事找事，或者是寻我这医生开心呢？"总之，韩宁觉得眼前这个杨大力是很好笑，也很无聊的；甚至于，韩宁想稍稍劝说几句就把眼前这个可能是无病找病的人请走。

但当韩宁将要开口的时候，之前房东关于房租涨价的言语突然从脑海里窜了出来，所以，他又觉得，进门是客，进门就是生意，赶走人家得罪人不说，跟送上门的生意过不去就不对了；当然，韩宁不是游医骗子，不能挣昧良心的钱，所以，权且和杨大力多交流、多了解，如果不是病，以后再好言送客、分文不取就是——况且，既然人家几番寻思以后主动找到这里，那证明这个杨大力心理上多少还是有些毛病的。

于是，韩宁说："我是和你一起寻思，为什么会有好事、坏事，它从哪里来，看看是不是就只是从你自己心里来；如果就从心里来，我们就想办法让它就往心里去。"

"嘘……呼……"杨大力又有滋有味地咂了一口烟道，"嗯……韩医生，哦，不，韩宁，你的意思我明白了，有道理！……那你看，我这样算是病吗？"

"现在还不好说，现在我只能说，你心里确实是有事……不好意思，你等等……"韩宁拉开左手抽屉，掏出一个又大又厚的笔记本，拿出钢笔"唰唰"在上面写着什么。

杨大力站直了身子，探近脑袋，紧张地问："你，你本子上记什么？很严重对吗？"

"我总得记下你的名字、性别、年龄、基本情况，别紧张！而且，以后我针对你的治疗，或者交流的内容、方案，我会跟你沟通，但请你不要打听我的笔记内容，毕竟我们虽然已算作朋友，但同时首先是一种医患关系，这之间必须有一条线，不然，既可能影响对你的治疗，也可能涉及我记录的其他病人的隐私，你说对吗？"韩宁一边把笔记本往杨大力推了推，一边略显严肃地跟他说。

"对对，韩宁，不，韩医生，不好意思，我没别的意思，只是心里着急，又不懂规矩，您别介意，我明白、明白！"

"没事，没事！"韩宁接着说，"现阶段，我也说了，不需要给你开药，帮你省钱是其次，我这里的药，对脑袋多少都有影响，能不吃你就不吃，现阶段我们先是多交流，我们交流谈话的方式你已经明白了？！"

"那，那我们得交流到什么时候呢？越快搞定越好啊！"

"心里的疙瘩，越急，疙瘩越大；我跟你说了，既然信任我，我不主动告诉你，你就暂且不要打听我的方案，好吗？我不会像医院里按小时收费，我觉着那是坑人的，我按阶段、按阶段性成效收费，会让你满意放心——当然，如果完成一个阶段你欠缴费用，我可能就会暂停之后的治疗了。"韩宁很直白地向杨大力介绍着。

"好好，韩医生，您客气！"杨大力不住点头，"好好，那您看我接着往哪儿说？"

"开门见山地说，像朋友交流一样，你怎么说都好，不用紧张，不用刻意，可以隐瞒，不要撒谎。好吧？"

"嗯，好好……"杨大力蹙了蹙眉头，像是在短暂地思考，又像是下了某种决心似的，打开了话匣子。

"我叫杨大力，男，今年二十四，本命年……呵，这些你都知道呵，我都给你说过。"杨大力不好意思地说。

韩宁头也没抬，伏在办公桌上，右手紧握着钢笔，准备听到有用信息就马上动笔的样子。

韩宁一丝不苟的模样使得杨大力更不好意思，清了清嗓子，继续说起自己。

"从哪里说？先说我的性格。我这个人性格很好……"

"不要着急给自己下定义，原原本本介绍就行。"韩宁认真地插了一句。

"哦哦，好的好的……"原本就不好意思的杨大力不由得紧张起来，他明白了，韩宁所说的随便聊聊其实也并不是他以为的随便聊聊，他坐直了身子，也开始以认真的态度继续说起来。

"我这个人性格应该是很外向，爱热闹，爱笑，爱发脾气，爱结交朋友。对，我的朋友真是很多……当然，我看你性格也挺爽快，所以你现在也算是一个！"

"谢谢，继续。"韩宁终于抬头看了杨大力一眼，微微一笑。

"好！"杨大力重新轻松了一些，"我喜欢和各种不同的人交朋友，和他们聊天，了解彼此的不同的生活，我觉着自己人际交往应该是健康的，所以我觉着我的性格也应该算是阳光的。"杨大力说完停顿下来，带着疑问的眼光瞅着韩宁。

"嗯，说得很好！继续……"韩宁一边用笔记录着，一边不置可否地鼓励着杨大力。

得到鼓励的杨大力立即接着说："好！我，念书没念好，也就混了个职业中专的文凭，所以现在的工作，也就马马虎虎；当然，我也挺烦上班，我性子里就是坐不住，爱玩。"

"你现在有工作吗？我是说正当的、正常的工作。"

"工作当然有！"杨大力立刻提高了嗓音，像是在表明一种自豪，也像是在维护一种尊严，"我虽然没念好书，但从小就爱文艺、爱音乐，所以花了不少时间在这上面，虽然不算科班出身，但绝对也算半专业的！有这一技之长，我现在在一酒吧做驻场DJ，不是吹牛，我的水平、我们酒吧的音效，绝对一流！对了，就那个'暴点酒吧'！很有名的那家，你准知道！改天去那里感受一下我的水平！到那里，报我的名字还可以有大折扣！"

"你还真是很能说的口才！不去酒吧呢？白天呢？"韩宁扭回了话题。

"呃……那，最近，就没啥事了。"杨大力不好意思地回答，既是为刚才韩宁说他的"好口才"，也为自己"最近就没啥事了"。

"就是说，嗯……我是说你的工作不同于一般人认为的那种白天八小时上班，晚上正常休息的那种，嗯……那种正常稳定的工作？"韩宁盯着杨大力的脸问，一点笑容都没有，措辞绕来绕去，但总算是说明白了。

"呃……算，算是这样吧……你也知道，现在没有像样的文凭，真不好找到好工作。"杨大力被韩宁盯得很不好意思，被他一针见血问得更不好意思了，吞吞吐吐，脸也红了。

"好……"韩宁又提起笔在笔记本上记录着，"很好，谢谢你的坦率，我需要你的坦率！继续说吧。"

"嗯，我，我……总之每天也没多少事情，好像也没什么可说了吧？！"

"呵，那要不我问什么，你觉得可以告诉我的，就回答我好吗？"韩宁重又微笑地、温和地问着。

"好好！这样好！不然我不知道该怎么说！你放心，你问的我都说！"

"哦？！这么信任我？"韩宁一边打了个岔，一边在自己内心对杨大力与自己初次打交道就表现出的坦诚和对自己的信任有了一种放心，甚至也是一种感动。

"当然！我知道你是好大夫，对了，还是好朋友！"杨大力的脸上洋溢着自信与真诚。

"好的，谢谢！说说你的家庭，你成家了吗？或者你的父母？"

"成家？还早呢！我父母也不在了……"杨大力说这话的时候脸上没有丝毫的不适，表情没有丝毫的变化。

"哦？不好意思……"韩宁反而一时语塞。

"没事。我是独生子。我父亲走得早，我妈说在我几岁的时候他就病死了，我妈如今也走了，也是病，没辙，命！我妈从小也不怎么管我，基本上都出着我吧，所以我自己也没管好自己，学也没好好上。不过也好，我妈给了我自由，让我自由地成长，呵……对了，我爸妈好在给我留下了房子，留下了积蓄，所以，无论现在工作怎么样，至少够我自己眼下晃荡着吧。"

"哦……你父母早年是从事……？"

"我爸早年做生意，不大不小的生意，搞外贸；爸死了以后，我妈接着做，生意还是不错的……我觉着我爸妈就是做生意给累出病了。"

"哦……没有交女朋友？二十四也不小了。"

杨大力迟疑了一下，忽然说："看你样子你结婚了吧？……"杨大力又跑偏了话题。

"说自己！"韩宁没好气地说。

"好好……女朋友，算是有吧。"

"什么叫'算是'？"

"处着一个女孩子，不过现在关系不太好……"杨大力虽然是皱着眉头地说，但他的语气中没有太多的不开心，甚至有点玩世不恭的意味。

"你小子！"韩宁笑了。韩宁想了想，又恢复了认真的表情，然后问道："你开心吗？快乐吗？"

"……你是问我平常？……挺开心挺快乐！我刚说了，我性格算是很阳光的。"

"是你自以为的快乐，还是确实的快乐？"韩宁紧追不放。

"呃……这个，这个怎么说呢？真不知道，反正我觉着都还很好的。"

"那我这样说吧，平常没事的时候，都做什么？"

"平常也真是无事可做，像我说的，没事就还是玩音乐，要不就……也就晃悠，然后和朋友一起晃悠神聊，我朋友很多。"

"那会不会无聊？会不会空虚？"

"还好吧，不至于吧。"杨大力嘀咕着，既是在回答韩宁的问题，也是在扪心自问的样子。

"你身体怎么样？"韩宁又换了一个话题。

"好吃好睡，没病，身体很好！"杨大力又是眉飞色舞了。

"呵，看得出来，很好很好。"

韩宁和杨大力在活跃的气氛中就这样一问一答交流得非常顺利，时间也过得飞快，两人不觉之中，一两个钟头转眼就没了。韩宁合上了笔记本，收好钢笔，说道："好，大力，时间不早了，今天我们就到这里吧。谢谢你的配合，我们开了个好头，对我把握和分析你的心理状态有很好的帮助！对了，我越来越觉得你很健康了，当然，这只是初步的结论；不过，我可以提醒你基本上可以安下心来。回头我得把今天的情况捋一捋，再定下以后的方案。"

"谢谢谢谢！顺利就好！我跟你聊天，不不，我是说你这种诊断方式我也很喜欢，很开心很轻松！"

韩宁笑了笑："今天的交流不算费用，下次你来，也不一定算，我说了，按阶段性成效；今天你缴上挂号费就好，一百块；对了，我门口的'医诊说明'上也写得很清楚；我等一下给你写好病历，你下次直接带过来就好！"

"好好，那，韩医生，哦，对，韩宁，你看我下次什么时候来？等你通知？"

"主要看你时间安排，但近两周内，你最好每周至少来我这里一次，提前预约吧。名片上有我座机、手机号码。"韩宁递给杨大力一张名片。

"好好，谢谢谢谢……"杨大力一边说，一边接过韩宁的名片，一边掏出一百元交给韩宁。

"你身份证给我，登记。"韩宁接着说。

"没带身上，下次！"杨大力一手摸口袋，一手挠头。

"把身份证号码给我也可以。"

"我从来记不住我的身份证号码！下次，下次带过来你补上！"杨大力不好意思地说。

"那你给我留下你的手机号码。"韩宁递给杨大力纸笔。

杨大力写好以后，韩宁接了过来，仔细看了一遍，确认每个数字都写得很清楚，然后说："再见。"

"再见，再见！"杨大力应着韩宁，揣着病历和韩宁的名片，站起身，偷偷瞄了一眼继续伏案写笔记的韩宁，对着进门墙上的镜子，自顾自地挤眉弄眼一番，许是在出门之前检查一下自己的仪表，也可能是活动活动脸上的肌肉，然后，出了诊所。韩宁用余光扫到他刚刚的一切，笑而不语……

8

杨大力走了以后，诊所又重新无人问津了，静悄悄的；可是韩宁却没有闲着，没有像往日一般喝茶、看报、打盹儿。韩宁在专心致志地思考，思考着杨大力这个人；偶尔走到书架边抽出一本大部头，忙不迭地翻阅着，静静的诊所里就有了沙沙的翻书声；偶尔又抄起笔来，在方才的那本笔记上奋笔疾书着，静静的诊所里就有了唰唰的落笔声。

韩宁的笔记本上记录着这样一串词汇："活跃、善良、单纯、单亲及丧双亲、独生子女、单身、学历低、思维简单、无业、不成熟、生理健康"。

韩宁迟疑了一下，还是在"无业"这个词的后面加了一个括号，里面加了一句"无正常稳定的职业"。

韩宁心想：杨大力看起来很好，兴许真没有他自己想象的那么严重，怕是"世上本无事，庸人自扰之"；杨大力算是一个无所事事的"庸人"吗？看起来倒也像；不过，没有事却被自己总惦记着有事，这本身，也的确仍旧算是个事⋯⋯韩宁把自己绕糊涂了⋯⋯

太阳把一片金色从窗户洒进了诊所，暖暖的，已入夏的午后，已经能够听到或远或近的蝉鸣。韩宁很久没有觉着阳光灿烂的午后是这般的美好——总之，杨大力带给韩宁的是心情的美好。

而且，房东张大妈打来电话，说是跟老头子商量好了，今年下半年的房租不涨⋯⋯

阳光渐渐淡了下去，诊所慢慢暗了下去，屋外的蝉鸣不再响起；取而代之的是孩子们放学后的一路嬉笑声、大人们下班后一路的自行车铃声、主妇们张罗着晚饭的洗菜声、锅碗瓢盆声，还有就是对门孙二哥又开始忙碌起来的爽朗笑声、吆喝声；饭香与炊烟的味道也缕缕飘进了韩宁的诊所。

韩宁从办公桌站起身来，伸了伸懒腰，缓缓踱到门口，倚在门边，一边打量着来来往往的人们，一边大口呼吸着屋外的空气。这是一幅忙碌却恬静的生活的景象，这是一种平常却舒适的生活的味道。此刻的韩宁心里很高兴、很满意，很喜欢这种忙碌之后的、充实的懒散。

在这么一瞬间，韩宁恍惚间似乎回到了农村的童年里，没有繁忙，没有嘈杂，只有有条不紊，只有缓缓的、生活的井然有序。已经作为城里人的韩宁，至少在这一刻，却又怀念着、向往着曾经的乡村的美好。

夕阳洒在韩宁的脸上，泛起光泽，也泛着韩宁眼睛里亮晶晶的色彩……

"韩大夫，您忙完了？"对门的孙二哥瞅见靠在诊所门边的韩宁，热情地招呼。

"对！也不算忙，还好还好。二哥，您也忙着了？"韩宁从回味中缓过神来，乐呵呵地朝对面应着。

"又是饭点了！您看吃什么？现在就做？"

"嗯，等会儿，等会儿……"韩宁迎着晚霞，眯着眼嘟哝道。

"……嗯，二哥！您看着炒两个菜，打点米饭，我打包！"韩宁又接着说。

"好！韩大夫还要出去？不进来吃了再走？"

"您打包！我回家吃。对，您，您给打两盒儿饭！"

"这才对！韩大夫，您等着，马上给您准备好菜！"孙二哥招呼着英子去切一些鸡丁，自己也风风火火地忙碌开了。孙二哥笑得比韩宁更加灿烂。

韩宁也微笑，寻思着："也该回家看看，二哥说得也对，回去看看……"又感叹着，"生活，生活就是这个样子……"韩宁一边走进屋里，简单收拾，出屋，锁好门，习惯性地又瞅了瞅门脸的招牌，然后朝对门孙二哥的小饭馆走去。

不到半小时，孙二哥做了一盘宫保鸡丁，煎了两条小黄鱼，搭配了一点蒜茸炒生菜，然后装上两份米饭，一起打包装好，交给韩宁；韩宁把晚饭，顺带今天中午的午餐一并结账了，然后，往回家的路上走去。临走时，孙二哥给他留了句话："好同志！好好说话！要有耐心！听二哥的没错！"看着韩宁远去的背影，孙二哥觉着他今天走路步子更快了，腰板挺得更直了。

吃住都在诊所里，韩宁的确有一段时间没有回家了，这期间倒和马媛通过电话，他知道她肯定好，忙得好；她也知道他肯定好，闲得好。韩宁和马媛很长一段时间就是在电话里相敬如宾地试探了解着彼此的近况，谁也不打扰谁的生活，平淡的婚姻生活被他们过成了冰凉的婚姻生活。

　　已经7点多了，楼道里很安静，韩宁在家门口侧着耳朵听里面，也很安静，马媛许是还在外忙着没有回家？韩宁一边寻思，一边掏出钥匙，开门进屋。屋里黑乎乎的，韩宁打开灯，客厅瞬间的光亮反而晃得他下意识地眯起眼睛，随即打量着：家还是那个家，陈设摆布都很熟悉，干净、整齐——马媛是个爱干净的人，只是，也许是天色晚了的缘故，韩宁居然在这样的夏夜里感觉到一些不太舒服、不太习惯的凉意。

　　韩宁孤零零坐在客厅沙发里，没有开电视，什么也没干，静静地仰面靠在沙发背上，闭目养神，也不知道自己在思考什么，还在思考那个杨大力？只不过一下午的好心情似乎慢慢消逝……

　　韩宁想着干脆打个盹儿，却始终睡不着，打包带回来的饭菜丝毫未动地放在茶几上。

　　直到9点多，听到锁孔插入钥匙旋转的声音，韩宁"倏"地坐直了身子，揉了揉眼睛。

　　"哎！吓我一跳！你回来了？也不提前给我个电话。"马媛不仅的确吓了一跳，也同时被客厅晃眼的灯光迷住了眼睛，随即换鞋进屋，转身锁好了门，把钥匙、手包搁在进门的鞋柜上，然后也朝沙发走过来。

　　"怕打扰你，就没打电话，直接回来了。"韩宁有点不好意思了。

　　"今天不忙？"

　　"不忙……嗯，不算太忙；好久没回来，得回来看看……"韩宁有点语无伦次，"对了，你吃饭了吗？我带了晚饭回来！等你一起吃！"

"我在外面吃过了，应酬的晚饭。哦？你还没吃？不用等我的！"

"哦……"韩宁有点失望。

"来，我给你热一热，你赶紧吃！"马媛顿时觉着自己的不好意思，立即伸手去拿茶几上的饭盒。

"不用不用，不用热了，没有凉！我自己来，自己来。"韩宁一边拦住马媛，一边执起筷子。

"那，那好……对了，我给你倒杯水！"马媛又说。

"不用，不用客气，我自己来……"韩宁一边解着饭盒袋子的结，一边忙不迭地说。

韩宁说完这话，他和马媛都尴尬地意识到，确实，两个人之间太客气了。

……

韩宁有一口没一口地吃着，马媛坐在另一旁的沙发上，先是看着他，然后摆弄起手机。

韩宁嘴里嚼着饭说："你不用管我，你忙你的！"

"没，没事，不忙。你好好吃！"马媛收起了手机，无所事事地看着韩宁吃饭，然后打开了电视机，电视里的声音总算给屋里增添了一点生气。

十几二十分钟，韩宁就吃完了晚饭——没吃多少，剩了不少。

电视里放着新近热播的电视剧。韩宁和马媛，两人无话，都盯着电视屏幕，却都是心不在焉。夜更深了，屋里的凉气更重了。

"呵呵，屋里坐太久了，还是挺凉的，都几月了，这天气……"韩宁用寒暄打破沉默。

"对对，是是……今年热得晚，这种天气你自己要知道加冷加热……"马媛的这句话不仅让韩宁的心头感受到些许温暖，也让房间里冰冷的氛围稍稍暖和了一些。

"你也是！"韩宁坚定地说，然后，他又问道，"你不问我为什么回来？"

马媛一脸诧异道："为什么？这是你的家，回家奇怪吗？"

"对对……这是我的家……你，你是说我前段日子不回家很奇怪？"

"别误会，我倒不是这个意思！你好好的，就好！我知道你也忙……"

"我不太忙，我反倒怕打扰你……"

又是一阵沉默，马媛终于说："呵……韩宁，其实，说真的，我们得谈谈！"

"马媛，我也觉得我们该谈谈！旁人也这样跟我说过。"

"旁人？"

"你认识的，我诊所对面的孙二哥。"

"哦……孙二哥……孙二哥是个好人。"马媛寻思着。

"是……"

夜很深了，韩宁和马媛依旧坐在客厅的沙发里，电视里是电视购物的销售人员在手舞足蹈地比画——电视这个时候已经被调成没声儿了。

"你最近真那么忙？"马媛直接问道。

"不算忙，我那里的生意，你知道。"韩宁实事求是地说。

"那为什么不回家？"马媛依旧是轻轻的口吻。

"你总忙，我回不回家，影响不大。"

"你觉得还是我的责任？"

"不不，我不是怪你，我知道你工作忙，只是，唉，我也不知道怎么说……"

"讨厌家里？讨厌我？在外面有人了？"马媛盯着韩宁。

"这是什么话？！我们今天刚说好了好好谈谈的！"

"我也不是怀疑你，我还是相信你的……"

"谢谢！"

……

沉默半晌，马媛道："韩宁，你不觉着有什么问题吗？"

"你说呢？"

"我们都有问题。不过，说实话，我们都是学心理学的，你不觉得你的心里就总是在逃避现状、逃离现实吗？"

"什么意思？"

"对工作不满意，逃离工作；对同事和周围人不满意，逃避这些人；对家不满意，逃离这个家；对我不满意，逃避我……你说对吗？你从没有去面对这些不满意，只是逃避……"马媛稍稍激动了，"对不起，可能我说得太过了，当然，我也不好，我的问题也很多……"

"不，你说得很好！说得很对！"韩宁长叹一口气，低下头……不一会儿，他抬起头，"马媛，你过得开心吗？"

马媛一脸苦笑道："什么叫开心？在医院里为了多挣几个钱，干着跟自己所学全无关系、上蹿下跳的工作；回到家，没人嘘寒问暖，冰冷冷的房间……我，我怎么开心？"

韩宁看着马媛眼里闪动的泪光，心软地说："你确实辛苦了，不容易……唉……"

"呵，生活都是这样，谁就过得很开心？谁不像生活的奴隶？生活不就如此吗？！"马媛眼里的泪光中有着无奈的坚毅。

韩宁站起身，踱着步子，倚在窗口，若有所思地沉疑片刻，微笑着望向窗外的夜色说道："马媛，今天你所说的，居然让我自己都清醒过来。"

马媛还在自己刚刚有点激动的情绪里，没有说话，韩宁也在自己的这个问题中沉默了好久。

然后，韩宁像是在跟马媛说，像是在跟自己说："小时候，我偏想快快告别那种无忧无虑，想很快长大；在农村，我偏想离开农村生活的欢乐，想做一个真正的城里人；在医院工作，我偏想放弃稳定和衣食无忧，想专业对口地'下海'……如今，看见诊所里生意不好的时候，在家里看见你忙得风风火火的时候，甚至看见这座城市日新月异的发展节奏的时候，真的就如同你所说的一样，似乎我总是在选择逃避……我是不是病了？！"

"没病。因为很多人都是这样，我大概也如此。我刚说了，生活就是如此，只是，你想着逃避，努力着去逃离，而我知道，逃不了、逃不掉。"

"你活得比我明白，比我勇敢。"韩宁由衷地说。

马嫒苦笑着摇头："都一样，你，我，还有很多别人，"顿了顿又说，"打住吧，我们不要把生活说得这么不堪，我更不想把你说得那么不堪，生活还得继续。我明天早上科里还有会，也该睡觉了。"

马嫒起身，准备走进洗手间洗漱了，走到门口，她回过头，盯着依然倚在窗边的韩宁道："我想问你，你还爱我吗？"

韩宁没有尴尬，没有不好意思，诚实地说："我也不知道，应该爱着吧。"

"谢谢。"马嫒笑了。

"谢谢你。"韩宁在自己心里说。

二人同床，没有异梦，却一夜无话。

9

天亮了，今天是个阴天，太阳没精打采，所以弄得起床的人们也无精打采。马嫒已经悄无声息地早早出门。韩宁起床见到餐桌上摆着马嫒一大早买回来的早餐——地瓜粥，这是韩宁儿时在农村常吃的早餐，也是他多年来一直最喜欢的早餐——心里有瞬间的感动，也有刹那的歉疚——当然，仅仅是瞬间的情愫，转念之间，他也知道，很多很多的时候，忙碌的马嫒，即使不忙碌，依着马嫒的性格，他是不能指望她细致到去照顾甚至考虑他的三餐的。韩宁呼呼啦啦完成任务一般很快吃完了早饭，收拾好碗筷，然后换鞋、出门、锁门，一路直接往诊所走去。

一个上午的时间，韩宁原本是想再继续认真研究杨大力的问题，把昨天交流的情况再梳理提炼一下，再规划一下接下来的方案，想之后再交流几次、引导几次，杨大力的心病也就应该很快了结。不过，韩宁这一个上午实在没有心思埋在工作里，始终时不时地想起昨晚马媛和自己说的话，想起马媛和自己之间的问题，其实也就是想起自己的心病。韩宁越不想去想，就越是不由自主地去想，就越是心烦，于是，就是这般心烦意乱的情绪熬到了中午的饭点。

"唉！一个上午算是什么也没做，什么也没想明白。"韩宁悻悻地想着，"虽然没什么胃口，但毕竟也是个事，吃了饭再说。"

"孙二哥！"甫一走出诊所，韩宁就招呼着此刻已在灶台开始忙碌的孙二哥。

"韩大夫来了？！您还是老样子？"

"嗯，不了，煮碗面条就好！"

"这么简单？您可别瞎凑合！"

"没事，不怎么饿！"

"好！……英子，你来灶上应付，回头马上给韩大夫做碗肉丝面！"孙二哥一面叫着英子，一面急忙忙地在围裙上擦着双手，从灶台朝着韩宁迎了过来。

"韩大夫，韩大夫……"孙二哥一面是热情，一面声音很小，似是神秘，亲热地拽着韩宁的胳膊朝里走，直到走到角落里韩宁常坐的那个位置，才拉着韩宁一起坐下来。

"二哥，您，您这是？"韩宁觉着奇怪，不过，瞧着孙二哥故作神秘，还左右提防的样子，更觉着好笑，"二哥，您，您这是？……怎么了？"

"嘘……别人听见不好……还问我！我该问你！怎么样啊？"

"什么怎么样？"韩宁此时全是莫名其妙了。

"咳——看你！我这不关心你嘛！昨晚你不是回家了？"

"哦……"韩宁恍然大悟，当然，他没有在孙二哥脸上看出任何窥私的欲望，看到的是真切的关心，他又一次在心里感激着孙二哥是一个关心他的好人。

"还能怎么样？不怎么样。"韩宁淡然的回答中其实隐藏着只有他自己能够感觉到的对孙二哥的感激。

"不怎样？你昨晚不是回去了吗？"孙二哥一脸关切的难以置信。

"对，从您这里一走，就直接回家了。"

"弟妹也回了吧？没有好好聊聊？对了，按你们常说的，沟通？"

"聊了。我还听您的，聊得很好。"

"对！那不很好！那还说不怎样？！"孙二哥打心眼里为韩宁高兴。

"唉……"韩宁苦笑着摇摇头道，"就是聊得很透，我才发现我和她之间……唉，没什么语言……"

"你，你这说的……不是聊得很好吗？怎么又叫没有语言呢？"

"您不明白……我们两人，可能在很多问题上都太不一样。"

"吵架了？"

"没有。最可怕的就是我们已经都没有吵架的感觉了，只是两个熟识的陌生人。"

"我说你们，你们这些文化人！我就是不明白了……对了，弟妹批评你什么没有？"

"她只是说我总是逃避现实……"

"逃避现实？你们这些文化人！不懂不懂……"

"二哥，谢谢你关心，没事，我很好。"韩宁的眼中既有无可奈何，又有一些如释重负。

"韩大夫，不是我说你，你是文化人，可有些东西，我比你还明白！我说你，你别生气……我觉着你，有些时候，就是年轻、不成熟，有时候，还单纯得让人着急！弟妹是个好女孩子，女人，偶尔总得动动脑子去哄去迁就……你呀！……"

"谢谢，谢谢二哥，道理我都懂……"忽然之间，韩宁禁不住一愣，他忽然发现，孙二哥说的话和自己在笔记本上记录的关于杨大力的点点滴滴，竟是如此的类似。韩宁不再说话，陷入沉思。

见韩宁一脸严肃的沉默不语，孙二哥快快地说："我不说了，你也别想多了，面快好了，多吃点！"

韩宁在沉思中，忽地缓过神来："好好，没事，多吃点！谢谢二哥！"

Chapter 3

第三章 波澜

10

　　一连几天，韩宁又不再回家了，吃在孙二哥那里，住在诊所——孙二哥眼见着也为韩宁而干着急——韩宁没有给马媛打电话，马媛也没有给韩宁打过电话，他们彼此知道彼此这样就是一切尚好，就像往常一样。

　　几天里没有别的病人登门来，杨大力也似乎像沉寂了一般，这几天都没有来过诊所，也没有给韩宁打过电话。韩宁本想给杨大力打个电话问问他的情况，甚至他感觉自己几日不见竟然有点想念杨大力，但他终究没有打电话，他寻思着，杨大力许是又到哪里晃悠去了，从诊疗的过程来说，也该给杨大力一点时间让他自己再思考思考，缓冲缓冲，交流太频密太急，不仅容易对病人造成压迫感，也容易让交流的信息失真。况且，韩宁自己也需要缓一缓，消化消化与杨大力之前交流的成果，为以后的交流做好铺陈，并且要对杨大力心理的状况初步定个性，初步找到他心里七上八下的原因。不知韩宁是否意识到，其实，他也的确需要这样的空当，除了思考杨大力以外，也思考自己、思考自己和马媛，还有，思考自己和杨大力的共同点以及为什么会有那样一些共同点。所以这几天以来，韩宁是闲着，其实，脑袋里面，并没闲着。

今天是礼拜六。韩宁的诊所是无所谓周末的，诊所就自己一个人，老板、医生、护士、打杂，等等之类，都是自己，诊所营业一天，就意味着可能有一天的收入进自己的腰包，所以诊所基本上是每天都开张。当然，偶尔哪天有其他事情，或者自己想偷个懒，也是非常简单的事情，韩宁不用跟任何人打招呼，就可以随时关门歇业——所谓工作日与休息日的概念，在韩宁眼里是不存在的。反正今天也没有其他事情可做，也不想去哪里，所以，韩宁仍旧开着诊所，自己在里头继续思考事情。

礼拜六的早上，整个城市都不忙碌，整个城市都像是在利用周末短暂地歇歇脚，安静了很多；又是阴天，更显得有点死气沉沉，有点寂寥。韩宁在诊所里没有开灯，房间里很暗——他觉着想事情的时候，不开灯的气氛更合适——只是不一会儿就有点犯困了。

正当韩宁在清醒与困顿间犯迷糊的时候，开着的门上响起"砰砰"的敲门声。

"嗯……进来……"韩宁下意识地应了一声，边应着，边坐直起身子，揉揉惺忪的眼睛，加上屋里的光线的确太暗，韩宁迷糊之间只隐约看着一个年轻人的身影走进屋里，走向他面前的办公桌来。

"医生您好！打扰您！我，我叫王大力，我，我想上您这儿看看病……"

韩宁再次费劲地揉了揉眼睛，越发清楚地看着这个年轻人径自走到他的面前；韩宁不禁立马站起身来，目不转睛地看着他，正想开口问他的时候，这个年轻人再一次重复说道："医生您好！我叫王大力，上您这里看病。给，这是我的身份证。"年轻人面无表情地盯着办公桌面，没有直视韩宁的目光，说着，主动递上了自己的身份证。

韩宁似乎还没有从刚刚的小睡当中醒过神来，愣了一愣，他本来有话都几乎冲出口来，但看着眼前这个年轻人木然的神色，特别是此刻突兀地摆在两人之间那张身份证，韩宁还是首先木讷地接过了年轻人递过来的身份证，上面写着：王大力，男，1989年5月14日出生，身份证号××××××，家庭住址施南市……看了身份证，韩宁就把刚刚想说、想问的话生生咽了回去。

"你叫王大力？……嗯，坐吧。"韩宁一边仔细地看着身份证，一边仍是仔细地打量着眼前这个叫"王大力"的年轻人，一边指了指面前的小沙发。

"谢谢！"年轻人坐下来。

"王，王大力……"韩宁仍拿着王大力的身份证，看了看身份证，又看了看眼前的王大力，中规中矩的发型，三七分；中规中矩的衣着打扮，灰色西装外套的质地看起来很一般，黑色的休闲裤已经洗得有点发白；中规中矩的外表，很沉静稳重，甚至有点腼腆的样子；总之，二十来岁的人有着三十好几的气色与打扮；特别是他的眼睛里，缺少一些年轻人该有的张狂甚至朝气，却尽是些老成和老气；甚至在韩宁以其专业的眼光看来，眼前的这个王大力至少算不得是年轻人该有的那种阳光与健康。

"你叫王大力？"韩宁总算开口了，只是还是说着同一句话。

"是的，王大力。怎么了？"王大力觉得韩宁的话中带着疑问的感觉。

"没事。跟我一个朋友很像；跟他名字很像，他刚巧也叫大力；年龄跟你也相仿，也是我刚认识的。"韩宁说，此刻，杨大力的样子浮现在脑海，仿佛杨大力也坐在了自己的眼前。

"哦，这么巧！"王大力也为如此的巧合而眼神一亮，却并没有打听的意思。

"我那朋友叫……"韩宁望着王大力，话停在半截，迟疑了一下，可能他猜想着王大力兴许该问和自己名字相似的那位朋友的情况，可惜他并没有，韩宁于是改口说，"对。好，不说他。大力……

对了，请允许我这样称呼你吧！"

"没问题！医生您叫……？"王大力终于抬起头直视着韩宁的目光。

"哦？我？哦，我叫韩宁，你也就直接叫我的名字就好！这样亲切。"韩宁盯着王大力说。

"好好，谢谢！"

韩宁和王大力都不知道——就像韩宁和杨大力一样——自此，韩宁和王大力之间也开始了彼此与彼此的交流、彼此与彼此的影响、彼此与彼此的交集、彼此与彼此往后岁月的至关重要……

两人有那么几秒钟忽然都没说话，场面突然冷了下来。韩宁想了想，有点尴尬地打破僵局："大力，你是有什么事情？"

"我想在你这里看一看心理疾病。"王大力有点不好意思，又把头低了下去。

"好的好的。对，你是怎么知道我这里的？你之前来过？朋友介绍的？"韩宁很好奇。

"不是，我是之前在晚报上看到这里的广告，所以就试着来看看。我不喜欢去大医院，又贵、人又多。"

"哦！这样子！明白明白。"韩宁点着头，然后又问道，"你之前去过类似的心理诊所吗？知道心理诊所是怎么一回事吗？"

"没有。我是第一次，说实话，我也是抱着试试看的心情来的。"

"哦，这样子……"韩宁皱起眉头一边在思考着，一边在静静地打量着王大力，然后说，"首先我必须跟你说明白一点，很多人认为心理问题不算疾病，但我这里的确是把心理问题作为一种疾病的，所以，你既然来了，我们必须要认真对待，不能开玩笑，不能抱着试一试，甚至好玩来看看的态度。"

"明白。您是认为我的态度不够认真？"

"没有……"韩宁迟疑了一下，可能觉得自己刚才的话有些不妥，引起王大力的误会了，他仍旧打量着王大力，然后说："那好！这样，我先给你介绍一下我们诊所的情况和我一般治疗的方式好吧？"

"好的，谢谢。"王大力微笑道。

"来我这里，首先我们彼此之间要营造一个相互信任、轻松的环境，便于我们沟通。你首先按我的要求跟我分享一些你的情况，特别是心事，方便我了解你，查找病情；然后我们先尝试用专业的心理交流方式解决；尽量避免使用药物，那样对身体总归不好……当然，如果情况需要，另说……"

"计费呢？"王大力打断了韩宁。

"哦！这个你放心，我不是按照医院那样按小时计费，那样你一坐下来，不管成效就得缴费，我这里是分阶段根据疗效计费，我会在每次预备收费之前将之前的诊疗情况和收费情况列好清单，提前交给你，你可以就不满意或不清楚的地方和我讨论。当然，如果一个治疗阶段下来有一定的实际成效，但你不缴纳费用，我也会终止治疗的；另外，如果病情越严重，治疗越深入，可能会相对更贵。"

"这样好这样好！"王大力一个劲儿点头。

"至于时间，主要看你的时间安排，每次来之前提前电话跟我预约吧。"

"我一般只能周末才能来，平时都得上班。"

"哦？……这样……那你的治疗过程可能相对得拉长些。"韩宁寻思着说。

"不怕不怕，效果好就好……"

又是短暂的冷场，不知在考虑什么，韩宁紧锁着眉头，似乎是做了很大决定似的，打破了尴尬的场面："大力，今天我给你登记，你，你先回去……"

"不能现在就开始？"王大力再次打断韩宁；王大力一边说着，一边瞥了一眼靠在墙角的那张大躺椅。

韩宁仍旧是像在艰难地思考，然后又艰难地做出决定："不急……我们今天相互认识，你回去以后准备好下次跟我交流的东西，主要是你个人的情况……当然，其实也是我作为医生需要准备，不能仓促。"

　　"对，不能仓促……"韩宁又在心里自己给自己叮嘱了一遍。

　　"不用先缴些费用？"王大力问。

　　"嗯……都下次正式开始的时候再说吧。"

　　"好，听你的。"

　　韩宁从办公桌抽屉里拿出笔记本，就是之前给杨大力看病的时候做记录的笔记本。韩宁翻笔记本的时候，很自然地翻到最近刚刚记录的杨大力情况的那几页，他略微停顿地看了看，然后翻了过去，翻到后面的空白页。

　　韩宁仔细对照着王大力的身份证，在空白页上认真清楚地记录：姓名王大力，男，年龄24，身份证号××××××……边写着，韩宁寒暄地问道："看你年纪这么小，应该也是独生子女？"王大力应着："对对，我就听说独生子女心理上容易出现毛病。"

　　"对对，这点不假，不假……"抄完这些，韩宁又在一张空白病历纸上写下王大力的基本信息，随即把病历和身份证都交给王大力，"下次来记得带病历来就好。"

　　韩宁马上又想起来，"还有，你留下手机号码，方便我联系。"说着递给王大力笔记本和一支钢笔。王大力在空白处写好号码以后，韩宁接了过来，仔细看了一遍，确认每个数字都写得很清楚，然后说："再见。"

　　"好的，谢谢。我先走。"王大力起身，韩宁也起身，韩宁跟在王大力身后把他送到门口。

　　忽然，韩宁停下步子，王大力也觉察到地回过头来。韩宁微笑着说："我还是忍不住想先问你一句，为什么来我这里？为什么会觉得自己有心理疾病？"

王大力觉得韩宁的笑容其实有些生硬，"唉……"他叹了一口气，"觉着累吧，心里累，心里烦躁的事情多……唉，一两句话我也说不清楚……"听这话的意思，大概王大力还在对韩宁这么早早就打发自己回家有些不太满意，然后又说，"有时候觉得，自己快崩溃了。你，你觉得这算是病吗？"

韩宁的表情一直很复杂，而且看得出来，他似乎一直在试图以自己冷静的职业素养掩饰着这种复杂；但王大力的回答倒也没有在韩宁的脸上显出"大吃一惊"，或者"吓了一跳"的神情；也许毕竟作为职业的心理治疗师，各种类似的状况许是也见得多了。韩宁笑着说："嗯，'崩溃'？其实现在的人心理压力都不小。嗯……不论是不是病，自己千万别想着什么'崩溃'。放心，总有一天，你从我这里走出去的时候，我们都可以肯定你是没病的、健康的。"

王大力愣了一下，若有所思地点头，望着韩宁，他觉得韩宁此刻的微笑不再生硬了，是真诚的；王大力也是一笑，旋即转身走出诊所，朝着外面的马路匆匆走了。韩宁的目光中有诧异，也有同情，甚至不知何故地还有些悲凉，望着王大力的背影，一直消失在街头的转角……

韩宁回到办公桌，坐在办公椅上，靠着椅背，闭上眼睛，他很疲惫。

半晌，韩宁坐直身子，重新打开笔记本上方才记录的王大力的那一页，短暂的思考以后，韩宁飞快地写下几个词汇：

"普通、老成、内敛、独生子女、颓废、抑郁，病情……"。

然后，韩宁还在这些词汇的后面，打上一个大大的、醒目的问号。

韩宁看着眼前这几个词汇，越看越觉得心烦；他急忙把这一页合上，却马上又翻到之前记录杨大力的那一页上，那上面也是一串人物心理描摹的词汇。想了一想以后，韩宁居然也在这一串词汇的后面，也打上一个大大的、醒目的问号。

韩宁费力地再次闭上眼睛，但在心里不自觉地比较起杨大力与王大力，心乱如麻；杨大力和王大力两人的影子此刻就一直同时萦绕在韩宁的脑海，思前想后，韩宁既像是表达惊奇，又像是愤愤埋怨一般地大声对自己说："居然遇到两个大力！"

11

昨晚躺在诊所的床上一直在思考关于王大力的问题，很晚才睡觉，所以周日的早上韩宁还一直赖在床上不愿起来，况且他知道，反正诊所每天的访客本来也就确实不多。

办公室的座机响了，韩宁赖在床上不愿意接。他抬起手臂，眯着眼睛瞅了一眼手表，十点多了，电话一直响着，响了好几十秒，韩宁有点生气，但突然，他意识到什么，飞奔下床，扑到办公桌前捡起电话，顾不得看来电号码，就立即接通放在耳边。

"韩医生，韩宁！我是王大力！您早！"电话那头是王大力的声音，和韩宁突然预计的一样，他应声答道："大力，早！"

王大力接着说："您今早有空吗？我想过来。"

"可以。我就在诊所，不过你半小时之后到吧，我收拾一下。"韩宁一边说着，一边往床边走着，拿起衣服往身上套。

"好的，等会儿见！"王大力挂断了电话。

韩宁急匆匆地穿衣、洗漱，急匆匆地简单收拾房间，急匆匆地从柜子里掏出一盒饼干，算是应付了早餐，急匆匆地整理好桌椅、办公桌、文具，急匆匆地打开饮水机，拿出茶杯茶叶，随即冲好两杯茶……然后，韩宁从容地环视办公室一周，他觉得一切准备就绪了，心安理得，然后从容地打开诊所门。

站在门边，韩宁顺势伸了个长长的懒腰，呼吸了一大口门外的空气。阴天，仍旧是阴天，所以门外也依旧是安静得索然，仍旧只看见对门的孙二哥已经在忙碌了，孙二哥朝着韩宁打招呼："韩大夫，起来啦？""嗯——"韩宁只是无精打采地应了一声，似乎还没有睡醒，仍旧还在昨晚的晚睡里困顿。

其实，韩宁此刻心里五味杂陈。他盼王大力早点来，他也想尽快知道他是怎么回事；他又怕王大力来，仅仅一个晚上的时间，他还不知道怎么面对，怎么应对，怎么沟通，怎么治疗，怎么打消他心里的那些压力包袱；甚至，韩宁害怕王大力的那种状态，那种气息，那种语气，以及那种眼神。韩宁感觉到一种矛盾的头大。韩宁渴望着面对王大力，但是，几乎也同时有着想躲避他的愿望。

在韩宁的五味杂陈中，远远地，空荡荡的街角闪过来一个身影，朝着韩宁的诊所越走越近，王大力到了。韩宁看看手表，距离刚才的电话，差两分钟半小时；待王大力走到诊所门口，和韩宁打招呼的时候，刚好半小时整。

孙二哥不再跟韩宁说话，他不会打扰韩宁的生意，而且，他自己也已经忙个不停。

"韩宁，早！"王大力今天的穿着依然是深色，色深到与他年龄不符的沉闷。

"大力，早！你很准时。"韩宁一边打量着王大力的穿着，一边打招呼。

"可能刚巧。"

"来，进来，别客气。"

"谢谢。"

在两人简单的寒暄中，韩宁把王大力迎进了诊所屋里。

"坐，坐过来，别客气，随便一些。"面对王大力进屋以后的拘束与不好意思，韩宁一边客气地招呼他坐在办公桌前的沙发，一边把饮水机旁早就冲好的两杯茶端到办公桌上。

王大力更是为韩宁的热情周到而局促得有点手足不安："不好意思这么早打扰你！"

"不客气，也不早了，何况你说过你只有周末有空，我一直都在诊所，不算打扰。先喝点茶，不急。"

"好好……"王大力象征性地端起茶杯，小心翼翼地小口抿着，一来他是想缓和自己尴尬的情绪，二来他在暗暗瞅着韩宁的表情。

韩宁没有看他，自顾自地、平常地、熟练地从抽屉里拿出笔记本和钢笔，端正地摆在自己面前；然后坐正身子；少顷，认真而严肃地正视着似乎仍在喝茶的王大力，正好撞见他偷窥的眼神。

王大力被韩宁突如其来正视的目光看得一惊，垂下眼睛，盯着茶杯，喝了两大口，还有滋有味地咂了一下嘴，然后把茶杯放在面前桌上。

韩宁虽然看见这一切，但他什么也没说，脸上的表情都没有一点变化，只是停顿了一下，等王大力完全调整好情绪后，语气平淡却认真地说："我看你的气色倒还不错，今天你先回答我，有什么事情使你就快崩溃了？"

"啊？！……"王大力绝没有想到韩宁会如此开门见山地戳进自己内心的软肋，一时间瞠目结舌，哑口无言。

"认真想清楚，然后一条一条告诉我。"韩宁不再看王大力，而是伏在办公桌上，右手握钢笔，作势随时要记录笔记要点的样子。

"我，我……也不是什么事情……"王大力吞吞吐吐。

"不要紧，放心告诉我，你昨晚不也该想了一个晚上怎样告诉我吗？"韩宁依旧是平淡认真的语气，韩宁的冷静几乎让王大力觉得害怕。

"韩宁，韩，韩医生，说真的，倒也真不知道有什么具体的事情！"

"是吗？怎么会？所谓的'崩溃'倒也不是你想崩溃就能崩溃得了的，得有什么大事才对。"

"没有什么具体的事情，只是，只是，感觉每天都活得累，有些撑不下去……"

"仅此而已？！"韩宁"啪"的一声突然合上了笔记本，放好钢笔，却脸有喜色，顿了一下，语气明显欣喜地说，"很好，既然没有什么真正让你崩溃的大事情，那至少暂且不要来不来说出这么严重的词汇了；既然还不至于真正崩溃，那就什么事都还好说；接下来我们才能够安静坐下来好好沟通、交流，治你的心病！"

"……我……"王大力仍在恍惚，不知是为韩宁的一系列举动，还是为韩宁刚刚的总结，抑或是在为自己刚才慌张失语的回答。

"你认为呢？"韩宁丝毫不顾王大力此刻的紧张茫然，仍旧咄咄逼人地直视着他的眼睛。

王大力紧张、茫然、不好意思、唯唯诺诺地答道："对对……好好。"等说完这句话的时候，王大力忽然觉得，多日沉闷的心境，居然开阔轻松了很多。

韩宁得势不饶人地继续说："我们可以好好地、敞开地交流！既然你来到我这里，等你真正快崩溃的时候，我会想办法把你拉回来的！"

"好！"王大力忽然之间也想明白了，爽朗大声地应道——这是韩宁认识王大力以来，王大力最爽朗开怀的一句话——韩宁在心里长舒了一口气，在心里满足地笑了，其实，这一刻，他的脸上，也是满足的欣慰，这一点，连王大力都看出来了。

这种满足的欣慰是转瞬即逝的，韩宁马上也意识到，尽管他刚刚把王大力从一脸消沉、所谓"崩溃"的边缘拉了回来，但未来还将面对王大力带给他的更多的挑战，韩宁知道，那种挑战肯定会是棘手的，甚至残酷的。所以，韩宁的心里，又重是愁绪。这一点，王大力当然没有看出来。

韩宁继续说："既然如此，我们现在开始认真但随意的交流，不要着急跟我说你的压力，不要只是说烦心的事情；昨天我跟你说过，谈一谈关于你个人的情况就好。"

"我看还是您问我吧，我也不知道自己怎么说才好，我不太会说话。"王大力有点脸红。

"那好。"韩宁故意用轻松的语气缓解着王大力的紧张和不好意思，不再像方才那样咄咄逼人，"先简单介绍自己的最基本情况，想到哪里说到哪里，例如家庭、家里有什么人，工作基本状况。"韩宁又忽然想起来问道："你抽烟吗？这里可以抽烟的。"

"不抽，不会抽烟。"王大力显然还是有些紧张，回答得都很短促；王大力说着，不经意地瞥了一眼靠在墙角的大躺椅。

"哦——"韩宁意味深长地看了一眼紧张的王大力，只能收回已经递过去的烟卷，很小心地塞回烟盒里，生怕把烟卷弄折了一样，然后，他像是看透了王大力的心思一样说，"那边有一张躺椅，如果你觉得躺着说话更放松、更舒服，我们可以坐在那边去，总之不用紧张，我们聊天。"

"哦？——不用不用，我都行，看您方便就好！"

……片刻的安静，诊所屋里顿时静得掉根针在地上几乎都能够听见，诊所外，周日的此时，仍旧是慵懒的安静，所以，更显得诊所里静得夸张。当然，王大力此刻的心里、脑袋里一点都不安静，他的思维在飞速地旋转，既要思考该说什么，还要思考怎么说的问题；他的头低着，眼睛死死盯着脚下的地面，像是想把脚下的地板望穿一样，不是他因为紧张而不敢四处张望，而是他想用低着的头、低垂的目光，把所有的思绪都沉下来。

韩宁有意不去看王大力，他怕他的眼神给他添加压力，使他更加紧张，还有，韩宁此刻也有点不敢去看王大力的表情，他有些害怕认真、严肃、思考着的王大力的样子；尽管韩宁有意给王大力，也给自己营造着一副神态自若的样子，其实，韩宁此刻的心里、脑袋里也并不安静，他此刻想的事情、想的东西纷乱庞杂，他的理智告诉自己要沉下心来，好好工作，把工作中的问题简单化，冷静地去应对，但潜意识却使得他不得不把问题复杂化，把眼前的王大力复杂化。

王大力和韩宁的脑袋里都"嗡嗡"的。

良久，像是鼓足了很大的勇气、下定很大的决心一样，看似木讷的王大力总算重又开始说话，开始跟韩宁的交流。

"我叫王大力，今年24岁，我是独生子女，出生在一个单亲家庭。"

"单亲家庭？"韩宁这时候望了王大力一眼。

王大力没有看韩宁，像是自说自话一般："我父亲在我很小的时候离开我和妈妈，这么多年几乎没有任何音信，妈妈独自把我养大。我们家亲戚很少，父亲那边的亲戚几乎断了联系，妈妈这边的亲戚都在其他的城市，很少走动，很少联系。我还没有结婚，也，也……没有女朋友……"韩宁注意到，王大力在说到这里的时候明显地犹豫了一下，"我的朋友也很少很少，我不太会，也不太喜欢交朋友。"王大力一口气说了很多，然后像是完成任务一般，长舒一口气。

"你是一个比较孤独，或者说有点孤僻的人？"韩宁顺着王大力的话问道。

"是的。"

韩宁又问："你现在仍然是和母亲两个人住在一起？"

"没有了。妈妈这么多年来和我相依为命，可等到我工作以后，她应该享福的时候，去年生病走了……"

"哦……这样……对不起，对不起。"韩宁吃了一惊，然后抱歉地说。王大力没有说话。

韩宁转过话题："好。说说你的工作吧。你在哪里工作？"

"我在市里的商务局工作，大学毕业以后就直接去了那里，一直在局里工作。"

"这么说你是公务员？"

"是的。"

"很好的工作。现在要考上公务员可不容易。"韩宁由衷地说。

"呵呵……还行吧……"王大力似乎欲言又止的样子，韩宁显然注意到了。

"工作忙吗？"

"不忙，……也有忙的时候。"王大力回答得有些前后矛盾。

"工作都还好吗？比如说工作满意吗？"

"就那样吧……"王大力依然有些欲言又止。

"工作之前呢？说说你的学生时代吧。"韩宁适时而又知趣地转移了话题。

"我以前的学习成绩是不错的，"王大力漠然的脸上露出一些骄傲的神色，"所以我的小学、中学都很顺利，然后也很顺利地考上大学，就是市里的施南民大。"

"哦？那我们算是校友。"韩宁高兴地打断了王大力。

"是吗？那你是我的师兄。"王大力也很高兴。

"继续，继续……不好意思打断你。"

"嗯。大学我念的是中文专业，四年之后毕业，就去了商务局……嗯……好像就这样，就这些。"

"你从小都很顺利，这么说，从小到大，你几乎就一直这样顺利安稳地待在这座城市，哪里也没去？"

"是的。"

"平时有什么爱好？"

"我喜欢音乐。"王大力几乎不用经过思考就脱口而出，而且，眼神里透露出真实的喜爱，甚至还有一种自信的光芒。这是韩宁跟他接触以来，第一次在他的眼睛里看到这种光芒。

"哦？你喜欢这个？"韩宁很自然地想起了那个做酒吧DJ的杨大力。

"算吗？"王大力又问。

"当然算！而且是很好的业余爱好！"

"有什么好？那有什么用？"王大力眼睛里方才的光芒转瞬即逝，重又暗淡下来。

"音乐可以陶冶情操、按摩心灵，是我们心理学的一剂良药！"

"是吗？不觉得……"王大力不以为然。

"……朋友呢？你说你不喜欢交朋友？"韩宁适时地转移话题。

"对。要说朋友，怕是只有一个算是好朋友吧。"

"哦？！就一个？不是还有同事，还有以前的同学吗？"

"嗯……可能那些倒算不得是朋友吧……"王大力马上转过话题说，"要说我最好的那个朋友吧……"

韩宁似乎对王大力关于其最好的、唯一的朋友的话题并不感兴趣，没等王大力说完，又马上问道，"为什么没有交女朋友？没有合适的？"

王大力脸上红了一阵，又不好意思地低下头去："对，没有合适的；我也……我也不习惯和女孩子说话；可能，可能也没有女孩喜欢我这样的人吧……"王大力停了一下，马上又说，"不过没关系，我还不着急，单身很好的。"

"对对，单身有单身的好！"韩宁马上附和着，却又接着说，"为什么说没有女孩喜欢你这样的？你是哪样的？再说，我觉得你都很不错啊。"

"呵呵……"王大力尴尬地笑笑，"我知道你是安慰我吧……"

韩宁只好再次转移话题："你身体怎样？"

"身体应该好，从没有什么大的疾病。"

"好好……"

"还有问题吗？"王大力又问。

"你赶时间吗？"

"不不！……我只是问问，问问。"

"那就好。别着急，别紧张。"韩宁说完这句话，突然意识到王大力心里的确在着急，他想到不能把病人逼得太紧，况且，自己也的确似乎暂时没有什么更有针对性的问题；于是，韩宁有意把接下来的话题避重就轻，聊天一般地扯到很多于己、于王大力并无太大关联，却又比较有意思的话题——甚至包括近来的天气。

谈了很长时间，在这种经意与不经意间，韩宁在仔细地捕捉着他认为有价值的任何线索……

韩宁最后说："好。我们今天就暂时到这里，你已经回答了很多很好的问题。"

"哦……那，那你看我病得重吗？有办法吗？"王大力关切地问。

"呵呵……我们不要着急，心里的事情要有耐心才能化开。况且我之前就说了，今天不谈所谓的心病，今天我们只是聊天，聊一聊你自己而已。你今天的表现就很好！心理状态也很平稳！"

听到这话，王大力紧皱的眉头轻松地舒展开一些。

韩宁又说："我会把你回答的问题整理好，确定下次我们交流的内容，制订一个适合你的方案。你回去后好好休息，不用想来我这里看病的事，照常地工作生活……对，当然，你更加没有理由再胡思乱想，因为我还等着你下次到我这里来有更好的表现。我有信心和你一起把问题都解决好的。你看好吗？"

"好！放心吧，韩宁！"王大力终于很坚定。

韩宁在心里松了一口气，若无其事地说："你如果没有其他问题，可以先走了。下次来，平常或者周末，都好，看你时间安排，提前告诉我就好。"

"好，我先走。"王大力站起身，很感激地望着韩宁，想了一会儿，最后说道，"再见。"然后，转身走了。

韩宁没有起身，没有去送王大力，他也累了，狠狠地靠在了椅背上，舒展着方才一直坐得笔直的腰板。歇了一小会儿，韩宁又伏到办公桌上，看着方才在笔记本上记录的几个词汇：

"单亲及丧亲、母爱、孤独、孤僻、沉闷、敏感、悲观、单身、公务员、生理健康"。

韩宁还看了看昨天写的那几个关于王大力的词汇；看了很长时间，思考了很长时间，韩宁不觉中又翻到前一页，看了看之前写的关于杨大力的那几个词汇；韩宁还看到了两页纸上，都有的大大的问号。

韩宁揣摩着这些词汇，杨大力和王大力两个人的影子就在脑袋里来回地晃荡……韩宁烦闷地叹了一口气，又靠到了椅背上，"杨大力、王大力，两个人，还是两种人，折腾我……"韩宁想到他曾经跟杨大力和王大力都说过自己有信心的，于是他在心里狠狠地对自己说："加油！"

诊所门外，此刻已依稀有了来往的人的声音，周日也终于渐渐开始了热闹的一天——晚是晚了点。

12

王大力有两件事情没有跟韩宁说实话，一是他确实有点赶时间，中午有事；二是他并不是完全意义上的没有女朋友，哪怕现在说是女朋友还有些言过其实，但至少他和一个女孩子是在以相亲为目的的初次见面之后就一直还保持着联系，还偶尔见面，所以王大力其实并不该武断地下结论说自己没有女朋友，这也就是之前在跟韩宁说到这个问题的时候，他被韩宁察觉到了有明显的犹豫的原因。王大力中午有事，他要去一个叫朱婷婷的女孩的家里吃饭，这是早就约好的事情。

王大力和朱婷婷相识，也是相亲，早在王大力刚刚参加工作的时候。那个时候，王大力的妈妈还在世，只是身体已然每况愈下。一来看着儿子终于找到这么稳定的工作，能够自己养活自己了，就像许多母亲一样，王大力的母亲自然而然地开始操心起儿子找女朋友、结婚的终身大事；二来许是重病当中明白自己的身体可能坚持不了太长的时间，王大力的妈妈就更加希望能够在有生之年，安心地看到儿子能够找到幸福的伴侣与归宿，所以，王大力的妈妈开始隔三岔五地在儿子面前唠叨关于谈恋爱和结婚的事情。孝顺的王大力也理所当然地意识到这是一个自己应该立即着手，以让妈妈高兴的事情。

朱婷婷今年马上就要满30岁了，比王大力大了不少，在一般人看来，也算是一个年龄越来越让人着急的"老姑娘"。造成这个问题的原因可能主要在于朱婷婷的各方面综合条件确实有些尴尬。她本质上来说算是一个规矩正经的好女孩；工作也不错，在市里的文化馆工作，薪水不多却比下也还有余，工作既稳定，压力又不大，总是很清闲，对于女孩来说，实际上算是不错的工作；家境即使算不上特别的富贵，也至少算得上小康而没有后顾之忧，父母都还没有退休，父亲是做局长的，母亲是电力公司的中层干部，朱婷婷从小就过着富足的生活。但是，刘婷婷长得像她爸，说实话，她爸长得算难看，所以客气点说，她长得真不好看；也正是因为有这样的家境，作为独生千金的她多少又有一些骄娇二气，许多相识的同龄人并不太喜欢跟她打交道；她自己觉着每天衣食无忧，自己想怎样就怎样，所以对于恋爱结婚倒是不着急，于是，她就这样耽误了下来。随着她年龄的增长，这事可操碎了朱婷婷父母的心。

朱婷婷的父亲不是别单位的局长，他正是市商务局的一把手，王大力的大领导。朱局长夫妇为朱婷婷操心的事情局里面其实不少人都知道，朱局长有一些下属，可能是出于关心，也可能是出于帮领导分忧，抑或是踩着点拍领导马屁的考虑，也经常帮朱局长去物色不错的小伙子，特别是这几年每年入职到局里的大学生都成了他们眼中的"猎物"。但可能是缘分不到的缘故，选来选去，要么是朱婷婷心高气傲地看不上眼，要么是朱局长自己对这些作为女婿的后备人选不太满意。

待到王大力参加工作进入局里以后，他很快就成为局里那些热心"猎手"的目标。和王大力同批进局里的这一届大学生本来就不多，多数早就已经有了自己心仪的女朋友，在剩下的几个男生中，据说主要是因为王大力看起来最老实、本分、靠得住，所以"猎手"们对他的普遍评价都相对较高，并且隔三岔五地在朱局长面前表功似的吹风和夸赞着王大力，直到有一天朱局长说："既然都说这孩子好，那就让婷婷和他见见吧。"

王大力和朱婷婷以相亲为目的的初次见面是局里办公室主任赵主任安排的，三个人一起吃了个简单的便饭。席间，男女主角倒都是话不多，唯独作为配角、中间人的赵主任忙得不亦乐乎，忙着对两人嘘寒问暖，忙着为两人夹菜倒酒，忙着从两人的口中套出各自的各种信息。不知赵主任的这股热情是冲着一心去成就一段好姻缘，还是冲着为了完成朱局长交付的如此光荣的任务。饭后，赵主任和王大力其实都没做指望了，赵主任是觉得王大力席间的表现太差劲；王大力是觉得自己似乎和朱婷婷的确聊不到共同语言，自己对朱婷婷的确没有心动的感觉，当然了，自己也的确应该没有能够吸引到朱婷婷的地方。

出乎意料的是，没过几天，朱局长给赵主任带了句话："婷婷觉得小王还不错，起码交个朋友是挺好的。"赵主任喜出望外。当他把这个消息眉飞色舞地告诉王大力时，王大力其实内心反而犯难——赵主任却没有从王大力的脸色当中看出来。乖巧的王大力把这个消息告诉了妈妈，他的本意是想让妈妈帮他想想如何处理这桩犯难的难题；可妈妈的反应却比赵主任更加兴奋，她既为自己的儿子自豪，也为朱婷婷以及朱局长对儿子的垂青而备感幸运——尽管其实这还是八字没一撇的事情；妈妈还认真地叮嘱王大力："一定要好好珍惜这个机会，这对你未来的婚姻，对你未来的事业都非常重要！"于是王大力就没有再说什么了，他知道，妈妈总是为自己好的。至于说自己对朱婷婷的真实情感，先不去想那么多了，走一步看一步，加深彼此的了解吧，毕竟，做朋友总是不错的；况且，朱婷婷也只是说做朋友呢。

自此以后，王大力就跟朱婷婷保持着联系，见面不多，电话、短信联系不少；不过，两人交心说心里话的东西也不多，聊来聊去，王大力总感觉两人之间还是寒暄的成分更多一些——当然，更谈不上年轻恋人之间的肌肤之亲，连手都没有牵过，与其说是王大力胆子小、不好意思，不如说是王大力暂时对朱婷婷的确没有那方面的想法。在朱婷婷看来，王大力确实就是本分而稳重的。所以，两个人的关系是微妙而暧昧的，说是男女朋友，实在算不上；说是普通朋友，可明明是在相亲的场合相识，又一直保持着比较紧密甚或暧昧的联系，况且，局里越来越多的知情人在开玩笑的时候，都放肆地把王大力称作局长的"驸马爷"了。

在朱局长的脸上和言行当中，看不到半点有关女儿与"小王"关系进展的影子，他没有对"小王"表现出任何与以往的不一样，不同于其他人的亲近，在他眼里，似乎"小王"还只是那个与他的级别相差很远，因此平素工作中几乎都难得见面的普通小下属，这也成为局里所有同事，特别是王大力自己对朱局长尤其钦佩的一点。王大力对朱局长的认识与评价就因此越来越和其他同事一致了：一心扑在工作上、清廉、公正、公私分明，以及，不搞裙带。所以，与朱婷婷的相识，倒是让王大力更真切地认识并崇拜上自己的这个大领导。每一次在局里与朱局长偶遇的时候，王大力总会尊敬地称呼："朱局长好！"朱局长总会像对待其他人那样平易近人地，也仅仅是简单地回应道："小王好！"而在朱局长的眼神中，王大力能够看到的是朱局长一种不怒自威的霸气。

王大力和朱婷婷关系的进展是王大力妈妈最关心的问题，也是她在生命的最后时光最开心的理由之一；但是，无情的病魔最终没有让妈妈看到王大力和朱婷婷终成眷属的那一天；妈妈在临终之前给王大力留下的遗言当中，郑重地包括一句："一定要对婷婷好！"听起来，妈妈已然是把朱婷婷当作自己未来确定的儿媳。

日子就在王大力和朱婷婷这不咸不淡的关系中一天天过着，没有往前一步，也没有往后一分，一直到现在朱婷婷都已经快是30岁的女人了。时间长了，乐于好奇的旁人也渐渐失去了兴趣，谁也不知道，也渐渐懒于打听这一对年轻人究竟是怎样的打算。王大力自己也不知道两人究竟会走到何处，继续这样暧昧的拖拉，还是结婚，还是分手，也许也不是他能够说了算的问题，而他最初那种犯难的情绪则一直还在。

在这样的背景下，王大力今天中午要去朱婷婷家里吃饭，这将是王大力第一次去朱婷婷，也就是朱局长的家里。

13

从韩宁的诊所一出来，王大力就急急忙忙地往最近的超市里跑去，他是寻思着，第一次去朱婷婷以及朱局长的家里做客，总不好意思两手空空。之前几天，关于买什么礼物的问题着实让王大力纠结一番，买什么呢？也不知道朱婷婷的父母究竟喜欢些什么；再者，估计她的家里应该什么都不缺吧；买太贵重，初次登门似乎不合适，买太便宜的，又感觉拿不出手……不过，在考虑这个问题的时候，王大力是从朱婷婷的父母角度去考虑的，他压根儿不想从"朱局长"的角度去考虑。后来，王大力决定干脆就去超市买点普罗大众的生活必需品，不论怎样，家家户户总是用得着的。

所以，王大力在超市里倒也没有费尽心思地花太多时间，他买了一瓶家庭装的橄榄油，一大瓶野生蜂蜜，一大包坚果组合的礼品装，然后就急匆匆地往朱婷婷家赶去。

朱婷婷一家住在商务局的干部大院里，就紧紧挨着王大力每天上班的商务局办公楼的旁边，这个大院有些年头了，三栋7层高的住宅楼还是很老的样式，连电梯也没有，外墙也已经因为陈旧而变得灰暗。这是当初在公务员住房改革之前建的楼，所以住在里面的大部分是商务局的老同志，包括很多现在已经退休、王大力完全都不认识的老同志，还有不少住户更是不明来历，他们是从之前商务局的干部职工手上买的这里的房子。虽然是商务局的干部大院，虽然就比邻着商务局的办公楼，但王大力居然从没有进去过，像他这个年纪的年轻公务员们，早没了分享单位福利住房的资格与幸运。

当走进大院的时候，王大力感受到一种和每天上班的办公楼里一样的气息，说不清楚原因，总之这是一种让王大力平日里非常熟悉，但在节假日里非常讨厌的气息。周日的中午，大院里却异常安静与冷清，也许是各家各户都已经在家里忙着做饭，也许是各家各户利用周日的时节早早就出门休闲去了，反正大院里没有下棋聊天的老人家，也没有嬉戏打闹的小朋友，也没有追逐乱蹿的猫猫狗狗，跟王大力印象当中的其他住宅小区的感觉不太一样。今天连风都没有，所以大院里那几棵大树居然也是一动不动地呆立着，枝枝叶叶都毫无动静，毫无生气……这是王大力完全没有预料到的。

王大力预料到的则是，他一进大院，就立即感觉到一种紧张和脸上有些发烫的感觉，因为手上拎着礼品，因为要去朱局长的家里，他生怕被住在大院里的相识的同事看见——尽管在此之前，他曾经洒脱地想过，我只是去朱婷婷家里；何况，局里面不少的"包打听"早就知道"驸马爷"今天要去拜见"岳父大人"。哪怕大院里没有人溜达，但王大力还是感觉似乎有很多双眼睛躲在哪一扇门后、哪一扇窗户后，在指手画脚地盯着他。王大力的步子很快，按照朱婷婷告诉他的具体地址，他很快溜进了她家所在的楼道里。

当王大力怀着忐忑的心情敲门之后，他没有想到来给他开门的居然是朱局长，王大力的心情因而更加紧张，他也感觉到自己的脸上好像更加发烧了。

"呵呵，来啦来啦！快进来吧！"朱局长热情地招呼着。此刻，王大力猛然留意到，今天的朱局长和平常的朱局长是完全不同的，不论是他说话的语气，还是他满脸堆笑的表情，都像是换了个人一般。王大力第一次在朱局长脸上没有看到那种不怒自威的霸气，反而只是普通的一团和气，就像平素里自己在邻里见到的老大爷一般。王大力在心中想着，自己平日里崇拜的是那个朱局长，但原来打心底喜欢的，应该是眼前这个朱大爷。而且，此刻的朱局长，身上还系着做饭的围裙呢。

王大力一边想着，一边赶紧跟朱局长问好，然后进了屋里。朱局长的家并不大，看起来不到100平方米，一家三口一起住算是刚刚合适；家里布置得简单、整洁，看得出是一个会持家过日子，爱打理的家庭；家里的电器、家具等陈设很齐全，但也都算不得新潮，普通当中透露着一些老旧，不过每一件摆设都干干净净，摆放得整整齐齐。朱局长的家让王大力还是有些惊讶，毕竟是堂堂的大局长，显得就有些简单简朴了。王大力对此印象感觉很舒服，就像是对朱局长本人一贯的印象一样。

"坐吧，站着干什么？"朱局长仍在热情地招呼，"婷婷，你在干吗呢？小王过来了！"

王大力不好意思地坐在客厅的沙发上，他下意识地四下打量着，但并没有看见朱局长的太太。

"哦，婷婷的妈妈身体不太舒服，这会儿在房间躺着休息，不能出来欢迎你，你不要介意！"朱局长像是看透了王大力的心思，马上解释着。

这倒使得王大力不好意思了："没关系，没关系，是我不好，阿姨不舒服，我却还来打扰！"

"呵呵，呵呵……"朱局长只是笑眯眯的，"婷婷，还不出来招呼客人哪？"朱局长尽管和印象中一样声如洪钟，但声音又和平时的低沉厚重不一样。

"哦——"里屋传来朱婷婷懒洋洋的声音，"知道啦！"然后里屋传来窸窸窣窣的声音，朱婷婷趿着拖鞋溜达出来了。"来啦？"朱婷婷冲着王大力说，其中并不见得多么欣喜，听起来，她和王大力的关系似乎已像是老夫老妻一般寡然，只是，这回倒是"老夫"第一次来见"老妻"的父母。

朱婷婷坐在王大力身边的沙发上，随手拿起茶几上的瓜子嗑了起来。

"婷婷？！"朱局长笑眯眯地却带着一点责怪的口气。

"哦……大力，你也吃。"朱婷婷把茶几上的那袋瓜子往王大力跟前推了推。

"好，好，不客气……对了，朱局，我顺道带了些礼物，希望您能够喜欢。"王大力说着把搁在身边的橄榄油、蜂蜜、坚果挪到朱局长跟前，还一个劲儿地解释着这些礼品对身体健康是如何有益。

"多有心的小伙子！好！我不会客气，全收下！哈哈！不错，你挑的礼物真好！我和你阿姨都喜欢！哈哈！"朱局长一边爽朗地说着，一边拎起礼物袋子拿进厨房。朱婷婷只是望了一眼那堆礼物，什么也没说，仍在认真地嗑瓜子。

朱局长从厨房里探出头说："小王啊，你先和婷婷聊着，别客气，我就先不招呼你啦，午饭很快就好！"

"您别客气！"王大力马上站起来问，"您那儿有什么我可以帮忙吗？"

"不用不用，你坐，你喝茶……"朱局长一边应着，一边已经开始忙活了。

"哦……"王大力重又坐了下来，然后就和朱婷婷有一句没一句地聊着。说实话，此刻王大力的心里虽然说不上紧张，却的确很不自在。

朱婷婷当然看出了王大力的窘态，她"咯咯"地笑出了声："哎，大力，你至于吗？到我们家像是进了狼窝似的！"

"不是不是……哪有的事！"王大力嘴上说着不是，样子却更加尴尬，也更加好笑。

"你可别见外！我们家我说了算呢！"朱婷婷调皮地笑着，"来呀，吃瓜子儿！"

"好好……"

"爸，饿死啦！什么时候吃饭啊？"两人不咸不淡地聊了好一会儿，朱婷婷忽然丢下手中的瓜子，冲着厨房大喊道。

"好啦好啦！你和小王赶紧洗手去，可以开饭啦！"朱局长一边吆喝，一边在忙着往餐桌上端菜……朱婷婷却又抓起一把瓜子，依然在边嗑瓜子边盯着电视节目，王大力坐不住了，立即起身帮忙去摆放碗筷。

一切准备工作就绪之后，朱局长轻手轻脚地走进卧室，王大力却听得很清楚。

朱局长柔声细语地说："好点吗？要不起来吃点吧？对了，小王也来了……"

朱太太应了一声："嗯……"然后就听见朱局长扶着朱太太起床，然后又扶着她走到餐桌旁坐下了。

王大力这才第一次见到朱婷婷的妈妈朱太太："阿姨好！"王大力站得笔直地说。

"你就是小王？坐吧坐吧。"朱太太有气无力地寒暄着，眼睛并没有看着王大力。

"阿姨好！对，我是王大力。"

"哦，别客气，坐下吃吧，多吃点。"朱太太端起桌上的温开水喝着，依然没有看着王大力。

席间，朱局长主导着谈话的内容，没有谈到局里的工作，也几乎没有谈到王大力和朱婷婷之间的关系，也没有谈到关于王大力家庭、个人情况等方面，完全只是闲聊一般，聊国际国内的热点新闻，聊身边的逸闻趣事，甚至还聊起了娱乐八卦，这和王大力之前的预计全然不同，所以，一顿饭让王大力出乎意料地备感轻松。同时，他也发现，原来朱局长还是个见多识广，也懂得幽默的人；但朱太太则性格内敛，几乎不怎么说话——当然，也许是因为她身体不舒服的缘故；至于朱婷婷，还是和以前每次见面的感觉一样，彼此之间很平淡，好像总是聊不到一块儿去。

吃完饭，朱婷婷又趿着拖鞋懒洋洋地从餐厅溜达到客厅，然后继续坐进沙发里开始嗑起瓜子；朱局长立马开始忙碌起来，收拾起碗筷。

"你放着，我来收拾吧。"朱太太一边擦嘴一边说。

"那哪行？！你还是休息一会儿吧。"朱局长关心地说。

"我说让你放着，我歇一会儿就收拾。"虚弱的朱太太声音突然大了很多，然后又马上是有气无力的状态说，"你不用管，你陪小王聊聊。"

"哦，也好，也好，呵呵。"朱局长又是笑眯眯的样子。

王大力本想站起身，但听朱太太这么一说，就像听从命令的感觉一样，他也只好继续坐着。

"小王，会下象棋吧？"朱局长问。

"会是会，下得不好。"

"别谦虚了！我也就是个破棋篓子！走，陪我下两盘！"朱局长站起身来，看了一眼朱太太——朱太太没作理会，眯着眼睛在剔牙。王大力也就立即站起身来，跟着朱局长走进小小的书房里。

棋盘铺开，棋子摆好，很快，两人的棋局就开始了；伴随着棋局的开始，朱局长新的聊天的话题也开始了。

"小王，觉得我们家婷婷怎么样啊？说实话啊！我知道婷婷坏毛病多！"朱局长手里攥着刚刚吃的王大力的两个"卒"，一上一下敲得"啪啪"作响，一边皱着眉头，认真地盯着紧张的棋局。

这突如其来而又直接的问题问得王大力一愣神，然后，紧张地回答："她，婷婷她，挺好的。"

"哦……对了，你们认识，也差不多一年了吧？"

"对对！"

"其实我是应该早一点邀请你来家里做客的，但一来，我不想干预你们年轻人之间的事情，二来嘛，毕竟我们在一个局里上班，有些事情，反而怕对你造成影响。你明白吗？"朱局长手里棋子的"啪啪"声突然停下，他的目光也从棋盘上转移到王大力的脸上。

"我明白，明白，谢谢朱局。"王大力仍旧是不太会说话，只是简单地回答，不过他心里的确是由衷地感激朱局长的善解人意和坦诚。

朱局长的脸色依然很平静："你们相处了一年，当然，我不知道你们俩之间的关系是不是算得上是谈恋爱，不过，我知道你的确是个守规矩、懂事的好孩子，至少没有欺负过我闺女。不过，对以后你是怎么打算的？"

"以后……？"王大力压根儿没有预料到朱局长，此刻更确切地说，应该是朱婷婷的父亲今天会直接问起这么一个难题。

"对，以后。一来，你俩这么相处着，我想时间长了，总得有个明确的说法，这也是对彼此负责吧；二来，实话实说，我们家婷婷和你还不一样，毕竟她比你大这么几岁，又是女孩子，都快三十的人了。这些你也应该明白我的意思吧？"

"呃……明白，明白……"王大力其实很想多说点什么，因为他更加由衷地感激朱局长的推心置腹，但一时间却又实在不知道说什么。

"比如说，你有没有和婷婷结婚的打算？"

"呃……她……"

不等王大力的犹豫，朱局长马上又说道："不管婷婷的想法，此刻我只是问你。"

"呃……我，我，暂时……"王大力的心里一团乱麻，他很想说两句让朱局长能够安心的话，但对于这样一个严肃的问题，他一时间却又不敢匆匆表态。

"呵呵，到你了，我的马已经卧槽将军了。"正当王大力如坐针毡之际，朱局长不知怎的，忽然掉转了话头。王大力注意到，朱局长的目光，又重新回到了棋盘上。王大力心里暗自舒了一口气，但是，忽然之间，王大力从朱局长身上，感受到了平时上班时他身上才有的那种威严。

王大力和朱局长都开始认真地下棋，半晌无话……

"婷婷，婷婷，过来帮个手！"厨房里传来正在洗碗的朱太太的声音。

"哦——"客厅里，朱婷婷只是懒懒地应了一声，然后，仍旧只听见嗑瓜子的声音。

"婷婷——"过了一会儿，朱太太等不及地再次喊道。

朱局长此时坐直了身子，目光再次离开了棋盘，看他那架势，他是想马上冲进厨房，给朱太太帮忙；但朱局长却突然欠了欠身子，意味深长地看了王大力一眼，那眼神中，是那种熟悉的不怒自威的气场。

王大力心里禁不住一凛，忽然想起什么地说："朱局，要不我去厨房看看。"

"哦，去吧。"朱局长平静地说道，然后，丢下手中的棋子，顺手拿起身边的报纸，兀自地翻了起来。王大力也不好再说什么，起身去厨房给朱太太帮忙去了……

"丁零零……"客厅里传来刺耳的手机铃声。

"大力，你的电话！"仍在嗑瓜子的朱婷婷大声叫着仍在厨房里的王大力。

"哎！来了！"王大力一边擦手，一边急忙奔进客厅，抄起茶几上自己的手机，当他看到来电号码的时候，微微皱了皱眉头。

"喂，李科您好！"原来是王大力的科长打来的电话。此时，朱局长也慢慢从书房里踱到了客厅里。

"现在吗？我……"王大力的语气似乎有些为难。

听不清电话那头在说什么，但有一点很明显的是，电话那头声音的分贝明显地提高了。

"哦，哦，那我，我马上到办公室。再——"王大力"再见"的"见"字还没有说出口，对方已经挂断了。

"朱局，婷婷，不好意思，我，我得走了，得赶去办公室，有点事。"王大力解释道。

"大周末的还去办公室啊？！"朱婷婷放下手中的瓜子，不满地埋怨道。

"婷婷，怎么说话的？！"朱局长严厉的口气中却满是慈爱的味道，然后又平静地对王大力问道，"是你们李科长的电话？"

"嗯！"

"有什么急事吗？"

"没说，只是让我立即去办公室。"

"好好，公事耽误不得，你赶紧走吧！"

"好，谢谢朱局！"

王大力跑进厨房，向朱太太道了个别，然后再向朱局长和朱婷婷道别。朱婷婷坐在沙发里，明显有些不高兴；朱局长则把王大力送到门口。

"您进去吧，不用送了，别客气，今天给您添麻烦了！"

"好好好！小王，你也别客气，以后常来玩。"

"好，朱局再见！"王大力一边招手，一边转身。

"对了，小王，"朱局在准备关上门的瞬间，突然又叫住了王大力，"小李知道你在我这里吗？"

"不知道李科知不知道，应该，应该不知道吧。"

"哦，那你赶紧去吧！"

"好，再见。"

走进楼道的王大力算是真正舒了一口气，整个人立马感觉轻松许多；但想到李科还有公事在办公室等着自己，心里又不由一紧："不知道是什么急事呢！"

出了楼道，王大力看见大院里此时有了不少饭后散步的人。王大力看见两位老爷子正一边踱步，一边悠闲地聊天；都挺着肚子、背着手，还在指点着什么；他们看见王大力这个陌生人后，脸上的笑容忽然没了，换成一种趾高气扬的眼神打量着。"他们应该是局里的什么老领导吧……"王大力心里估摸着，因为，从他们身上，王大力看到了类似朱局长才有的那种气场……

14

王大力到办公室的时候，李科长正在喝茶、看报。王大力首先是惴惴不安地揣测着，从接到李科长的电话，到此刻进办公室，也就十分钟时间，想必李科长应该不会因为等得太久而生气吧。

"呦！小王！这么快就来啦？"王大力还没有来得及打招呼，李科长就看见了他，不仅没有生气，而且还立即放下手中的报纸，从椅子上站了起来，满脸堆笑。

李科长今年快四十了，算是局里的老科长了，之前在好几个科室都干过，业务能力上算是不错，性格也非常活跃，从去年开始，局里一直在传说上面要把他的位置提一提，可是一直却没有具体的下文。王大力觉得李科长在工作中是个很严肃的人，至少在科里总是一副不苟言笑的样子，喜欢紧锁着眉头，大约总是在思索工作中的难题。王大力在上班第一天和科里同事们初次见面时，不等大家的介绍，他就从李科长的神色表情上猜到，这个人应该就是这个科室里最大的领导。

也正是因为如此，王大力一直不习惯，甚至不喜欢李科长笑容满面的样子，比如说，此时此刻的样子。李科长的年纪本来算不老，保养得也不错，所以从不显老，但他笑的时候，脸上的鱼尾纹、法令线就一下子都挤出来了，显得比实际年龄一下子大了很多；咧嘴露出的牙齿虽然整齐而洁白，但又暴露出格外显眼的牙龈，让人看起来就更加不舒服了……

所以，王大力把目光从李科长的脸上硬生生地转到一边去了；但同时，他也纳闷，李科长怎么此刻对自己竟然是这样一副表情，况且，仅仅是在方才的电话中，王大力都分明感觉到的是平常的那种严肃语气。

"你看我，我都不知道你今天有大事呢！刚才和值班室的老赵闲聊起来，我才知道你今天是去朱局家吃饭去了！早知道这样，这大周末的，也没必要拉你过来了。"李科长的笑脸、皱纹、牙龈，更加明显了。

"哦，没事的。"王大力微笑着说。

"哦，这笑脸，原来如此。"王大力在心里说。

"李科，您，您是有什么工作安排吗？"对于李科长知道自己去朱局家里的事情，王大力有些尴尬，所以立即言归正传地问起了工作。

"哦，对了，朱局还好吧？"李科长看来并不急着谈周末加班的事情。

"还好啊。"

"哦……他，他没说什么吧？我是说，工作的事情，我们科里的事情。"

"没有，没有谈工作。"

"哦……我是说，我是说没有问起我什么吧？"李科长的笑脸有点微微泛红。

"呃……没有吧。"

"哦……没有，没有……没事，我也就问问。"

"那，那咱们今天来加班……？"王大力再一次把话题拉到了正轨上来。

"对对——是这样——咳咳……"李科长清了清嗓子，在他清嗓子的同时，脸上的笑容没有了，马上恢复到了工作中、平常经常见到的表情，这才是王大力相对觉得看起来更自然的表情，"再等一会儿，大概五点来钟吧，我们出发，你跟我一起出去吃个饭。"

"吃饭？怎么？今天又有工作应酬吗？跟谁啊？"

"是这样，市公安局有位副局长，也是我老朋友，约了我吃饭。"李科长不以为然地说。

"哦……涉及我们工作出了什么问题吗？"一听是跟公安局的人吃饭，王大力紧张起来。

"没有，没事没事，就吃个饭！"李科长平淡地说。

"哦……没事，没事啊……"

王大力嘀嘀咕咕的口气让李科长马上听出了其中的不情愿，他立马严肃道："小王啊，你就不能为了工作牺牲点个人时间？"

"可，可您不说跟工作没关系吗？"

"怎么没关系？！"李科长更加严肃了，"这不也涉及我们跟各部门走动，为我们创造良好的外部环境吗？！"

"昨天我们不是刚和园林局的人吃饭，也没涉及工作什么的吗？"

"怎么不涉及？不还是涉及外部环境吗？！"李科长再次提高声音的分贝。

王大力不敢说下去了，李科长的这些话其实已经不止一次在他耳边说起；如果自己再说下去的话，他预料得到，李科长应该还会继续说，第一，吃饭总会涉及工作的外部环境问题，说小了，园林局、公安局跟我们都没关系，说大了，全世界都算外部环境，这样的饭都可以吃，也都应该吃；第二，吃这顿饭并不是简简单单地和李科长自己的私人朋友吃饭这么简单，这都应该算作是科里、局里的外部环境……这些道理王大力听腻了，但他至今还是不能确定这些"道理"算不算是道理……总之，有些时候，哪怕是吃顿饭，也都不是那么简单、那么自在，也是由不得自己的事情……

看到王大力在愣神，李科长突然又笑眯眯地和蔼地说："小王，你刚参加工作，多些机会历练历练才好啊！朱局对年轻人也是这个工作思路呢！"

王大力看着他不喜欢看的笑脸，点头。

吃饭其实很简单，吃饭聊的话题也很简单，李科长和公安局的这位副局长倒并没有谈到什么外部环境的问题，还是和往日的大多数饭局一样，他们交流着彼此家里的私事，然后再就是市里的各种流言蜚语、各机关部门的人事风声。对于王大力而言，虽然他越吃越难于理解周末的这样一顿于工作不知到底是有关还是无关的饭局究竟有何必要非要安排自己不情愿地参与，但同时，他在饭桌上要做的，其实也很简单，无非就是频繁地遵照李科长的指示来来去去："小王，去，给大家添点茶水""小王，年轻人，多敬副局长两杯酒"……

面对着一桌残羹冷炙的时候，李科长说："小王，差不多了，去埋单吧。"

"不行不行，得我来！"公安局副局长立即抢单。

"那不成！早就说好的！小王，快去！"

心领神会的王大力立即冲出包房，找到经理付钱。

"需要开发票吧？"经理头也不抬地说。

"对。"王大力头也不抬地说。

"你把发票抬头写下来吧。"经理说着递给王大力纸和笔。

王大力想了想："目前，有两家企业的审核材料正在科里，发票抬头肯定就得写这两家当中的一家了。"当然，这是李科长在日常的工作应酬中手把手教给王大力的。

"写哪一家呢？对！就写'施南××集团'吧！"王大力当机立断地写在纸上，"至于另一家，毕竟昨天和园林局吃饭的发票抬头已经写过了……"

分手的时候，已是醉意浓浓的公安局副局长对王大力说："小黄，把你科长护送好回家！"

"局长，我姓王，小王。"王大力握着副局长的手说。

"好！你们科长交给你了，小黄！"副局长抽出了握着的右手。

王大力没再说什么，他只是想起来，方才在席间给副局长敬酒的时候，副局长曾对他，"小王！不错！小伙子不错！小王！我记住你了！哈哈……"

Chapter 4

第四章　夜曲

15

　　一连几天，不论是杨大力，还是王大力，都没有来韩宁的诊所，诊所又恢复了往日的冷清。韩宁倒也哪里也没去，每天仍旧都待在诊所里；每天都在书柜里翻查着大量的资料——韩宁的脑袋里始终装着他手头的这两个病人。韩宁开始逐渐意识到，杨大力、王大力心理问题的形成，虽然与当下的生活状况直接相关，但可能与其家庭、童年与少年时代的过往也有着密切的关联——如果杨大力与王大力所说的一些情况都是真实的话；所以，下一个阶段，对于杨大力、王大力沟通与治疗的重点，不仅需要全面了解他们日常生活的点滴，可能还需要从其童年、少年时代去寻找一些蛛丝马迹。与以往面对病人的感觉不同的是，纠结的情绪缠绕在韩宁的心里。

　　放下手里的书本，韩宁想换换脑子，轻松一下。他倒了一杯水，端着杯子，在房间里来回踱着步子，尽量不去想杨大力或者王大力，尽量去想一些与工作无关的、轻松的事情。不自觉中，韩宁意识到自己又是好多天没有回家了，当然，这么多天，马媛也一直没有打来电话——她可能忙，她可能怕打扰韩宁的忙，她可能根本也没有想起韩宁。韩宁自嘲地默默笑着。然后，他又意识到，其实这样的日子很好，自己在自己的世界里安静地忙碌，自己也毕竟根本没有想起过马媛；自己只感觉到几日的匆匆，原来是因为自己反而已经享受和期待着这样的生活——马媛说对了，韩宁意识到了，自己就是在不知不觉当中选择逃避，逃避马媛，逃避与马媛的生活——至于为什么逃避，韩宁也说不出来。

想到这些，自己的问题不见得比杨大力、王大力的问题轻松多少。

韩宁缓缓地从屋子里踱到门口。街道上，往来的行人，表情漠然，行色匆匆，韩宁很想知道他们每个人如此的匆忙，是各自想要奔往何地。韩宁从他们的脸上、步伐里，竟然看不见他们各自一丁点生活的气息，韩宁觉得，他们都是在为了匆忙而匆忙着。

像往日一样，对门的孙二哥依然是在忙碌着，也依然是忙得那样的怡然自得，还哼着不知调的曲子。韩宁觉着，孙二哥的匆忙是充实实在的，是幸福的；韩宁居然有点羡慕孙二哥了，因为孙二哥的生活就简简单单地在眼前，他就不用逃避什么。韩宁想给孙二哥打个招呼，甚至聊上几句，但他终究不忍打扰孙二哥此刻忙碌着的恬静——孙二哥忙得也没有注意到站在对门诊所外的韩宁。

恍惚间，一个熟悉的身影朝诊所走近了，倒是位稀客，韩宁的爱人，马媛来了。韩宁看着马媛走近的身影，有点不相信地发愣；对门的孙二哥居然在忙碌中也注意到韩医生夫人的大驾光临，孙二哥也吃惊地停下手上的忙碌而发愣，然后望着街对面的韩宁——韩宁没有注意到，韩宁只看着马媛。

"你来了？今天怎么有空？"韩宁上前几步迎向马媛。

"科里今天没多少事情，我就抽空出来了。"马媛一边说，一边和韩宁一道走进屋里。

"难得。"韩宁这样说，不知是说马媛难得有空，还是说马媛难得过来看他；所以，刚说完这句，韩宁又马上补了一句，"难得有空，你也应该多休息。"

马媛笑着望了韩宁一眼，笑得有些无奈，马媛无奈的笑，不知是因为平时忙得身不由己的工作，还是因为韩宁刚才不妥的话。

"坐——"韩宁一边招呼马媛，一边转过身去冲茶倒水。

马媛缓缓地把手上的包随手搁在进门边的沙发上，然后新奇地环顾室内四周——她的确是很长时间没有来过，的确算是稀客。马媛说："你这里打理得还挺干净。"

"谢谢！"韩宁把倒好茶的茶杯放在马媛身前的茶几上，他马上又意识到似乎自己刚刚又说得太客气了，于是有点尴尬，只得说，"坐吧。"

马媛坐下以后，还在环顾着四周，没有说话，韩宁也无话可说，诊所里很安静。韩宁觉得很不自在，他又马上想起来，方才他自己已经意识到，他如今似乎不太习惯和马媛一起的生活；韩宁也就明白了，难怪刚刚跟马媛说的几句话自己都觉得不合时宜。

马媛不说话，韩宁也就不说话，他就静静地等着，等着马媛既是好奇，也算是关心的眼神，慢慢打量着整间屋子。马媛环顾了好久，总算看够了，看踏实了，也总算似乎想起来眼前还有个韩宁，眼神终于落到韩宁身上，她发觉韩宁一直在静静地等她，有点不好意思，顺手端起茶几上的茶杯，抿了一口茶。

"小心烫！刚倒的水！"韩宁立马开了口，紧张地提醒。

"没事没事……还以为你变成哑巴了。"马媛又缓缓地把手中的茶杯放回茶几上。

马媛接着问："这些天还好吗？"

"还好。有几个病人，忙着。"韩宁好像是在说明自己不是个闲人，也好像在解释近来没有回家的原因。

"忙点好，忙点好。"马媛不咸不淡地说，"我最近还是老样子，老样子的忙。"

"那你今天来……？"韩宁问得很直接。

"今天科里没什么事情，我就出来了；哦，上你这里来，我是专程有事情要和你商量。"

"哦？"韩宁一脸疑惑地看着马媛，因为在他的印象里，夫妻俩已经很久没有什么事情需要找彼此商量了，尤其是马媛。

"呵呵……"马媛笑得很干，"确实是专程过来，不然也不会这时候来打扰你，而且电话里也说不清楚，确实是大事情。"

"没事吧？"韩宁有些担心。

"没事没事，是好事。"马媛接着说，"院里面抽调了一批人，明年上半年去加拿大进修，我们科就是我去，多好的机会！"

"是！很好的机会，出去走走，见见世面，学点东西。"韩宁并不是很高兴，然后又想起什么，"学习多久？"

"脱产，两年。"

"两年？哦，两年！"韩宁自言自语。

"我是想跟你商量，我们一起过去！"马媛的眼里闪烁着光，一直闪在韩宁的脸上。

"我去？"韩宁确实很吃惊。

"对！"马媛继续着眼里的光彩说，"我是这样打算，本来我们去的人得跟院里签好协议，保留职务，去了再回来继续上班——其实院里也怕我们去了就远走高飞，或者镀了点金回国后，就奔更好的医院去了。我是想去了两年之后，再看情况，如果可能，就想办法在加拿大留下来——据说医生什么的，在加拿大算是技术工种，留下的可能性很大！如果不行，回来再找更好的医院也比现在好！到时候，无非给院里面赔一笔钱。你觉得呢？"

"去进修什么？"韩宁依然似乎没有提起兴致。

"放心吧！心理学！我算是捡回老本行！"

"哦……你进修……我去做什么？"

马媛愣了一下，眼里方才的光芒顿时暗淡了很多，回复了平静的口气，"我是公费去，去了我们就可以马上临时落下脚来，再说凭我们现在的积蓄，在那边完全可以生活一段时间，再说，你在那边华人区，应该可以很快找到工作，说不定还是你喜欢的老本行，我听说加拿大找工作比国内还容易。"

"我现在干得很满意，再说，我现在手上有病人……"韩宁这话说得其实有些无力。

马媛扭过头去，顿了一会儿，忽然回过头来说："你是想拖我后腿？"

"我没有，我支持你去学习深造。"

"那你是不想跟我过日子了？"马媛的语气愈发生硬。

"我怎么，我怎么不想过日子了？"

"我是说你不想跟我过日子了！两年，两年时间你我就这样两边待着，这像是夫妻吗？两年之后，如果我能够在那边留下来呢？我们就此异国作别？"马媛的声音在颤抖着。

韩宁有些害怕，有些于心不忍，但内心，他更加害怕和马媛一起去加拿大的朝夕相处，所以他无言以对。过了一会儿，韩宁平静地说："其实你现在不是很好吗？院里那么重视你，工作环境也不错。我们这样不是也很好吗？"

马媛立马提高了声调："什么叫很好？！韩宁，你为什么总是安于现状，总是满足眼前？！我成天医院里里外外地跑，上上下下地应酬，我早烦了这样的工作！我们之间现在也叫好吗？别人两口子像我们这样过日子吗？我也是想着去了那边，去一个更好的新环境，我们两人之间也重新好好相处过日子……我没说错，你就是逃避！困难也好，机遇也好，还有家庭，包括我，统统这些，你都在躲，逃得远远的，永远关在自己的小窝里！"马媛涨红了脸，气喘吁吁地说。

"说完了吗？……去了那边，什么都好了吗？"韩宁冷冷地说。

"现在多少人，攒钱、想办法、拼了命地往外挤！为了更轻松的生活、更好的环境、子女更好的教育，这是我们多好的机会！"马媛几乎是苦口婆心。

"说到底，是你和那些人一样，你们这些人才是逃离！你们还想逃得更远！"韩宁的语气也变得很生硬。

"你，你……我这样不是为了家吗？我错了吗？"马媛的脸憋得更红，一腔的怒气，还有委屈，似乎快要爆裂出来。

"你没错。但是，不要总是把自己的决定作为家的决定，作为我的决定。我也不认为远走高飞就一定会为了整个家好……"

"你，你……"

"马媛，别说了，我们别吵了。"

"……总之我已经告诉你了！医院这边，今年底就开始办我的手续……"

韩宁不再说话。

"……"马媛欲言又止，却终究也不知道再说什么，她怒气冲冲地起身，抄起提包，头也不回地冲出诊所。韩宁坐在椅子上，低着头，没有起身，更没有送一送马媛。

马媛走后，韩宁就一直坐在椅子上，一动不动地想着，冷静下来，他不得不承认，马媛的考虑多少是为家里着想，但他兴许真的是像马媛说的，也像自己已经意识到的，如今的他，的确在逃避着马媛，逃避着自己和马媛的家，他开始承认自己的确像个不断逃避、什么都逃避的懦夫——不过韩宁又转念一想，还是马媛说的，其实每个人都是如此，只是没想到，马媛会打算逃那么远。相比起来，韩宁倒没想要逃那么远，何况，自己现在手头的工作还在忙着，还有两个病人，杨大力和王大力。

韩宁也不知道为什么在这个节骨眼儿上，居然还想起杨大力和王大力，他忽然又想，"杨大力和王大力会不会也跟我们一样？也在逃避什么、逃离什么？"

韩宁忽然觉得好笑，尽管心乱如麻。

16

于是，接下来的几天里，韩宁的脑袋里，不听使唤地充斥着马媛、杨大力、王大力的影子，他也不听使唤地只能考虑着杨大力、王大力，还有自己和马媛的事情，这样，工作压力也大，心情也不好。

这天早上，仍然住在诊所的韩宁刚起床收拾好，就有人敲门，韩宁打开门，门口站着一个乐呵呵的小伙子，仍旧那种跳跃、调皮的神采；上身穿着一件印着一只大大老虎的运动外套，下身是一条破着好几个洞的牛仔裤——说实话，韩宁从来不理解这种破牛仔裤所谓的时尚；只是发型很可笑，似乎是想用发胶把头发竖起来固定住，但不知是头发长度的问题，还是发胶用得不够，总之一部分倒是竖起来了，很大一部分却又塌下去了。原来杨大力又来了。

"我不是说每次要来之前给我提前打个电话吗？"韩宁为杨大力的不守规矩有点生气，边说着，韩宁边仔细地打量着杨大力，看他的穿着打扮，看他的神态举止，韩宁其实很想笑，但他只是说："你……"

"我，我，没事吧？"杨大力被韩宁看得莫名其妙，紧张地打量着自己身上，难道自己身上有什么地方不合适，所以，没等韩宁开口，杨大力忍不住问。

"你……"韩宁欲言又止，好像是把已到嘴边的话给咽了下去，又好像是杨大力刚刚的一问把韩宁的话给堵了回去。韩宁看了一会儿，盯着杨大力的眼睛，似乎转过话头，说："没事，好久没见你，看你有没有什么变化。"

"就这几天哪有什么变化！"杨大力仍旧不相信地周身检查自己，一脸的无辜，然后马上又说，"您别生气！本来想晚点再给您打电话，但早上一路溜达，居然走到您门口这儿来了，索性就敲门看您在不在。"杨大力赔着笑脸。

"进来进来！"韩宁恢复了亲切地说，其实，韩宁也很想念杨大力，这几天还在心里一直琢磨为何这么久没见他的人影。

韩宁径自坐在了办公椅上，杨大力径自坐在了办公桌前的沙发上。韩宁一坐下就盯着杨大力的脸上，盯着他的眼睛仔细地看。韩宁也许是想从杨大力的神态上看看他的心理状态，看看他这么久有无变化的心理状态。杨大力依旧感觉到不好意思和莫名其妙，甚至，心里有点瘆得慌。韩宁一句话也不说，场面有些尴尬。

"韩，韩宁；韩，韩医生……"杨大力怯怯地开口。

"嗯，怎么样？"韩宁缓过神，继而轻松地问。

尽管心里还是觉着不自在，但韩宁回复轻松的态度和语气让杨大力也感觉自然了些。杨大力接着说："韩宁，真不好意思，我回家找过了，身份证没找着，怕是丢了；过几天得去补办……不要紧吧？"

"嘿，今天你倒是主动记起来了！"韩宁没想到杨大力主动说起这事，但他似乎对杨大力身份证的事情已不是那么认真和在意，"已经丢了，况且我这里你都轻车熟路了，只好先这样吧。等你记起来你的号码，或者补办好了，再记着给我登记。"

"好好，给你添麻烦……"

"麻烦没有，只是规矩……"

"对对，规矩规矩……"杨大力笑着直点头。

又冷场几秒钟，杨大力又觉着尴尬，而且他发觉韩宁又盯着他看。

"怎么样？这么久不来，今天有空来了？"这次是韩宁打破沉默。

"前几天忙，的确早该过来了。"

"你不是白天都不忙吗？"

"瞎忙，瞎忙……的确忙。"

"今天想起过来了，有什么心事，有什么想法想跟我交流，还是汇报？"韩宁一边转入正题地问，一边拿出工作笔记本，打开，拿出笔，握在手上。

"嗯，倒也没有。就是想问问你怎么看？"杨大力一脸期待地望着韩宁。

"哦——对，这些天，根据你上次跟我交流的情况，我进行了汇总、梳理，也查阅了之前一些类似的病例，有了一个初步的想法……"

"那就好，那就好！严重吗？"

韩宁没有理会杨大力的反应，自顾自地说："我知道你很担心，我跟你一样。虽然我之前也说过，我们的交流需要有轻松的环境，但同时也需要你和我一样认真的态度，不能把我们的交流不当一回事，那就是另一个极端了。比如，我的要求，我的诊断，你务必要严肃地对待，再比如，我询问你的情况，在你认可可以告诉我的前提下，也必须是真实的反馈。"

"明白明白，我懂我懂。"杨大力近乎是虔诚地点头。

"你都明白？你的确是真实无误地跟我交流你的情况吗？"韩宁盯着杨大力的眼睛问。

"对啊！我明白这对你的诊断很重要，而且，我一直觉得你是位好医生，我信任你。"杨大力认真地说。

韩宁看着杨大力真诚的眼神，心里很感动："谢谢你的信任。"而后，韩宁的脸上流露出一瞬间的、杨大力亦有所察觉的落寞无奈。

所以，杨大力立即紧张地再次询问："我的情况严重吗？"

韩宁再次回复了轻松的表情，认真想了想，似乎既是在考虑杨大力的病情，也是在考虑接下来的措辞。

"我初步考虑，你的情况总体上，嗯……暂时上，不算太严重，而且，你能够察觉自己心里的问题，就是一个很好的现象。你说的心里的事情、心里的担心，其实很多人都有，只是程度的不同，或者说，关键在于其起因，也在于个人对待其的态度。"

"嗯……"杨大力听得很认真，眉头紧蹙，嘴里在咀嚼着韩宁说的话，脑袋里有些明白，有些不明白，有些模棱两可，都写在了自己脸上。

"确切地说——"韩宁一直在观察杨大力的反应，然后，接着说："你这种担心将会发生什么事情的情况，是一种妄想症。"

韩宁觉得自己是下了很大的决心，甚至是鼓足勇气才向杨大力说这些话的；但他说这些话的时候，完全没有考虑第一次见到杨大力时所考虑的"进门就是生意"的问题，也完全没有考虑关于诊所房租明年就要涨价的问题；韩宁的确是本着医生的良心和专业，本着对杨大力的了解和近日来专业性的研究，说出上述的话来——韩宁现在觉得，当初没有把杨大力直接请走，是对的，是负责任的。

"妄想症？！"杨大力张大了嘴巴，"有那么严重啊！"

"对，妄想症。"韩宁认真地说，"当然，你不能把妄想症当成一个多么可怕的问题。妄想症分很多种，程度也不一样；有的是合乎逻辑发生的、可控的，有的很严重的当然就是毫无逻辑可言的癔想了。"

看着杨大力一脸的紧张和不解，韩宁轻松地解释说："比如说，学生没有复习好功课，他可能会担心地联想下次的考试一定失败；再比如说，犯罪分子做了坏事，总会联想被警察抓住。这样的妄想在心理学上来说，都是合乎情理的，正常的……"

"嗯，有点明白了……那我这种情况……"

"我们现在就是要理清楚造成你心里各种担心的原因，看它们是不是合乎情理、合乎逻辑的。"

杨大力没有接话，两眼看着韩宁，脑袋在思考韩宁的话。

"比如，我们要分析，近来是否发生了对自己影响比较大的事情，或者将要面临什么大事……"

"哦……最近……"杨大力不解地嘀咕着。

"这样吧——"韩宁忽然站起身来，朝着墙角边走去，"你先过来，先躺下来。"韩宁一边说着，一边指着墙角的大躺椅。

"没，没有必要吧？不，不用麻烦了，这样，这样坐着说其实就挺好……"杨大力一边说着，一边也站起身来。

"没事，我是看你风风火火的，先让你躺下来，定定心神，等你完全放松下来，我们也才好慢慢聊。"韩宁一边说着，一边另外搬了一张靠背椅放在躺椅的旁边。

"这样啊，那好，那好，只要不给你添麻烦就好。"杨大力一边笑着说，一边走过去在躺椅上躺了下来，"呵呵，躺下当然舒服多了。"杨大力心里倒是美滋滋地想。

"别嬉皮笑脸的！"韩宁略显严肃地说，"现在，不要着急和我聊什么，你先闭上眼睛，安安静静地养神吧。"

"可是，可是……"杨大力莫名其妙。

"没什么可是，放心吧，该和你聊的时候，我会和你聊，你就别管那么多，安心地闭目养神吧！"韩宁一边说着，一边首先是拉上了房间的窗帘——整个房间顿时暗了下来；然后，韩宁走到书柜前，按动了书柜上一个小巧的CD播放机的播放键——音乐很快在整个房间弥漫开来——肖邦的《夜曲》——这是韩宁不知在几天之前就已经准备好的。然后韩宁拿起笔记本和钢笔，走过来坐在躺椅旁的靠背椅上。

杨大力不敢再问韩宁什么，只好闭上眼睛，安安静静地享受着此刻的情调。

宁静、空灵、悠扬，这就是肖邦的《夜曲》。其实，好多个失眠的夜晚，韩宁就喜欢放着这支钢琴曲伴着自己入眠。喜爱音乐的杨大力当然知道这支曲子，也当然喜欢和理解这支曲子的意境；只是，这个时候，他仍然有点不知所措地看着韩宁。韩宁只是冲着他微笑着，然后闭了闭眼睛，意思是让他安心闭上眼养神。

杨大力闭上眼睛，伸展全身，把双手自然地交叉放在腹部。一开始的时候，杨大力还拧紧着眉头，可能是还在思索着韩宁的用意；慢慢地，他索性就按韩宁说的，好好享受吧，于是，眉头也舒展开，脸上挂着自然微笑的神情，呼吸也慢慢均匀。

韩宁一直在仔细观察着杨大力神情，乃至全身的变化，随着杨大力的放松，韩宁的心里却有些怅然。

韩宁看看表，差不多十五分钟了，又看看杨大力，他觉得时机差不多了，低声地说，"大力，大力——很好，就这样，不用睁开眼睛，就这样静静地养神吧。"

"嗯——"杨大力喃喃地应了一声。

"大力，你是最喜欢音乐的，跟着音乐走，想象一下，音乐把你带到了哪里？"

"嗯……森林……"

"这是什么时候啊？"

"晚上……"

"哦——森林的晚上，听到什么啊？"

"有流水，有虫子叫，好像是蛐蛐，还，还有鸟叫……"

"对，对，喜欢吗？"

"喜欢啊，都是大自然的声音啊！"

"那，那看到什么啊？"

"看，看……"杨大力忽然眉头紧蹙了一下，"看不见……"

"什么都看不见吗？就着月光星光看啊——"

"没有，没有月亮，没有星星……"杨大力的呼吸有点加速，"黑乎乎，全是树！好大的树，参天的古树啊！好高，好黑，树叶又大又长……地上全是草，好深的草……把我的路都挡住了，我，我会不会迷路啊？……"杨大力的声音越来越大，越来越急。

"不会，不会迷路，我在这里啊，慢慢走，慢慢看，慢慢听……你现在在哪里？"

"还在森林里……"

"好啊！大力，你，你知道我是谁吗，你是谁吗？"

"你，你，韩医生啊，韩宁啊！我，我，我是大力啊——"

"你是大力？"

"对，对啊，我是大力，我是杨大力啊，我是韩医生的朋友啊！"杨大力的声音越来越大，越来越急，然后，忽然睁开了眼睛，紧张地直勾勾地盯着韩宁。

方才一直随着杨大力徜徉在音乐中的韩宁被杨大力突然袭来的眼神吓了一跳，他很快镇定下来。

杨大力还在喘气，额上有一层细密的汗珠；其实，韩宁也感觉到自己的额头上、背上，也都冒出汗来；同时，韩宁的脸上，有一些疲惫而又说不清道不明的神色。

"韩宁，这是？"杨大力问。

"让你走进自己最真实的内心，而且是带着我跟你一起。"韩宁的话在杨大力听起来，不是完全明白，"也许是人家心理学的专业术语？"杨大力心想。

"好了，我们接着聊——"韩宁故作镇定，而又毫无所谓的样子说，一边说着，一边在笔记本上暗自地写上，"自我的满足还是迷惘"，还在这句话的后面打上了一个很大的问号。

"嗯？"杨大力从刚才的情绪中缓了过来。

"继续，来，跟我说说，说说最近发生在自己身上你认为比较在意的事情，最好是负面的、不开心的事情，当然，前提是可以不说，但不能胡编乱造。"韩宁的音调虽然不高，但语气当中却有一种不容置疑的坚决。

"好好，我知道，我知道……对了，这个'最近'，是个什么时间跨度啊？"

"呵呵……"韩宁坚决的口气又变得温和，"你不要过于严肃，还是像我们随意聊天一样，无所谓时间跨度，你想到哪里就聊到哪里就好。"

"哦……"杨大力点点头，然后继续舒展地躺在躺椅上，开始沉思，然后开始像韩宁说的那样，像聊天一样地娓娓道来……

17

"我和女朋友分手了。"杨大力侧过头，望着韩宁认真地说，他的目光、表情，都平静如水。

"哦？是吗？就是你所说的那位'算是'女朋友的女朋友？"韩宁感到有些诧异，"这么说，你认为，这是最近对你影响最大的事情？"

"嗯……"杨大力皱起眉头想了想，"可能算是吧，毕竟，毕竟最近好像也没有什么太大的事情。"

"你的感受怎样？"

"不好说。"

"怎么叫'不好说'？和女朋友分手，应该多少有些伤感吧？"

"嗯……"杨大力点头道，"那倒也是，心里还是有些失落，一下子分开，突然感觉空落落的。"

韩宁的表情很复杂，他本来想说点安慰的话，但话到嘴边，自己又把它收了回去："你们相处了多久？说说你们的罗曼史吧。"

"呵呵……"杨大力干干地笑了一声，"都过去的事，过去的人了……"说完，杨大力又看着韩宁。

"哦——"韩宁明白过来，马上笑着说，"没事，你觉得不方便说，或者不想说，就不说吧！"然后，韩宁想了想，又提到，"那愿不愿意说说你们怎么分手的呢？毕竟是分手这件事情对你心理上造成了或多或少的影响。"

"你多虑了，没事的，呵呵……"杨大力还是干干地笑了笑，"其实我们的分手很简单，没有那种伤别离……"

……

在一次朋友聚会上，杨大力认识了一个漂亮清纯的女孩，女孩子给杨大力的第一感觉是话不多，不像现在的有些女孩子那么疯来疯去；两人于是聊了起来，女孩子也非常喜欢音乐，于是关于音乐的话题两人聊得非常投机，所以女孩子给杨大力的第二感觉是有内涵，不像现在有些女孩子那么世故。于是，两人算是有了交往，一来二去，女孩成了杨大力的女朋友。起初的时候，两人在一起的感觉很好，很聊得来，时光也就在平淡却幸福中流逝着；慢慢地，可能是相处时间长了，杨大力和女孩都感觉到了彼此情愫的淡然，直到最近几天，女孩忽然在彼此已然沉闷的感情基础上提出了分手。

"我们分手吧。"女孩当时说，但她说这句话的时候，眼睛里是闪着泪光的。

"分手？你说分手？"杨大力对女孩突如其来的话感到诧异。

"对。"女孩很平静。

"为什么？不喜欢我了？"

"你还喜欢我吗？"

"嗯……"杨大力认真地想了想之后才说，"我还是喜欢你的。"

"其实我也是……"女孩的泪终于还是没有忍住。

"那是为什么？遇到了你更喜欢的人？"

"没有。"

"究竟发生了什么事？"杨大力不仅疑惑，也开始感到担心。

"我还喜欢着你，"女孩泪眼婆娑地望着杨大力，"但是喜欢又有什么用？我感觉我们之间的感情已是浑浑噩噩，你和我的生活也是浑浑噩噩，我，我看不到未来……"

"感情慢慢平淡也许是正常。"

"不仅仅是感情的问题。"女孩擦了擦脸上的泪，转而平静地说。

"那是什么问题？"

"对，那是什么问题？！你问过自己这个问题吗？你反省过你的生活有什么问题吗？"

"有什么问题？！"杨大力更加莫名惊诧。

"你每天不是在虚度光阴吗？！每天只是捣鼓你那所谓的音乐，这，这有未来吗？你这样的状态能够让我看到我们一起生活的未来吗？！"

"什么叫我'所谓的音乐'？那是我的工作！"杨大力有些生气。

"对！你的音乐，你的工作！你的工作就是每天在'暴点'，在你所谓的音乐中挥霍青春！那是什么可靠的工作吗？那能够在以后养家糊口吗？……对，也许你会说，你的收入也不低，你也完全可以养活自己，但你养活了今天，你看得到明天吗？！"

"够了！你可以瞧不起我的工作，但你不要玷污我的梦想！音乐，音乐是我的事业，也是我的梦想！"

"梦想？大力，你醒醒吧！梦想不能当饭吃的！我是个女人，这个年纪已经不能全是风花雪月了，还得考虑现实。我只是期待着我的另一半有一份踏实的工作，能够和大多数男人一样，安安稳稳地上班，这样，当你未来有一天玩不动音乐的时候，或者当你有一天从你的梦想中醒过来的时候，至少不会流落街头……你明白吗？"

"我会抱着我的梦想飞黄腾达的！"杨大力望着女孩愤愤地说。

"大力，我从来不要求你飞黄腾达；只是，我等不起……"

"我……"杨大力张口，却不知道能够说什么，一时语塞了。

"况且，"女孩再一次擦了擦泪，缓了缓方才激动的语气，平静地说，"况且，我的父母、家人会放心地接受我和你这般看不到未来的生活吗？"说完，女孩直直地看着杨大力。

"我……"女孩的这句话彻底让杨大力无言以对，他沉默下来，目光从女孩的脸上垂下来，头低下来。过了片刻，杨大力也恢复了平静的情绪，只淡然却决绝地说了一句：

"算了。"

……

"然后你们就彻底分手了？"听完杨大力声情并茂的描述，韩宁问道。

"对，这之后就再也没有联系了。"杨大力很平静，看不出对于失恋的悲伤。

"我是这样看这件事情的，你看看是不是这样……"韩宁起身在办公桌上端过茶杯，喝了一口茶，然后接着说，"你并不一定在乎她对你提出分手？"

"呃……"杨大力对韩宁的说法不置可否。

"我说的也许言重了，这样说吧，割舍一段感情总归是不高兴的，但是，因为你也明白你对她的爱恋其实早已淡然，所以，你们的分手也并非出乎意料之外？"

"可以，可以这样说吧。"杨大力对此不得不承认。

"那么，要说对你的影响，"韩宁看了一眼杨大力，"对你的负面影响，也许是你很在乎她对你的理想，你的音乐理想的那种不屑？"

杨大力沉思着，没有说话。

韩宁继续说："更重要的是，你很不满意她对你目前生活、工作现状的这种不屑，对吗？"

"唉！……"杨大力叹了一口气，仰起头望着天花板，苦笑了一下，但是从他的笑脸上，韩宁知道自己的话点中了杨大力心里关于这件事情的死结。

韩宁也感到轻松了一些："如果你对自己足够自信，或许你就不会在乎她的看法了；如果你对自己不够自信，其实无论分不分手，你心理的阴影或者负面情绪总是会存在的。"

"呵呵……你倒是很直率。"杨大力笑着说。

"不，应该是谢谢你的直率。"韩宁真诚地说。韩宁想了想，又问道，"问一个也许不合适的问题……"

杨大力没有作声，默许了韩宁将要提出的"不合适"的问题。

"既然你自己内心本质上其实或许也对自己的现状存有不满，有没有可能改变这一切，尝试着找一份普通的工作，就像那个女孩所期待的那样，过一种稳定平淡的上班族的生活呢？"

"很难吧！"杨大力几乎没有多的思考，"无论怎样，我都不想放弃自己的梦想和自己喜欢的音乐，况且，我喜欢自由，害怕那些所谓'稳定的工作'把自己束缚起来。"杨大力说完，俏皮地笑了笑，韩宁在他的笑脸里，看到了一种让人羡慕的乐观与自信。

韩宁也从容地笑了："大力，喝点水吧，别只顾着说话。"

"好，谢谢！"杨大力从躺椅上坐起身，拿起茶杯，吹了吹表面的茶沫，很惬意地抿了一口，又放下茶杯，然后侧身歪在躺椅一侧上，跷起了二郎腿。

韩宁看着杨大力的一举一动，没有说什么。在韩宁的心里，他的确对于杨大力的坦诚非常高兴，今天是一个很好的突破——但旋即，韩宁又意识到今天的突破或许也意味着未来对于杨大力心理诊疗的艰辛，于是，方才的那一点兴奋与惊喜瞬间又蒙上了一层更加灰暗的阴影。想到这里，韩宁的脑袋里又像之前几天的状况一样，杨大力、王大力、马媛，以及自己的影子都挥之不去，完全分散了此刻处于工作中的专注心情。

"大力，今天就到这里吧，想必聊了这么多，你也累了。"韩宁应该也注意到了杨大力陡然走低的情绪。

"哦，好啊。对了，你看这次需要结算一次吗？"杨大力问。

"嗯，等你下次来吧。我也有些累……也给我们大家时间把今天的情况都消化，也可以预先考虑一些问题，为我们下次见面做好准备吧！"

"好好……韩医生，韩宁，你，你今天没事吧？我看你也确实好像很累的样子。"

"没事，没事……谢谢。"韩宁笑着说。

"有什么事的话，可以跟我说说；那我先走了，再见，韩宁！"

"嗯……"韩宁又有些欲言又止，然后说，"谢谢，再见！"

杨大力起身，转身就走，出了诊所。看着他的背影，韩宁坐回办公椅，靠在椅背上，心想，有什么事的话，似乎是可以跟杨大力说说。韩宁知道自己愿意这样做，他对杨大力是比较有好感的，工作之外，也许能够把他作为一个朋友聊天；韩宁知道也可以试试这样做，也算是与杨大力交流、了解其心理的另一种方式。

韩宁看了看笔记本，然后合上，收好钢笔，全都塞进抽屉里。CD播放机里的音乐停了，整张CD的音乐都播完了。

18

杨大力走以后，韩宁就一直靠在椅背上，时而眯上眼睛打盹儿，其实总也睡不着，时而醒过来，也不清楚脑袋里想什么，什么都没想，什么却也都时不时又钻进脑袋里。半梦半醒中，一个上午过去了。

韩宁走到诊所门口，虽然是吃午饭的时辰，但的确一点饿的感觉也没有。肚子空空，却好像很饱；脑袋空空，却好像一团糨糊，这样的感觉真不好。韩宁漫无目的地看着街道上来往的面无表情的路人。他突然很想找个人说话，此刻竟有些后悔让杨大力那么快就走了，不然，真的兴许可以跟他好好聊聊，不谈治疗的事情，就说说话，陪自己说说话——当然，转念又想，这毕竟不合适，况且，兴许人家还有人家的事情。

韩宁和其他的邻里没有什么交往，他觉得似乎其他几位邻里有些看不上他，他觉得可能他们以为他所谓的心理诊所无非是个江湖游医招摇撞骗的行当。所以，韩宁只能像平常一样，径自走到对门孙二哥的饭馆里。韩宁迈出步子，停了一下，想了想，又回头锁好门。

"韩医生来了！今天想吃什么？"孙二哥照旧头也不抬地一边招呼韩宁，一边仍旧忙着手中的活计。

"不打紧，不急，等会儿……您看着随便做个炒饭就好。"

"好好，你先坐，喝茶；想吃饭了叫我一声。"

韩宁于是朝着角落里的那张桌子走去，走了两步，他又停下步子，想了想，回过头来对孙二哥说："二哥，你，你这会儿很忙吗？"

"哦？还好，怎么了？"孙二哥总算抬起头来望着韩宁。

"哦……没事，没事，要是不忙，过来聊聊。"韩宁有点不好意思。

"成！"孙二哥爽快地答应了，擦了擦满是油腻的手，朝着英子使了几个眼色，稍稍比画了一下，根本不用开口，英子就默契地接过了孙二哥手上的活计。孙二哥跟着韩宁坐到里面角落的桌子旁。

"早上瞧你那边还在忙的样子。"孙二哥一边说着，一边掏出烟卷，抽出一支，用手指捋了捋，弹了弹，凑到鼻子前闻了闻，然后点上，狠劲地猛吸了第一口，陶醉般地缓缓吐出烟雾，然后望着韩宁。

韩宁刹那间很羡慕孙二哥方才那陶醉的表情，然后回答说："也还好，一个病人而已。"

"看你气色不太好。是没有休息好，还是心里有事？"孙二哥看着韩宁一脸倦容地问。

"都有……唉……"

孙二哥又吸一口烟，微笑着说："没有休息好，我倒帮不上忙；可心里有事，你这样的心理专家却不见得帮得了自己。"

"有道理。所以想找你聊聊。"

"工作的事，我还是帮不上忙；生活上的事……我估计还是你和弟妹之间的事吧……兴许可以聊聊。"

"二哥，你说我算是一个逃避生活的懦夫吗？什么事情、什么问题都在逃避。"

"你这说得好深奥！嗯……有些事情，你的确没有处理好，比如和弟妹的事情，你是该主动些。"

"其实她不也是在逃避一切吗？而且想逃得更远。她可能不久就要出国了，出去学习，两年。这一走……唉！"

"哦？！这么突然？！你是说她想逃避你，离开你？"

"不全是，她觉得我不好，也觉得现在的整个的生活状态都不好，所以想换个环境。"

"你们多好的日子非得这样折腾！那你舍得她走吗？"

"我不知道，所以心里更烦；有时候，感情上放不下她，有时候，又想离她远远的。她觉得我是成心躲着她。"

"这么说起来她还是舍不得你的。"

"也许吧。所以我也不忍心、不放心她走。"

"你不跟她一起走？"

"那就是实实在在一起逃跑了！呵呵……她说我凡事都在逃避，可我没想过逃那么远。"

"什么逃啊躲的！生活哪有那么复杂；况且，谁不是一辈子都在匆匆忙忙地跑来跑去？那不叫逃，那不叫躲，那是勇气！"

"二哥，我挺羡慕你。你就不逃避什么，每天都可以很快乐地迎接生活，迎接现实。"

"呵呵，家家有本难念的经，饱汉子哪知饿汉子饥！"孙二哥摇摇头，低头抽了一口烟。

"你有什么难言之隐？你难道也有什么要逃避的吗？"

"我……"孙二哥瞠目结舌，眼神中掠过的瞬间的不安被韩宁看在眼里，他立即觉得自己问得太过分，于是马上转开话题，"你说我该怎么办？我是说我和马媛。"

"呃……"孙二哥也很快转移了脸上的错愕，然后说，"两口子好好过日子。一起商量，要走一起走，要留一起留。两口子没那么多浪漫，没那么多十全十美。你们俩要是分了，上哪儿也找不到对方这么合适的。你们知识分子非要说什么逃避不逃避的，要逃一起逃，也没什么不好。”

“嗯，我试试看——现在我和她话都讲不到一块儿去。”韩宁的眼中满是无奈。

“女人嘛！不用给她讲那么多道理……”

“咦？……”韩宁疑惑地看着脸带神秘的孙二哥。

孙二哥四下环顾一番，然后猛地狠命吸一大口烟，把烟屁股在烟灰盅里掐灭，随后就从嘴里缓缓冒出萦绕着他的烟雾，一边朝韩宁这边挪挪椅子，一边凑过来烟雾缭绕的脸，小声而神秘地说：“这话我不跟外人说——女人嘛，听得进去什么道理？不用讲！要让女人听你的，就一招管用！在床上治了她！在床上讲的道理，比在什么地方讲的都有用！”

“二哥……你——”韩宁先是一愣，明白过来以后是一惊，然后“扑哧”地爽朗一笑，这一笑，倒也扫除了心里的阴霾。

“嘘——小声点，笑什么？！绝对管用！”孙二哥接着环顾四周，把脸凑得更近地说，“问个粗的话，你跟弟妹多久没有那个什么了吧？”

“二哥——”韩宁更是惊诧，随即想想，也是孙二哥关心他，而且男人之间聊起性事来也的确不足为奇，“是，是很长一阵子……”韩宁当然不好意思告诉孙二哥他曾经不但没有在床上治了马媛，反而还和她因此而吵过一架，而且还由此之后就没有再想过在床上治了马媛；不过，韩宁又立即反过来想到，其实说起来，不就是因为那次没有在床上治了马媛的缘故吗？如果当时治住了，兴许就没有那么多不顺心的事了，看来孙二哥的话，也算是话糙理不糙的。

孙二哥没有顾及韩宁此刻沉思的样子，继续眉飞色舞地说：“不是吹牛，你看我现在在这里，你嫂子在老家，一年到头她见不着我几面，你以为她没意见？！这不，但凡我回去一回，就治她一回，你看，不是服服帖帖……”

韩宁也想起来，孙二哥独自在这座城市打拼，据说老婆孩子都留在湖南农村的老家，他从来没见过嫂子的模样，但据说孙二哥每年会回去一两次，倒真也没听说他们两口子之间有什么不愉快。看来孙二哥的话更有道理了。忽然之间，韩宁又想起什么，脱口而出道："原来你也在逃！哈哈！"

　　"啊？！"孙二哥竟然惊得张大了嘴。

　　"你也算是抛妻弃子，逃到这里来挣钱了！哈哈！"

　　"哦——对对对——"孙二哥愣神之后恍然大悟，然后哈哈大笑地说，"我说不过你！"

　　两人忽然之间就冷场了，好像说不下去了，两人刚刚热火朝天的劲儿顿时变得都有点不好意思了，孙二哥转移话题："看你这些天生意不错，工作的事情顺利吧？"

　　"唉……也不太好；情况比较复杂的病人……"

　　"哦，是吗？那你得费心了……"

　　"对了！"韩宁忽然高声叫起来，像是突然开窍的样子，然后兴奋地，却无头无尾地说，"我明白了！根子上，也是逃避别的事、别的人！还逃避自己！"

　　"咦？……"孙二哥看着一脸阴沉的韩宁突然眉飞色舞，感到莫名其妙，还不等他开口问，韩宁却话锋一转地说，"二哥，麻烦给做个鸡蛋炒饭！"

　　"哦，哦……好，好……"孙二哥一边继续莫名其妙地看着韩宁，一边奇怪地应承着韩宁，一边走开，准备上灶了。

19

　　自从和孙二哥的上次聊天以后，韩宁的心情尽管依旧沉沉，但总算也想通了很多道理，原来很多事情并不如自己想象的那么复杂、那么悲观。和马媛，毕竟是两个人的家事，兴许真如孙二哥所言，还是可以挽回、可以商量的——况且，孙二哥所说的解决的"办法"倒也不是一定很难；至于自己一直担心的杨大力和王大力，恰恰也是因为和孙二哥的交流，豁然开朗一般地似乎有了一些眉目——至少，在病根子上，自己有了一些大胆的想法。所以，韩宁在心里面，于是想找合适的机会，尽快和马媛，或者杨大力，或者王大力，见一见，聊一聊。

但王大力已经是比较长的一段时间没有到韩宁的诊所来了。韩宁想过问问他的行踪，但还是决定，对于王大力或者杨大力，都不要太急，最好还是先由着他们自己的节奏来，况且，韩宁已经果断地认为，急也急不来什么。

王大力最近比较忙，工作的事情忙；最近也更加心烦，工作造成的心烦；而每每到了心情不太好的时候，他总会想起一个人，想着跟这个人说话聊天，聊一些能够让自己彻底忘掉工作而开心起来的话题——这个人就是王大力在韩宁面前提起过的他心目中认为的自己最好的、唯一的朋友，这个朋友名叫周东，王大力总是亲切地叫他"东子"。所以，这个礼拜一下午下班之后，王大力没有直接去吃饭，也没有联系朱婷婷，而是马上给东子打了一个电话。

东子和王大力同岁，两人从小学一年级开始就是同班同学，后来慢慢就成了无话不说的好朋友，甚至像好弟兄，这对于性格孤僻、不爱交友的王大力而言并不容易。小学、初中、高中，一路走来，两人居然总是能够幸运地分在一个班里；直到高中毕业之后，王大力考入了施南民大，进入了多数人认为的正规的人生发展道路，而东子则没再继续学业，开始了多数人认为的完全是歧途的社会的闯荡；但无论怎样，自始至终，王大力和东子之间的深厚友谊却从未改变。

从表面来看，其实很难想象东子居然能够和王大力成为好朋友，因为东子和王大力相比，有太多太多的不同，多到甚至会让人认为，把这两个人放在一起做比较，这本身就是那么的不和谐。

东子很帅，帅得像电影明星一样，大约一米八的个子，身材健硕，腿是又直又长，上半身则是近乎标准的倒三角。肤色是健康的小麦色，头发有点自然卷，留着潇洒自然的长发。额头饱满宽阔，一对浓密的剑眉衬托出整个人的英气勃勃，鼻梁又挺又直，鼻翼部分收缩得恰到好处，薄薄的嘴唇边缘嘴角部分微微向上翘起，上唇和脸颊的胡须刮得干干净净，泛着青色，衬着刀削一般的脸庞和坚挺的下巴，完美展现出所谓的男人味。最特别的是他那双流光溢彩的眼睛，就像是会说话一样，在男人看来，那双眼睛是神采奕奕，而在女人看来，那双眼睛则是会放电的。

　　东子的性格非常外向阳光，总有说不完的笑话，脸上总是挂着迷人的笑，他喜欢运动，喜欢交朋结友。正是因为如此帅气的外表加上如此阳光的性格，所以东子很有人缘，他就像与生俱来有一种魔力一样，总是能够让身边的人们很快就喜欢上自己，当然，这当中也包括他非常有女人缘。也不知道东子这么多年到底交过多少女朋友，追他的女孩很多，而他主动追女孩也似乎从未失手。

　　大概东子自己也知道自己很帅，性格很好，很有人缘，很有女人缘，他似乎也就继续把自己努力打造成如此，他的穿着打扮、言行举止，甚至一颦一笑，都与他的气质是那么搭配，那么讨喜。总之，相对于王大力其貌不扬、孤僻寡友到甚至不如"泯然众人"，东子毫无疑问则近乎是"鹤立鸡群"了。

　　还有一点也是东子与王大力的差别所在，东子出生在富豪之家，尽管他自己从没有骄纵地把此作为自己娇生惯养或飞扬跋扈的手段，但不得不说，东子从小锦衣玉食，没有吃过任何苦，同时，这或许也是他高中毕业之后对于念不念大学、不念大学能否找得到好的工作等问题毫无所谓的一个重要原因。

　　说实话，王大力是很羡慕东子的。

　　表面上，无论怎么看，王大力和东子都是那么的不一样，但往深了说，他们却又有着触动彼此心灵的共同点。

东子出生在一个富豪之家，但这并不是一个完美的家庭，东子的父亲很早就过世了，所以，东子和王大力一样，一直就品尝着没有父亲的单亲家庭的一种苦涩。童年时代的他们，是那么艳羡身边的小伙伴们才拥有的来自爸爸的拥抱和保护，在他们心里，是那么渴望一个像大山一样的父亲时刻坚定地站在自己的身后；相同的际遇，特别是来自身边孩子们的"没有爸爸"的嘲笑，很自然地把东子和王大力两个人的心灵推到一起；在他们童年幼小的心灵中，或许只会认为只有彼此才懂得彼此的欢笑与泪水。

随着时间的推移以及人生的成熟，东子和王大力之所以还能够始终保持着孤独的童年时代的那种友谊，另一个很重要的原因就是两人有着共同的爱好——音乐。这是两人这么多年在一起闲聊、探讨，甚至钻研最多的一个主题，而且对于音乐共同的见解，对于特定音乐流派的共同喜恶，让他们觉得彼此之间是那么默契，那么惺惺相惜，尤其是在不开心的时候，找到对方，一起聊一聊关于音乐的事情，心里就会变得多少舒畅一些。高中毕业之后的东子之所以没有考大学，就是因为彼时的他拿定主意，不想在千篇一律的高考"独木桥"上浪费青春，而是大胆地踏入社会，去纯粹实现自己的音乐梦想。

在关于音乐理想的问题上，王大力更是羡慕东子的。

如今，东子在市里最好的酒吧，"暴点"酒吧，做DJ——韩宁的另一个病人，另一个大力，杨大力，跟韩宁说过，他也在那里，也是做DJ。

……

"哪儿呢？"接通电话后，东子看了来电显示后就很随意地应答道。

"刚下班。你呢？"电话那头的王大力说，"有时间吗？"

"正打算上班去呢！要不还是你也过去，去那边聊聊呗！好久没见啦！哥们儿想死你呢！"不到三句话，东子又流露出调皮调侃的意味；而他所谓的"那边"，自然就是他上班的"暴点"酒吧。

"恶心！"王大力开玩笑地骂了一句，"行啊！那我直接过去那边，等会儿见咯！"

"遵命！王局！哈哈……"东子总是调侃王大力，说是要指望着王大力赶紧爬到局长的位子，好提携提携作为兄弟的自己，所以总是在玩笑中故意打趣地称呼王大力叫"王局"。

"你小子……"没给王大力辩驳还口的机会，东子立即挂了电话，王大力收回半截话，摇头笑了笑。

20

王大力到"暴点"的时候，"暴点"的营业才刚刚开始，加上今天周一，和周末等节假日相比，生意要冷清很多，只是三三两两来了几位客人，音乐也还没有开始，所以东子此时也正无所事事地和几个酒吧女员工打情骂俏。

王大力经常来这里找东子，所以很多人都已认得他，见他进来，纷纷跟他点头致意，也估摸着他应该又是来找周东了。只是，王大力此时这一身近乎"老干部"模样的穿着打扮，着实与这酒吧青春洋溢的氛围很不搭调。

"东子！"远远看见东子后，王大力叫道。

东子一扭头，故意拖长了声音叫道："王——"然后依然是一副痞痞而玩世不恭的表情和眼神望着王大力。

王大力敏感地瞪了东子一眼，生怕他不知轻重地叫出什么"王局"。

"哈哈！"东子见自己的恶作剧达到效果，朗声大笑着一蹦一跳迎过来。

"今儿有空来看兄弟啦？"东子的脸上依旧挂着他标志性的、好看的笑脸。

"少贫嘴！不打扰你吧？有空吧？"哪怕是在最好的朋友面前，王大力总是给人一种一本正经的感觉。

"没事，还早着呢，你看看才几个客人。走吧，过去坐坐。"东子领着王大力去角落靠窗的一个卡座坐下来——几乎每次王大力和东子在"暴点"见面，都是坐的这一张卡座。

"吃饭了吗？"甫一落座，东子忽然想起来问。

"不用，这时候还没胃口。"

"那喝点什么？"东子说着转过头准备招呼酒吧的服务员过来。

"不用，不用，什么都不用，需要的话我再要就是。就坐着聊聊就行。"王大力的样子看起来有些疲惫。

东子也觉察到了，于是问道，"哦？怎么了？看起来无精打采的样子……对了，刚下班吧？找我是有事情吗？"

"呵呵……"王大力干笑着，"刚下班，闲着没事，就找你聊聊，不也好久没见了吗？没什么大事。"王大力说着欠了欠身子。

"哈哈，"东子的笑声还是一贯的爽朗，"看来是真的想我呢！哈哈，没事就好！"东子一边说着，一边也欠了欠身子，然后懒洋洋地靠在沙发背上，掏出一盒香烟，拿出一支，点着之后，惬意地抽起来。东子的整个动作看起来都那么帅，那么潇洒。

"最近忙吗？"东子吐了一口烟圈问。

"忙哦……呼……"王大力叹了一口气。

"我就不明白了，听说公务员不是都挺闲的吗？你成天忙啥呢？"

"呵呵……以前不是就跟你说过嘛！瞎忙呗，也不知道忙啥！"

"对了，和你那位什么婷婷的处得咋样了？！"东子一副特别好奇，特别八卦的表情抱怨道，"你说你这都多久了，说了带给兄弟瞧瞧，这都拖了多久啦？"

"嗨……又来！"王大力有点不好意思。

"嘿嘿，对了，上次问你你还没说呢，你和她，那个啥没？"东子一脸坏笑地望着王大力。

"哪个啥？"王大力的表情明显是故意装着糊涂。

"不地道了啊！你说哪个啥？！"东子的声音更大了。

"你就不能小声点！成天咋咋呼呼的！"王大力横了东子一眼。

东子嬉皮笑脸地把食指放在嘴边，"嘘——小点声，小点声……那你说说呗！"

"没那个啥，你以为都像你？！"

"不是吧？！她不许？不会是烈女吧？！嘿嘿……"

"没有的事！我俩很单纯的，我也没你那么龌龊的想法！"

"你可别得意，我跟你说认真的，你这不是什么好事。"东子的口气忽然认真起来。

"怎么了？"现在换成是王大力很好奇了。

"大力，你仔细想想，现在都什么年代了，你俩都是青春男女，这都这么长时间了，听你说起来还是一副男女授受不亲的样子，你觉得正常吗？"

"怎么啦？怎么不正常？你怀疑我有病？"

"我不是那意思！我不是说你俩谁的身体有毛病，而是说你俩这感情有毛病！连那方面想法都没有，那你算是真正喜欢人家吗？"东子又吐了一口烟，在烟雾缭绕中，王大力看到了东子那闪亮的眼睛。

"所以我才想跟你聊聊……你是这方面的行家！"王大力诚恳地说。

东子不假思索地说道："不用聊，只是因为你不喜欢她，她不是你心目中的女人，就这么简单。"

"你？"王大力对于东子的"信口开河"大吃一惊。

东子仍旧只是悠然自得地抽烟，"你别以为我信口开河，我是认真的，单单是你想就这个事情聊一聊，就指定了你不喜欢她；喜欢一个人的时候，还用得着找人聊吗？"

"我，我不知道……"王大力的脸上写着些许无奈，低下头，

"对了，那天去她家了，见了她父母。"

"就是你们朱局吧？"

"对。"

"见面怎么样？丑女婿总得见丈人！哦，对了，你和你丈人平常上班早就经常见了！呵呵……"东子又开始调侃着王大力。

东子的玩笑并没有逗乐王大力，王大力只是一脸严肃地说："她爸有点向我施压的意思，问我有没有结婚的打算。"

"你怎么想？"东子也严肃了起来。

"我没有考虑过这个问题。"

"其实，你是没有考虑过和朱婷婷结婚的问题。"东子的话在王大力看来，突然有着醍醐灌顶、一针见血的效果。

王大力于是没有说话，对东子的结论不置可否。

"这就很明白了，原因就是你并没有从心里真正喜欢朱婷婷……"东子想了想又说，"你再回过头想想，你和她是怎么开始的？"

"怎么开始的？……同事介绍的，跟你说过啊。"

"然后呢，别人一介绍，你就同意啦？"

"当时，当时，我妈的意思……"

"行了，不用说了，你也都跟我说过，我只是想提醒你，你和她的相处，打一开始，似乎就跟你自己的想法没多大关系，你说对吗？"

"哦……嗯……"王大力明白确实是这么回事，他只能点头。

"那还结什么婚？那还谈什么恋爱？这才是关键！我看啊，你得早点抽身，别耽误人家，别耽误自己。"东子的建议斩钉截铁，似乎根本就没有考虑王大力的感受与想法。

"呵呵……"王大力笑了，笑得有点苦涩，却又笑得非常释然，他觉得东子把抑郁自己心里的想法无所顾忌地说出来了；忽然，他又想起什么，接着说："还有一层因素……"

"哦?"东子继续洗耳恭听。

"那天去她家,不知怎的,我总感觉那种氛围,和她爸,和她妈相处的感觉,让我感到压抑,甚至害怕。"

"可以理解啊,人家是你领导呢!再说了,哪个大领导没有一点架子,何况你正'泡'人家闺女呢!"

"倒不是这个原因……她爸,也就是我们朱局,那天倒是非常平易近人,并没有把我视为他的下属,只是把我作为婷婷的男朋友对待的……"

"呵呵……"不等王大力说完,东子马上说,"那是你的认为,不是他的认为。另外,即使没有这回事,但你的潜意识,包括他们家那种固有氛围,就是造成你感觉压抑的原因。"

"也许吧……"王大力低着头,脸上没有表情。

"大力!"

"嗯?"王大力抬起头看着东子,他看见东子的表情、眼神,都更加严肃起来,东子的语气也更加严肃起来。

东子认真地说:"别人不该干涉你的私生活,但作为兄弟,我不希望你以后生活在那样的氛围里;而且,说句你一直不喜欢听的话,如今的你似乎就已经生活在那种压抑的氛围里,你知道我说的什么,你的工作。你跟我聊过很多,我没有发现你在工作中的一点点快乐,也许,也许这才是造成你压抑感受的重要原因吧!"

"……东子,不说这个……"

"大力,过来吧!你我都知道你的兴趣是什么。我这里也需要你,你过来,我们一起干!你记得吗,我们说过要一起实现梦想的!"

"第几次了?别总是跟我说这个话题了……"王大力的眼中写满了疲惫。

"我不知道你的工作究竟好不好,我只知道你并不开心……日复一日做着连我看起来都不开心的工作,为了什么?难道真就像我调侃你的，一步一步往上爬，做到科长，再做到局长？这是你的梦想吗？"

"东子……唉！哪有你那么潇洒！梦想和现实……"

"别又说梦想和现实了，以前你有压力，我知道，至少有你妈妈的压力，但现在你得想想自己……"

"得了得了，说起我来，你总是头头是道！"王大力只得强行转换了话题，"对了，还忘了问你，你和娟子，到底怎么样啦？"

"能咋样？分了就分了呗！"东子又从烟盒里拿出一支烟，点燃抽了起来。

"你呀！什么时候才能安分点？！"

"这可不怪我！这回可不是我要分的！"

"你就不难过？"

"难过什么？分了就算了呗。难过又能怎么样？！谁没了谁日子也照过。"东子抽着烟，烟雾当中，王大力看见东子的眼神中却忽然有了一丝忧郁和神伤。

……

"呦！时间不早了，不能耽误你工作了。"王大力看看表说。

"好吧！没事你就自己坐坐，有事你就先走吧，我不管你啦！"东子一边说一边站起身。

"好！"

"对了，"东子想起什么忽然说，"银行你有认识的人吗？"

"银行？没有……怎么？"王大力说。

"哦，那算了，也没事，打算这两天去银行办张信用卡。"

"哦，也不麻烦，顶多排排队耽误些时间罢了。"

"行，那我忙去了。"

"东子！"王大力忽然大声说。东子回头，看见王大力似乎是下了决心要说什么似的，他一脸诧异地看着王大力。

王大力似乎确实是在下决心的样子，锁着眉头，抿了抿嘴唇，然后才说：“我最近在看心理医生。”

“哦！怎么啦？！”东子的确大吃一惊，重又转过身来，关切而担忧地望着王大力。

“也没事，不过心里似乎有事，唉……随便看看吧！”

“你可别大意，有事一定要跟我说啊！”

“那当然！没事，就告诉你这事，你也别担心！你忙去吧！我也要走了。”王大力一边轻松地说着，一边起身。

“好，那我不送你……”看着王大力远去的背影，东子仍旧担忧地自言自语地说，“也好，也好，难怪最近魂不守舍的……”

出了酒吧，天色已经全都黑了下来，仰望天空，居然看不见月亮，也看不见一颗星星，云太厚了。路灯、霓虹灯的耀眼光芒居然是那么刺眼；身边川流的汽车，引擎声、偶尔的喇叭声，是那么刺耳。王大力孤零零地在街上走着，他也在自言自语着：“梦想？现实？这是我的梦想吗？什么是我的梦想？我的梦想还在吗？”

王大力忽地感觉到一股凉意，不禁往胸前拢了拢外套，加快步子。

21

“开会，开会！”一大早刚上班，李科长就从里间的科长办公室走出来吆喝。于是，大家三三两两地找出笔记本和笔，各自还都端着各自的茶杯，到会议室集中起来。

“咳咳……今早开个临时会议！”李科长清清嗓子对大家说，“昨天我参加了局里的局务扩大会议，局里把上个月的工作情况做了总结，包括我们科在内，成绩都不是很好，有退步的情况！展望下面的工作，我们的压力很大，形势相当严峻……”

“为什么每一次展望未来的时候，压力总是那么大，形势总是那么严峻呢？……早干吗去了？……"坐在会议桌最角落的王大力心里暗暗地想。

"……所以，今天，我们科里也开个会，一是传达昨天局务会议的精神，二来咱们科里也群策群力，谋划一下未来的工作，也希望大家开展批评与自我批评，查找之前工作当中的不足！"李科长说完，扫了一眼所有人，大家都埋着头，手里拿着笔在记录着，王大力不明白这些话有什么好记录的，他没有埋头，他只是面无表情地看着李科长，李科长也注意到了，看了一眼王大力，李科长也是面无表情。

接着，李科长开始照本宣科地宣读昨天局务扩大会议上朱局的讲话原稿。讲话很长，李科长差不多读了二十分钟。看来，朱局的这篇讲话稿应该是秘书花了很多心思，内容翔实，从局里的月度工作小结、到现状、到优势、到问题、到原因、到未来的工作思路……无一遗漏。可是，王大力尽管听得很认真，但他觉得自己能够记住的却似乎只是几个涉及工作的具体数据，其他的内容，他听得既感觉无味，而且还觉得，跟以往每次开类似会议的说法其实都差不多。

李科长好不容易读完以后，喝了一大口茶，顿了顿然后说："好，大家谈谈吧，主要是谈谈目前工作中存在的问题，特别是分析分析为什么会产生这些问题。"

席下无人应答，整个会议室安静得瘆人，大家都低头在笔记本上"唰唰"地写着，王大力不知道大家在写什么，但这种时候，他也只好低头在笔记本上写写画画，不知所以地写写画画。

"都不愿发言？"李科长又扫视了一眼整个会议室，"那好，那我先说！"

一待李科长说他先发言后，所有人几乎是同时，都停住手上的笔头，都抬起头来，望着坐在会议桌首席的李科长，大家的表情也都是一致的严肃。

"我认为，我们局，特别是我们科，上个月的绩效之所以退步，关键问题就是大家思想上对工作还不够重视，对我们科目前的严峻形势，对年度整体任务的艰巨性，认识不足，甚至是非常轻视！其次，对于我们工作的重要性，对于我们工作对局里，乃至对整个市里经济发展的重要性认识不够，认识不到位，没有一种政治责任感、政治担当！再次，多数人总是得过且过的心态，总是做一天和尚撞一天钟的心态，总是等着业务来，从没想过更好地发挥主观能动性……"

李科长的口才很好，条理清晰，一气呵成，居然又独自讲了二十分钟。

"好，我的意见讲完了，我希望大家也踊跃发言！"李科长最后说。

会场又是一片寂静，没人主动要求发言。

"这下都这么谦虚？"李科长笑笑说，"看来，还是得直接点将了。"

于是，李科长从他目光所及，随机地点着名字，要求一个接一个地必须发言。

"我很认同局务扩大会议的精神，主要还是个思想认识的问题……"

"我觉得科长的讲话非常全面，把存在的问题都清楚地点到了……"

"我认为科长的讲话很准确，客观地指出了我们存在的关键问题就是思想上这根弦绷得紧不紧的问题……"

"我认为局领导和科领导已经把握到问题的实质了……"

"……"

王大力发现，所有人的发言都大同小异，一是都高度肯定了局科领导对问题的分析；二是都一致认可问题的关键在于思想认识和主观能动性上的不足。李科长则一直拿着笔在记录大家的发言——其实，王大力又搞不明白，大同小异、并无特殊的发言，究竟有什么值得记录的……

"下面，大家再谈谈对于未来工作该怎么改进的问题吧。"李科长似乎对方才热烈的会议气氛很满意，所以笑着说。

"我觉得我们以后一定要在思想上……"

"我认为我们以后一定要在局科领导的部署下……"

"我认为我们以后务必高度重视……"

"我想我们以后必须从政治责任感这个层面上……"

大家依然是你一言我一语的大同小异，而且，最后的结语又几乎是一致地都落脚在"一定要把此次会议的精神落实……"

"究竟该如何具体落实呢？"没人提及，王大力更是不得其解。

大家的发言陆续结束，会场又慢慢趋于安静，"咦，对了，还有人没有发言！"李科长扫视着大家，忽然发现了这个问题，"小王，你也谈谈你的想法吧。"大家也都顺着李科长的目光，看着王大力。

"嗯……"王大力涨红了脸，想了想只是说，"刚才大家说得都很好，把我想说的都说了，我暂时都想不出还有什么了。"

"好吧，"李科长笑了笑，"还有你呢？老张！"

那个叫"老张"的老同志随和地笑了笑："我也没什么特别要说的了。"

"好吧！那今天的会议就到这里，大家各司其职，抢抓落实吧！"李科长最后又扫视一眼大家，目光中带着一份威严，然后朗声宣布，"散会！"

大家拉着椅子，收拾着东西。王大力此刻在寻思自己方才没有发言说个一二三出来到底好不好，会不会大家会认为自己连个发言都说不好，所以他觉得有点后悔，有点惭愧；但他却还是觉得，像方才大家发言说的那种话，与其说是自己不会说，倒不如说是自己的确觉得没有说的必要……总之，现在很多时候，王大力觉得，哪怕是说话，其实也不是那么简单、那么轻松，也往往是由不得自己的一件事情……

至于刚刚同样没有发言的那个"老张"，是科里的老同志，年纪比李科长大，是正科级，但是正科不带"长"，况且，科长从来不把重要工作交给他，只是给他一些鸡毛蒜皮的小事，有点安排他安静养老的意思，所以，大家尊重他的时候，也管他叫一声"张科"，更多的时候，就只是叫"老张"了。老张据说在科里的资历比科长还长，而且多年来工作勤勤恳恳，从没出过马虎，但之所以只是个正科而不带"长"，据说是因为有点"一根筋"，在做事和做人方面，往往有些自以为是坚持所谓原则的一根筋，所以不讨多数领导喜欢，与多数同事的关系也因此处得一般。王大力有时候觉得，这个老张，工作这么长时间，怎么就不能改改自己的"一根筋"呢？王大力偶尔跟老张交流，老张经常说："我这辈子就这样了，慢慢混、慢慢熬呗……"王大力就会想，自己可千万不能学老张……

出了会议室，大家各自回到各自的办公桌各就其位，但并没有在工作中的各司其职，会议之前在做什么的，这时又继续在做什么：喝茶的还在喝茶；看报的还在看报；玩手机的还在玩手机；擦桌了的还在擦桌子……每个人都表情轻松，偶尔还听见"咯咯"的笑声……

办公室的窗外，今天的阳光很好，毫不吝惜地从窗玻璃洒进来，偶尔还听见有小鸟好像也在"咯咯"地笑……

王大力坐在自己的办公桌前，什么事情也没有做，他一边打量着这里的每一个人和每一个人正在做的事情，一边在思考着：喝茶的大陈，一手书法写得真是漂亮；看报的小胡，就是个诗人，写诗作赋相当拿手；玩手机的大曹，可是电脑高手，几乎所有的电脑疑难杂症都难不倒他；擦桌子的美女同事小于，唱歌舞蹈，绝对是科班的水平……其实，都是人才啊！其实，都是高人呢！

"不过，"王大力突然想到了东子和他聊天的时候总是提及的所谓"梦想"，"那会是他们的梦想吗？如果是，如果曾经是，他们的那些梦想还在吗？而他们现在的'梦想'就是在这毫无生气的办公室里如此这般地每天消磨着时光吗？或者，他们只是从曾经那些美好却缥缈的梦想中落入了眼前这死水一般的现实？……"

忽然，李科长不知何故又从里间的科长室踱了出来，手里掂着一叠文件，眼睛也只是全神贯注地盯着手中的这叠文件；可是瞬间，办公室里的大陈、小胡、大曹、小于们条件反射一般地收起各自手中杂七杂八的活计，眼睛也都齐刷刷地认真盯住各自眼前的工作电脑，连王大力自己也是条件反射般地如此；李科长压根儿没有注意大家，不知道他在思考什么，始终盯着手中的文件，踱了几步之后，却又转过身，踱回了自己的办公室；大家的表情似乎都是像松了一口气一般，还彼此张望了一眼，既是尴尬，又是心领神会地笑笑，却并没有言语……

王大力忽然想起了猫和老鼠的游戏，那李科长嘛，方才就像一只神气活现的、高高在上的、警觉却又不屑一顾的猫；包括自己在内的其他人嘛，就理所当然地像一只只见到猫就闻风丧胆的……老鼠？倒也不至于；方才众人的表现又是那么喜感，那就米老鼠吧！王大力觉着有些好笑，却觉着透着很多的无奈与悲哀。

当然，毕竟，王大力也不敢多想了，"干自己的活儿吧！"他对自己说。

22

又到了周末的早上，天气很不好，虽是早已入夏的时节，却淅淅沥沥地下起不似夏雨的雨来，这雨下得不如夏雨那般大、那般酣畅淋漓，倒像是春雨——当然，也可能是秋雨一般，把人的兴致都浇没了，把人的愁绪都如抽丝一般，慢慢地，拉了出来。

韩宁一直埋头在办公桌上——自从接手杨大力、王大力的诊疗以来，韩宁就没有给自己放周末的假了——当然，即使这样，其实诊所也并没有因为周末的开张而多进几单生意。屋子里只是打开了办公桌上的台灯，本就因天气而阴暗的屋里，反而因为亮着的唯一一盏台灯，而更平添几分昏黄。韩宁在翻阅着好几本大部头的专业书籍，许是在给杨大力、王大力做下一步的治疗方案，或者交流计划。除了外面淅淅沥沥的雨声，屋子里就只剩下安静。

许久后，韩宁抬起头来，左右扭头，活动活动颈椎，揉了揉眼睛，抬手看手表，已是10点多。短暂休息以后，韩宁继续把头埋进书堆里去；忽然，他又抬起头，想了想，拿起桌上的手机，略带迟疑，略带犹豫，然后拨通一个号码。

"韩医生你好！"对方接通了号码。

"你好！你现在有时间吗？我在诊所，有时间就过来吧。"

"现在——可以，可以，那我马上过去。"对方在电话那头答应得很爽快。

"好，再见。"韩宁挂断手机。

韩宁合上面前的好几本书，挪开椅子，站起身，来回在屋里踱步子，时而低头，时而仰头，时而叹气，像是在休息，又像是心里总有千头万绪在思考。韩宁习惯性地踱到门口，外面的雨依然在下，街上的行人更少了；偶有一两个没有带伞的行人，在雨中躲避着，跳跃着，快跑着；对面不见孙二哥的人影，只见灶头上，已升起袅袅炊烟——10点多，中饭的点又快了——炊烟升起后，幻化在雨雾中，更添了此刻此景的寂寥萧索。如此不像夏日的夏日里，韩宁居然冷不丁打了个冷战——可能是今天的确降温的缘故，也可能是韩宁此时被景致所感染的内心的寂寥萧索的缘故。

远远地看见一个熟悉的身影在往这边走，韩宁进屋了。

"韩医生你好！"原来是土大力。王大力穿着白色的短袖衬衫、黑色西裤、黑色皮鞋，衬衫规规矩矩地扎进裤腰里，只是裤腰似乎束得过高，所以显得整个人不仅老气，而且身材比例就显得有些滑稽。

"来了？"韩宁打量着王大力，语气并非很热情，甚至还带着一点失望。

"对对，一接到你电话，我就往这里赶！"王大力一边说着，一边把雨伞上残留的雨滴朝着门外甩干净，然后朝着屋里，朝着韩宁的办公桌走去。

"坐。最近好吗？有几天没见了。"韩宁一边招呼王大力坐下，一边拿出笔记本和钢笔，看起来马上就要开门见山、书归正传的意思。

"是是……最近忙。"王大力不好意思地说。

"哦——你也忙。"韩宁不自觉地说到一个"也"字，王大力并没有在意。韩宁忽然没头没脑地冒出一句问，"对了，我说，你，你这个穿衣打扮，不是我多管闲事，就不能穿一些显得年轻一点的衣服？怎么总是穿得这么老相？明显就不适合你！"

"哦？！"韩宁的问题的确让王大力愣住了，然后不好意思地说，"呃……公务员嘛，这样穿着，还是好一点……"

"公务员怎么啦？公务员都是老头老太太？再说，今天周末，你也不用去上班！"

"呵呵，习惯，习惯了……"王大力笑着说，然后他主动转移了话题，"今天你找我来？"

"耽误你事情了？"韩宁的语气仍旧显得比较冷淡。

这让王大力觉得奇怪：叫我来，却又不欢迎……，但他还是说："没事没事，我今天也闲。"

韩宁也觉察到自己语气不太好，可能自己不好的心情的缘故，他把语气放柔和地说："那就好，今天叫你来，主要是我想通过之前和你的交流，和我最近的对症研究，我初步对你的心理疾病有了定性。"

"好好，谢谢！"王大力紧张地望着韩宁。

"呵呵，"韩宁轻松地笑了笑，他显然注意到王大力的紧张，所以有意放松二人此刻的氛围，"你不用紧张，也不用着急，还是老规矩，我们就像聊天一样好吗？"

"嗯，好，好……"王大力嘴上说着，可他几乎涨红的脸色还是昭示着此刻他真实的内心。

"这样吧——你先过来躺着吧，这样你会更轻松一点。"韩宁一边说着，一边指着墙角的大躺椅。

"哦？"王大力虽说觉得有些奇怪，但还是听从韩宁的意思，走到躺椅边，躺了上去。

韩宁站起身，先是拉上房间的窗帘，然后来到书柜旁，拿出一张CD碟，放进播放器中，很快，音乐开始了——肖邦的《夜曲》。

韩宁拿过一张靠背椅，坐在躺椅旁边："好了，你就舒舒服服地躺着，闭上眼睛，静静养养神。"

"哦——"王大力很听话，舒展了一下身子，闭上了眼睛，很快，他的呼吸平静和均匀起来，像是睡着了一样。

韩宁没有看王大力，只是翻看着手中的笔记本，约摸十五分钟的时候，他轻声地说："大力，大力——"

"嗯——"王大力的眉头皱了一下。

"好，很好——喜欢这支曲子吗？"

"肖邦的《夜曲》……"王大力说。

"嗯……对，喜欢吗？"

"不喜欢。"闭着眼睛的王大力又皱了皱眉头。

"多好的旋律，多静谧的氛围啊。"

"诡异、恐怖……"王大力的声音不大、短促。

"你想象一下，我们在哪里？是不是在美丽的森林里？"

"森林，对，森林……"王大力的呼吸加速了，"恐怖的森林，夜晚的森林太可怕，有猛兽啊，有怪物啊……"

"大力，大力——"

"我不喜欢这里……我要出去！"王大力几乎是叫起来，然后突然从躺椅上坐了起来，像是从噩梦中惊醒一般。

"不，不好意思，不好意思……"王大力回过神来，尴尬地低下头，呼吸依然局促，脸涨红了，额头有明显的一层细汗。

"没事，没事，很好，很好，音乐进入你的心里了。"韩宁平静地说，但其实，他此刻的心里"咚咚"跳得很紧张；他在笔记本上暗自写上，"缺乏安全感"，又在后面补了两个字——"显然"；韩宁觉得自己写字的手似乎有点颤抖……

彼此沉默一会儿，韩宁一边站起身朝办公桌走去，一边笑着说："这样吧，我们还是坐回这边吧，接着聊聊其他的，你最近怎么样？工作生活什么的，都还顺利吗？"

"嗯，老样子，还好……"王大力也坐回了办公桌前，脸上的神情终于缓和了一些，但却又低垂着头，耷拉着眼皮，应付着韩宁提的问题。忽然，王大力把目光重又盯在韩宁的脸上，认真且果断地说："不算好。生活、工作，都不算开心，不算顺利。"

"哦？！"王大力的眼神居然让韩宁都感到有些不自在，甚至有点害怕，所以他下意识地回避了王大力的眼神，他掩饰一般地把目光扫到了面前的办公桌面上，然后拿起钢笔在手上把玩；不过，王大力的回答却又不得不马上引起韩宁的重视，因此，他的这声"哦"倒的确是他内心对王大力所说的重视与吃惊。

"怎么了？出什么事了？"韩宁接着问。

"唉，说来话长……"王大力深深地叹了一口气，方才盯着韩宁的那坚定的目光瞬间又失去了明亮的色彩，他再一次低垂下头，耷拉下眼皮。

韩宁仔细地看着王大力脸上的变化，然后轻声说："看你愿不愿意和我分享吧，不过我建议你最好能够把自己心里不痛快的东西尽可能告诉我，这一点之前我也曾跟你说过……"

"没问题，韩医生，放心，我相信你。"王大力打断韩宁的话，他又抬起头，这一次，韩宁非常欣慰地在王大力的眼神里看到了信任与诚恳，不过，却同时也看到了有几分无奈与无助。

"那就随便说说吧。"韩宁还是有意微笑着，以柔和的语气说。

"嗯……最近吧……"于是，王大力坦然地将自己最近的状况，包括他在工作中的情况，应酬吃饭、开会、心里对于工作的想法，与东子交流的事情，甚至包括他与朱婷婷之间的故事，面见朱婷婷的父母，也就是朱局长一家，等等，都详尽地告诉了韩宁。在王大力娓娓道来的时候，韩宁一直在认真听，也在一直注意着王大力脸色与眼神的变化——韩宁觉得王大力的神情很平静，甚至似乎是在说着别人的事情。其间，韩宁几次打断他，要么要他喝口水，要么要他欠欠身子，不用坐得那么腰板挺直，王大力像是不受任何干扰一般，滔滔不绝，旁若无人地说着。

"呼……"说了差不多一个钟头，王大力才长长地舒一口气，像是一种释放的感觉，也表示着自己的"汇报"算是结束了。

"这次终于说实话了，"韩宁有意地坏笑着，他试图以此打破此刻越发沉重的气氛，"上次都还不老实，居然说没有女朋友呢！"

"呵呵……"王大力应付似的干笑一声，"就算是有吧。"

"大力，"韩宁改以认真的口气说，"首先，作为你的医生，我必须感谢你今天的真诚，这不仅有利于我们共同把握好你的病情，也是你对我个人的尊重与信任，谢谢！"

韩宁的话倒是让王大力脸红了："韩医生，哦，韩宁，别这么说，还是应该我谢谢你呢！"

"你说得很细致，我都明白了。"

"那你怎么看？对了，你刚刚说的，你对我的心理疾病有了定性！你说说看，我的这些感受到底是事实当中不开心的事呢，还是说只是我的心理问题主观造成的啊？！"王大力又是着急的神情了。

"看你，又紧张，又着急了。"韩宁依然是平静地笑笑说。

"我……"王大力也不好意思地笑了笑。

"嗯——"韩宁瞟了一眼王大力，稍稍蹙了一下眉头，然后接着说，"看来你最近各方面的确是很不开心的，那我先问你，你怎么看，或者说，你想怎么样呢？"

"我？……我不知道。"王大力又低下头，把玩着自己的手指头。

"那我再问问你，你想没想过，做一个大的改变？比如说，果断地跟朱婷婷说清楚，算是跟她分手？再比如说，工作不开心就辞职不干了吧？换一份工作试试？"韩宁一边说着，一边以剑一般的目光盯着王大力。

"啊？——分手？辞职？……"不知王大力是被韩宁如此突兀的建议惊住了，还是被韩宁像是要喷出火来的目光惊住了。

"对！"韩宁继续毫不留情地说，"换句话说，对目前有着诸多的不满，与其不痛快，甚至像是在煎熬，要不，要不就果断地改变这种状态吧，放弃一些东西！"

"这样啊……"王大力皱着眉头，非常的苦恼与无奈的模样，"但是，这不算是逃避现实吗？"王大力说完望着韩宁。

在王大力说完这句话的一瞬间，韩宁的内心"嗡"地一震，他不仅在想着王大力，也想到了杨大力，还想到了孙二哥，想到了马媛，想到了自己……韩宁以职业的素养压抑了自己脑袋里突然的天马行空，而是专注到王大力身上，此刻韩宁只能应付着回答道，"逃避？嗯，就算是吧，但也许只有这样也是新的机会……"。

"我，我……我不知道……"王大力嘀咕着。

"不是你不知道，也不是你不想。也许，只是你暂时还没有勇气，不敢去改变，去放弃，去做一个你所谓的关于'逃避现实'的决定。"韩宁的语气再次柔和下来，声音不大，但依然有着不容置疑的分量；韩宁的眼神也再次柔和下来，但却有着一种好像胜利者的意味；但韩宁同时也在咀嚼着自己说的这句话，是说给王大力听的，也是说给自己听的吗？

王大力紧皱着眉头，没有说话。

"没事，大力，我只是随意谈谈我的想法。我们暂且不要深究这些情况的具体问题了，"韩宁停了一下，"至于我对你病情的看法——"韩宁看着王大力；王大力看着韩宁。

"你存在一种癔症。"韩宁直截了当地说。

"癔症？……"王大力有点不明所以。

"可以理解为妄想症。不过我所说的妄想症不是简单的像你所说的只是在心里妄想着会发生什么事，而是更加复杂的情况；随着我们治疗和沟通的深入，我会具体为你挖掘和解释——并治疗。"

"哦……"王大力还是目瞪口呆地望着韩宁。

"不用紧张。妄想症表现出来的东西有的符合逻辑，有的不符合逻辑；我们要一起想办法把不符合逻辑的东西删除，符合逻辑的，其实可以接受。你明白吗？"

"嗯，大概懂了。"

"妄想症、癔症的产生有着很深刻的根源，跟现状有关，跟外部环境有关，还跟你的过去、经历、情感等都有很紧密的联系。所以，后面的时间，你必须按我的要求，把自身过往的重要经历，特别是情感经历跟我做详细介绍，我再据此查找原因，对症治疗。"

"应该的，应该的。"

"比如我问过你一些问题，那只是对你基本情况的基本了解，还差得远。明白吗？"

"明白，没问题，没问题。"

"不用紧张。跟我之前说的一样，我们还是聊天、交流为主；沟通得当，解决起来并不难。不过，我还是强调两点，第一，必须真实坦白，不能撒谎、开玩笑，第二，必须完全打消所谓的'崩溃'之类的悲观念头。做得到吧？"

"明白，没问题，没问题。"王大力不好意思地低下头，"可是——"王大力立马又抬头看着韩宁说，"其实，我还一直以为，我是抑郁症呢！"

"不要盲目给自己下一些不一定准确的结论。"韩宁淡淡地说，"我们一起，慢慢来，问题总会解决……"韩宁说着，又把目光扫到了办公桌上，回避着王大力直视的目光。

两人无话，看样子，韩宁的意思大概是想结束今天的问诊了。

"哦……韩医生，那谢谢，谢谢你！"王大力意识到这一点，所以这样说，但他又接着问，"对了，韩宁，你，你今天心情不太好吧？"

韩宁被王大力这一问倒是愣住了，不知该怎么回答，本来他想制止他打听自己的事情，但既不好意思拒绝王大力好意的关心，更怕在情感上对他造成某种冷淡的感觉和刺激，于是说，"没事，没事，可能最近太忙，看东西看累了，压力大……谢谢关心。"

"哦，让你费心了……你要是有事，也别憋着，也可以跟我说的。"王大力诚恳地说。

"你倒安慰起我了。"韩宁笑了。看着韩宁笑了，王大力也笑了。

"对了，还有个事情。第一期费用，你看今天方便结吗？"韩宁转移话题。

"可以，方便方便，应该的，应该的。"

"这是我这里的账目表，这是目前对你分析治疗的进度以及……"

王大力打断了韩宁的解释和对着账目表的比画，直接说："没事，韩宁，你说是多少，就是多少。"

"不可以，我们必须……"

"没问题，你告诉我多少就好；我信得过你！"王大力再次打断韩宁。

韩宁很感激王大力的信任，停住了解释，笑着说："第一期，500元。"

"好。"王大力利索地掏钱交给韩宁。

"好，稍等，我给你开收据还是发票？"

"不用，都不用。"

"好好……嗯……今天到这里好吗？往后的一段时间，你的主要任务就是向我汇报你之前的重要经历，特别是情感经历。"

"今天，今天，现在就结束？"

"不可以吗？你要回去好好准备；今天叫你来，主要把前期的情况跟你说明，定性；当然，还有就是问你收费。"韩宁很直接，当然也是以开玩笑的口吻说。

"好，好，明白，谢谢！那，那再见？"王大力是试探的口气，一边起身。

"好，再见！"韩宁肯定地说。

"对了，大力，也谢谢你。"韩宁笑着补了一句——韩宁并非单纯是感谢王大力今天在这里交付了第一笔治疗费；韩宁心里感谢的意味很复杂，包含很多，他自己一时也没有完全理顺。

王大力笑了，转身往屋外走去。

待到王大力就快走出门口的时候，韩宁忽然脱口而出道："对了，那个东子……"

"哦？"王大力扭过头说，"你是说周东？"

"对对，姓周，周东。你说他就是你最好的朋友？"

"是，是我最好的朋友，我叫他'东子'。"王大力轻松地笑着。

"哦——"韩宁眯起眼睛想了想，"对了，那他现在在干吗呢，这个倒没听你说过。"

"哦，他在'暴点'酒吧工作，做DJ。"王大力边说边比画着，"你知道'暴点'吧，就在那个……"

"哦！！'暴点'？"韩宁又一次脱口而出，"杨大力"的名字当然是轰然地再一次蹿入自己的脑中，"他也在'暴点'？！"韩宁对自己说。

然后，韩宁尽可能地压抑住自己的情绪，以极不自然的平静口气说："哦，'暴点'，我知道，知道的……"王大力听出韩宁的话有些意味深长，目光也散散地投向远处，王大力有些纳闷，不知韩宁又在想什么，或者的确是他今天自己的心事太多了……

"那，……韩宁，韩，韩医生……"王大力只好打断了仍在愣神的韩宁。

"哦，哦，不好意思，不好意思，没事，没事了，那再见吧！"韩宁有点尴尬地挥手告别。

王大力笑着走了。

韩宁的目光一直瞧着王大力走出去的方向，过了好久才收回来。韩宁摘下钢笔帽，在笔记本上认真地写着。

"但是，这不算是逃避现实吗？"

王大力之前说的这句话被韩宁原封不动地抄了下来。韩宁又在笔记本上写上了"周东""暴点""DJ"几个词。

随后，在"DJ"这个词的旁边，韩宁又打了一个括号，写上另一个名字——"杨大力"。

韩宁把身子靠在椅背上，闭起眼睛，尽量地拉伸着手臂和腿脚，"唉——舒坦多了！不想了，也该歇歇咯……"在闭目养神的时候，韩宁心想：今天自己的情绪很不职业，影响了工作，影响了病人，还差点语无伦次，没有头绪——以后一定要注意……

而王大力在走出韩宁诊所不久，就接到东子的电话，东子在电话里要王大力陪他一起吃午饭，王大力应承了，也顺口问了一句是不是有什么事情。东子在电话那头的口气很生硬，而且只是笼统地抛下一句话，"心里很不痛快，想找你吃饭聊聊……"然后就挂了电话……

Chapter 5
第五章　牢笼

23

　　最近两三个月时间，除了王大力、杨大力的生意以外，陆续还有些其他的病人，尽管都是些小问题，韩宁无非是交流，开导，有针对性地开一些类似于镇静、安眠等一类的药物也就了事，但相对以前来说，这段时间的生意的确还可以，应付得了开支，还能够积蓄；当然，韩宁仍将其工作的重点放在王大力和杨大力身上，他把大部分的精力、钻研都放在两人身上，他把王大力和杨大力并案研究，诊疗的进度也基本一致，目前处于第二阶段。在韩宁所谓的这种第二阶段，一般都是韩宁说得少，听得多，多是病人在其要求下汇报自身的心理状态或人生经历，或现状。

　　这段时间里，王大力来韩宁诊所的次数不算太多，不过总算按照韩宁的要求，把自己过往的经历比较详尽地汇报清楚了，韩宁也逐步把王大力的童年、少年，至今的基本经历还原出一个清晰的脉络。

　　杨大力来韩宁诊所的次数也不算太多，韩宁也对他提出相同的要求，杨大力也就把自己的情况做了相应的汇报。

王大力今年24岁；24年来，王大力的人生算不得很有福气，但要说命运多舛又显得有些过；王大力24年来的人生却绝对算得上简单、平凡、普通，还有一个字，乖。

王大力的母亲后来告诉他，在他5岁多的时候，他的父亲不辞而别，没有留下任何言语，只留下很多人都知道的一个理由，他爱上另一个女人，不知道那个女人有多好、多漂亮，总之，是那个女人让王大力的父亲当年做出了抛妻弃子的决定。王大力的母亲是坚强的，她没有像一般女人那般寻死觅活，也没有千里寻夫，只是从此承担起家庭的重任，独自操持起自己和儿子的生计；而且，自此后，王大力的母亲没有再婚，她的生命中除了王大力以外，没有再走进另外任何一个男人——当然，当年，直到最后，她也并没有机会和王大力的父亲正式地一起去办理离婚手续。

童年时代的王大力不懂得这些，他单纯的世界里，只知道妈妈最好，妈妈最亲，妈妈是唯一的好，妈妈是唯一的亲。至于父亲，王大力问过妈妈，妈妈只是说："你不用问。"没有给出任何的解释，王大力也就从此不再过问——王大力从小就很乖。

直到小学一年级的一天，因为一块橡皮擦的缘故，王大力和同班的小朋友闹起别扭，当那位小朋友说："没爸的野娃子！回头我叫我爸揍死你！"王大力被瞬间激怒，并在那位小朋友叫来他爸之前狠狠地先揍了他。当王大力的妈妈赶到学校了解到打架的所有经过后，王大力本指望妈妈会给自己撑腰长志气，可是回到家里，妈妈却是很严厉地批评王大力，并且只说了两点："打架的孩子都是坏孩子！""只有好好学习才能考上大学，考上大学才能超过别人，比过别人！"除此外，妈妈没有说其他，特别是没有提起关于父亲的话题。王大力尽管在当时有一点委屈和不解，但他什么也没说，什么也没问，只是默默地、乖巧地记住了妈妈的教育。

那次事件标志着王大力无忧无虑童年时代的过早终结，从此，王大力再也没动过粗、打过架，而是全身心地投入学习当中，的确成长为妈妈和老师心目中最乖的孩子；只是，乖孩子的王大力，再也很少讲话——除了和东子一起，而除了东子之外，他也很少有朋友，眼睛里多了超越年龄的神采，那种神采或叫早熟，或叫黯淡。王大力的目标，从此就只是好好学习以在将来考上大学；王大力的生活，从此就变成特别的三点一线——妈妈、学习，和自己。

王大力的小学、初中、高中，均进入了疯狂的学习状态，除了上学听课，就是回家写作业，不会给妈妈找任何麻烦，不会给家里惹任何祸事，哪怕在空余时间，他都只会待在家里看书——当然，爱学习的他只看老师规定的教科书。所以，多年来，妈妈从不为王大力担心，从不会担忧王大力会像别的野孩子那样学坏；乖巧的王大力在妈妈心中叫作"争气"，妈妈也就理所当然地更加怜爱王大力。

有时候，妈妈会说："大力，休息休息，别看书了。"

王大力往往会说："没事，妈妈，我再看会儿。"

有时候，妈妈会说："大力，别老是闷在家里，出去散散心。"

王大力往往会说："没事，妈妈，我还想看会儿书。"

然后，妈妈就会夸赞王大力"很乖"，每每这个时候，王大力总是温顺地望着妈妈，每每在那一刻，王大力的眼中就忽然没了早熟的神采，全是撒娇一般的、心满意足的童真。

应该说，王大力从小的"很乖"是因为他从小的懂事，他在不懂其他事情的时候，就已经懂得妈妈为家、为自己的艰辛，妈妈没有让自己吃过苦，尽管日子过得肯定不如别家孩子那么殷实，但清贫却快乐，妈妈全身心的疼爱是他最大的富足。

妈妈从前在市里的轴承厂上班，做着最乏味、简单、辛苦、低价的脏活儿——清洗大大小小各种轴承。后来，在当年席卷全国的国有企业倒闭大潮中，因为经营不善，本市最大的国营企业——轴承厂倒闭了，妈妈连干脏活儿的机会都没有了；唯一能够留下的，是厂子在倒闭之前把王大力娘儿俩所住的这套厂区小平房的产权完全转到了王大力妈妈名下——也算是对她多年工龄、功劳、苦劳的微薄补偿。

苦于生计的压力，妈妈在家门口摆了一个早餐摊铺，每天起早贪黑做小买卖，硬是把这个家勉强撑了起来。所以，忆及童年的时候，王大力印象最深的就是：

　　冬天的早上，天蒙蒙亮，准备上学出门的王大力经过妈妈的早餐摊子，王大力说："妈妈，我上学去了！"妈妈会在蒸气腾腾的面锅上面探出一个头来，笑着说："好！要认真听课！"

　　夏天的晚上，闷热的暑气聚集在逼仄狭小的屋子里，正在做作业的王大力骄傲地跟妈妈说："妈妈，昨天考试我考了全班第一！"一旁的妈妈会停下手中忙碌的擀面杖，拿起扇子，一边朝王大力扇风，一边笑着说："好！下次我们还要考第一！"

　　也就是在王大力念初中的时候，觉得儿子已经长大的妈妈，终于把当年丈夫，也就是王大力父亲出走的所有故事告诉了王大力，王大力仍旧只是默默听着，还是什么也没有说，什么也没有问。妈妈又说了以前说的一句："只有好好学习才能考上大学，考上大学才能超过别人，比过别人！"在这句话的基础上，妈妈又补充了两句，其中一句是："忘了你那个天杀的爸，他是我们娘儿俩这一世的仇人！"另一句是："妈妈这一辈子就全为了你，你一定要给妈妈争气！"

　　王大力学生时代的这种乖、这种争气，在别的同龄人眼中，其实是有点格格不入的，加上王大力长期以来就沉浸在这种乖的、除了学习还是学习的自我世界里，导致他除了东子以外，从来没有和其他哪位同学走得多么亲近，于是，王大力一直没有多少朋友，至少，没有多少真正意义上知心的朋友。

　　直到高中时代的王大力，因为某一首歌曲的缘故，喜欢上这首歌，喜欢上这位歌手，最终喜欢上音乐。从此，音乐——就像音乐自古以来对人类世界所产生的影响一样，为王大力的心灵打开一扇门、一扇窗，或者说是在王大力长期以来的那种乖、除了学习还是学习的自我世界里，开辟出另一块清新的园地；从此，音乐成为除东子之外，王大力最喜欢的朋友，真正知心的朋友。打那以后，除了像以往一样的学习以外，王大力还把一些时间花在了音乐上。

有时候，妈妈问："大力，在房间里做什么呢？"

王大力就不一定像以往了，他可能会说："我在听歌。"

起初，妈妈总是会说："听歌好，换换脑子好！"

可是随着王大力把越来越多的时间从书本上挪到音乐上，妈妈就开始提醒他了："大力，听歌归听歌，可不要耽误学习。"

王大力起初觉得把时间匀一些在音乐上并无大碍，所以他会说："放心吧，耽误不了。"可是后来，他也觉得自己花在音乐上的时间影响了在学习、看书上的投入，他觉得这样的确不对：第一，不下大工夫学习的学生以后就肯定成不了气候；第二，更加不是妈妈眼中的乖孩子。但每当他决定放下音乐开始学习时，那一个个熟悉的音符、歌词又总是不自觉地游荡在脑海里，很难再将书本上的东西挤进去。这就好像和一个最知心的好朋友在一起，总有说不完的话、道不尽的快乐，等到马上要分开的时候，你也舍不得他，他也舍不得你。当然，这不是什么大的矛盾，顶多算是王大力学生时代中小小的，也是快乐的纠结。

但与此同时，已然长大的王大力也开始暗地里纳闷地问过自己："为什么我的人生就一定要考上大学？""考上大学之后我该再做什么？""考不上大学我该怎么办？"当然，这些问题，他从来不敢问妈妈，也从来不敢深想下去。总之，王大力就这样在妈妈的规划下一步一个脚印地规划着自己——其实不算规划自己，只是顺利地落实妈妈的规划。王大力尽管有那么多疑问，但又觉得这样其实也很好，至少妈妈有着多得多的人生经验，况且，妈妈总是只会为自己好的；而且，王大力要做的其实很简单，就一路奔着"考上大学"就是了。

王大力和最亲爱的妈妈还是闹过两次别扭。

第一次是高中文理分科的时候。王大力觉得自己数理化强，所以理所当然地认为应该读理科；可一向和蔼温柔的妈妈这一次却斩钉截铁地要求他只能选择文科。妈妈说："数理化念出来能做什么？有几个人能做科学家？难不成以后去工厂做技工？"妈妈还说："念了文科，写出一手好文章，将来至少能坐办公室，还能坐机关！"王大力心里对文史哲实在没有兴趣，可他还是觉得妈妈肯定是为自己好；再者，自己想一想，妈妈说的话的确有些道理。所以，王大力和妈妈的这一次的别扭其实没有闹起来，顶多在王大力心里闹了一下之后马上就偃旗息鼓。

通过这次别扭，王大力还明白了考上大学之后该做什么，应该是再朝着"坐办公室""坐机关"的目标努力。

第二次是高中毕业之前的高考前夕。经过多年的学习，王大力该是把学习成果通过高考做最后总结的时候了；同时，经过几年的浸淫，王大力对音乐的热爱更加不可收拾，对音乐的理解也更加深刻，于是，他想把学习的成效和对音乐的热爱结合起来，所以，在填报大学专业的时候，他很想选择声乐或者乐理之类，他甚至把未来毕业以后成为一个职业音乐人的梦想都已在脑海中勾勒得非常具体。可是，一向和蔼温柔的妈妈这一次更加斩钉截铁地要求他绝对不可以选择这样的专业，妈妈要求他只能选择中文系。妈妈说："一些吹拉弹唱的小爱好还能当饭吃？歌星、戏子，哪是什么正当行当？！"这一回王大力没有立即偃旗息鼓，他少有地反驳起妈妈："谁说我要做歌星？我可以做音乐研究，可以作词作曲，我要成为真正的艺术家！"妈妈继续严厉地说："几个人能真正成为艺术家？成不了艺术家，你所谓的音乐能当饭吃？！"王大力更加少有地继续强硬地反驳："可我热爱音乐，兴趣才是最好的老师！"妈妈寸步不让地说："兴趣不能当饭吃！必须为以后的饭碗做准备！"王大力赌气地说："总之我不喜欢中文系！"妈妈于是又说出以前说过的一句话："念了中文，写出一手好文章，将来至少能坐办公室，还能坐机关！"最后，妈妈哽咽着补充了一句："翅膀硬了！妈的话不管用、不中听了！"

王大力和妈妈之间的这次激烈交锋就这样结束了，结果还是王大力顺从了妈妈的意志，一方面，当然还是觉得妈妈肯定是为自己好，妈妈说的话也的确有道理；更重要的一方面，是妈妈最后说的那句话教王大力不得不投降。

通过这次别扭，妈妈算是决绝地否定了王大力自己关于考上大学之后该做什么的想法，进一步强调了，考上大学之后，应该是，也几乎只能是朝着"坐办公室""坐机关"的目标努力。

王大力确实不擅长文科，而且高中时代确实因为音乐分了一些心，所以，最终他只是考上了一般的本科院校——本市的施南民族大学，专业当然是中文系。妈妈起初有些不服气，她觉得儿子其实可以考得更好，不过她很快还是高兴起来——儿子终究成为响当当的大学生，而且还是最有前途的中文专业；终于没有辜负她这么多年一个人的全部付出。王大力也高兴，他的高兴是因为终于实现了妈妈这么多年的夙愿；因为妈妈高兴，所以他就高兴；而且，留在本市读大学，可以陪伴和照顾孤单的妈妈。

进入大学，学习压力比以往少了很多，不过王大力还是很努力，他在朝着下一个目标，也是妈妈的下一个心愿而努力——好好学习，将来坐办公室、坐机关。除了妈妈以外，陪伴王大力的，除了东子，还是音乐。

四年大学后，也就是在前年，在面临毕业找工作的时候，王大力一开始又有了自己的想法，他还是想把自己热爱的音乐作为未来职业的导向，况且，经过四年中文专业的学习，他很有信心应该能够成为一个合格的音乐词作家。但是妈妈显然不同意，妈妈要求王大力报考公务员，即使退而求其次，也必须去找事业单位，这才算是又有出息，又有保证的铁饭碗。

王大力这一次又为妈妈"争气"了一回，也是他自己幸运了一回，参加市里的公务员考试，在没有走任何旁门左道路子的情况下，王大力居然顺利闯过笔试、面试、体检等所有的程序，然后进入市里的商务局，直到现在。如此，王大力终于实现了妈妈最美好的愿望——坐办公室，而且坐的是机关的办公室。妈妈当然特别高兴，而且从此开始，妈妈就一直处于一种高兴和满足的精神状态，她恨不得通告所有人，特别是她认识，或认识她的所有人，尤其是曾经瞧不起，或者欺负过她们孤儿寡母的那些她认识，或认识她的所有人，她要通告他们，她一生的艰辛到头了，她的美好人生重生了，她的儿子，也是她一生的希望终于出息了、扬眉吐气了，甚至她和儿子终于高高在上了。

王大力也高兴，毕竟在就业压力越来越大的今天，能够考上公务员确实是不错工作，自己的未来，至少未来的温饱在一定程度上是没有忧虑了；而且，这一次是让妈妈如此的高兴，让妈妈从今以后都可以不为自己操心了，还可以让妈妈从今往后等着享自己的福了。不过，随着参加工作的时间流逝，王大力的高兴劲头慢慢淡然，他忽然会想，妈妈对我的期望都实现了，以后我该再做什么？他本想从妈妈那里得到问题的答案，但这一次，妈妈那里也没有答案了，妈妈也再没有新的要求了，妈妈只剩下心满意足了。妈妈又说了一句话："儿子，妈算是熬到头了！以后就指望你了。"王大力觉得妈妈说的前半句话不算错，这也是他报答母爱的必须，他也自信自己能够做得到，但他心里总是为妈妈说的后半句话而感到格外沉重。

可无论妈妈这句话产生了什么样的影响，也无论王大力能否承担起被妈妈指望着的重任，总之，待到妈妈应该歇下来享福的时候，去年，也就是王大力刚刚踏上工作岗位、真正迈入社会不久，妈妈因病而走了，从发现肝癌的病情，到最后撒手人寰，尽管耗尽了家中本就不多的积蓄，但也仅仅撑了不到两个月时间。

妈妈的离世，对王大力造成了难以名状、难以表达、难以详述、难以想象的冲击。悲痛，那是自然；自责，他认为妈妈是一生为自己操劳而去的；惭愧，他认为自己离妈妈的要求还差很多，还惹过妈妈生气；遗憾内疚，他恨自己既不能拯救妈妈的生命，也不能再报答妈妈的生养之恩……还有一种莫名的惶恐，因为妈妈的离去也在王大力的生命和精神中挖去了最重要的一个支柱、一个参照、一个依赖，未来的人生路上，也许就只有孤零零的自己……

24

作为与王大力同龄人的杨大力，居然有着与王大力决然不同，却又诸多相似的过往。

按照杨大力的说法，1989年他出生的当年，有三件大事对他们家，或者说是对当时的杨爸杨妈产生了至关重要的、效果深远的影响。

第一件事，是杨爸杨妈忽然发现家里用的所有东西，包括日常的柴米油盐都涨价了，而且和以往不同的是，疯了似的猛涨，价格不是一分一厘地变化，而是小数点在突突地往前蹿。杨爸杨妈一开始也和大多数人一样，很不适应，后来才明白，原来是改革开放的春风真正吹遍大江南北，也吹进这座不大的城市里；后来，杨爸杨妈也还是和其他人一样，从不适应过渡到了不得不适应。

第二件事，其实是第一件事导出的连锁反应。杨爸杨妈发现身边的很多人也起了变化，曾经那些他们从来看不上眼的人、平庸的人、差劲的人，特别是不少之前没有正当职业，或者说没有稳妥工作的人，几乎就在一夜之间改头换面，他们有了一个统一的，杨爸杨妈之前想都不敢想的，让杨爸杨妈羡慕忌妒恨的称谓：万元户。这些人的变化以及这些人生活的变化也以日新月异的速度拉开了与杨爸杨妈之间的距离——不仅仅是距离，是档次。

第三件事，其实是第一件事和第二件事导出的连锁反应。发生了第一件事，杨爸杨妈坐不住了，得想办法重新算计日子怎么过；发生了第二件事，杨爸杨妈更坐不住了，得想办法也成为"万元户"！于是，就在杨大力出生后不久的当年，杨爸杨妈做出重要决定，双双从国营单位辞职下海，自立门户，做起自家生意，从一开始小打小闹的小买卖，慢慢地做成了规模不大不小，但绝对像那么回事的、正规的外贸生意。

所以，打从杨大力记事起，他们家的经济状况就早已是富裕小康，而且还在蒸蒸日上。杨大力从小开始，和身边的同龄人比起来，吃的、用的，全是最好的，全是让身边小朋友们羡慕的。

遗憾的是，好日子当中也有不幸，杨大力刚刚开始懂得记事的时候，杨爸就积劳成疾，撒手人寰。家业置下了，人没了，杨爸就以这种于己遗憾、于亲悲惋的方式"抛妻弃子"了。

杨妈是个坚强的女人，她坚强地从痛失爱人的巨大悲痛中重又站了起来，她继续操持这个家，她继续操持家里的生意，她继续操持这种富裕的小康；同时，从此，再也没有另一个男人走进她的生活，她的生活当中，除了忙碌的耕耘，就是独子杨大力。

按照杨大力的说法，在他的童年时代，妈妈在物质上满足了杨大力几乎所有的要求。

杨大力经常会说："妈，我要买……"

妈妈就会说："好！我们大力要买最好的！"

或者，杨大力有时候会说："妈，别人家×××有……"

妈妈就会说："好！我们大力要买比那还要好的！"

在这样的环境下，杨大力的童年如沐春风春雨，即使偶有不快，妈妈立即会以最好的礼物打消他脸上、心里的所有阴霾。

杨大力还回忆起小学一年级的一天，班里一个捣蛋鬼要抢他新买的、当时市面上最高级的文具盒，扭打之中，杨大力还被捣蛋鬼揍得鼻青脸肿，捣蛋鬼边揍他边叫嚣着："没爸的野娃子，老子打死你！"得到消息的杨妈妈不慌不忙，先是盛宴款待学校的校长、教务主任和班主任，既了解事情的来龙去脉，也向他们说明家里的情况——当然包括强势的经济情况，以及杨爸爸早逝的事实，然后再给他们每人送上一个数额相当可观的红包，顺便委托他们对杨大力这个没爸的学生给予一定的关照与栽培。校长、教务主任与班主任既疼惜于学生无父、家长无夫的悲凉，更感激杨妈妈对学校的信任和破费。最后，在学校可能做出开除决定的巨大压力下，那个有爸的捣蛋鬼，就在他爸的带领下，给杨大力登门道歉。杨大力觉得扬眉吐气，觉得妈妈让自己扬眉吐气。

事后，妈妈还对杨大力说："你不是没爸的野孩子，爸爸是最爱、最疼大力的，爸爸虽然离世了，但我们今天的美好生活全是爸爸留下的。"杨大力虽然挨了揍，虽然也耿耿于怀于爸爸不在了，但更多的是觉得，自己是世界上最幸福的孩子，有让自己扬眉吐气的妈妈，还曾经有最疼爱自己的爸爸。

杨大力的小学、初中、高中时代，妈妈对他几乎没有任何要求，只要他能够健康、快乐地成长，对于一般家长最在意的学习成绩，妈妈都几乎不过问，考试考得好，妈妈知道了并不说什么，考试考得不好，妈妈还是知道了并不说什么。妈妈对于杨大力的爱通过他提出的一个个物质要求予以一一诠释，而且，并不需要像一般家长一样，要以作为学生的杨大力以努力的学习和优异的成绩予以回报。

但是，杨大力也指出，妈妈也有不好的地方，那就是忙、太忙，所以，忆及童年的时候，杨大力印象最深的就是：

放学回家，杨大力自己掏出钥匙打开家门，客厅的茶几上放着一张妈妈留下的纸条，上面写着：大力，晚饭我已经给你提前做好放在电饭锅里，妈妈晚上要和客户吃饭谈生意。于是，杨大力就在寂寞的家里独自吃饭，独自玩，困了，独自去睡觉——还有独自写作业，当然，至于写不写，杨大力会偷懒，反正妈妈也不会计较。

假期的日子里，杨大力跟妈妈说："妈妈带我去×××玩吧。"妈妈回答说："妈妈这么忙，走不开的，对不起，不要怪妈妈，改天妈妈给你买×××好吗？"

杨大力承认，妈妈对他的这种爱的方式导致他从来就没把学习放在心上，谈不上厌学，只是觉得学得好不好，甚至学不学，其实都无所谓，反正妈妈可以帮自己处理好一切；至于能不能学到本领，以后有没有出息，杨大力心想：再不济，家里这么红火的生意，当年爸爸留给了妈妈，未来妈妈也当然可以留给我。

杨大力也曾经认为，妈妈因为忙而不关心自己，但妈妈却说："妈妈不是不关心大力，妈妈只想大力按照自己的意愿，没有顾虑地、自由地快乐成长，妈妈不愿意干预大力自己的想法、自己的意愿、自己的梦想。"杨大力觉得妈妈的这种想法和做法的确更有道理。

按照杨大力的说法，从一年级和那个捣蛋鬼小朋友的事件以后，因为他的家境，因为他对学习那种无所谓的洒脱，所以他就逐渐成为同龄人们亲热的对象，逐渐几乎成为孩子头，小学、初中、高中，他身边总缺不了一帮"讲仗义""讲义气"的哥们儿朋友。

高中时候，杨大力迷上了音乐，他第一次发现，音乐这个东西竟然能够那么准确地撞击灵魂。快乐的时候，音乐助长着欢快的气氛；沉默的时候，音乐引领着深邃的思考；悲伤的时候，音乐抚摩着受伤的心灵；愤怒的时候，音乐发泄着无处释放的怒火……音乐原来比身边的朋友更加贴心和知心。杨大力从此几乎是疯狂地投入，快乐的时候，他听浪漫或者乡村；沉默的时候，他听古典或者蓝调；悲伤的时候，他听灵乐；愤怒的时候，他听摇滚……杨大力什么音乐都热爱。特别是每每妈妈又去忙碌，在寂寞的家里只剩下孤零零的自己的时候，杨大力终于找到一个无时不在的伴侣。

后来，杨大力跟妈妈说："我不想考大学。"妈妈问："那你想做什么？"杨大力说："我想玩音乐。也不是玩，我想认认真真地做一个音乐人。"妈妈说："好啊！做歌手，做创作，玩乐器，都好！音乐不仅关乎情操性情，还关乎你自己的梦想，只要有自己的梦想，就要大胆地去实现，不能在乎成败，妈妈当然会全力支持你！"杨大力听了觉得很暖心，妈妈不仅仅是以物质主义的方式爱护自己的妈妈，还是个真正懂自己，理解自己梦想的妈妈。

可就在意气风发的杨大力开始尝试追逐自己音乐梦想的时候，全力支持自己的妈妈却也积劳成疾，中年而逝。杨大力很伤心，他既伤心的是如此爱着自己、支持自己的妈妈是因为家的操持而离世，他更伤心的是支持自己音乐理想的妈妈终究没能看到自己梦想实现的那一天。那段时间里，身边朋友的慰问、关怀，都缓解不了杨大力心中深入骨髓的悲恸，也还是只能在音乐里，他才找到一点点灵魂的慰藉。

杨大力花了很长时间才走出丧母的悲伤，生活总得继续。一方面，他开始为了梦想而更加认真地投入音乐中，另一方面，他更加漠视自己的学习，成绩当然每况愈下，确实像自己打算的那样，他没有去考大学，最终总算混得个职业中专的文凭。此外，妈妈走后，杨大力往日打算的顺其自然地继承妈妈留下的生意的这个想法最终没有实现，他发觉自己不是那块料，更主要的是自己根本就对生意的买卖全然没有兴趣，结果，家里这摊生意就此画上句号，该遣散的员工遣散，该变卖的东西变卖，该结算的账务结算，关张大吉，总算也是一个平稳合理的收场。妈妈尽管走了，不过好在给杨大力留下了不错的家业，可以让杨大力慢慢折腾，可以帮助杨大力继续追求自己的音乐梦想。

杨大力说，后来，他的确把音乐不仅作为一直坚持的梦想，还作为了谋生的工具；尽管不是所谓的科班出身，但他自信于自己对音乐的理解丝毫不逊于那些所谓的科班生；当然，自信是杨大力自己的事，仅仅指望这种自信仍然很难找到很好的工作；不过，在酒吧做驻场DJ的现状让他至少还是满足的，况且还是市里最大、最好的"暴点"酒吧。于是，每一个华灯初上、年轻人蠢蠢欲动的夜晚，就是作为音乐人的杨大力挥洒才华的时刻，他全身心地投入这份工作中，可以说，杨大力的确是热爱目前这份工作的。

25

和韩宁最近的见面，主要都是回顾自己自童年以来的成长经历，王大力也在这一过程中回味着自己心灵成长的五味杂陈；但同时，每天似乎日复一日的工作与生活当然仍旧像流水一样缓缓地行进。王大力自己觉得，相对于过往的五味杂陈，现实的日子却怎么感觉是那么的乏善可陈。

又一个周末的早上，王大力又一次主动来到韩宁的诊所，说实话，如今每次来这里，一方面是按照韩医生的要求，来汇报自己的情况，另一方面，王大力自己隐隐地觉得，他非常喜欢来找韩宁分享自己的心事，与挚友东子相比，韩宁这个角色更加的客观，他倾听自己心声的时候也更加认真，所以和韩宁说话与和东子说话相比，尽管都能够畅所欲言地讲出自己的心里话，但感觉又是并非相同的。

"这几次我们之间配合得很好！"韩宁满意地说，"我对你的过往已经有了清楚的认识，这些过往对你目前心理状态的形成的确是有着非常重要的影响。"王大力从韩宁的表情和说话的语气上都感觉到了他的自信，他也因此而对自己未来的诊断更加放心。

"这样吧，"不等王大力接话，韩宁继续轻松地微笑着说，"今天就不用专门再做'历史汇报'了！而且每次让你来'汇报'，总是过于严肃，长此以往，你不但感觉累，还可能对上我这里来产生抵触的压力，对吧？"

"那倒不会，你不用多虑的。"王大力也轻松地说。

"我开玩笑的，放心吧！你的配合非常好，给我介绍的情况非常充分，也非常重要！不过今天我们还是随意一点，还是之前的聊天状态吧。"韩宁笑着说，不过等他说完这句话的时候，他脸上的笑容也慢慢消失。看着韩宁的表情，王大力也不敢轻松了，他认真地倾听着。

韩宁低着头翻了翻他一直用作记录，王大力也完全不知道上面究竟写了些什么的笔记本，翻了很长时间，不知是在查阅什么笔记，还是在借此实际筹措自己下来的言辞。除了韩宁翻阅纸张的"沙沙"声，房间里很安静，王大力不敢发问，不敢打扰韩宁，连大气也不敢出。

"大力，"王大力感觉如释重负，韩宁终于再次开口，"大力，针对你之前介绍的情况，我对你的心理问题，特别是心理状况的成因，基本上有了我认为的准确的定性。"韩宁的眼睛从笔记本上转移到王大力的脸上，他的眼神很平静，却在平静中像把刀子一样刺向王大力，把王大力的衣服刺得粉碎，再咝咝地刺向王大力的脸上。

"哦——"王大力咽了一下口水，仅此而已，他望着韩宁，他的眼神则是透露着怯懦，黑色的瞳孔中尽是透着不安。韩宁全看在眼里，但他对此毫不理会。

"大力，"韩宁喝了一口茶，王大力此刻的心里着急得要命，他好想催促着韩宁赶紧一口气说完，但他还是不敢作声，只能压抑着自己几乎听得到声音的，越发频速的心跳。

"你其实总是生活在一个个牢笼里。"韩宁淡淡地说，他故意再次停顿了一下，以打量王大力此刻的反应，果然，王大力眼皮微微的跳动、嘴角微微的上扬还是暴露了自己对韩宁这句话的吃惊。

"牢笼？"王大力问道。

"对，就像是牢笼一样，这些牢笼有的是别人给你打造的，但其实，更多的，或许恰恰是你自己在心理上给自己打造的。"

"什么样的牢笼？"王大力不解地问。

"我知道你会这么问，呵呵——好，我们来举几个例子吧，"韩宁想了想说，"比如你的工作，我听了你的介绍，只是感受到你在工作中的压抑，束手束脚，甚至有点郁郁不得志的味道，我只能说，你做的绝不是你自己喜欢的工作，对吗？"

"但，但也不至于什么牢笼吧？"王大力讪讪地说。

"你刚工作的时候，应该是意气风发，至少是心满意足的吧？你说过，这份公务员的工作可不是任何人都能轻易得到的。"

"嗯，的确吧。"

"来，具体说说当时的情况，特别是其他人的评价。"

"嗯……当时，当时……"王大力歪着脑袋回想起来。

应该说韩宁的说法可谓是一针见血的，王大力此刻在心里也不得不承认，在刚刚工作的时候，甚至是到了现在自己也还经常对自己的工作沾沾自喜地认为说，单单就是这份工作本身、公务员这个身份，就给了自己莫大的荣耀，满足了自己莫大的自尊心甚至虚荣心。在多数场合遇到任何人，王大力只要介绍到自己的工作，有的人会说："哎哟，小伙子真厉害，都能考上公务员呢"，有的人会说："哎哟，多好的工作，吃皇粮多稳定啊"，有的人会说："哎哟，公务员该是有多少女孩子想嫁给你呀"，还有的人会指着自家孩子说："看看，以后要向哥哥学习，要考上公务员。"……每每这个时候，王大力虽然觉得有些不好意思，但心里总像喝了蜜一样，他很想跟已在天国的妈妈说："妈妈，大家都夸我呢，我给您争气啦！"

"那么工作到现在，你自己内心实际的感受呢？或者说真实情况呢？"韩宁接着问，看着王大力疑惑的目光，韩宁解释说，"我是想问你，除了你跟我说的对于工作内容本身的不满意之外，还有哪些地方证明了你的工作并不是之前想象的那么美好？"

"呃……"王大力皱起眉头。

"在我面前不用装点门面，说实话，拣不好的说。"韩宁的口气中有一种居高临下、看透王大力的意味。

"唉——怎么说呢？！"

"你就说一说跟你的同龄人之间，跟你的同学之间的比较吧！"韩宁的命令像连珠炮一样一个接着一个，韩宁的脸上越发透出甚至有着戏谑意味的表情。

"和同学之间？……"王大力低下头，等他想好之后抬起头准备说话的时候，韩宁觉得他的眼神中有一种几乎投降的色彩，看来，自己的引导终于戳到王大力的心坎上了。

"我虽然没什么朋友，但工作之后也还是被大学老同学拉着一起参加了好多次同学聚会……"

"同学们怎么评价你的工作？"

"同学们都是夸奖羡慕的多，说什么'还是大力的工作好啊、公务员稳定啊'，或者说什么'还是吃政府的皇粮好啊，旱涝保收啊'，等等。特别是好几次吃饭埋单的时候，总有同学提议说，'当然大力埋单啦！人家又不用自己掏钱，拿发票回去就有政府帮咱们报销啦！'……唉……我除了笑笑，也真不好说什么……说实在的，韩宁，我的钱包里，发票倒是越积越多，钱则是越来越少。所以，后来的同学聚会我去得很少很少。"

"那你的那些同学呢，他们的工作状态怎么样？和你比呢？"

"和我比怎么样我不好说，但让我羡慕的是，他们每一次总会说起很多不一样的东西，他们总会在工作中经历很多新鲜的事情，不管是好的，还是坏的，总是充满未知；很多时候，还能听到很多同学说起自己要么是被提拔成什么部门经理了，要么是什么提成奖金又增加了……"

韩宁非常高兴地笑了："而你自己呢？是不是觉得自己工作这么久，似乎就是原地踏步，周而复始，稳定倒是稳定，可是前进的动力越来越少，努力的目标越来越少，变化越来越少？"

"对吧……"此刻的王大力完全是心服口服一般，也的确是投降一般点头承认了。

"你不觉得自己就像是被工作的一个牢笼困住了吗？"

"这……"王大力语塞。

"当然，"韩宁忽而又转过话头说，"并不是你的工作不好，你的工作其实确实很难得，每个工作也有每个工作不同的特点和要求，对于别人来说，包括对于你的同事来说，你们的工作不但不是牢笼，而且的确是铁饭碗、金饭碗，但对于你来说，它可能就的确像是个牢笼，或者说，在你的心理暗示上，它就已经成了一个看不见的牢笼。"

韩宁说完，并没有等王大力做何反应，而是再次端起茶杯，抿嘴呼气，吹了吹茶面的泡沫，然后有滋有味地喝起来；留下王大力呆呆地冥思回味着韩宁方才的话。

韩宁一边喝茶，一边悄悄斜着眼角打量着王大力；过了好半晌，韩宁像是过足了茶瘾一般，心满意足地放下茶杯，然后冷冷冒出一句，"你和朱婷婷的感情何尝不是呢？"

"我们？……"王大力更不敢多说了，他觉得韩宁已经把自己看得透透的，自己在韩宁面前竟然就像赤身裸体的感觉一样，他甚至想马上走、马上离开，但出于对韩宁的分析的好奇，又让他舍不得错过一点。

"你自己也清楚，包括你说你的朋友东子也说，你大概并不是真正意义上、爱情意义上地喜欢朱婷婷，是吧？"韩宁的语气完全仅仅是一名职业医生的语气一般，近乎毫无感情的理性，那种冷冷冰冰的客观论调，让王大力毫无还手之力。

"也许吧。"王大力说。

"呵呵"韩宁的笑声都是那么冷漠，"真正的爱情是热情的、盲目的，是天地万物都不会放在眼里的；你和朱婷婷的感情，至少给我的感受是，彼此凑合着，甚至有点彼此无所谓的意思，淡得像一杯白开水一样。对吗？"

"也许吧。"王大力还是这句话。

"正因为此，你感受不到爱情的激情与魔力；更是因为此，当你走进朱婷婷的家里的时候，无论这个家里多么温馨，无论你的朱局长是你所谓的多么平易近人，但你更多地只是感受到朱婷婷的父亲作为你的领导凌驾于你之上的感觉，以及这样一个官宦家庭凌驾于你之上的感觉吧？也许，夸张一点说，如果你和朱婷婷最终勉强结合在一起，她和她的家庭会不会也就像一个牢笼一样把你套住呢？"

"这……"王大力瞠目结舌。

"当然，"韩宁再次话锋一转，"前提还是因为你对朱婷婷没有真正的爱情，如果你是单纯地喜欢她、爱她，也许这些牢笼就不复存在了。"

"有道理。"这一次，王大力心悦诚服地肯定了韩宁的分析。

"还有，"韩宁完全没有暂停的意思，"你的过往，其实也一直套着一个个看不见的牢笼……"韩宁说完，紧紧盯着王大力。

"过往？什么时候？"王大力不得要领。

"也许从你的童年吧，我想，从孩提时代，你就把自己困在了内心的牢笼里；也许……"韩宁停住了，只是望着王大力。

"也许什么？"

"也许过往的牢笼也可能是因为你妈妈的原因……"韩宁的语气变得小心翼翼起来。

"韩医生，对于这一点，我想可能是你多虑了，妈妈是最爱我，也是我最爱的人。"王大力的话说得很客气，但当中果断坚决、不容侵犯的味道让韩宁清楚地感受到了，韩宁方才的小心翼翼还是触到了王大力敏感的神经。

"好，可能我想多了，我们只是闲聊，你别介意。"韩宁笑着说。

"不会的……"王大力也笑了，"对了，那，那怎么办？怎样才能让我心里没有这些你所说的'牢笼'？！"

韩宁对王大力的话很欣慰，看来自己对王大力的心理问题成因的诊断不但准确，也得到了王大力本人的承认："你问的问题就是我们未来一起努力的方向，也是解决问题的所在。"

韩宁想了想说："对于你意识当中那些既有的牢笼，你要把自己的内心构建得足够强大，要么去铲除这些牢笼；要么换一种乐观的心态，不把那些不好的事物看作牢笼；要么……"韩宁原本因为激动而炯炯有神的眼光忽然暗淡下来，当中还透出了不少的无助与深邃的忧虑，"要么，要么可能要换一条路径，去躲避，去逃离这些牢笼吧……"

"就像你上次说的，比如换一个工作，比如和婷婷分手？也就是一种逃避现实的生存方式咯？"王大力想起了韩宁之前不算是建议的建议，他想了想，摇摇头，表情当中有些不屑。

"大力，"韩宁冷静地说，"我的提议被你理解为所谓的逃避现实，我并不完全否定。但是，我不是你的人生导师，我无法判断这种逃避现实的方法对你未来的人生有何利弊；但我是你的心理医生，我只能说，我必须要对你的心理问题负责。起码，我可以预见的是，我们采取这种'主动逃避现实'，不，只是'逃离牢笼'的方式有助于你当前心理问题的缓解。其实你的内心里面正是对这些牢笼非常不满，正是在潜意识中希望摆脱这些牢笼，所以，你才有了心理的纠结甚至障碍，所以，我也才大胆地提出这样可能看似消极的建议。更何况……"韩宁忽然停住了，他的脸上居然有了一种他自己恍然大悟的表情。

"何况什么？"王大力赶紧问道。

"何况……，何况我们不至于把这样的选择消极地理解为逃避现实，换一个思路去理解，其实，这也是面对现实的一种方式而已。对于我们每个人而言，其实谁又不是总是对当下不满意呢？谁又不是总在逃离当下的现实呢？消极的人，他们的逃离当然是儒弱的避世；但积极的人，他们对现实的逃离却是为了追求更好的未来……"韩宁没有想到自己居然说出这番有哲理的话来，这些话不仅仅是自己作为心理医生说给病人王大力的，也是突然之间灵光一现的顿悟而说给自己的。

尽管韩宁申明了自己不是人生导师，但韩宁此番的说辞的确给了王大力心灵鸡汤的感受，他也陷入了深深的思考，但旋即，他又很不自信地说："逃避也好，逃离也好，但是，有用吗？即使如此，就一定能够万事大吉，一了百了吗？又能逃去哪里？辞掉眼前的工作，我又能做什么呢？"

"简简单单做自己最想做的事。"韩宁轻松地说。

"做音乐？"王大力立马接过话来说，"比如像东子那样，做一个酒吧的DJ？那就算是实现了音乐的梦想吗？对于现实而言，那是一份可靠而看得见未来，甚至说可以养活自己的工作吗？韩宁，换了你是我，你敢于做出这样的选择吗？"

"这……"韩宁顿时语塞，"是啊，现实的生活中，谁又敢如此地所谓去逃离当下，做出这样多数人看来都不智的选择啊？"王大力的话像是一杯凉水突然浇在了韩宁已然激昂的心头，既让自己失望，却也让自己更加清醒。"呵呵，大力说得对！逃避？逃离？是啊，我倒是也很想问问，逃去哪里？逃得了吗？！"韩宁没有回答王大力，只是在自己心里默默地对自己说。

"当然，韩宁，你的建议，我会认真考虑的。"王大力的话打断了韩宁的思索。

"不过，大力！"韩宁冲破自己的思绪，马上提高了音调说，"解决问题的办法比发现这些问题更加重要，你明白吗？！无论怎样，我们应该一起去共同应对这些心理的障碍，主观的也好，客观的也罢，迎难而上也好，或者就算是逃避也罢，我们一起去寻找科学的办法，你不要灰心害怕，也不要自己去考虑一些武断的办法，那样会越走越远……坚持做好自己，做一个乐观向上的人，很多问题就好解决了。"

"谢谢！"王大力嘴上这样说，却奇怪地望着韩宁，看来韩宁说的话他并不是能够马上完全理解。

"唉……这样说他怎能明白？可我现在又能怎样说呢？！"韩宁自言自语，他有些焦急，有些怜悯地看着眼前的王大力，方才在对话中与王大力产生共鸣的喜悦已然被满腔愁绪取代。

26

这一段时间，王大力来得比较频繁，也比较规律，韩宁对此非常满意，他觉得自己和王大力之间越来越默契，更重要的是，他感觉到王大力对自己越来越信任，越来越信服自己对其心理的疏导——当然，这种信任绝不是一种依赖，事实上，避免病人对自己产生过度的依赖也是作为心理医生的韩宁所必须时刻警惕的事情。从治疗的具体内容而言，实际上，这段时间当中，王大力倒并没有向韩宁汇报其他新的动向或想法，韩宁也并没有急于求成地想实现什么治疗上质的飞跃；所以，韩宁无非是在这段时间里就其已经了解的王大力的情况，按照一般的理论模型，对其进行一些心理疏导方式上的不断变化。

至于杨大力，已经很长时间没有来过韩宁的诊所，甚至都没有给韩宁来过一个电话；韩宁压根儿也没有想过找他——会不会杨大力就不会来了？！韩宁的确偶尔这样想过。

更多的时候，也就是王大力没有来的时候，韩宁主要忙于从王大力，当然，也包括之前杨大力汇报的情况中提炼、分析，他每天埋头于各类专业书籍当中，包括理论的、案例的，或者埋头于关于王大力、杨大力的笔记记录当中——他之前的那个笔记本已经记录了厚厚的好多页，很少其他病人的资料，几乎全是要么王大力、要么杨大力，或笔迹工整，或圈画潦草——而且，笔记本上关于哪些是王大力的资料，哪些是杨大力的资料，有些篇章页码都模糊了，都东一笔、西一笔地记在一起了——恐怕也就韩宁自己才能够看得明白。

韩宁觉得这段时间过得非常充实，对于王大力也好，杨大力也好，其实他认为他想了解的已经了解得够了；他想定性的也可以自信地定性了；当下该进一步思考的就是如何找到合适有效的办法，彻底解决他们的心理问题。韩宁明白，于己而言这才是真正不啻为一次挑战，如果自己未来真的顺利地解决好王大力和杨大力的心理疾病，把他们彻底治好，对于自己的专业实践，对于自己的从医经历而言，都将具有非常重要的价值，甚至是非常具有突破意义的——"会不会是我自以为是，或者杞人忧天地自我拔高了，也许对于其他经验丰富、出类拔萃的医生而言，王大力和杨大力的问题其实不过如此？"韩宁偶尔也这样想过。

　　同时，还有另一方面的原因让韩宁觉得自我的充实，他认真地倾听了王大力和杨大力所说的一切，某种意义上，是以一种听故事的角度去倾听的；韩宁觉得，王大力和杨大力的故事，不仅很有趣，很有代表性，而且还很有启发，也几乎又一次找到了一种心理的共鸣。

　　此外，这段时间的充实还有一个好处，就是韩宁可以尽可能少地去想马嫒、马嫒出国的事宜，还有马嫒和自己的事情。韩宁这么长一段时间都没有回家，也没有和马嫒联系，他脑子里其实是矛盾的，就跟他之前跟孙二哥说的一样，有无奈，毕竟也还有不舍——好在这段日子的自我充实就正好抵消了韩宁一想起马嫒就自然而然会产生的复杂的情绪问题。

　　充实的感觉当中，时间就过得很快，不知不觉，已是夏末了，天气很好，已经不像前一两个礼拜那么燥热，清爽了很多，非常怡人的温度，这样的温度，这样的天气，适合看书学习，适合努力工作，适合外出，适合运动，适合思考，总之，韩宁觉得，这么好的天气，适合做任何事情。韩宁从一堆资料当中抽出身来，走到诊所门口，非常愉悦地看着街道上，看来别人也都很喜欢这样的天气，街上的行人似乎都比往日多，来来往往的人们，他们的脸色看起来都挺好。街道两旁的小树都显得精神，不会像在之前那些天的骄阳之下的那种蔫儿态，也不会像在之前另一些天里夏雨之下的那种狼狈劲儿，今天，都是站得亭亭玉立，树梢的叶子绿得快要滴下油来。

　　韩宁知道是因为自己今天心情好的缘故，他满意地回身到屋里，想了想："多好的天！对，第三阶段的治疗应该开始了！"韩宁对自己说。

　　"砰砰砰……"又是一个大清早，刚洗漱完毕，又随便嚼了几块饼干算是早餐，韩宁正一边打算继续查阅资料，一边还在心里嘀咕"怎么今天又闷热起来"的时候，听到敲门声，其实诊所的门已经开着的。

杨大力站在门外，只是把头往诊所房间里探着；看见韩宁循着敲门声看见了自己，他调皮地笑着，然后走进来。杨大力穿着一件很大的圆领T恤，上面夸张地印着许多字体超大的英文字母，下身是一条挂着链子、镶着钉子的过膝短裤，脚上套着一双高帮运动鞋，这回倒是把头发全都整齐地梳着竖了起来。

"瞧你这身打扮。"韩宁首先说。

"嘿嘿，Hip Hop风！"杨大力依然是眼睛里泛着调皮的光彩。

"呵呵，我不懂！"韩宁嘴上虽然这样说，但他其实倒觉得杨大力这身打扮倒是看着不错，至少充满着青春活力——不像那个总是老气横秋的王大力。

想起王大力，韩宁的心里和脸上都在不易察觉中暗淡下来，"你怎么来了？"韩宁突然意识到这句话的不妥，马上补充着说，"我是说，你今天怎么想着过来了？"

杨大力倒并没有介意："呵呵，好久没来，再不来，你又该批评我！该来，该来的！"

"哦？是吗？"韩宁的口气很冷淡，"最近又是很忙？"

"呵呵，老样子，忙也忙不到哪里去。"杨大力讪讪地说。

"呦——"韩宁瞥了杨大力一眼，"看你这样子，像是心情不好？"

"也谈不上什么心情好不好……"杨大力还是一副无精打采的样子，轻车熟路地在韩宁办公桌前落座，又掏出烟来，"啪"的一声点燃，然后熟练而有滋有味地抽了起来，于是两个人之间就烟雾缭绕起来。

"呵呵，你现在到我这里来倒是真不客气，真当成自己家里的感觉？"韩宁也坐了下来，故意打趣地说。

"呵呵，那是，那是！"杨大力又咧嘴乐了起来，然后不好意思地挥手把眼前的烟雾拨散开去，"韩宁，不过也真是，心里有什么事的时候，总想着来找你聊聊。"

"呵呵……"韩宁只是笑笑，不过这笑声中似乎有些无奈的味道，这倒是有点出乎杨大力的预料，"那就好，我是你的医生，心里有事也当然应当来跟我说说。"韩宁又补充了这么一句。

"……"杨大力不知该怎么接下去说，一下子哑然了，只好抽着烟，算是搪塞着此刻的冷场。

"那就聊吧。"韩宁的语气当中似乎透着疲惫，他叹了口气，伸了个懒腰，总算打起精神继续说道，"来，说说你最近的情况！之前该问你的，你也都给我介绍了，现在就随意聊聊自己的近况。对了，多说说闹心的事情，自己心里添堵的事情，或者，或者别人给你添堵的事情。"韩宁一边说着，一边非常职业地打开笔记本，又拧开钢笔帽子，把笔攥在手中。

"嗯，"杨大力说，"唉，最近吧，是有些事感觉着闹心，所以也才想跟你汇报，其实也不是什么大事，放在别人也许就不算个事，但的确搞得我心里一直不痛快，也不知是不是因为自己原本的心病所以才想多了；但想想你之前跟我说的一些话，我觉得……"

"发生什么事，就直接说吧。"韩宁打断了杨大力。

哦！"杨大力看了一眼韩宁，挠了挠后脑勺，"那是前些天的事情……"

27

那是一个无所事事的白天，杨大力无聊中想起出去溜达，于是漫不经心地在街道上散步。正走着，眼见家附近的一家银行门口围了不少人，很多都在热烈地讨论什么，于是，杨大力抱着"过去看看"的心态也围了过去。马上，一个打扮得体的白领女孩迎了上来，非常热情地向杨大力介绍起来。原来，这是银行新近推出一种据说周边服务特别好的信用卡，银行近日是专门把办公桌搬到了银行外的街道上，扩大宣传和推广的力度。杨大力听明白以后，觉得自己似乎并没有办理信用卡的必要，打算走开，继续他漫不经心的散步。

那位白领的银行女职员说："先生，您别着急走啊，要不坐下来我们再聊聊，您仔细了解全面了，您就知道我们这次推出的信用卡品种是多实惠！"一边说，她还一边从桌上早就用一次性口杯冲好、码放整齐的一排茶水中拿起一杯，朝杨大力递过去。

拗不过女孩如此的热情，特别是推不开那已经递到眼前的茶水，杨大力想想反正没事，就坐下来聊聊吧。于是，杨大力接过茶水，坐到女职员办公桌对面的椅子上，女孩也坐了下来。

"您看……我们这种信用卡消费额度特别高，还款方式特别灵活，还可以分期还款，对您的资金周转非常有利……"女孩一边说，一边在手边的一叠资料上给杨大力圈圈画画。

"可我没有办卡的需要。"杨大力实话实说。

"您可别小看这张卡，这可不是一般的消费用信用卡，即使您不喜欢消费，总得吃饭、交通、办各种事情吧？有了我们这种卡，去多家饭店吃饭可以打折，去多个城市的多家酒店住宿可以打折，去多家旅行社订机票可以打折，就算是去一些风景区观光，门票也能打折！您看多划算！这叫一卡多得！"

"我平常没那么多事啊，而且，为这些个蝇头小利，我确实没觉着有必要办卡。"

"帅哥啊，您看，您办张卡算是举手之劳的事情，到我这儿可就是销售任务哪！您也知道现在各家银行竞争激烈，我这里压力大着呢！您点个头，具体办理都我来操作，一点也不麻烦，而且，您有了这张卡，一下子毕竟还是多了很多实惠嘛，这样既帮了您自己，也算是帮了我嘛！"

此刻，杨大力在女孩的脸上不仅看到真诚的热情，还看到一种恳求的意味，杨大力心里就有点软了。杨大力抿了一口茶，"嗯，茶水挺香的"，他心想。然后，他把女孩的话仔细一琢磨，觉得也不是多大的事情，而且，女孩的话也句句在理，更主要的是，他觉得自己举手之劳真能帮帮眼前这个努力工作而又态度诚恳的女白领，也是好事。所以，杨大力说："也行，无所谓，那你就办呗！"

"好好好！谢谢先生，谢谢您！"女孩的热情当中还有了眉飞色舞，一边说着，还一边麻利地翻找出好几页的表格资料来。

"您以前在我们行或者其他银行办理过信用卡吗？"

"没有。今天第一回。"

"那更得感谢您对我们的信任了！那麻烦您告诉我您的姓名、证件号码。"

"姓名杨大力，木易杨，大小的大，力气的力。证件，我身份证最近丢了，那怎么办？"

"不急不急，我们可以先把其他资料填写好，回头您证件找到了或是重新补办了以后，我再补上去就好！"女孩生怕一个证件的问题让杨大力打退堂鼓。女孩接着问，"那您是打算办多大的透支额度呢？"

"这个我不懂，你看着办吧，我平时花钱也不多。"

"具体额度还是得您自己定。这样吧，您是在哪儿工作，什么单位啊？"女孩拿着笔，看着杨大力。

"这跟工作也有关系？"

"是这样，根据您的工作状况，我们可以预估您的还款能力，这样，我们就可以一起商定一个比较合理的透支额度。"女孩笑着说。

"没有工作就不行？"

"您真会开玩笑……职业和工作单位这一栏，我们规定必须得填写上。您看——"女孩一边笑着说，一边将手中空白表格中的一栏指给杨大力看。

杨大力没有顺着女孩的指点仔细看，只是应付道："我是搞音乐的，现在在酒吧做驻场DJ。"

女孩没有搭话，仍然只是望着杨大力。

"暴点酒吧！"杨大力怕说得不清楚明白，于是仔细地补充了一句。

女孩仍未有搭话，仍只是望着杨大力；杨大力也纳闷了，于是也疑惑地望着女孩。

等到女孩意识到杨大力已经说完了，才晃过神来，有点不好意思地说："您，您是说，您的职业，职业是酒吧DJ？……"

"对啊。有问题吗？"杨大力觉得自己已经说得很明白了。

"哦，这样啊……这样的话，可能我们这个卡的办理有些难度的……"女孩更加不好意思。

"难度？"

"是这样……您看，这个职业、工作性质、工作单位等，关系到收入的稳定性，也就关系到稳定的还款能力……"

"等会儿等会儿……"杨大力不等女孩说完，就抢过话茬儿，"你是怀疑我的还款能力？"

"您误会了，不是这个意思……只是，我们行，我们行规定的，需要从某些方面来实际掌控客户的还款能力。"女孩为自己刚刚不怎么恰当的言辞而立即解释。

"我有收入，有存款，我也不是穷光蛋，怎么就不能证明我的还款能力了？"杨大力觉得银行的规定是一种无理，也是对自己的一种冒犯，他这时候想的是，今天我非要把这张卡办下来！

"但是，但是……这是行里规定，我，我也没办法……您，您别急，喝点水，我们慢慢商量……"女孩看到杨大力急了，不仅尴尬，还有些害怕，说着往杨大力的茶杯中续了些开水。

杨大力和女孩的辩论引起旁边的人侧目相望。杨大力也觉得自己话说得有些重了，何况还是面对眼前这样一个看起来工作时间也不长的小女孩。杨大力沉默了半晌，他也左顾右盼地、不好意思地看着身旁的其他人。杨大力看见左手边是一个头发尽白的老爷子，他忽然想起什么，立马对女孩说："这老人家也有工作？他怎么能办？！"

女孩不好意思地看了看老大爷，又低声问了问身边的另一位同事，然后继续热情而客气地对杨大力说："这位老人家已经退休了，他以前在政府工作，现在有退休工资的。"

"政府工作？"杨大力打量着这位老爷子，他觉着他一身穿着跟他印象中的退休官员的样子不一样。

女孩看出了杨大力的疑虑，解释说："老大爷以前在市政府做门卫的。"

"门卫？"杨大力目瞪口呆，他心里在说："什么银行？什么眼神？我一大小伙子还不如一个退休老门卫？"

女孩像是看出了杨大力心里想说的话，继续解释说："他之前在政府做门卫，是事业编制的，所以退休后是有稳定的退休金的。"

"这……"杨大力一时语塞了，过了一会儿，他又说，"你手上填了那么多表格，我看看每个人都有多牛？！"

女孩于是一边整理手上的一沓表格，一边解释给杨大力看："您看，这位，是政府公务员；这位，属于事业单位的；这位，这是国企；这位，他这个是世界500强企业……"

慢慢地，杨大力不想听，也听不下去了。

女孩看出了杨大力的情绪变化，依然热情地说："杨先生，我们不是怀疑您的经济状况，也不是质疑您的还款能力，只是银行毕竟是公事公办，所以，希望您也能体谅，也算体谅我……特别是您，您的身份证也暂时不在，所以这个卡的确不好办……"杨大力在女孩热情的语气当中，却也听出了安慰的意味，特别是最后一句话，明显是帮自己找台阶下。

杨大力又想了想女孩说的话，他觉得还是句句在理，他还觉得其实这个女孩态度真是不错，也有她的难处，她也不容易，自己再争辩下去，不但没有结果，也不好看，于是，他没有说话，一直在啜着茶杯中的茶水，这时候，他觉得，续了水之后的茶水，味道太淡了。

沉默半晌，杨大力最后只说了一句："谢谢你，不办了。"说完，起身，头也不回地走了，但杨大力的溜达就不再是漫不经心了……

28

"哦！这样——！"等杨大力说完，韩宁先是若有所思地发了这样一声感叹，"那你怎么看这个事情？"

"我后来一路走啊，一路想啊……"杨大力顿了顿，"我忽然想起来你之前跟我讨论我和女朋友分手的问题，不是感情本身的问题，是她对我的理想，甚至是对我这个人认可的问题……韩宁，你说，银行这个事，不也是一回事吗？不也就是对我如何认可的问题吗？在她们眼中，我似乎就是个无所事事、不值得信赖的人！"杨大力说完，仍在大口大口喘气，胸膛一起一伏也甚是明显。

韩宁很担心继续刺激到杨大力的情绪，他想了想之后，只好说："你对此看起来很介意；实际上，倒并没有这个必要。"

韩宁接着却转过话头说："其实，你今天来也是好事。根据前一段你陆续给我介绍的情况，包括今天跟我说的这些事情，应该说，我对你心理状况的成因等有了一个比较全面的把握，也专门做了一些分析，现在可以跟你说一说。"

韩宁说到这里，有意停顿下来，盯着杨大力看，看他的反应。杨大力没有说话，保持着仔细倾听的状态，也保持着紧张的状态。

见杨大力没有搭话，韩宁接着说："我还是要首先再问你一次，你确定你跟我所说的都是关于自己的实际情况和真实想法？"

"当然——"杨大力的表情有些疑惑，他可能觉得自己都来了这么多次，聊了这么多内容，难道韩宁还不相信自己？

韩宁看出了杨大力表情的变化，接着说："你不要误会，我相信

149

你，我也相信我所有的病人。"韩宁又停顿了一下，想了想，接着说："但是，你有没有考虑过，自己会不会对自己的认识，包括对自己的一些经历的回忆并不准确？"

"这，这怎么可能？"杨大力觉得韩宁提出的这个问题太奇怪了，他又接着说，"我自己的事情怎么会弄错呢？韩医生您就放心吧，我跟您说的都是真实的，而且，也只是在你面前，我才会这样坦白。"

"那就好，那就好……"韩宁一边说着，一边低下头翻阅着他的笔记本，语气当中却明显有些无奈，亦有一些肯定，似乎是对杨大力病情的最终决断的意味。杨大力感觉出韩宁表情和语气的变化，因此更加紧张。

沉默一会儿，韩宁接着说："大力，你的病情，应该说，从表面来说……"杨大力听着韩宁的话，觉得韩宁怎么突然变得有些语无伦次，难道自己的病情真的那么严重？

"应该说……"看样子，韩宁很在乎他接下来要说的话的措辞，"应该说，你的病情是在可控范围，某种程度上也只是你的现状和生活经历的一种正常反应，也就是我之前跟你说过的，你的心理问题属于一种符合逻辑的臆想……"

"哦，哦……那是怎么回事？"杨大力很认真。

"简单地说，你从小的生活经历让你一直有一种自我满足和自信，但现实和你的现状对你的自我满足和自信形成了冲击，你并不满意；同时，在情感上而言，无论是亲情还是其他感情，比如你父亲的早逝，使得你的情感构成并不圆满；在这种情况下，你的情感自我调整能力不能完全应对你在自我满足方面遇到的负面冲击，于是，你就产生了臆想，甚至是无根据的、无来由的妄想。"

"……"杨大力很想说什么，又说不出什么，他仔细地、反复地斟酌着韩宁刚刚说的一席话，慢慢地，总算是至少一知半解地明白了一些。

"那该怎么办？！"杨大力想了一会儿，回过神来之后立即着急地问。

韩宁喝了一口茶，依然是缓缓的语速说："大力，先不要着急。要求你马上摆脱这些困扰很难，因为在你自己都意识不到的情况下，这些困扰就在无意识状态下影响你的心理。不过，我刚刚说过，你出现的癔症的情况是符合逻辑的，其实多数人都可能存在，只是看严重程度和自身调节能力的强弱罢了。所以，我们接下来的工作是你要在我的指导下，接受我对你这些困扰的认识，只要真正接受我的认识和观点，你可能就会觉得所谓的困扰根本就算不得什么……对了，至于用药，我看，嗯，目前对于你而言，暂时并不需要。"

"好好，听你的，听你的，韩医生！"杨大力松了一口气。

"既然你认可我的诊断，有这样的态度，那我接下来首先就给你一些建议……"韩宁说着，再一次认真而严肃地盯着杨大力的眼睛，目光如炬；这一次，杨大力没有觉得不好意思，他的目光中也是坚定，还有，对眼前这位韩宁医生的更加信任。

韩宁回避开杨大力的眼神，再一次端起茶杯抿了一口，接着说："大力，当下我要建议你的是，不要把自己的过往、自己曾经的经历，想象得那么优越、那么自信、那么满足，忘记自己的过往，忘记自己在过往享受到、感受到，包括想象中的那些幸福；甚至于尽管把自己想象的什么都不是，这样，你就能够不介意所有的反差。"

韩宁接着说："你跟我描述的生活现状看似应该是自由轻松的吧？没什么压力，日子倒是自在。但本质上，你已经在自卑地怀疑，自己算不算是一个无所事事的游民，空虚、寂寞，主要的原因是你感受到了外界对你所处的这种状态、乃至身份的不认可，甚至鄙夷。根据你跟我说的情况，我完全能够理解你，你觉得外界不认可你，在心理上已经让你有了被社会边缘化的危机。"

韩宁瞄了一眼杨大力，他依然是目光灼灼的样子，很认真地听着，不住地点头，看样子韩宁的判断说到杨大力的心坎上了。韩宁没等杨大力作声，兀自接着说："其实你现在的生活不是很好吗？你说的那些不高兴的事情，比如和女朋友分手，比如在银行遇到的事情，为什么会这样呢？无非就是别人不理解你所谓的自我的理想或者梦想，反而狭隘地认为你没有所谓'稳定'的工作，也因为此得不到他人百分百的信任，甚至说你在他们眼中是靠不住的、难以信赖的。为什么会这样？说到底，我认为，你身上没有一种多数人，也就是社会共知所认可的东西，这种东西，现如今的社会叫'体制'；在很多人眼里，'体制'就是一种保护、一种承诺，这种保护在很多人看起来，似乎比什么钱财、学识等更加重要。也正是因为你缺少这种东西，所以你本该有的幸福感就变成了一种缺失感、危机感。你说，是这样吗？"

"我，我……"杨大力的目光变得柔和下来。

韩宁并没有理会杨大力的反应，"所以说，当你忘记过往的幸福和满足，你就会觉得你现在的缺失感、自卑感是完全没有必要的。同时，社会的价值观，特别是我们生活当中每个人都会遇到的所谓'体制'的问题，其实也大可不必放在心里。如果你做到这一点，就无所谓危机感了，顶多，也是你抛弃了体制，而不是体制抛弃了你，那样，你可以活在自己单纯的快乐中，你过往的自信、优越、满足，就会全部回来了……"

韩宁继续说："况且，你感受到的那些困扰，来自社会的、所谓'体制'的那些困扰，那些危机感……你也可以尝试冷静下来想想，真有自己想象的那么严重吗？……甚至，甚至，会不会是你在思想上，在情感上强加的？乃至这本身就是自己臆想出来的？"韩宁觉得自己说得有点绕，他估计杨大力可能听不明白，他甚至觉得杨大力应该肯定听不明白。

韩宁以试探性的眼光看着杨大力，他期待杨大力产生他希望的反应，他其实也并没有指望杨大力一定会有醍醐灌顶的反应，况且，韩宁此刻也并不清楚，他到底希望杨大力应该出现什么反应。

"……"杨大力没有什么反应，依旧没有说话，也不敢看韩宁。

"呵呵，没事……"韩宁放下严肃，笑着说，"我们不要太沉重。大力，你想想，其实，我不也是个所谓'体制'之外的人吗？说起来是医生，可多少人真正把我当成一个名副其实的医生呢？为什么？因为我也游离在体制之外啊，人家问起来，总会问'你是哪家医院？'我不属于任何医院，我只属于我自己。你看，我不也和你一样吗？况且，所谓的体制是一种保障没错，但你我吃饭、睡觉不也还是好好的，日子不也还是过得安稳吗？！很多人的看法只是世俗的偏见，却反而影响到自己的心境。说到底，没必要害怕我们的现实；更没有必要非得在意那些生活之外如同浮云一般的东西。"

杨大力这时在韩宁的话中多少听出一些伤感的味道，他很感动，他觉得面前的这位"体制"外的医生，至少在他心里，才是真正的医生，"韩，韩医生，您别这么说，我明白，明白，谢谢您……"

"呵呵，今天我们算是一下子戳到肉里、戳到心底里去了！"韩宁长舒一口气，像是如释重负。

"嗯……"看着韩宁神情的变化，杨大力也就感觉轻松多了，他歪着脑袋想了想，又恢复了一贯的调皮的神色说，"韩宁，真得谢谢你！其实经你这么一说，我算是全明白，说起来也真是没多大的事情，都是自己给自己心里添堵，想想自己之前还说什么心里一直七上八下的，现在看来也真是可笑！"

陡然之间，韩宁的眉头却再次拧在一起，脸上的颜色也暗淡下去，他甚至是在刻意地回避着杨大力的目光，像是慎重考虑之后才不知所以地说："大力，还是不要着急，心病，还是得一步步来。"

"哦？"杨大力刚放下的心也因此再次提了起来，"你的意思是，我的问题还不只这么简单？……不至于吧？……"

"慢慢来，以后再讨论吧。"韩宁的笑容尽显疲惫，"你先回去吧，回去该忙什么忙什么去，犯不着瞎琢磨。"

杨大力很听话地起身，忽然又想起什么："韩医生，这算是治疗的第几阶段了啊？要不我给您结账？"

"我现在有些累了。"韩宁低声说，没有抬头。

"哦，哦……那再说吧……那我走，走了……"

"大力！"韩宁忽然扬起耷拉下的眼皮大声叫道。

杨大力被惊得一怔："怎么了？您还有事？"

韩宁突然想到周东，就是王大力所说的最好的朋友东子，就是也在"暴点"做DJ的东子；韩宁刚刚差点脱口而出想跟杨大力提起东子；但脑袋里一个激灵，又忽然一下把话头给收住："哦，算了，没，也没什么事。"

韩宁再没有说话，杨大力只好转身走了。

韩宁继续坐在办公椅上，一动不动地发呆，不断地咀嚼着方才跟杨大力说的所有话；他忽然觉得自己说的话既是畅快淋漓，又是潜藏无奈；于是他觉得自己的心情，这时候不知道算好，还是算坏。

"哎呀！怕是跟杨大力聊太深了！"韩宁猛地一惊，"跟病人聊到了病根子虽是好事，可他……唉……"

韩宁缓过神来，又想："其实，原本应该先跟王大力谈一谈……"

韩宁觉着周身有些燥热起来，可能是刚刚说得太激动，也可能是因为毕竟还是夏末，况且说不定"秋老虎"已经忙不迭地蹿来了。

29

　　空气仿佛停止流动，堵得人似乎喘不过气；空气里有一种闷热，一种黏糊的闷热，让人的举手投足都那么不舒服。杨大力走了以后，韩宁就窝在诊所房间里，窝在这种空气里；什么事情也做不下去，呆呆的；脑袋里什么也想不进去，又什么都在想；想得累了，靠在椅背上不知不觉就打个盹儿，醒了之后，又接着是什么都不想，又好像是什么都在想。

　　突然之间，韩宁的内心有一种和空气一样的味道。他想着杨大力，杨大力因他自己所说的那些生活中的不如意而导致的心境，大概就和眼前的这空气一样，颓靡而了无生气；他也想到了自己，自己的状态——哪怕本来今天一开始觉得很好的状态，自己的生活——哪怕一直以为至少还算得过且过的生活，大概也就和眼前的这空气一样，颓靡，甚至恶心。至少，杨大力走了以后，如此这般无所事事地窝在这昏暗的房间里，韩宁就觉得确实挺恶心的。

　　"出去走走，"韩宁对自己说，"哪怕出去瞎晃晃。"

韩宁走出诊所，习惯性地伸伸懒腰，总算把这颓靡的空气、颓靡的状态给赶走一些。原来时间确实不早了，已近黄昏；孙二哥也已经周期一般地，习惯性地开始了又一轮的忙作。

"吃饭，韩大夫？"孙二哥冲着韩宁，算是招呼，算是询问。

"不了，不饿。出去走走。"韩宁微笑着感谢孙二哥的关心。

"这个点儿啦……哦，有事儿啊？"

"嗯……对，对，有点事……"尽管实在是无心搭话，但韩宁还是微笑着寒暄着。他此刻不想花时间和孙二哥慢慢絮叨，况且人家正是忙碌的时刻；而且，他也不想让孙二哥，特别是旁的人们，觉得自己像是个无所事事、无聊的人；因此，说自己"有事"是一个很周全的回答。

韩宁锁好诊所，习惯性地看看锁头，看看诊所醒目的招牌，然后，真像"有事"一般地大踏步朝外走去。

"走啦！二哥！"连洪亮爽朗的声音都是"有事"的样子。

"好好……回见！"孙二哥也是一如既往的爽朗。

拐出路口，韩宁放心地放慢了步子，其实，是内心的感觉和此刻的状态放慢了自己的步子。韩宁漫无目的地溜达着，不知道该去哪里，不知道该做什么，不知道该想什么；但是总之，此刻的感觉，比先前在屋子里闷着强多了；身边有各种声音，有各种景致，至少，空气不会是停滞郁闷的。

"幸亏出门了；出来走走总是好的！"韩宁心满意足，抑或是自我安慰地想。

不觉当中，韩宁走了大约半个钟头了，尽管是慢慢悠悠，但还是感觉到累了，还有饿了；于是，韩宁停下脚步，四处张望，想找个去处坐一坐，或者吃个晚饭。抬头望去，路边一个醒目的霓虹灯招牌——"暴点"；看样子，已经开张了——毕竟华灯初上，各种酒吧、夜场开始为喜好夜游的人们做准备了。韩宁心头一动，当然很自然地想起杨大力，而且，他寻思，"里头总可以吃点东西垫巴肚子。"

于是，韩宁昂头加快步子，朝着"暴点"酒吧走去……

"您好！"酒吧门口一个相貌清秀，清秀得像个女孩子的小伙子招呼韩宁。

"你好！"韩宁也客气地应答，"开张了吗？可以进去吗？"

"当然，当然，欢迎光临！"小伙子非常热情地把韩宁朝酒吧里面引导着。

"你们这里有晚饭吧？"

"晚饭？"小伙子奇怪地望着韩宁，也许他是难得碰到一位去他们酒吧询问晚饭的客人。

"对啊，晚饭。这里只有酒吗？"韩宁并不介意小伙子的疑虑。

"哦，……有，有的，炒饭、小菜、点心都有。"小伙子缓过神来。

"那就好！"

"您几位？"小伙子依然客气而关切。

"一位。你先安排随便给我来个炒饭吧，没吃晚饭呢。"韩宁说。

"好好！"小伙子把韩宁迎到了一个靠窗的卡座，然后接着说，"您看，这位置可以吗？这里离中央表演舞台不远不近，您可以边吃东西，边喝酒，晚一点还可以看到我们酒吧驻场乐队的表演……"

"很好，谢谢你！你先帮我安排晚饭吧。"韩宁不等小伙子介绍完，再次催促着晚饭。

"好，您先坐，喝点水，我去安排，有需要再叫服务员吧！"小伙子转身忙去了。

韩宁于是打量起这里——全市知名的"暴点"酒吧，的确不错，场地宽大、布局合理，里外的装修都很有特色、也很精致，桌椅沙发都很舒适。韩宁发现，除了这里的工作人员以外，他是今天到这里的第一位客人，所以，开始忙碌的工作人员几乎都注意到了今晚的这第一位客人，频频报以那种含有"欢迎光临"味道的微笑。韩宁很满意，觉得这里不错；而且，此刻，酒吧里已经萦绕着舒缓的轻音乐，让自己的神经马上松弛下来——好过了自己诊所里的那种窒息的寂静，又好过街头上那种无理的喧嚣；就连酒吧里的空气，可能是因为喷洒了香水的缘故，闻起来很舒服——决计不像方才自己诊所里那种郁结而颓靡的气味。

"真是个不错的地方！"韩宁由衷地想，"难怪杨大力……"又一次很自然地想起了杨大力，"对啊，大力……要不要给他打个电话呢？"韩宁拿出手机，犹豫起来……"算了……"韩宁把手机放回了口袋。韩宁还是东张西望地环顾酒吧四周，结果，并没有看到在此上班的杨大力。

很快，方才那位小伙子再次笑脸盈盈地走过来，小心地端着一个托盘，里面有一份热气腾腾的炒饭、一杯水、一小碟水果。

"来，您请用！"韩宁越发觉得，眼前这个小伙子不仅长相清秀得像个女孩，就连那热情、温柔、好听的声音都很像。

"谢谢，谢谢！"韩宁非常满意小伙子的周到与热情。

"您看还有什么需要吗？"

"不用不用，你忙吧，谢谢！"

"不用客气，请您慢用！"小伙子笑眯眯地转身。

"嗯……先生！"韩宁在迟疑当中叫住了小伙子。

"哎，您好，请问您还有什么需要吗？"小伙子转身，依然是笑眯眯的。

"嗯，……算了，没事没事。不好意思，你忙吧，谢谢！"韩宁不好意思地摆摆手。

"好，有需要，您随时叫我们！"小伙子再次转身走开了。

韩宁迟疑着在思考，其实，他方才是想向小伙子打听杨大力的，打听打听他今天会不会来上班，什么时候来；可是马上，韩宁就像想起什么一样，犹豫不决当中，还是放弃了；况且，毕竟，今天上午刚刚才和他见过面了。

韩宁迟疑了一下，回过神来，果断抄起筷子。"嗯，味道真不错；嗯，还真是饿了！"韩宁想。

韩宁吃得很香、吃得很快；之前不太好的情绪就在美食当中消弭殆尽。韩宁注意到，随着夜的临近，来酒吧消费的客人们越来越多；他们三三两两，结伴而来——韩宁觉得自己一个人来到这种地方，当真像是一个异类；他们进来之后，三五成群地拥坐在一起，酒吧里缓缓的轻音乐也逐渐被他们欢快甚至放肆的笑声所湮没——韩宁觉得自己安安静静地来到这种地方吃晚饭，更像是一个异类；他们无论男女，大多衣着炫丽，显然来到这里之前多是经过了精心的打扮——韩宁看着自己略显朴素，甚至寒碜的衣着，更加明确了，自己就是这种地方的异类。

眼前的炒饭已经被风卷残云，韩宁舒心地喝了一大口水，方才的疲惫终于没有了；还打了一个满意的饱嗝，心想，既然是异类，还是该走了；于是，韩宁高声地喊道："服务员，埋单！"

还是方才的那个清秀模样的小伙子走到了韩宁身边，关切地问："先生，您吃完了？味道还满意吗？"

"哦！很好很好！埋单！"韩宁满意地说。

"您不想再多坐一会儿？很快，我们这里就要开始有乐队的表演了！要不您再尝一尝这里的酒水？"

"不啦不啦，该走啦，还有事……"正当韩宁决计要走的时候，忽然，自己的手机响了；韩宁礼貌地对小伙子说："不好意思，等一等，我接个电话。"韩宁拿出手机，低头看了看来电显示，迟疑了一下："怎么会是他？"，皱了皱眉，然后，把手机凑到了耳边。

"喂——"韩宁接通了电话。

"韩医生，您，您好！我是大力，王大力啊！"电话那头是王大力的声音。

"怎么会是你——哦，不，我是说，我知道。有事吗？"韩宁平静地说。

"我，我就是想问问……喂，您听得见吗？您那边好吵……"

"你说吧，能听见！我在外面，是挺吵的……"韩宁无可奈何地看着四周都是欢快吵闹的人群。

"我，我想问您，您明天有空吗？"

"明天，明天你过来吗？好啊！没问题！"韩宁说完这话，突然停顿了一下，然后说："大力，大力！你现在在哪儿？你现在有空吗？"

"现在？现在没在哪儿啊，我在家里！现在，现在……"

没等王大力把话说完，韩宁抢着说："你现在有空的话，就现在见我吧！"

"现在？这么晚了？！"

"就现在！我很方便，看你吧！"

"我，我，我也没事……那，那我们在哪里见？"

"我在'暴点'，'暴点'酒吧，你知道吗？"

"'暴点'？酒吧？……"

"对！你来吧！我等你！"

"可是……可是……"

"别可是了！有空你就过来找我吧！"韩宁坚决地说。

"那，那好吧，你，你等我吧！我这就来！"

韩宁挂断电话。面前的小伙子还在笑眯眯地望着韩宁，热情地等待着客人的指示。韩宁觉着刚才一直讲电话，有点不好意思，于是，再次礼貌地说："不好意思，让你久等！这样，我先不埋单了，等一位朋友过来。"

"好！您慢慢等，顺便您可以在酒水单上先看看想喝点什么，有什么需要随时叫我们！"

"好的，谢谢！"韩宁接过酒水单，小伙子再次转身走开了。

韩宁看着酒水单上琳琅满目的介绍，其实脑子根本没有在这上面。韩宁在寻思刚才王大力给他打的这个电话，更在寻思刚才自己在电话里把王大力约到这里来到底合不合适。

"为什么约他来这里？"

"一时冲动？"

"有一点；也不尽然。"

"合适吗？"

"看似不太合适；也有好处！"

"要不要算了？"

"不，一定得让他来！"

韩宁的思绪里自问自答一般，最后，韩宁笑了，而且脸上是自信而坚定的笑容。

30

韩宁看见，王大力来了；韩宁一直看着他从门口走进来。酒吧门口的服务员热情地迎上去，招呼着他，可是王大力看也没有看服务员一眼，只是探着脑袋朝里面张望。韩宁知道他是在找自己，本想立即迎到门口去；但想了想，韩宁没有起身，依旧坐着，依旧看着王大力怎么进来，怎么找到他。

"怎么？又来找东哥？"看来迎宾的服务员对王大力已是非常熟悉。王大力扭头只是冲着服务员笑了笑，并没接话，继而又探头往里面四下搜索着。

"他这会儿应该在忙了，可能得去后面找他。"服务员依旧很耐心地向王大力解释。

"不找他，没事，你忙你的。"王大力一边说着，一边往里走着，一边四处张望。

"哦……要我帮忙不？"服务员依旧笑眯眯地陪在王大力身边。

"没事，没事……"王大力回头瞥了服务员一眼，那眼神是分明的不耐烦；但毕竟人家也是一番热情，况且也认识自己，王大力又还是再次冲着服务员笑了笑。

韩宁远远地看着，他觉得王大力像只警犬一样搜索的样子很可爱，不过王大力那呆板到相当土气的发型与穿着则更是有些可笑，与自己相比，更与这酒吧的环境氛围格格不入。

酒吧里已然昏暗，旋转的灯柱光芒更是晃得人很难看清里面的一切。所以，韩宁不打算再为难王大力了，"大力！这里！过来！"他朝着王大力招手。

酒吧里面已经很吵了，王大力没有一点反应。

"大力！"韩宁朝着王大力的方向提高了声音的分贝。

王大力扭过头来，他听见了声音，也看见了韩宁，马上急匆匆地朝韩宁这边走来——韩宁看见王大力的脸上，有一种如释重负的表情；王大力身边的服务员也忙不迭地紧跟着小跑过来。

"来了？坐吧！"韩宁招呼王大力坐在茶几对面的沙发上。

"那力哥需要喝点什么吗？"服务员关切地问着王大力，又看了看韩宁。

"先不用吧。"王大力试探着看了一眼韩宁。

"那要不要叫东哥？"服务员继续殷勤。

"不用不用，你忙吧，不用管我们。"王大力冲服务员摆手，像是在撵人家走一样。服务员仍然是笑眯眯的样子，转身走了……

韩宁欠了欠身子，打趣地调侃道，"不错！还力哥呢！"

"嗨——呵呵……"王大力很不好意思。

"看来这里你很熟啊？经常来？"

"也不是……我朋友在这里，所以……"

"对对，我想起来了，你说的'东子'。他在吗？"

"应该在吧，应该在后台忙着。"

"哦——"韩宁点点头，"对了，喝点什么？"韩宁以轻松的口吻说。

"不用吧！"王大力看了一眼韩宁，又说，"随便，随便，喝什么都好！"

"那我们就喝点啤酒吧！"韩宁说，"首先说好了！今天我请客！"

"韩医生，韩宁，不必客气，不必破费！"

"今天可是我约你来的！这点酒钱还跟我计较？再说了，我是你的医生，所以你得听我的；而且，今天在这里，我更多的是把你当朋友的！"

"好好，听你的！谢谢，谢谢！"王大力说。

韩宁看得出来，王大力是真心实意的感谢。

一时两人又无话了，韩宁觉得这个场景很有趣；王大力觉得有些尴尬。好在，啤酒，适时地上桌了。

"知道我为什么叫你来这儿吗？"韩宁问。

"不知道。也许是韩医生觉得跟我的治疗有关系？"王大力坦诚而又试探地问。

"哦，你想多了，"韩宁笑了，"只是我今天在诊所窝了一天，想出来走走，刚巧来到这里，一个人，所以叫你过来了。"韩宁有意故作轻松，其实也算是实话实说。

"哦……这？……"王大力欲言又止。

"我知道你在想什么，你别误会，"韩宁马上说道，"的确，一来，我是想顺便叫你过来，也算是陪我聊聊天；二来，我们老是窝在我那个诊所里见面，你不嫌腻，我倒嫌腻了，所以我想咱们换个环境聊聊天；你觉得呢？"

"都好，呵呵，都好，您方便！"王大力唯唯诺诺地说。

"好！我们都轻松点！来，干杯！"韩宁举起酒杯。

"好！干杯！"王大力举起酒杯。

尴尬的气氛缓和下来，王大力也感觉自如多了。

"最近怎么样？"韩宁问。

"还好。自从和您聊过几次以后，感觉自己的情绪好了很多，至少不会很悲观了。"

"这样我就放心了。这段时间我也把之前跟你交流的情况做了一个总结；然后，通过我的观察和研究，我觉得……"韩宁发现王大力此时正紧张地望着自己，好像一个等待法官宣判的囚犯，于是，韩宁想了想，停顿一下，说，"我觉得总体情况比你自己认为的好多了，当然，心理上的确有些问题，需要我们一起解决，但是比你认为的好很多。而且，前一阶段我们的配合很好，所以，我想我们可以进入第三阶段了。"

韩宁发现，王大力的脸上，有一种"万幸"的表情；但韩宁自己的心里，却反而更加忧心忡忡。

"那我们什么时候开始？"王大力急切地问。

"呵呵，总之不是今天！来吧！喝酒！"韩宁笑起来。

"哦，好好……"王大力再次举起酒杯。

"对了，韩医生，你今天怎么想着来这里？"

"哦，只是出来走走，走到这里，就进来了；而且，……"韩宁迟疑了，他本来想提起杨大力，想了想，还是算了，"而且，而且觉得这里也还挺好的。"

"哦……我很喜欢这里的音乐。"王大力点头。

"看，乐队上场了！"韩宁指向酒吧中央的舞台。

王大力背对着舞台，便转身也望了过去；就在他转身的这一瞬间，韩宁在王大力的眼中，发现了跳跃的光芒……

四人组合的乐队登场了，三男一女；一眼看去就知道，那唯一的一个女孩子是乐队的主角，她的衣着尤为靓丽抢眼，却又与另外三个男孩子的打扮相得益彰；果然，三个男孩子很自如地坐在靠后的各自乐器的后面，而女孩子也很自如地站在了舞台中央的直立式麦克风后，她的确是乐队的主唱。酒吧中的人群顿时喧闹起来，大家都在朝着舞台上的乐队欢呼着；乐队成员，特别是作为主唱的女孩子，自如地、频频地，向场下挥手致意；少顷，喧闹声渐渐安静下来——今晚的演出开始了。

乐队选择的曲子是轻缓抒情的格调，女孩子甫一开口，就赢得了众人的满堂彩。韩宁心里也在由衷地称好；他既由衷地喜欢这种暖人心扉的旋律，也分明感受到女孩子本身音色的至美与贴心；尽管，他其实并不知道女孩子在唱什么歌曲——韩宁向来就没有音乐的细胞；况且，看着舞台上的乐队，以及舞台下大多数人那一张张青葱的面孔，"许是我老了，实在不知道现如今的年轻人究竟流行着怎样的音乐"，韩宁如是想。

王大力此刻一直保持着身子扭向背后的姿势，不仅认真地听着歌者们的演绎，还认真地看着歌者们的表演，好像担心漏掉了每一个精彩的细节。韩宁在王大力侧着的脸上，看到了摆脱老成之后、属于他那个年龄应有的纯真，韩宁感到很欣慰、很满意；韩宁觉得今天把王大力约到这里来是对的，他终于有机会看到王大力卸下所有包袱、所有防备、所有郁闷、所有心理障碍的一面，他需要看到王大力这难得的一面。

"大力，要不我们换一个位置吧！"看着王大力始终向背后扭着身子，韩宁善解人意地说。

"呃，不用，不用了……"王大力觉得很不好意思，于是有意冲着正面朝向韩宁的方向，扭正了身子。

"不用介意，不用，没事，我们换一换！"韩宁坚持说。

"没关系，你，你不是也在看表演吗？"

"呵呵，我听听就好，再说，我也不太懂。"韩宁一边诚恳地说着，一边站起了身子。

"好，好。"王大力于是也站了起来，和韩宁交换了位置。

"这样，大力可以好好地看表演；我可以好好地看看大力。"韩宁心想。

歌曲一首接着一首，这支乐队，特别是作为主唱的女孩子非常敬业，即使作为不太懂音乐的韩宁，也看得出来，听得出来，他们在以所有的热情和认真向大家演绎着每一首歌曲，从第一首歌曲，自始至终都是如此。当然，来到酒吧消遣的人们多是三五成群的朋友一起，听歌倒是其次，朋友间的欢笑交流才是主要，所以，乐队表演之初在人群中的轰动效应慢慢散去，多数人后来并没有仔细地聆听乐队的演奏，欢闹声、游戏声、猜拳行令声在乐队的歌声之外，充斥着整个大厅。

　　王大力是个例外，他自始至终都在全情地投入，跟着乐队始终舒缓的曲风，他的表情也在或喜、或悲、或轻快、或婉转；即使是乐队每一支歌曲之间的间歇，他的表情也是在陶醉、在回味、在消化；王大力面前的啤酒一直没动，他已跟随乐队一起，完全沉浸在音乐的世界，忘记了杯中酒，也忘记了眼前的韩宁。

　　韩宁没有丝毫被冷落的感觉，他舍不得打扰王大力，他更觉得自己羡慕，喜欢，甚至怜爱如此这般的王大力；韩宁仔细地观察着王大力的每一个表情动作，既是从医生的角度，也是从朋友的角度。

　　韩宁察觉出王大力此刻对音乐的认真也是对主唱那位女孩子的认真，王大力望着女孩子的眼睛是如此清澈和执着；于是，韩宁也不自觉地打量起舞台上那唯一的女孩：年龄不大，许是在二十出头，那种青春的气息使得其年纪看起来应该比24岁的王大力还要小；身材匀称，很漂亮，是一种健康活力的漂亮；难得的是，作为酒吧夜场的驻唱歌手，她没有想象中的风尘气，没有丝毫的浓脂艳抹，几乎是素面朝天，简洁利落的短发更增添了她清纯、健康、洒脱的气息。"的确是好看的女孩子！"韩宁内心里对这位女孩也平添好感。

　　"喜欢那个女孩吗？"韩宁打断了陶醉中的王大力，突然直接地冒出这么一句。

　　"哦？什么？"王大力的眼睛从乐队转向韩宁。

　　"你喜欢那个女孩？"韩宁笑着说。

"哪里！——喜欢她的歌！"只是，王大力的脸红了。

"哦？是吗？"韩宁的语气中有点善意的"不怀好意"。

"韩宁，你想什么呢？！真的！她在这里唱了很长时间，她的歌很好，所以我记得，而且喜欢。"王大力说完，脸又红了。

"好啊好啊！"韩宁笑了，没有再打扰王大力；王大力下意识地，抿了一口啤酒，继续听歌。

韩宁没再说话，也没有听歌；他在思考，思考王大力，思考眼前这个王大力，思考之前他眼中的那个王大力；想了一会儿之后，韩宁忽然很认真地问道："大力，你快乐吗？"韩宁的声音不大，但很严肃，一字一顿，而且，王大力也听得很明白，只是，王大力可能对他这个突如其来的问题不太明白。

"我？你是说现在吗？"

"对！"

"挺快乐的！你知道，我喜欢音乐，我也喜欢这里的音乐。"

"这才是你真实的自己。"韩宁的眼中也跳跃着光芒。

"哦？"王大力一时之间可能没有理解韩宁突如其来似乎充满哲理的这句话。

"记住此刻的自己吧，没有压抑，没有那些我们所说的'牢笼'。"

"哦。"王大力中肯地点头应着，脸上露出欣慰的笑容。

韩宁忽然觉得自己不该在此刻讨论过于严肃的话题，于是说："好啦！别想啦！小事！继续听歌吧！我也觉得这里的音乐挺好的！当然，我可不太懂。哈哈……"

王大力也随之释怀一笑。

"好啦，干杯！"韩宁举起酒杯，王大力也举起酒杯。

过了一会儿，乐队停止了表演，一个主持人模样的人走上舞台高亢地宣布："乐队表演暂停，下面，有请我们的DJ表演，欢迎大家动起来、舞起来！"整个酒吧再次沸腾。

乐队成员悉数走下舞台，韩宁和众人的目光一起，集中在了舞台后面的DJ台上。一个穿着打扮时尚的小伙子走上DJ台，马上就要开始他的表演了。韩宁很自然地想起了他的另一位病人，杨大力，他说过他就在"暴点"做DJ；不过，遗憾的是，登台的这位并不是杨大力。

　　眼前这位DJ小伙子很帅，不论是他的身材样貌，还是他的气质气息，的确给人眼前一亮的帅气感受。涂鸦着夸张图案的T恤衫、"千疮百孔"的牛仔裤，怎么套在他的身上，不仅不显得另类，反而是那么自然的时髦。随着他自如地调拨着音响设备，音乐也随着再次响起来；随着节奏的不断变化，他闭着眼睛，伴着旋律陶醉地舞动起来；音乐就像从他的指尖喷薄而出，在整个酒吧里四处奔腾而去，然后又回到并贯穿到他身体的每一个细胞里……他的打扮，他给自己的感觉，都让韩宁不知为何地有些似曾相识的意味。

　　"喏，那就是我的好朋友东子。"王大力指着DJ对韩宁说，语气当中多少有些自豪的意味。

　　"哦?！……哦！……"韩宁先是一愣，而后，脸上又有了一种"明白了"，甚至释然的意味……

31

　　酒吧里到处是欢乐的人们欢乐的声音，韩宁和王大力这一桌明显显得非常安静，两人有一句没一句地说着，有一口没一口地抿着杯中的啤酒，看似融洽，却又看似各有心事。

　　这样的气氛下，韩宁觉得就这样安静地坐着、无心地聊着，甚至无所事事地懒散着，也很好，对待王大力就像对待一个熟悉的朋友，彼此了解而无须多话。

　　只是，不知道，王大力是不是此刻也是这样想。韩宁心想。

"老板，要不要尝尝这种新品牌的啤酒？！"韩宁与王大力此刻这种相对安静、甚至有点冷场的气氛忽然被一个清脆爽朗的声音打破。

韩宁和王大力都抬起头来，一个身着紧身T恤衫、超短裙、高跟鞋的靓丽女孩站在他们面前，面带着好客的——其实是有一些职业的微笑；从她手中端着的一托盘啤酒，特别是衣服和裙子上那醒目的广告词，大家都知道这是一位酒吧酒水营销，也就是俗称的"啤酒妹"。

韩宁和王大力只是抬头朝女孩以及她手中的酒水看了一眼，就都没在意地回过眼神；女孩则始终保持着好客的笑容和身体微微前趋朝着客人捧出啤酒的姿势。

"客气客气……我们这里没有老板。"韩宁本想直接说不需要酒水的；但韩宁有些觉得女孩的推销有点打乱此刻氛围的意思，况且，他跟一般很多人一样，平常就很厌烦各种类型的上门推销；所以韩宁的回答有点针对女孩的话而赌气的意味。

可是，在此刻酒吧里这种迷醉的环境中，韩宁的话一说出来，反而有点调侃女孩的感觉；他那头也不抬的姿态，又反而竟有点故作深沉的嫌疑。也许女孩就是如此的感受，也许是女孩本身执着的职业素养的要求，总之，女孩不但没有在乎眼前客人的冷淡，反而继续微笑着，继续以爽朗得有点犯甜的声音说："不管是不是老板，总之您得再喝点酒呗！您看，您二位的杯中酒快没啦！"

"不用。"韩宁简短的回答不仅表明了态度，也澄清了方才那句话有点调侃意味的暧昧；说完，韩宁看了一眼王大力。

"哦，我，我也不用，我们不用。"王大力愣了一下，然后望着女孩说，显然，王大力则没有韩宁的那种冷漠的潇洒。

女孩明白眼前的确是没有生意的可能，但依旧保持着可亲的笑容，以有点甜得发腻的声音说："好吧，那不打扰您二位了，您玩得开心。"说完转身走开。

看着女孩的背影，回味着女孩的声音，韩宁却又觉得，自己方才的冷漠甚至明显厌恶的情绪，有点伤人。当然，这只是韩宁一瞬的想法，马上回过眼神，投入之前与王大力之间的那种情绪中。可是，也许是此刻与王大力再无话说，也许就是受了这种有点内疚情绪的影响，总之，韩宁感觉自己很难完全投入之前与王大力的那种氛围中，反而是不自觉地环顾着酒吧四周，心里有一种追随刚才那位女孩的感觉。

不多时，在酒吧不远的角落里，韩宁看到了女孩的身影，依旧端着一托盘的啤酒，看来，她今晚的营销并不算成功。然后，一个西装革履的人走近女孩，冲着女孩在说话，虽然听不见他在说什么，但明显地，他是态度很不友好地在冲着女孩数落什么。女孩一直保持在脸上的笑容此刻也没有了，只是低着头，冲着面前的男人不住地点头。看此情形，韩宁猜想，那男人应该是女孩的"上司"，他应该在数落她今晚惨淡的营销业绩。韩宁一直看着，心里有一些不忍、同情，以及着急。

"喂，喂……你！你！"韩宁忽然站起身，冲着男人与女孩的方向挥手、招呼；韩宁突如其来的举动让王大力吓了一跳，诧异地望着韩宁此刻诧异的动作；韩宁完全没有顾及王大力的反应，越发着急地冲着不远处的男人和女孩招手、招呼。

男人和女孩都注意到了，都很奇怪地看着韩宁，也都疑虑着韩宁一脸的焦急。

"对，对，你，就你，过来！"韩宁一只手拢在嘴边，希望自己的声音能够借此传播更远，另一只手做着招呼女孩马上过来的手势。

男人和女孩似懂非懂，女孩看看身边四周，然后指指自己，又指指韩宁所在的方位。韩宁点头。女孩明白了，男人也明白了。女孩又向男人说了几句什么，男人挥挥手，应该是"去吧去吧"的手势。

女孩继续端着一托盘的啤酒，朝着韩宁的方向走来。韩宁发现，随着女孩慢慢地走近，女孩脸上那格式化的笑容，也慢慢地、适时地回到了她的脸上。

"您好！您是找我吗？请问有什么可以帮您吗？"女孩的声音也还是那么爽朗、礼貌，这让韩宁心里更加觉得过意不去了。

"我们还是想再喝点啤酒，尝一尝你说的新品牌的滋味。"韩宁的语气也与之前的生硬明显不同。

"哦……？"女孩的脸上显出又意外、又欣喜的表情；与之类似的是，王大力也被韩宁的话弄得意外与疑虑。

"对！我们再买点！"

"谢谢，谢谢！"女孩由衷地高兴与感谢，"您看，您需要多少？"

"嗯……你这儿一个托盘有多少？半打？"

"对对，六瓶呢。"

"你把这一托盘都放这儿吧，我们全要了。"韩宁干脆地说。

"我俩还用这么多吗？"王大力忍不住脱口而出。

女孩疑惑地看看韩宁与王大力两人，然后说："老板，不，不，先生，如果就您二位喝的话，先不必买这么多的，要不等会儿不够再说？"

女孩的实在让韩宁很喜欢，更对之前自己的态度感到不好意思，"没事，我们全要了"，说完，韩宁又冲着王大力补充地说道："没事，咱俩喝不完就打包带回去。"

"那，那好吧！谢谢您二位！"说完，女孩把整个托盘放在桌子上；韩宁按女孩说的价格把钱交给她。

"赶紧去跟你那位'上司'汇报汇报去！"韩宁笑着说。

"哦……您，您看到啦？"女孩很不好意思。

"看到啦；看来我可没有猜错！"

"谢谢，谢谢……"女孩脸红了。

"你叫什么？"韩宁随意又问了一句。

"您叫我'可可'就好……"女孩迟疑了一下，又补充了一句，

"我叫唐可。"

"哦……我叫韩宁……对了，你忙吧！"

女孩转身走开；韩宁望着女孩的背影；王大力看着韩宁。

韩宁一直望着女孩，也就是唐可走开的方向，良久没有收回眼神，王大力也一直看着韩宁，终于忍不住问了一句："怎么了？"

"哦，没什么。挺不容易的。"韩宁叹息着说。

"哦……"王大力充满疑问地应着。

"你看，为了生活，每个人都挺不容易的；还是个小姑娘呢！"

王大力明白，韩宁这句话是在说唐可，却也是说给他王大力听的，王大力有些不好意思。

"是啊……"王大力顿了一下，又说，"韩医生，韩宁，你是个好人。"

"哦?！是吗？还夸我呢！"韩宁笑了。王大力也笑了。

"喏，这么多酒，咱接着多喝点再走吧！反正时间还早呢。"韩宁看着眼前一桌的啤酒说。

"好，反正这么多酒，咱俩要全带走也不好拿！"王大力说。

韩宁感觉得到，王大力与自己的距离，又近了很多。这是好事！韩宁心想。

于是，韩宁和王大力继续有一句没一句地聊着，有一口没一口地喝着……

"帅哥！你好！我可以坐在这里吗？"又一个爽朗的声音问。

韩宁和王大力同时抬起头，一个漂亮女孩站在他们面前，看她问话时的目光，她是在问王大力，她口中的"帅哥"，是王大力。王大力当然也看出了这一点，所以，他立马脸红了，居然紧张到不知道如何应对。因此，场面一下子尴尬起来。

"坐吧。有事吗？"韩宁适时地应着女孩。女孩冲着韩宁礼貌地笑笑，然后毫不客气地坐下来，然后，目光又望向王大力。

女孩不是别人，正是方才登台表演的乐队的主唱，正是王大力口中"她的歌很好，所以我记得，而且喜欢"的那位漂亮女孩。难怪王大力更加的紧张。看着女孩盯着王大力的那种近乎"咄咄逼人"的眼神以及王大力更显局促的表情，韩宁觉得很好笑，同时，更加对女孩此举的目的充满好奇。

女孩转过头去，对身后一名服务生说："帅哥，帮忙这桌添个酒杯！"对于女孩毫不客气的做法，王大力和韩宁都觉得诧异，却都不好意思表现出来。韩宁本想问两句，可是想想人家毕竟是女孩，总不好扫了人家热情的面子，况且，女孩的举动分明是以一种调侃却友好的态度冲着王大力而来，自己就更不好说什么了。

很快，新的酒杯拿来了。女孩又以一种无视旁人的主人家姿态，自如地给自己斟满一杯啤酒，举起酒杯，爽朗地冲着王大力说："来，帅哥，我敬你一杯！"王大力迟疑了一下，脸更红了，几乎是有些颤巍巍地，也有些被迫地端起手中自己的酒杯。韩宁一肚子纳闷，看着女孩和王大力对比鲜明的表情和举动，韩宁既觉得好笑，又更加不便开口了。

"还有你！一起干杯！"女孩冲着韩宁说。韩宁注意到，女孩却没有称呼自己"帅哥"，甚至根本就没有称呼自己；韩宁只好像迎合应酬一般地也端起酒杯；三人碰杯，女孩立马豪爽地一饮而尽；韩宁和王大力相视对望一眼，也只好一饮而尽手中的满杯。

三个酒杯落桌，突然一下子冷场了，王大力估计已经被"吓得"出不了声，只是低着头、红着脸，甚至都不敢直视眼前就坐在他面前的这位他印象深刻的女孩。韩宁觉得，此刻，出于礼貌，自己该说点什么。

"美女，你好！你刚刚的表演很精彩！我们很喜欢，特别是我这位朋友很喜欢你的歌！"

"你喜不喜欢我不知道，我知道他喜欢我的歌。"女孩直白的回答不但不算强硬，反而多了一些真实与可爱。

"哦……"韩宁和王大力几乎同时抬起头来，面面相觑。

"我没说错吧，帅哥？！"女孩继续大胆而直白地对王大力"咄咄相逼"。

"嗯，……"王大力想看，却又一边在逃避着女孩的眼睛，紧张地说，"挺好，你的歌唱得真好……"

"呵呵……"女孩满意地笑出声来，"谢谢！"

王大力也不好意思地笑了，然后，场面又有些冷场。韩宁此刻很不自在，他不知道自己是该暂时回避呢，还是说两句什么打破这种尴尬。

好在女孩又开口了："谢谢你……嗯，我发现，你是全场唯一一个自始至终认真听歌，听我唱歌的人。你是我认识的唯一一个如此专注于我的歌声的人。"女孩的表情变得很认真，没有了方才调侃的意味。

"是是……""哦，不不不……""嗯……对对，因为，因为你的表演的确精彩！"王大力语无伦次，却也尽显其坦诚真实。

"难得遇到你这样的听众！"女孩仍旧望着王大力，想了想，然后接着说，"我叫宋梅！谢谢你的欣赏与认可，认识你很高兴！"王大力总算完全抬起头来，总算直视着女孩的眼睛，在女孩的眼睛里，他同样看到了坦诚与真实。

"我，我叫王大力。"王大力说。女孩笑了，王大力也轻松地笑了。

王大力突然又想起什么，忙不迭地说："哦，对了，这位是韩宁……"

"你好！"宋梅的眼神与声音都很礼貌。

"你好！"韩宁同样礼貌地点头致意，又补充了一句，"我是大力的朋友。"

"对，我朋友！"王大力也补充了一句。

……

乐队的表演又重新开始了，宋梅也再次登上舞台；DJ东子则得空休息了。东子得知王大力过来了，于是寻到他的位置后，就立马过来。

"呦，什么风又把你吹过来啦？不是又想兄弟了吧？"东子嬉皮笑脸地一边调侃着王大力，一边大大咧咧地径自落座了。

"没个正经！对了，来，我给你介绍！这是韩宁，是我朋友！"王大力对东子说。

"哦！"东子这才把视线移到韩宁的身上，"大力的朋友就是我的朋友！来来来，服务员拿杯来！我得敬你一杯！"东子豪气地嚷嚷着。

"你就成天咋咋呼呼吧！我告诉你，这是我的心理医生，就是……就是之前不是跟你说过吗？……"王大力很怕东子的热情吓坏了韩宁。

果然，东子总算收敛了一些，客气地对韩宁说："呦！瞧我！冒犯冒犯……韩，韩医生，您好您好！别见笑啊！"说完他冲着王大力吐吐舌头。

"没事没事！挺好的！"韩宁微笑着说，"你是周东，东子！大力跟我介绍过你的！"韩宁说完伸出手去。东子愣了一下才反应过来，马上也伸出手去与韩宁握手。

韩宁打量着眼前这位东子，王大力所说的最好的朋友。真是长得好看的一个小伙子，外表与气质是那么相得益彰，给人一种青春的激情与活力，方才的大大咧咧在他身上倒不是冒失，反倒增添了他潇洒的气息；特别是他脸上那掩饰不住的痞气得甚至有点"坏坏"的感觉，还有那灵动而充满生机的眼神……"对，的确似曾相识……"韩宁在心里默默地感叹着。

按理说，韩宁应该很自然地跟东子打听打听杨大力；但韩宁并没有。

然后，三个人开始边喝酒边聊了起来。

"这几天在忙什么呢？"王大力问东子。

"不就老样子咯，这几天这边客流都还算不错，"东子呷了一口啤酒又突然说，"对了，这几天我就忙一件事！"

"什么啊？"

"我之前不是跟你说去银行办信用卡的事儿吗？不给我办我还就非得把它办成了！"东子掏出一盒烟来，先是以询问的眼神冲着韩宁，韩宁此时被东子的这句话勾起了兴趣，愣了一下才缓过神来摆了摆手，示意自己不抽烟，东子这才掏出一支，给自己点上了。

"怎么回事呢东子？"韩宁忍不住问道。

"嗨！——"东子猛地哂了一大口香烟，"我去银行办信用卡，人家不给办，乱七八糟的理由，总之是怕我日后欠款不还吧！瞧不起人嘛！"

"哦？"韩宁望着东子，又看了一眼王大力。

"现在办好了？"王大力没有注意韩宁的眼神，只是平静地问道。

"办成啦！"东子又抽了一口烟，"嘿，换了一家小银行，人家才没那么多讲究，很快就给我办了手续。"

"哦……"韩宁和王大力不约而同地附和道。

"你们说说，其实也就屁大点小事，主要是我心里不服气嘛！"王大力笑了笑，韩宁却不动声色地陷入沉思。

"韩，韩医生……"沉思中的韩宁没有意识到东子的招呼。

"韩医生，韩宁？"

"哦！哦，不好意思，不好意思……"韩宁尴尬地冲着东子笑。

东子端起酒杯说："想什么呢这么入神！来，咱们新朋友干一杯！"东子和韩宁碰杯之后都一饮而尽，"别老说我，对了，韩宁，做医生真了不起！你是在哪家医院高就？"

"呵呵，我没有在哪里高就，只是自己开了一爿小诊所罢了。"韩宁有点不好意思。

"哦？！自己做老板？！那你更了不起！"东子由衷地说。

"哪里啊！也就一个人瞎忙活，养活自己都不容易呢！"韩宁更加不好意思了。

　　"唉，那倒是实话！自个儿干，不容易啊！"东子独自又喝了一大口啤酒，"其实像咱俩这样的，都不容易哦！"在香烟的烟雾缭绕中，韩宁注意到东子调皮灵动的眼神黯然了一些。

　　"你俩又怎么了？"王大力觉着东子这话好奇。

　　"嘿！你是站着说话不腰疼呢！"东子的方才暗淡下去的情绪只是转瞬即逝，眼睛里忽地又冒出跳跃的色彩，"你是吃皇粮的公务员嘛！哪懂得我们这些无依无靠的小百姓的苦嘛！"

　　"你就瞎忽悠吧！"王大力没好气地说。

　　"我们是吃了上顿愁下顿呢！韩宁你说是吧？！哪像大力呢！压根儿不用去惦记嘛！"

　　"家家都有难念的经嘛！"韩宁哈哈笑着打着圆场。

　　三人都笑了起来；而后，三人又都思索着什么。韩宁下意识地注意到，东子继续抽着烟，王大力端起自己的酒杯，啜起啤酒来……

　　当天晚上的后来，唐可下班，过来专门给韩宁与王大力打了个招呼，就先走了，她和韩宁相互留下了手机号码；宋梅跟随着乐队的大部队，也先走了，她和王大力相互留下了手机号码。

　　……

　　在酒尽微醺的时候，韩宁回想着王大力今晚那单纯、质朴、可爱、陶醉的模样，又看着眼前样子已有些模糊的东子，韩宁突然想念起杨大力了："要是今晚他在这里，会是怎样的情形？"

　　"可惜，今晚，在他工作的这个地方，却没能见到他……"韩宁心里又默默地想。

　　但是，韩宁完全没把这些心里的想法说给王大力听。时间不早了，最后，王大力、东子分别回家，韩宁回诊所了。

　　只是，韩宁和王大力还并不知道，自这一晚之后，他们开始了他们与唐可、宋梅的交流、他们于唐可、宋梅的影响、他们与唐可、宋梅的交集、他们于唐可、宋梅往后岁月的至关重要。

32

可能是头天晚上的啤酒的确喝多了一些，第二天早上，韩宁迟迟没有醒来，直到手机电话铃声响起。

"喂……"韩宁眼睛都不愿睁开，摸索到手机以后就接通了电话。

"喂……韩，韩医生，早！是我……"电话那头说。

"哦……哦，大力，大力吧？"韩宁反应过来，嘟哝着，睁开眼睛。

"对，是我，是我……您，您还没起吧？昨晚喝酒，没，没事吧？……要不您先休息，回头再联系您。"电话那头的王大力听出了韩宁仍旧睡意蒙眬的声音。

"没，没事……怎么，有事？"韩宁一边揉眼睛，一边坐起身子，整个人也清醒过来。

"昨天……"王大力停了一下，但是电话这头的韩宁并没有意识到王大力昨天跟他说到的关于今天的见面，"我昨天跟你说的今天去诊所……"

"哦，对对对，"韩宁立即想起来，"你看我，都给忘了，不好意思！对了，你来吧！我就在诊所。"

"哦，对不起，是这样，我，我今天去不了了。"

"这样啊，也没事，你先忙你的吧，看你的安排方便吧。"

"实在不好意思！"

"哪用得着这样客气？！没事，你先忙！"

"好，韩宁再见！"……

王大力的爽约还是因为工作的事情，工作的缘故让他无法腾出时间，只能临时告诉韩宁取消了见面的计划。半个月之前，李科长语重心长地跟王大力说，他的业务进步很快，为了进一步培养和锻炼他的能力，所以组织——李科长特别强调，不是他个人的意见，而是经过研究之后的"组织"意见，决定把市里一家国有企业YY公司的产品出口计划审核报告交给王大力独立去做——一旦这份报告得到审批通过，那YY公司就不仅可以在外宣方面得到政府层面的宣传与口碑保障，还能按规定得到市里的补贴。得到领导的认可与信任，王大力很高兴，自然很认真地面对这第一次独当一面的工作任务；王大力也很紧张，他担心自己做不好这么一件艰巨的事情。于是，他详尽地查阅各种有关资料，勤勉地多次深入企业基层调研，细致地酝酿文字的结构、辞藻，力求把审核报告做到科学、严谨、流畅、优美，终于，半个月之后，也就在昨天，王大力的作品——王大力的确将其视作一份艺术的作品，出炉了，并且兴致勃勃地把他的"作品"交给了科长审查。

今天一大早，还没洗漱完毕的王大力就接到李科长的电话，说是要他早点到办公室，得专门就昨天的报告跟他谈一谈。所以，王大力不仅不能抽空去韩宁的诊所，反而还得比平常到单位更早一些。

"来了？坐吧。"王大力进到李科长办公室的时候，李科长已经早早就到了，正坐在办公椅上，也正在翻阅着王大力昨天提交的报告。李科长翻得漫不经心，眉头却始终皱着，王大力摸不清科长的意思，只是大气不敢出地乖乖坐着。

"小王啊！"李科长总算打破沉默，王大力算是松了一口气，李科长不紧不慢地说："你这报告里头通篇没有提到市委市政府、局里的政策与支持嘛！"

王大力马上回答说："哦，那些内容各方都很熟悉，我认为没有必要画蛇添足地重复了。"

科长抿了一口茶，头也不抬地说："小王啊，画蛇添足是个篇幅问题，不画蛇添足，可是个政治觉悟的问题呀！"

王大力没想到少了几句套话竟然会是这么严重的问题；不过，他转念又想，加上这些内容也容易，况且，强调一下上级的支持也说得过去。

李科长盯着其中一页忽然凑近了看得格外仔细，眉头也忽然拧得更紧一些，然后说："小王啊，你这里的几个数据怕是不准确吧？"

王大力微笑着自信地说："科长放心，绝对准确！我查阅了统计数据，还到他们企业实地收集的，肯定没问题！"

李科长看了一眼王大力，他的表情显然是并不赞许王大力的自信："照你的数据看，这家企业产品做出口，事实上还是有些勉为其难哪！"

王大力听出了怀疑，继续以严谨的口吻说："也不是勉为其难，只是很多方面，包括产品质量、产量等细节方面还有待提高，现阶段盲目做出口，压力大，而且不但可能出口各环节不一定能通过，未来还可能引起外商对产品的否定；不过只要接下来把这些细节问题改善了，那……"

"小王啊！"李科长不等王大力说完，抢过话茬儿说，"我们的职责是什么？是要为企业的产品走出去提供帮助，树立信心，协助解决在出口环节中遇到的各种问题！人家就是因为可能在出口各环节遭遇问题才希望得到我们的支持与协助；我们怎么能够不但不协助他们，还灭了他们的志气，把人家给否定呢？"

王大力觉得李科长误解了他的意思，误解了他的报告，于是说："我不是否定，我是实事求是指出一些问题，以待他们改善。"

"你！……"李科长本瞪圆了眼睛，好像一激而怒的样子，停顿一下后，还是尽量保持刚刚舒缓的语气说："以待改善？以待到什么时候？你呀，就是没有以发展的眼光看问题，你看看这些数据，我想如果以发展的眼光看，以企业的发展现状看，情况肯定要好很多，所以我们现在就要把目光立足长远。"

王大力觉得奇怪："可，可我们总不能篡改数据和事实。"

李科长"啪"地一下把手中的茶杯搁在办公桌上，然后语气明显强硬地说："我们培养一个本土企业多难！我们把一个本土企业的产品成功推出去多难！我们的工作，不但要讲科学，更要讲政治！你呀！还是年轻！还是个政治觉悟的问题！"

"我，我……"王大力无言以对。

"别我我我了，你这份报告，我亲自改，改完以后，你再好好看看！"李科长说完，坐正了身子，伏在了办公桌上。王大力只得悻悻地退出科长办公室，他觉得很懊恼，科长，不，准确地说应该是组织，好不容易把一份重任交给自己，自己觉得自己认真尽力了，却还是没有做好，他觉得自己笨，还担心以后还能不能写好报告，还能不能独立地开展好工作。

不到一个上午时间，科长再次把王大力叫去办公室，报告书已经改好了。王大力把新的报告书捧在手里认真地看，在他原有的基础上几乎被改得面目全非，不过仔细一看，其实内容很简单，只是几个方面：第一，市委市政府和局里的好政策，以及无微不至的关心指导；第二，这家企业如何如何强，有修改后的数据做支撑；第三，我们要大力支持企业，至于具体怎么支持，不用写得像自己之前写得那样详细，只是建议上级和市里有关部门统统打开绿灯逐级审批就行。

李科长一边端着茶杯在房里踱步，一边冲着沙发上的王大力似是语重心长，却又是话里藏锋地说："以后，报告之类的材料，只能按照这样的思路走。当然，以后你就掌握了……"

王大力在心里揣摩着李科长的话，揣摩着以后的报告应该怎么写，事情应该怎么做：第一，像自己之前自以为是的"客观""认真"的方式不一定可取；第二，自己之前想象的那种复杂完全没有必要，写报告得有写报告固有的方式，其实就像八股文那样；第三，至于内容上，客不客观、科不科学倒是其次，首先还是要牢牢把握住政治觉悟的问题。也许，只要简单地把握住了这几点，以后的文章就好写了，以后的事情就好做了。

王大力抬起头，李科长依旧在踱着步子，面无表情，甚至，面色很不好看。王大力再次低下头，再次把眼睛盯在手中的报告上；心里在寻思着该说点什么，或者以一种什么方式退出科长的办公室。王大力倦怠地想："工作，真不是那么简单、那么轻松，唉，别说什么学识、才华、真理，也别说什么认真努力，工作本身就往往是由不得自己，也由不得事实的一件事情……这眼下我该怎么办，是说点什么，还是不开口，这好像也是一件由不得我自己的事情……这房间里怎么这么闷热！这都什么时令了！"

　　"丁零零——"办公桌上的电话铃声非常刺耳，但此刻在王大力听来，却是那么适时，甚至好听。

　　"喂！——"李科长有点不耐烦地拿起电话来。

　　"哦！"李科长居然在瞬间，脸色、口气，甚至接电话的姿势都180度地转弯，"您好您好！对对对，我是小李！"

　　"哦？……"李科长不知何故愣了一下，然后马上又热情地应着，"哦！好！好好！"

　　"嗯，明白，好！"

　　"在在在，我马上就通知他！好的，好的，您放心！"

　　听不见电话那头是谁，更不知道对方在说什么，王大力就像是在看独角戏一般地看着李科长的表演，虔诚般地不住应着好，脸上的皮肉始终挤在一处，努力地堆出一个个笑来……王大力觉得此刻的李科长就像个滑稽演员一样可爱，又忽然想起之前科里其他同事们很像"米老鼠"的那幅画面来，他差点笑出来。

　　"小王啊——"没想到挂了电话的李科长依然用这样一副笑脸对着王大力。

　　王大力觉得很不舒服，更觉得莫名其妙："嗯，科长，您，您要是有事，我就先出去了。"王大力一边说着一边准备起身。

　　"不急不急，正好找你有事！"李科长示意王大力继续坐着。

　　"哦，您说您说。"

"呵呵，这样，朱局让我转告你，让你去他办公室。"李科长说完，依然笑眯眯地望着王大力。

"哦？——哦。"

李科长笑着，没有说话。

王大力对科长的笑脸很不适应："他，朱局让我什么时候去？"

"现在就去。"

"那，那，您……？"

"哦，你快去，去吧！"李科长挥挥手。

"好！"王大力起身，向门外走去，"总算完事了！"他在心里对自己说。

快到门口的时候，"小王啊！"李科长叫住他。王大力停住脚步，回头看着李科长。

"嗯，嗯，没事，没事，去吧。"李科长又挥挥手。

王大力刚一转头，"小王啊，"李科长又叫住他。王大力再次回头。

"把你手里的新报告尽快重新打印出来。"

"哦，好好！"王大力说完转头走了。李科长驻足在自己办公室门边，想了想，转身踱进房间，顺手带上了房门……

"小王来啦！来，进来，坐，随便坐！"王大力刚敲了敲局长办公室已然打开的房门，朱局立马一边乐呵呵地招呼，一边从办公桌前迎了过来。王大力立即感觉到，朱局找自己应该并不一定是谈工作的事情。

王大力坐下以后，朱局找着话题和他聊着，王大力认认真真地应答着，心里还在揣测着到底朱局找自己是为什么。

"这样，小王啊！"朱局脸上的笑容收敛了一些，相对严肃起来，"今天找你来，主要是想跟你说说你和婷婷的事情……其实，不该打扰你上班，不该在上班时间找你来说这个事情……"

"不不不，朱局，您，您尽管说！"王大力感觉到自己应该是脸红了，脸上有火辣辣的感觉；但是，他更加奇怪的是，为什么朱局的脸上好像也有着很不好意思的神色。

"嗯，是这样——"朱局喝了一口茶，"是这样，小王，上次我也跟你说起过，你看，我们家婷婷吧，年纪也确实不小了……"

"嗯。"王大力点点头。

"来，你喝点茶！"朱局把桌上刚倒好的一杯热茶往王大力身前推了推。

"好好，您别客气，别客气。"王大力赶紧端起茶杯，也抿了一口。

朱局然后又接着说："她这年纪吧，也不小了，这终身大事吧，唉，我和她妈妈也是操碎了心！"

王大力的心里"咯噔"一下，他料不准朱局想说什么，但这个话题就已经很让自己紧张了。

朱局把王大力的神色全看在了眼里："是这样，你呢，的确是个不错的小伙子，可毕竟你比婷婷小了几岁，之前也问过你，似乎你对于这个结婚的打算目前还没有准备好是吧？……"

"我，我……"

"没事，没事，是这样，前段时间吧，有一个小伙子，他比你，比婷婷都要大很多，他和婷婷见了面，后来好像也还聊得来，他倒是想立即向婷婷求婚的……这个，这个……"

"朱局，没事，我，我明白了。"王大力马上说。

"小王啊，我希望你能够理解，这不是婷婷要伤害你，希望你能理解我们为人父母的心情。婷婷和我都认为这件事情必须先跟你谈一谈，她很害怕面对你，更难以向你启齿，所以今天我就把你叫来……"

"朱局，您别这么说，是我对不起婷婷，是我不好！"

"哎呀，不是谁不好的问题，也许，这就是缘分吧，你能够理解，我也就安心了！"朱局此刻仍旧微笑着，不过，王大力从他此刻的微笑中的确见到了真诚。

两个人之间忽然就冷场了，气氛非常尴尬起来。

"咚咚咚……"一阵敲门声打破了尴尬，让朱局和王大力两人都感到庆幸。

"朱局，打扰！有个急件得麻烦您签个字。"门口一个四十多岁的同事拿着公文夹说。

"好，你稍等。"朱局的语气中立马恢复到那种工作的严肃状态。

"呃，朱局啊，那，那您看如果没什么其他事情，要不我先走，就不打扰您工作了？"

"也成！你也先去忙吧。对了，我们以后再找机会交流！"朱局一边说着一边站起身，王大力也马上站起身，然后适时地退出了朱局办公室。在王大力和站在门口的那位同事擦肩而过的时候，那位同事充满好奇地上下打量了一番王大力，还看了一眼摆在桌上王大力刚刚喝过的那杯茶水。

回到自己办公桌，王大力再次捧起之前李科长交给自己的那份新报告，但心里回味着朱局方才说的那些话，又想到了朱婷婷，两人之间故事的峰回路转怎么这么有戏剧性，怎么这么突然？但王大力也分明清醒地意识到，自己居然没有半点伤感的情绪，居然有一种轻松的超脱感。王大力忽然想到，也忽然明白了之前东子和韩宁都曾跟他说过的关于他和朱婷婷感情的一些话……李科长知道王大力从朱局办公室回来了，他踱出了科长办公室，远远看了王大力一眼，他似乎是想找王大力，但半晌，什么也没说，又转身踱了进去……

"吱吱……"口袋里手机的震动打乱了王大力的神思，他拿出电话，一看来电显示，心头居然紧张到"怦怦"乱跳，他环顾了办公室一眼，把手机凑在耳边，低声说，"喂——"

"呵呵，帅哥，知道我是谁吗？"

"我，我存了你的姓名号码！宋，宋梅你好！"

"知道就好！在干吗呢？"

"我，我在上班呢！"王大力捂着手机低声说话的样子反而引起办公室其他几个同事的好奇，好几个人侧头看着王大力。"你，你现在有事吗？"王大力又问。

"没事就不能打你电话？呵呵……算了，不逗你了，不打扰你上班咯！"

"我……"没等王大力接话，对方已经挂断了。

"这？……"王大力把手机放回口袋，不过心里却因方才的恶作剧而喜滋滋的。那几个好奇的同事觉着莫名其妙，又扭过头忙自己的事了。

居然有一阵凉风吹进办公室，看来，不像之前那般闷热；读着手上的那份报告，也不像之前那样味如嚼蜡。

33

韩宁恋爱了——对于已婚男人而言，用"恋爱"这个词当然并不合适，但韩宁自己的想法就是恋爱了——当然不是和马媛又一次地相爱；是韩宁和唐可恋爱了。

韩宁和唐可的恋爱也许是因为韩宁的无聊——针对杨大力和王大力的病情，近期暂时没有明显的继续进展；至于马媛，还是老样子，彼此也有彼此的消息，但见面更少，因为出国的事宜越来越近，马媛应该更是忙碌，韩宁也是更加懒得去打扰她。所以，韩宁的工作与生活就无聊了很多。

韩宁和唐可的恋爱也许是因为韩宁的确需要爱情——一个寂寞孤独的男人、一个生活当中苦闷不少的男人、一个被别人的心理问题日夜纠缠的男人、一个妻子渐行渐远的男人，不经意间偶遇、喜欢，甚至爱上另一个女人，其实都是再正常不过的事情——毕竟，一句话，韩宁和马媛的感情早已算不上什么爱情。

酒吧一别之后，唐可首先主动联系了韩宁，唐可要请韩宁吃饭，感谢他那晚在酒吧的仗义。其实韩宁觉得没有必要，韩宁觉着自己没做什么，况且人家小女孩本来挣钱就不容易，再让人家请吃饭更加过意不去；但心底里，韩宁却又立即有了再见这位小女孩的冲动，于是答应了唐可的邀请。

这是酒吧一别之后紧接着的一个周末。韩宁今天虽然一整天都窝在诊所里，但实际上，工作的事情却是一点心思都没有投入进去，韩宁当然知道，这是心里在惶惶忐忑地惦记着与唐可约会的缘故。临近晚饭前与唐可约定的时间，韩宁关好诊所出门，出门之前，韩宁难得地把自己打扮了一番——算不得精致精心，但比起韩宁平日里几乎不修边幅的形象，今天的打扮是比较明显的光鲜。

一待韩宁走出诊所，毕竟是吃晚饭的点儿上，对门的孙二哥习惯性地招呼道："韩大夫……"本来想问韩宁晚饭想吃什么的后半截话被孙二哥咽了下去，他很自然地看到了韩宁今天的光鲜。

"出去，出去吃饭去……有事……"韩宁冲着孙二哥半是招呼，半是解释。

"韩大夫，您这样一收拾，真是帅气！"孙二哥由衷地夸着韩宁。

"不至于，不至于……"韩宁很不好意思地低头加快了脚步。像做了亏心事一般，韩宁很不希望别人猜到他今晚的约会；但韩宁也多少为孙二哥对他外表的夸赞感到满意。

孙二哥其实也在寻思韩宁今天是怎么了，但只是转念之间，他没有多想。

已是入秋时节，白天或是短了些，不多时，已是日落、黄昏。这样更好，不仅完全没有白天仍旧残留的夏日的热浪，而且，也为约会添了一些浪漫的氛围；况且，韩宁一直在紧张，虽然他告诉自己，只是普通新朋友一起吃顿饭，但他自己也明白这其中的暧昧，或者又是他心中的一点点不可告人；黄昏的环境多少有些掩饰的作用，至少不会把自己全部的行踪言谈全都暴露在光天化日之下。韩宁是这样想的，转念反而又觉得自己内心竟然有那么些龌龊的味道。

在约定的餐厅里，韩宁提早到了，一个人坐在那里就一直在这样惶惶忐忑着，餐厅本身怎么样，韩宁丝毫没有留意。

"嗨！你这么早就到啦？！久等啦！"一个似曾熟悉，又已是陌生的声音。韩宁立即转过头，一位打扮朴素，却健康得体的小姑娘站在身后。女孩今天的这身打扮不是啤酒妹了，只是唐可。

"唉……你来啦……坐吧坐吧……"韩宁说。

"其实你今天这样的打扮，更好看。"韩宁补了一句。

"谢谢。"唐可不好意思，却也非常高兴。

其实，晚饭本身吃得很简单。唐可一直担心地认为韩宁是怕自己请客破费，所以不敢点得太多；实际上，韩宁并没有如此的顾虑，只是他确实是食欲不那么强烈，他的食欲已经被他内心的高兴以及对唐可的好奇而取代了，其实唐可也是如此；所以，今晚吃什么倒是其次，韩宁与唐可两人都是开心的。

"那天真是谢谢你的仗义。"唐可说。

"我都说了没什么，你怎么老是这么客气？！我也只是在你那里买了几瓶酒而已。"韩宁不希望唐可一直对自己道谢。

"好，以后再也不跟你说谢了！"唐可看着韩宁认真地说，可是说完之后，两人又同时觉出这话当中一些暧昧的意味，于是都转开了眼神——其实一句普通的话语，两人既然觉察出其中不一样的意味，只能说两人本身早已希望着这种暧昧，甚至也在试探着对方的暧昧。

先是不咸不淡地寒暄着，毕竟彼此陌生，不咸不淡的寒暄就是一种必要，也是一种礼貌；在寒暄当中，彼此不仅对彼此的情况有了更多的了解，更把彼此陌生的距离很自然地拉近了一些。

"听你的口音……"

"我不是市里的，"还没等韩宁把话说完，唐可就接过了话茬儿，唐可接着直率地说，"我是下面宣来县的，龙潭镇，小地方，不过其实离市里也不算远……"

"哦？……"尽管从唐可的口音，韩宁就大约猜到七八分，但当唐可自己说出自己来自和韩宁一样的龙潭镇的时候，韩宁多少还是有些惊奇，应该是惊喜，毕竟有些异乡见老乡的惊喜，于是韩宁也直率地脱口而出："难怪！我也是！对了，你是镇里哪里人？"

"哦？这么巧！"唐可的脸上也写满了同样的惊喜，"我是三家村的！你呢？"

"越说越近！呵呵！我是凤凰的，你们隔壁！"

"原来是老乡！好有缘！不过，你不说还真不知道，听不出你的口音来。"

"哦，我出来读大学以后，这么多年就一直待在市里，也很少回去了，可能乡音就变了不少。"

"呵呵，不像我这样一开口就听得出土气！"唐可既是坦率，又有些不好意思。

"没有没有……而且我喜欢听你说话，听得到家乡的声音。"韩宁很认真地说，他觉得唐可想多了，他怕唐可误会；不过当自己说完以后，他又突然觉得自己这句话可能又不太合适了，于是也突然不好意思起来。

"哦……"果然，唐可也听出韩宁这句话里头的不合适，更加不好意思，于是两人都接不下话茬儿了。

还是韩宁打破了冷场："那你什么时候来市里的呢？平常回去吗？"

"我来市里两年多了，平常很少回去……出来了就不想回去。"唐可说完，低下头，若有所思。

"哦……我倒觉得，出来以后再回去，才会觉着，还是家乡的好。"韩宁也若有所思；然后，韩宁又说，"你看起来还很小。"

"不小啦！我都二十啦！"唐可着急地说。

"呵呵，二十……"韩宁笑了，唐可的话让韩宁笑得有些自嘲。

"你呢？不会已经是大叔了吧？！呵呵"唐可听出了韩宁的自嘲，调皮又爽朗地说。

"呵呵，跟你比，还真算是大叔了……我都三十好几了！"韩宁继续自嘲地说。

"哈哈，不算不算！再这样说，会惹你生气了！"唐可继续爽朗地笑道。

"来市里两年多了，一直在'暴点'？"

韩宁的话让唐可止住了笑，低头说道："哪里啊！我在这边做过很多事情，在超市做过收银员，在电信公司做过接线员，在餐厅做过前台接待，唉，工作不好找，而且薪水都不好！我去'暴点'还不到三个月，唉，先这样干着呗！"

"哦……那就没想过回去工作？在老家可能更轻松一点。"

"回去？！回去能干什么？我们村，你又不是不知道……唉，出来的人，哪会甘心再回去？！"唐可的话说得很急，也有些无奈的意味。

"哦……"韩宁觉得自己的话说得有些不合适，立马打着圆场说，"来，咱们不能老说话，都吃菜吧！你点了这么多菜，都凉了！"

"对！你今天得吃好！"唐可大声说。

两人于是埋头夹菜吃饭。餐厅人不多，算是安静，还有轻柔的音乐婉转回旋着，很轻松的环境，很适合吃饭，很适合聊天。此刻韩宁和唐可停止了说话，在轻柔的音乐中，马上又浮现出一点浪漫，或者一点暧昧的味道来。其实韩宁和唐可都感觉到了此刻安静的暧昧，也都担心着此刻安静的这种暧昧。

"那你现在都好吧？"韩宁不得不打破这种安静。

"无所谓好坏，总之日子一天天过吧。"唐可说得很轻松。

"哦……有男朋友了吗？"其实韩宁问的时候并没有想什么，只是找一个话题随口一问；可是说完之后，立即觉得自己又问得不合适了。

唐可抬头看了韩宁一眼，这一眼更加让韩宁觉得尴尬；唐可却不动声色地说："分了，没有了。"

唐可没有丝毫隐瞒的诚实反倒让韩宁不好意思："不好意思，不该问。"

"这有什么不该问的？我都不介意。"

"那就好，那就好……"

"你呢？有女朋友吧？还是已经结婚了？对了，你是做什么的啊？"唐可一脸坏笑地望着韩宁。

"我，结婚了，早结婚了……"韩宁不敢望唐可，然后接着说，"我是医生，心理咨询师。"

"好厉害！医生啊！"唐可的眼里是由衷赞赏，甚至崇拜的神情，韩宁注意到了唐可的这种神情，他也很在乎这样的神情，韩宁忽然在想，上一次，从别人眼里，特别是从女孩子的眼里，看到这种至少让人虚荣心得以满足的神情，不知道是什么时候的事了……

"哦！已经结婚了！我猜就是！果然是大叔了，咯咯咯……来，你得多吃点啊！别老顾着说话！"唐可给韩宁夹菜。

"好好！你也多吃点！"韩宁说。

两人的话头又尴尬地断了，于是又埋头吃饭。

韩宁不经意间打量着唐可，她的外表打扮已经很难找到家乡的痕迹，似乎已经只是城市里的所谓时尚的痕迹；不过，仔细看，唐可的眼神中、眉宇间，间或还是能够找到属于她的老家的、韩宁的老家的、乡村里的，那种纯净、简单，那种所谓的"土气"；韩宁此刻就怀念着这种"土气"——或许，也是自己想多了，那或许只是唐可毕竟年少的懵懂、稚气罢了——韩宁心想。

在柔美的音乐中，一顿晚餐结束了，时间不算短，也不算长，韩宁和唐可各自都吃饱了，也都各自吃出了对彼此的印象与滋味。

"我送你吧。"韩宁说。

"不客气，你回去休息吧。我得去'暴点'上班了。"唐可说。

"哦，对！那，那好吧。谢谢你的晚餐！"

"说好了都不客气的。"

"对对，那你一路小心些。"

"你也一样……对了，我们下次再约吧！"唐可望着韩宁。

"好，下次！"韩宁心里一凛，却不敢直视唐可的脸。

唐可调皮地挥手道别，转身走了。

韩宁这才抬起头来，看着唐可远去的背影，心里又突然觉得似乎还有话想跟唐可说。今天的晚餐，让韩宁久不能平静，唐可让他想起了那个质朴的故乡，让他想起了那个青春懵懂的年纪，让他想起了那个也曾稚气的自己……

华灯已上，告别唐可后的韩宁，独自在仍显忙碌的城市街头，朝着诊所的方向，漫步走着，心里仍在回忆着方才与唐可的交谈，其实也是在回忆着在唐可这个年纪时的自己。

"丁零零……"手机铃声打断了韩宁的思绪，是马媛。

"喂，你好。"韩宁自己都觉得这话里的疏离。

"你好。你在忙吗？"

"还好，没有忙。最近好吗？有事吗？"

"我在家里，你诊所要是不忙，方便回来一趟吗？"

"现在？有事吗？"

"对，现在。嗯，事情等你回来再说吧。"

"哦，这样啊……好吧，我现在回。"

挂了电话，韩宁不得不收拢方才的思绪，同时，加快了脚步，朝久违的家的方向走去。

到家以后，韩宁敲门，家里的马媛问道："谁啊？"

"我，回来了。"

"哦！"马媛开了门，"你这么快啊！"

"刚刚在外面，不远。什么事，这么急啊？"

"你坐吧，喝点水吧。"马媛招呼着，像是在招呼客人一般，说着，自己仍旧在收拾家里杂七杂八的东西。

"嗯。"韩宁自己倒水，然后坐在客厅的沙发里，同时，注意起马媛——马媛刚洗完澡，穿着睡衣，头发还是湿漉漉的，身上散发着很好闻的沐浴露的香味；马媛忙前忙后着，那副身姿就在韩宁眼前晃来晃去，那股香味就弥漫到这个房间里。

韩宁看了马媛一会儿，回过头，拿起茶几上不知几时的报纸，无聊地翻阅着，也不再打扰马媛。

马媛终于忙完，也给自己倒了一杯水，在韩宁身边坐下来，"最近好吗？"马媛问。

"还好。你呢？"

"也还好，还是老样子的忙。你呢？那边生意怎么样？"

"过得去吧，也算忙，不算太忙。"

"忙点也好。"

"是啊……对了，你是有什么事情？"

"医院那边要提前着手办手续了，这几天我得交材料上去了。我得跟你说一下。"

"哦……"韩宁不知道应该说什么。

"而且，还有，……嗯……我还想问问你，你，你怎么打算？你要不要和我一起去？你想好了吗？如果你改变之前的想法，我就把你的资料和我的一并交给院里去。"

韩宁看着马媛，马媛此刻的目光的确是真诚的，韩宁知道，马媛还是希望自己能够和她一起，让这个家在一起。韩宁此刻觉得马媛其实很不容易，他多少有些心疼了……

"问你呢！"看着毫无反应的韩宁，马媛禁不住再问道；韩宁也被这一问拉回了思绪，重回理性和冷静，"马媛，我后来也再认真想过，说实话，出去，的确不太适合我……我想跟你说的是，我的想法和你我无关，和你我的关系无关，只是，的确我个人不合适，也不喜欢……"

"但你这样选择的结果，就是关系到你我，关系到我们这个家……"马嫒已不像之前那样动怒了，只是冷静地、缓缓地、有些悲凉地说。

"我……"

"算了，没事。既然你我都各自有了决定，就这样吧……对了，院里手续办理提前了，可能到时候出发的时间也会提前……"

"办好之后，走之前，告诉我……"

"嗯……"马嫒的声音几乎听不见，然后，缓缓地，许是疲惫地，许是不经意间地，把头靠在了韩宁的肩头，"唉……"马嫒叹着气。

马嫒湿漉漉的头发撩着韩宁的脖颈，沐浴露的香气更浓了，韩宁一面心再次软了，另一面，心里又升腾起异样的涟漪。

"不说了，不说了……"韩宁的声音也几乎只有自己才能听见。韩宁侧过头看着肩头的马嫒，忍不住把手抚上马嫒的脸庞。

"嗯……"马嫒有些诧异，心里也升腾起一丝悸动，她闭上眼睛，忍不住地，居然一行清泪夺眶而出。韩宁从眼泪中看到了马嫒的心酸，自己心里也是油然而酸。

韩宁闭上眼睛，只觉得头脑瞬间空白；他侧过脸去，忍不住吻上了马嫒的嘴唇。马嫒没有反应，紧闭双唇，只是泪依旧在缓缓流淌。韩宁仍旧闭着眼睛，小心翼翼地，仔细地吻着马嫒的嘴唇，吻着她的脸颊，吻去她脸上的泪水……

"不哭了……"韩宁喃喃地说着，继续吻着；韩宁的吻越来越贪婪；到后来，韩宁用双手捧起马嫒的脸庞，越来越霸道地吻着……

一待韩宁的吻终于撬开马嫒紧闭的嘴唇后，马嫒再也控制不住自己内心的委屈与情欲；她热烈地响应着，迷醉一般地用自己的唇舌纠缠着韩宁的唇舌，紧紧地吸啜，似乎生怕丢失了它们一样；马嫒的泪像决堤一样，房间里是马媛畅快的哭泣，并着欢畅的呻吟。

久违的激情终于在今天就这样被点燃。韩宁霸道地横身抱起马媛，走进他久违的卧室，倒在久违的床上；他放肆而急切地剥下马媛的睡衣，借着客厅洒进来的灯光，韩宁仔细看着那久违的曾经爱人的裸体——雪白，年龄的增长并没有影响肌肤的紧致，反倒是多了一份成熟女人才有的风韵，依旧紧闭的双眼，脸上却是澎湃的潮红——韩宁忍不住再做打量，俯身下去……

当韩宁的身体最终进入久违的马媛身体的时候，马媛忍不住放肆地呼叫……今晚的韩宁是如此的坚硬，如此的猛烈，马媛感受着已不知是多久之前的，那种记忆当中的坚硬与猛烈……

当马媛被这久违的欢愉完全调动起来以后，她紧紧搂住压在身上的韩宁，然后翻身，让韩宁躺在自己身下，无所顾忌地坐在韩宁的身上，无所顾忌地扭动着自己丰腴的腰身……

恍惚中，韩宁看见眼前是丰硕而雪白的双乳在激烈地上下飞腾，"这是多么美好的身体啊！"韩宁在肉体的激动中忍不住想……

韩宁想到了孙二哥所说的关于在床上"治了女人"的逻辑……但是，还是在恍惚中，韩宁却又再一次觉得自己像是一匹种马，身上坐着的是疯狂驰骋的骑师……所以韩宁反倒有了一种并不想"治了马媛"的想法，他反倒有了一些躲开马媛，躲得远远的想法了……

正是这样模棱两可地想着，韩宁方才的欲望与激动好像有点打了退堂鼓的感觉——这种时候如果颓唐下去毕竟不好，于是韩宁闭上眼睛，试图排除脑袋中的杂念；但也正是在闭上眼睛的恍惚中，马媛的脸越来越不清晰，越来越模糊，直到，韩宁最后居然看到了另一张熟悉的脸——唐可……

原来，今夜的激情，也许只是因为之前的唐可……可是……总之，韩宁再次觉得自己的龌龊。

激情中，两人无话；激情后，一夜无话……

第二天早上，当韩宁醒来的时候，马媛已经上班去了。一切又已恢复常态，包括这个家里的冷冰冰。一阵秋风吹进屋里，韩宁激灵一下，于是起床——该去诊所了。

34

自从与唐可有了第一次的"约会"以后——尽管只是一顿简单的晚餐，但对于韩宁而言那当然算得是一次让人脸红心跳的约会，韩宁与唐可慢慢熟络起来，见面、约会的次数慢慢多起来，聊的话题慢慢广泛了些、深入了些，两人的距离也慢慢越来越近。

韩宁与唐可说了很多话，彼此说了很多难于说起，亦难于找到知心人说起的心里话。韩宁心目中，唐可是城市浮华中的一株小草，青葱柔弱，却心怀长成大树的梦想；唐可心目中，韩宁是乡村凋敝里奔出的一匹骏马，却心怀眷念故土的柔情。于是，男人因为试图呵护而小心去爱，女人因为热烈崇拜而大胆去爱，韩宁与唐可也大抵如是。尽管彼此已是心照不宣，但韩宁与唐可都没有向彼此说出"爱"或者是"喜欢"的字眼，彼此也许都很羞涩，也许都有害怕——韩宁顾及唐可如此小小的年纪，唐可念及韩宁毕竟已婚的身份。

直到后来，韩宁一次又一次地带着唐可在一个个浪漫的夜幕下来到他最喜欢的清江河畔、清水桥上；韩宁牵起了唐可的手，唐可倚在了韩宁的肩头；韩宁的心、唐可的心，就着哗哗的清江河水流淌的声音共鸣。

直到终于有一天，在一个燥热的秋夜，一个不归也不眠的秋夜，情愫战胜了胆怯，赤裸的韩宁与赤裸的唐可相拥入怀。韩宁紧张却贪婪地吻着梦寐以求的身体，唐可紧张却甜蜜地迎接着梦寐以求的激情。黑夜中，唐可闭着眼睛感受着灵与肉的撞击；韩宁却放肆地睁大眼睛感受着感官的刺激。

酣畅当中，唐可已是迷醉，韩宁却能够理智地告诉自己：

"这是怎样的身体啊？"

"这瘦弱的身躯、娇小的乳房、单薄的臀部、还有稀疏泛黄的毛发……这还不是真正的女人，这是一朵尚未绽放的花骨朵。"

"这不是马嫒那诱人的丰腴，这不是马嫒那诱人的风情……这不是马嫒……"

"但这是我怀中的身体啊！"

"她是如此的简单，如此的朴素，如此的单纯，甚至如此的充满那熟悉的乡土的味道……"

一时间，韩宁不知道自己究竟迷恋的是唐可的身体，还是唐可的心灵，抑或只是对家乡固有的怀念，只是对返璞归真的纯粹的追寻……但总之，韩宁在此刻很清楚地希望，自己永远不要离开眼前的这个女人，自己也永远不要离开眼前的这种感觉……

激情过后，韩宁臂弯里的唐可仍旧闭着眼睛，青涩的脸上因为激情后的红晕而平添几分好看。

"我终于还是成了你的女人。"

"我知道。"

"什么叫你知道啊？你以为我是个随便的女孩？"唐可睁开眼睛，皱眉盯着一脸疲惫的韩宁。

韩宁笑了："傻丫头！怎么会？！只是我一直希望如此。"

"咯咯……"唐可调皮地笑了，"那你喜欢吗？"

"我不是仅仅喜欢如此，我是喜欢你的人，喜欢你带给我的轻松纯粹的感觉。"这是韩宁与唐可之间第一次出现"喜欢"的字眼。

"嗯……"唐可不再说话，闭起眼睛，满脸的幸福，拉过韩宁的臂膀，更加紧紧地搂住自己……

当两人从激烈的余波中缓过劲来以后，又开始说话了，两人之间似乎就一直有说不完的话。

"可可，你想过将来吗？"韩宁坐起身子问。

"你和我？我，我不敢想。"唐可趴在韩宁的胸膛上说。

"我是说，自己的将来……嗯……当然，也有你我的将来。"

"我的将来？！"唐可眼睛一亮，也一咕溜坐了起来，"我要努力挣钱、攒钱，我要努力让自己在这座城市里立足、体面，我还要去北京、上海，去更大更远的地方！……你，你会陪着我吗？……哦，对，你还有老婆……"

"呵呵，我不是跟你说过吗？我老婆就快要离开我远走高飞了……"韩宁苦笑。

唐可反而高兴了："对呀！那，那你愿意一直陪我吗？"

"……"韩宁一时无语。

"你不愿意？"唐可很失望，却并没有生气，其实她对韩宁从没有过分的奢望，她的确如韩宁所感受到的，只是简单纯粹地喜欢着韩宁。

"不是不愿意……可可，你，你为什么也总是想着去更远的地方呢？你和她不都是想着要远走高飞吗？"

唐可明白，韩宁所说的"她"是韩宁的老婆。唐可着急了，"这，这哪是一样啊？！我只是有更大的理想和愿望，想让自己越来越好！这难道也不行吗？"

"我明白你的愿望。可是，走得越远、飞得越高，就一定越好、一定越幸福吗？"

"……"唐可也一时语塞，也许她从没有想过这个问题，或者，她根本没觉得这竟然是一个问题。

"可可，我愿意陪着你，一直陪着你，我们一起到一个小小的地方，一个简单自然的小角落里一起生活！我们可以一起回老家，忘记这里，忘记都市的烦恼，简单地生活！"

"嗯……"唐可轻声地嘟哝了一声，目光从韩宁脸上挪开，不知望向了何处。

"好吗？"韩宁的目光全在唐可的脸上，又轻声问道。

唐可把柔和的目光转向韩宁，笑了；韩宁一脸疑惑，尽管他很喜欢唐可暖人的笑容。唐可一直微笑着看着韩宁，很久才动情地说："谢谢你愿意陪着我，谢谢你愿意陪伴我的生活。"

不等韩宁说话，唐可用手指按住韩宁的嘴唇，还是微笑着，紧接着又说："让我睡一会儿好吗？累了，困了……"

"好的好的！赶紧休息吧！"韩宁心疼地说。

很快，唐可在韩宁的怀里响起了轻微的鼾声，她睡得很踏实，脸上依然是甜蜜的笑容。一直看到唐可熟睡的样子，韩宁才也挂着微笑，闭上眼睛。

35

入秋的深入使得天气越来越凉，但在这秋凉日益的日子里，很多人却都还在感受着之前夏日里才有的火热激情——韩宁是因为唐可，王大力则当然是因为宋梅。

自从在"暴点"相识之后的第二天宋梅"打扰到"工作中的王大力之后，宋梅就越发频密地主动联系王大力——因为害羞腼腆的性格，王大力即使有同样的想法，也不一定勇于立即去做；而宋梅大胆爽朗的性格则又恰恰与多数女孩的矜持完全不同。刚开始的时候，宋梅与王大力主要是通过电话或者短信联系的；一来二往地，王大力也敢于，也勤于主动地联系宋梅；再后来，电话、短信是越来越频密了，隔三岔五地也见面了——尽管王大力不好意思说这是两人的约会，但从他的内心而言，更从宋梅的状态来看，他认为这当然应该就是两人的约会。

除了东子之外，王大力几乎是没有什么朋友的，更别说谈得上知心的朋友；即便是韩宁，虽然彼此已经把彼此慢慢作为算是贴心的朋友，但毕竟，王大力面对韩宁的交心，首先还是缘于治疗的需要以及韩宁工作的要求。至于说异性，王大力这么多年来就更加谈不上有要好的朋友了，之前和朱婷婷之间也几乎很难聊到一处去。所以，王大力自从与宋梅相识以后，就非常开心，也非常珍惜，并且，随着两人交流与交往的加深，他已经在心里把宋梅作为自己人生中的第一个女朋友——他更加确定自己之前和朱婷婷的确不能算作是恋爱的关系了。

"我们见了几次了？"宋梅还是大大咧咧的样子，直勾勾地望着王大力。

宋梅的眼神让王大力不好意思地低下头，宋梅的问题则让王大力有些不明白："为什么这样问？"

见宋梅并没有答话，仍旧还是直勾勾地望着自己，王大力更加不好意思，"嗯……有六次了。"说完，有些不明所以，也有些忐忑地望着宋梅。

"哈，记得这么清楚？"宋梅高兴地说，然后又调皮地说，"看来你是喜欢我们这样子见面咯？！"

"嗯……是……"王大力的声音几乎只有他自己才能听见。

"为什么啊？"宋梅继续调皮地问王大力。

"嗯……"王大力低着头不知道是不好意思，还是的确不知道自己该怎么回答；但少顷，他抬起头来，大胆地望着宋梅，反而让宋梅觉得突然也不好意思了，"我觉得跟你见面很开心，我喜欢跟你说话。"王大力认真地说。

"嗯……"这次轮到宋梅更加不好意思，但是宋梅的脸上，却也毫不隐瞒地洋溢着开心幸福的笑容。

两人尴尬地冷场了，王大力有点后悔自己是不是不该说这样的话，他很想打破冷场，可实在不知道自己再应该说点什么。

"做我男朋友吧！"宋梅以这样一个邀请打破了沉默。

"啊！"王大力惊得瞠目结舌，可能他没想到眼前的女孩会这样大胆直接，更没想到女孩的垂青竟然能够这样突如其来地降临到自己头上，王大力只感觉到像是蒙了，实在不知道应该怎样回答。

"怎么？不愿意？！"宋梅恢复了调皮，以一种"居高临下"的语气戏谑着王大力。

"没有，没有……愿意，当然愿意……"既是紧张，又是兴奋，王大力语无伦次了。

"我当然知道你愿意！"宋梅"扑哧"笑了。

"嘿嘿……"王大力憨憨地笑了。

就这样，王大力算是正式确信了，自己有了人生中第一个真正的女朋友。

随之而来的是，王大力第一次发现人生中还有如此的美好，跟以往不同，跟以往所有的感受、所有的心情都全然不同，对宋梅的那种牵挂、那种期盼，宋梅带给他的那种快乐、那种激动，抑或那种紧张、那种不安，等等，都让王大力感觉是那般的惊喜。王大力从没有想到过，人与人之间的关系还能有这般的不同——即使他是如此地怀念已逝的母亲，即使他一直觉得母亲在自己心里是那样的不可取代，但宋梅的出现，却在他波澜不惊的生活与情感中掀起了此起彼伏的涟漪——那种陶醉，也许曾经只有在喜爱的音乐世界里似曾相识过。

"大力，你喜欢我什么？"宋梅头靠在王大力的肩头，喃喃地问。

"什么我都喜欢。"王大力想也不想地说。

"扑哧……你学会哄人了！"宋梅娇笑着捶打着王大力的肩头，"哪有什么都喜欢的？！再说，我哪有那么好？"

"我不会哄人，"王大力看着宋梅的眼睛，又认真地说，"而且，我更不愿哄你。你在我身边，我觉得什么都好。"

"原来我在你心里，就真是十全十美！"宋梅的脸上是既羞赧，又调皮的神色，"那跟我说说为什么，我喜欢听！"

"嗯……"王大力沉下目光，思考了一会儿，然后又继续看着宋梅说："你很真实，就像你唱出的歌曲一样，真实、直接，能够让我简单地面对你，每次面对你，我都感觉自己的内心和你的内心能够简单地拿出来放在一起。"

宋梅本想继续调皮地撒娇，但她看到了王大力脸上的严肃，更看到了王大力眼睛里那种听她唱歌的时候流露出来的那种闪光，于是，她没有再调侃，想了想，然后既像是幸福地自谦，也像是劝导一般地说："简单才好啊！其实，人与人之间，大家都可以简单面对。"

"你跟别人不一样……而且，每个人都要简单真诚地面对，很难吧。"王大力认真地说。

"怎么会？你是一个真诚得近乎老实的人，你身边的朋友们应该都会同样真诚对你啊！怎么会难找呀？"

"呵呵，可能也怪我不会跟人打交道吧！"王大力讪讪地说。

"东子不就是你的好朋友吗？！"

"嗯！那当然！"

"还有那个韩宁医生呢？我看你和他也很好啊！"

"对，他是个好人，也是我的好朋友！"王大力说。

宋梅觉得这个话题似乎越聊越沉重了，于是，马上打断了思绪中的王大力，又轻松地问道："除此之外，还喜欢我什么呢？"

果然，王大力的脸上也马上恢复了轻松、幸福的色彩，想了想说："其实，还有的，不仅是我喜欢你的地方，也是我羡慕你的地方。"

"哦？！"宋梅好奇地盯着王大力。

"我羡慕你的自由自在！你似乎总是在无忧无虑快乐地生活，总是没有拘束地做着自己喜欢做的事情，比如你唱歌，就是因为自己喜欢，其他的东西，你似乎都可以不在乎，没有那么多包袱，我喜欢你这种洒脱，我挺羡慕的！"

"有你说的那么潇洒吗？"宋梅觉得自己长期以来只是简单地生活，没想到被王大力还分析出这么多内涵出来。不过，想想这么久和王大力相处以来，他从一开始的木讷、紧张、羞涩，到如今能够在自己面前敞开心扉地侃侃而谈；再想想王大力陆陆续续向自己介绍过的过往的经历和目前的生活工作状态，宋梅既为王大力今天的话感到幸福和高兴，也为他内心的那种沉重感到殊为不易。

宋梅忽然想起来什么似的说道："你呀，只要不想多了，也可以洒脱地生活呀！除了多跟我说话，也继续多听听你那位韩医生的意见，你的那些心事也就慢慢没啦！"

"嗯……对，我也好多天没去找他了……"王大力也想起了这一茬——"你喜欢我什么啊？我这么普通，普通得不起眼……"王大力转过话题后，又立马为自己的这个问题感到不好意思。

"呵呵呵呵……"宋梅银铃般的笑声让王大力更加难为情，"哈哈，既然敢问我，居然还是这么害羞！呵呵呵呵……"

笑够了之后，宋梅看着王大力说："你知道吗，我就喜欢你的普通，就喜欢你的害羞，我跟你一样，在面对你的时候，我也能够直接看到你的内心，我始终感觉得到你的真诚与善良……还有，我喜欢你在音乐面前的那种沉醉与虔诚。我第一次见你的时候，就感觉到你的与众不同，你在我心里的与众不同。"说完，宋梅再次将头靠在王大力的肩上。

"哦！只是，只是我还是想不到你也会真的喜欢我呢！"

"呵呵，傻瓜！"

王大力的确是不知道，也想不明白。其实，宋梅对于王大力而言是犹如女神一般的存在；但同时，王大力对于宋梅而言也像是珍稀动物一般的特别。多少年来，身边追求过宋梅的男孩子不知有多少，但从没有遇到过一个人像王大力这般从不关心她的外表、她的收入、她的家庭、她的职业，也从不会甜言蜜语、百般讨好，并且无论是外貌、学识、家庭、经济状况也的确都算不上出类拔萃的，但却是那么尊重自己喜欢的音乐，对自己那么坦白，而且，没有油嘴滑舌，没有花花肠子，只有傻傻的害羞……

"大力，亲我！"宋梅又放肆地"命令"着。

"现在？……不，不好吧？"王大力的这份局促几乎成了宋梅最乐意看到的神情。

"怎么？不乐意？这就嫌弃了？"宋梅噘起了嘴角。

"不是不是！……哪有啊？！只是，只是……"

"什么只是啊，不乐意拉倒！"宋梅貌似要扭过头去。

"好好好，我，我……"

宋梅闭着眼睛，主动把脸凑了过来；王大力闭着眼睛，在宋梅的脸颊上亲了上去。

"喜欢不？"

"我，我，嗯，嗯……喜欢！"王大力的声音又小得可怜。

"扑哧……"之前佯装生气的宋梅忍不住笑了。

Chapter 7

第七章　入冬

36

今年的深秋似乎持续的时间很长，今年深秋的天气似乎格外叫人舒服。凉，但不冷，让人感觉到的是秋高气爽的舒适。大自然的景致好像也因为这样的气候而彰显得更加好看，没有那么多的枯枝败叶，反而多了金色的、黄色的、红色的色彩。

周六，韩宁今天起得很早，心情不错的他，把诊所里头简单收拾了一遍，然后站在门口，一边跟起得更早的孙二哥寒暄着，一边活动着筋骨。不多时，韩宁回到房间，拿起电话——按计划，韩宁打算今天给王大力或者杨大力打个电话，看他们有没有空能够过来。有一个多月没有"大力们"的消息了，既不来，也不打个电话，韩宁当然还是担心着病人的病情。

就在韩宁拿起电话的当口上，一个熟悉的身影走进了诊所的房间，韩宁抬头一看，会心地笑了。

"韩医生，韩宁，你好！好久不见！"正好是王大力来了。

"这倒是实话！还以为你不打算来了呢！我还打算找你把该结的

205

尾款结了呢！"韩宁调侃地说。

"哎、哎，是我不好，是我不好！韩医生，怪我怪我。"王大力不好意思地给韩宁解释。

韩宁笑了："不至于，跟你开玩笑。我这段时间不也一直没有联系你吗？！……"韩宁想了想又说，"其实，适当给予你一些宽松自由的时间，让你自己去适应调整，也是必要的。"尽管韩宁所说的确实是他之前考虑的对于王大力治疗方案的一部分，但当然，韩宁的内心里也自责地明白，最近一直没有联系王大力，还有一个原因当然就是忙于与唐可的花前月下。

"哦，那就好，不耽误，那就好！"王大力顿感轻松地释怀。

韩宁从方才短暂的自责中抽出思绪，接着说："况且，我刚刚正好想联系你，电话刚拿在手上，你的电话就来了；看来我们算是心有灵犀，我们能够在步调上慢慢踩在一起，这就是很好的进展了！"

"哦，是吗？！那太好了！"

"来，坐吧，说说你最近在忙什么，最近怎么样！"韩宁一边招呼王大力坐下，一边张罗着给他倒水，一边轻描淡写地说着。

"其实，其实我也没有忙什么，跟以前也差不多；只是，只是，我，我最近恋爱了……"尽管语气当中有些不好意思，但韩宁更多地是听出了当中的自豪与幸福感。

"哦？！"韩宁倒水的动作突然间顿了一下，但他又马上从惊愕中缓过神来，职业素养告诉他，不能让病人看到自己突然之间的情绪变化，以免让病人的心里承受医生附加上的压力。尽管自从上次在酒吧和王大力一起邂逅那位漂亮的乐队主唱之后，对于王大力这么长时间的毫无音信，韩宁其实就在怀疑他和那位女孩可能在最近发生着什么样的故事，但当王大力直接告诉自己他的恋爱以后，韩宁多少还是有些吃惊，不仅因为他对于王大力长期以来腼腆害羞性格的认识，也因为他对于目前心理状况下的王大力是否适合恋爱的犹豫。

"大力，我猜，你是说和'暴点'那位漂亮的主唱吧？"韩宁问。

"呵呵，嗯，是她，宋梅；韩宁，你说得真准！"

韩宁这才认真打量起眼前的王大力来。仔细一看，今天的王大力和以往印象中的王大力像是两个人了，一改往日总是偏黑偏灰的色彩，居然是一身色彩明快的打扮，头发上也显然是涂了一点发蜡，塑造出一个既是朴素却显活泼的发型；王大力的脸上，洋溢着幸福与自信，特别是他的眼睛里，没有了往日的暗淡，增添了对于王大力来说甚是少见，而对于韩宁来说又的确相熟的那种跳跃、灵动的光彩。刹那之间，韩宁对于王大力是否适宜于谈恋爱的疑虑有了很大的变化。

"大力！今天你的气色真好！我非常喜欢你这样的状态！"韩宁由衷地说。

"哦？有什么不同吗？呵呵……"

"对了，你和她，那你和朱婷婷？……"韩宁忽然想起王大力之前那个不知该不该算是女朋友的"女朋友"。

"说来话长……呵呵……"王大力微笑着说，脸上并没有伤感，没有留恋，也没有尴尬。

"呵呵，看你那一脸的幸福样子！好吧，你们怎么开始的，跟我说说吧。"韩宁把水递给王大力，坐进办公椅里，微笑着说，忽然想起了什么，又紧接着略显严肃地说："大力，我可不是要探寻什么八卦，只是作为对你近期心理状态的把握，我认为我有必要知道这些，希望你不要误解。"

"韩宁，你客气了，放心，我怎么会误解你？"王大力笑着对韩宁说。其实，王大力的心里反而一直想着与人分享属于自己的这份幸福感；况且，他也的确认为自己恋爱这样的事情确实有必要让作为自己心理医生的韩宁知道。于是，王大力几乎是不遗巨细地把自己如何与朱婷婷"结束"，如何与宋梅开始，如何幸福的点滴向韩宁娓娓道来。

作为一个旁观者，聆听别人的幸福其实是一件很累，而且还必须伪装成不累的辛苦感受，好在韩宁的重点的确不是去了解王大力的甜蜜，他并没有留意王大力和宋梅的情路历程，而是一直在探求在这样的情路里，王大力心理的变化，以及眼前这个滔滔不绝的王大力此时此刻的内心与情绪的变化。

王大力似乎是言之不尽，一直仔细盯着王大力的韩宁忽然打断了王大力的说话，直截了当地问道："大力，你现在感觉幸福吗？"

"啊？！……"韩宁突如其来的一问让王大力不知所措地愣住了——韩宁的确是针对作为病人的王大力的有意为之。

王大力缓过神来，有些疑惑，亦有些怯怯地说："幸，幸福……我想，幸福，幸福就是这种感觉吧。"然后，试探着望着韩宁。

"那我再问你，之前曾经有过这样的幸福感吗？"

"这种感觉，嗯……以前，以前的确好像从未有过；这应该就是恋爱才有的幸福感吧？"王大力猜度着这就是人们常常提及的所谓的恋爱的幸福感。

"嗯，当然。"韩宁对此予以肯定，却又话锋一转地说，"但对于你的心态变化而言，恋爱本身的幸福感并不是全部。"

"哦？！"王大力好奇地看着韩宁。

韩宁停顿了一下，端起桌上的茶杯，抿了一大口；王大力已然被吊起了好奇的情绪，紧紧盯着韩宁的动作，他真希望韩宁此刻不要喝什么水，而是一股脑地赶紧说出下面的话来，不仅因为这关系着韩医生对自己心理病情的诊断，更是因为这直接涉及他目前最在乎的和宋梅之间的感情问题。

韩宁的确是口渴了，既是因为刚才一直的说话，也是因为自己找到了王大力的突破口的兴奋；但同时，他显然也立即注意到王大力表情、情绪，乃至心理的明显变化；于是，韩宁有意地、故弄玄虚一般地把方才马上要继续说的话，就着茶水咽了下去；然后，平静地缓缓将茶杯再搁回到桌上，挺直身子，把腰杆舒适地往后靠在椅背上；眼睛也有意没有去看王大力，而是看着自己的茶杯，里面碧绿色的茶叶在清澈的茶水中荡漾着；韩宁的表情似乎平静，却又似乎在认真地思考着什么。王大力显然很着急；韩宁就是要这样的效果，他要继续吊起王大力的胃口，他要让王大力跟着自己的引导一步步走下去。

诊所里此刻很安静，听得见韩宁平静的呼吸和王大力的屏息，甚至诊所外老远的主干道上的汽车声都清晰可闻。韩宁觉得此刻是一种多么安详的氛围；王大力觉得此刻是一种多么紧张的气氛。

"韩宁，韩，韩医生？"王大力忍不住打破了他以为令人窒息的沉寂。

"哦！"韩宁故作突然警醒一般，然后平静的脸上再度布满严肃的色彩，看着王大力的眼睛说，"恋爱的确是幸福的，每一个恋爱的人都能感受到这其中的幸福；但对于你而言……"

韩宁再次停顿了一下，王大力的表情没有丝毫变化，只是认真而焦急地等待着韩宁继续的分析。

"记得我之前跟你说过的关于'牢笼'的话题吗？"韩宁的笑容中有一种胜利的得意。

"记得，记得……"

"之前在你和朱婷婷的关系上，我说过那也许就是你心中的一个'牢笼'，你现在想想，有道理吗？而你现在，有没有一种终于冲破了这个'牢笼'的感觉呢？"

"嗯！"王大力兴奋而坚定地点头。

"所以你的幸福不仅仅是恋爱的幸福，更是突破了心理障碍之一的幸福。"韩宁微笑而平静地看着王大力，"而且，有了这样的突破口，我想，之后，你心理的那些障碍，那些心病，那些我们所说的'牢笼'，应当会一个个解决的。"

"哦——"王大力若有所思了一阵，然后真诚地说，"谢谢你，韩宁！"

"不要感谢我，我没有做什么。"韩宁微微摇头，"要谢，得谢谢宋梅，谢谢你自己，谢谢你和她的爱情，是爱情让你没有在生活或者心理的'牢笼'里越困越深，也是爱情让你没有消极地投降，而是勇敢地越战越勇！"韩宁像是在发表战斗的檄文一样，慷慨陈词，情绪也越来越激动。

王大力望着韩宁，尽管不敢作声，但他的内心同样也被韩宁感染得跌宕起伏；忽然，他想起什么来，兴奋地说："韩宁，那我这心理问题也应该指日可待就可以彻底解决？！"

王大力兴奋的言语却瞬间浇灭了韩宁因为找到突破口后而一直抑制住的兴奋；其实，王大力此时也悄然发现了韩宁眼神中忽然一瞬的黯淡。韩宁想了想才说："其实今天我们谈到的只是一部分的问题，至于说你心理上全面的问题，"韩宁又停顿下来想了想才说，"冰冻三尺非一日之寒，我们得一起从另外一个个'牢笼'当中走出来才行。当然，你现在的状态就是很好的开始！"

"嗯！"王大力点头。

"记住，所有的问题我们一起去面对，勇敢地正面面对！之前我跟你说过，面对问题的时候，也许回避或者逃避是一个不得已的办法；但是，但是……"韩宁忍不住挠着头皮，王大力越发糊涂，不晓得韩宁究竟想说什么，也不明白韩宁怎么忽然间会变得如此语无伦次。

"但是……"韩宁接着说，"我想说的是，解决问题有各种办法，我们之前说过，就算是逃避现实也是一种办法，但那仅仅是一种办法，一种手段。但是在你的心理层面，或者思想意识上，首先一定不能有害怕、畏难，进而逃避的想法和情绪。如果心理上先入为主地总是去躲避，逃离，那问题积累多了就终究躲不过去了，不但无法采取合适的办法，甚至，甚至会引导着你的心理，逃离到歧途上去……你，你明白吗？"

"我，好像不是很明白。"王大力拧着眉头不得要领的样子。

"唉……"韩宁叹了一口气，"也怪我自己没有考虑好，不好意思，等我思考更加成熟以后吧。对于你的问题，你得慢慢来，我也得慢慢来……"

"我，我真的那么严重吗？严重到你都……"

"这个你也不用过于担忧，总之，我之前就跟你说过'癔症'这个词，而癔症最麻烦的地方，就在于患者的不自知。比如说，你感冒了，即使我不告诉你，你自己也能感觉到；但癔症，却是你不一定能够自我感知的。"

王大力听得很认真，没有搭话。

"唉，有朝一日，大力真正感知到了，明白了的时候，也应该就是他的心病痊愈的时刻吧……"韩宁看着一脸认真的王大力，心里默默地想着……想着想着，韩宁又想到杨大力这个名字，他其实很想在面对王大力的时候尽可能回避关于杨大力的点滴，但确实很难，心不由己……

"好了，我们今天到这里吧！想必你应该会很累的。不过今天是值得高兴的。"韩宁轻松地说，其实，此刻的韩宁也是相当疲惫的。

"好吧！那我们下次再联系吧！"王大力起身，又朝韩宁点点头，转身；忽然又想起什么，转过身问："那费用……？"

不等王大力说完，韩宁马上说："你不必总是惦记这个，需要的时候，我会主动问你。"

"好！"王大力笑了笑，再次转身。

韩宁想了想，就在王大力将踏出诊所的时候，韩宁叫住他说："回去给你女朋友，宋梅，问个好。"

"好，谢谢！"王大力此刻脸上的笑容是那么真实与真诚。

37

王大力走了以后，诊所里又是出奇的静。韩宁的确是疲惫了，把头靠在椅背上，闭目养神。韩宁很想打个盹儿休息一刻，但总也睡不着；一来，毕竟是早上，即使疲惫，也不至于困顿；二来，虽然眼睛闭上了，但满脑子里都还是王大力的影子，以及刚才与王大力之间的对话。

今天算是一个很好的突破——有了这个突破，即将涉及后面更棘手的问题——总算是这么长时间最喜人的成效了——后面再从哪里入手、怎么开始、怎么深入呢？宋梅，宋梅，她的出现，对于王大力而言，是好事，还是坏事？

韩宁越想越糊涂，越想越疲惫，越想越不能克制自己不要去想。

"韩大夫，韩大夫！"门外孙二哥的招呼声打破了韩宁痛并快乐着的思绪。

"哎！二哥！什么事？"韩宁大声回应着。

"我看你病人也早就走啦！都快中午啦，你是要在我这里吃，还是怎么样？"

"呦！都近中午了！"韩宁看看表吃了一惊；接着又大声朝外应承道："好！就您这里吃！等会儿我就过去！"

也好，吃饭，不想了……韩宁心想。

韩宁吃午饭的时候，王大力在和宋梅一起吃饭。要是在平时，恋爱中的他俩，一顿简单的午饭，都能吃得两人笑颜如花。

"今天去见韩医生还好吗？"宋梅问。

"挺好。"王大力一边给宋梅夹了一口菜，一边答道。

"你哪有什么心理问题？我怎么没觉得？"宋梅一边吃饭，一边漫不经心地说。

"我之前也没觉得，但又总是觉得……"王大力忽然意识到自己如此的回答糊涂得甚至可笑，于是笑了笑说，"总之我找到韩医生以后，他帮我确认了心理上存在的问题。"王大力说到此处，不由愣起来，满脑子回味起上午和韩宁的交谈；而且，口中的饭菜也感觉索然无味起来。

"哈哈，那我以后可得小心了！谁知道你到底是什么心理问题？

你不会是什么心理变态吧？！不会是什么神经病吧？！嗯，还有，还有……不会是什么精神分裂、人格分裂吧？！"

宋梅手舞足蹈，还做着鬼脸，大声地调侃着王大力。王大力就像没有听见，还是愣愣的，没有说话。

"喂！你想什么呢？和我一起还心不在焉的样子！"宋梅嗔怪地嘟哝道。

"没什么。"王大力回过神来，却只是平静而简单地回答。

宋梅觉察出王大力的严肃，她猜想可能今天上午韩医生与王大力的交流也许的确是触碰到了王大力的某些心事；她想关心地问问，但看着王大力的表情，宋梅又觉得不好开口，也许，自己的沉默与回避更加适宜。

两人之间的气氛于是出现了长期以来少有的安静甚至凝重，宋梅觉得应该岔开一个轻松的话题，以免大力对自己的心事耿耿于怀，"大力，赶紧吃饭吧！菜都凉了，不要浪费！"

"哦！好！"可能是王大力亦察觉到自己对于宋梅的失态，也可能是他感觉出来宋梅的用意，所以干脆地应承，并且大口地吃饭。

宋梅放心地笑了："慢点，没人跟你抢！"然后，她又开玩笑地说，"别想多了！你看你，能吃能喝就是健康！心事别往心里去！有事就说出来，告诉我！"宋梅认真、诚恳，而深情地看着王大力。

王大力一大口的米饭包在嘴里，停止了咀嚼，看着宋梅的眼睛，他不仅听到了宋梅刚刚说的话，还想到了韩宁上午跟他说过的关于宋梅的话题，感激地说："嗯，谢谢你，梅子。"

"扑哧——"宋梅又回复了爽朗的笑声，"你看你，一口吃那么多！话都说不利索！"

"嗯……呵呵……"王大力不好意思却开心地笑了。

吃完午饭以后，王大力和宋梅一起逛街，漫无目的地这里走走，那里看看。宋梅就像已经嚼得很软的口香糖一样，腻腻地粘着王大力，一会儿紧紧拉着王大力的手，一会儿紧紧挽着王大力的胳膊，宋梅就像一只快乐的小鸟一样，在王大力身边手舞足蹈地说着、笑着、蹦蹦跳跳着；而王大力则明显拘谨了很多，尽管他心里是非常甜蜜地享受着此刻与宋梅在一起的时光，但他心里又觉得毕竟是在大街上，男女之间这样亲亲热热黏黏糊糊的总是有些不好意思，所以，他只是动作僵硬地随着宋梅的拉拉扯扯，脸上尴尬地笑着——王大力自己猜想着可能此刻自己的脸早已臊得老红老红。街上的行人们间或有人打量着他俩，也许有的人在想，这小两口感情真甜蜜；也许有的人在想，这么漂亮的闺女怎么喜欢上这么一个木讷的傻小子？宋梅不在乎旁人怎么看怎么想；王大力既为旁人的目光感觉不好意思，也为旁人的目光感觉到自己能与宋梅在一起的自豪。

秋高气爽的周末，天空是那么高、那么蓝；空气是那么轻、那么爽；身边的路人是那么怡然、那么悠闲……总之，这个时候，王大力和宋梅觉着眼前看到的听到的闻到的一切都那么好。

王大力和宋梅就这样漫无目的却又浪漫地走走停停，直到来到街心花园里。

"大力，你看，这里多漂亮！"宋梅指着花园里树上、天上、地上到处的黄叶、红叶说，"我们就在这里坐坐吧！"

"好！正好也走累了。"王大力一边说着，一边拿出纸巾，把身旁的两张石凳仔细擦拭一遍，"喏，坐吧。"王大力招呼着宋梅坐下，自己也坐了下来。

宋梅看看天，看看树，看看草地，看看王大力；忽然，她想起什么事情来，抬起手腕看看表，然后撇了撇嘴，撒娇地说："啊！不知不觉就这么晚啦！每次跟你在一起，时间就是这么快！等会儿我就该去'暴点'了！"

王大力知道今天是周末，因此，包括"暴点"在内的酒吧一般都比平时生意要好，也就更忙一些，开张也会更早一些、打烊则会更晚一些，所以相比于平时，宋梅今天也得更早地去"暴点"，和乐队一起准备今晚的工作。王大力笑着说："还早呢！没事，等会儿我送你过去。"

"可是，我就想一直和你待着，今天我都不想去'暴点'了！"宋梅噘起嘴来说。

……

王大力没有说话，宋梅刚刚说的话却在无意间又勾起了王大力的心事，他又想到了和韩宁之间的对话……

王大力的沉默本来差点再次引起宋梅对他心不在焉的责怪，但宋梅觉察到王大力脸上又一次有了变化，她也意识到王大力今天，特别是从他所说的那位韩宁医生那里回来以后，就一直有心事。宋梅因此收敛起刚刚的撒娇，轻声，却认真地问，"大力，你怎么了？是有什么心事吗？"

王大力依然沉浸在自己的思绪中……"大力！"宋梅提高了声音的分贝。

"哦！"王大力忽然缓过神来，看着一脸认真却充满疑惑的宋梅，他很快明白了自己刚刚对宋梅的"心不在焉"，然后想当然地说："哦，没，没什么事。"

毕竟在一起相处了不短的时间，宋梅明白王大力性格的内敛、谨慎、羞涩，于是，宋梅没有像平常那样大大咧咧、满不在乎，只是继续轻声而认真地说："大力，跟我说说吧，我们什么都跟彼此说的。"

王大力感激而深情地看着眼前这个平日里那么快乐洒脱、此刻又如此细腻体贴的女朋友，笑了笑，郑重地点点头。

"是跟韩宁医生跟你说的事情有关吗？"得到王大力的应允，宋梅急切地问。

"嗯……其实也该多亏了韩医生，让我豁然间明白很多事情。"

"究竟是什么啊？"

"唉……可能一两句话跟你也说不清楚，况且我自己也还没有完全想明白……我总感觉，似乎韩宁有什么问题在刻意向我隐瞒，包括他今天跟我的交谈，似乎总是欲言又止、意犹未尽的样子，我不知道究竟为什么，难道是因为我的心病……"

"哪有那么严重？！我不许你瞎想！"

王大力皱着眉头想了想，忽然换了个话题说："这样说吧，梅子，嗯，嗯……你，你喜欢去'暴点'唱歌吗？"

"我？……我，我当然喜欢！"宋梅突然想起自己先前所说的话，然后马上解释着说，"但是，我更喜欢多和你在一起，所以，所以，先前我说今天不想去啊！"

"这个我明白。"王大力满脸幸福地笑一笑，又说，"你喜欢去那里，是因为你必须要工作呢？还是仅仅是因为喜欢？"

"呃……"或许宋梅从来没有想过这样的问题，也或许是王大力的问题她几乎没有怎么明白，所以她迟疑一阵，想了想然后说，"喜欢就是喜欢！我喜欢唱歌，所以我把唱歌作为了我的工作，所以我是因为喜欢唱歌，才喜欢现在的工作，才喜欢去'暴点'！"宋梅又迟疑了一下，然后有些不好意思地说，"瞧我说得绕来绕去的，不知道你明不明白。"

"明白！我当然明白！你的回答跟我想的一样。我好羡慕你！"

宋梅还在满头雾水地看着王大力的时候，王大力接着问道："梅子，你怎么看我的工作？"

这个突如其来的问题仍旧让宋梅不知所措："呃……你很少跟我提起你工作的事情啊……我也不了解你的工作是什么样子啊！"

"你觉得应该是什么样子？"王大力看着宋梅的眼睛。

"嗯……公务员，我猜，我猜应该是轻松的吧，没有什么迫于收入的压力吧……哎呀，我也不知道，反正别人都是这么说公务员的，总之，总之，我觉得应该还不错吧，而且我看你平时的确也没有因为工作的事情而烦恼吧？！"

"工作中的烦恼当然有，我也不愿再跟你一一列举了，想必你的工作中也有烦恼的时候；但是，我在我的工作中，没有找到快乐……

唉……"王大力向宋梅一语道破了心扉。

宋梅从来没有听王大力向她谈及工作的具体感受，况且，王大力是如此直截了当地道出了对于工作近乎彻底的不满；宋梅小心地问："为什么会这样呢？公务员不好吗？"

"不是不好，只是至少不适合我吧。"王大力的语气中并没有颓然，反而是一种轻松、一种释怀、一种坦然。

王大力轻松地接着说："韩宁跟我说，我的心病主要就在于我被一个个'牢笼'套住了。一开始我不理解，如今我想我明白了，也不得不承认这一点！我感觉工作中的我不是真正的我，不是我希望成为的我。每天近乎重复地做着我其实并不喜欢的事情，不得不考虑着与工作有关，甚至与工作无关的事情；因为工作，还必须约束，甚至压抑着我的所思所为；我感觉自己在一天天被无情地打磨着，把那个真实的我一点点打磨掉，把自己打磨成一个合乎规范的、合乎常理的、合乎领导同事认可的一个公务员的样子……我想，最可怕的结果，就是有一天，我忽然就不再是我了，而是机关、单位这样一个大机器里按部就班的小零件了。"

"正是韩宁的引导，我才真正敢于正视自己的这些问题。"王大力补充了一句。

宋梅惊讶地看着王大力，她没有想到王大力会毫不掩饰地向她全部吐露出自己可能是隐藏在其内心最隐蔽的心声，更没想到王大力在那外人往往高看一眼的公务员的身份中，埋藏着如此深厚的痛苦，"那，那你为什么要选择现在的工作呢？"

"呵呵……"王大力此刻的笑却变成了无奈的苦笑，"对于工作，我似乎没有选择过，当时好像是稀里糊涂，而且在旁人看来还有些幸运地，就干上了这份工作；况且……况且，也许当时，我并没有多少选择的权利吧……"王大力的话有些意犹未尽，但他没有再说下去。

"实在不开心、不喜欢的话，就换一份工作吧！我不想看到你不快乐的样子。"宋梅关切地说。

"换一份工作？……"王大力嘀咕了一句，却没有继续说下去，韩宁也曾经跟他提出这样的说法，今天他更没有想到宋梅竟然如此轻而易举、轻描淡写地就说出这样一个最直接的解决办法。王大力没有继续思考宋梅的这句话，却又问道，"你觉得你现在的工作好吗？有前途吗？"

"嗯……"宋梅倒是好像从来没有思考过这样一个问题，她只是一五一十地说，"我没有想过那么远，只是，我觉得自己喜欢现在的状态，喜欢现在的工作，工作中的我很开心地做着自己喜欢的事情，这样就好！至于以后，得看看以后我想要做什么，以后才能知道了。"

王大力看着宋梅清澈的眸子，那里面全是真诚，全是简单，看不到任何一点沉重的、世俗的杂质，王大力太喜欢、太羡慕这样一双美丽的眸子了。宋梅看着王大力盯着自己的眼睛出神，有点疑虑，也有点不好意思地问，"怎么了大力？"

王大力平静地笑了笑："没什么，羡慕你。"

"羡慕？没什么啊！你也可以！谁都可以做自己喜欢的事情！其实我们每个人都是一样，尽管有着不同的状态、不同的生活、不同的工作，但很难说谁就很好，谁就不好，每个人都有着各自的快乐、各自的痛苦；也许，也许只要我们把自己和身边的每一个普通人看成一样的，也就能够心安理得地理解那些生活中，或者心里面的不开心了，因为，谁又何尝不是如此痛并快乐着呢？"在宋梅的逻辑里，这确实只是一个很简单的问题。

王大力突然又想起什么，又向宋梅问道："你的工作，你的家人朋友，比如你的父母怎么认为呢？"

"我父母？我自己的事情，自己的生活，他们怎么看很重要吗？"宋梅满不在乎地说，然后又充满感激与幸福感地笑了笑说，"当然啦！我父母很开明的！长期以来，他们总是支持我自己的决定，还总是鼓励我呢！不会像有些父母，总是指挥着子女得这样，得那样！那你呢？"

"我？"王大力愣住了。

其实在刚刚问出这句话的时候，宋梅忽然意识到王大力跟自己说起的关于父母的故事，也忽然就警觉到自己口不择言的唐突，看到王大力一下子愣住了，宋梅赶紧歉疚地说，"大力，我，我，不好意思，我不该问的，提起你不开心的事情，对不起……"

"哦，没事，没事。"王大力真诚地笑着。

"改天，我带你见我的家里人吧！见我爸、我妈，还有我姐！我跟他们提起过你的，他们也想见见你！"宋梅这样说不仅仅是想弥补自己方才的过错，她说的也是事实。

"嗯。"王大力淡淡地应着，还是真诚地笑着；只是，王大力的心里，自然而然地开始思索宋梅方才说的很多话。

气氛一下子安静下来，一下子有些尴尬。宋梅机灵地看看表，岔开话题地说："哎呀，不早了，我们得走了。"

王大力也从思索当中缓过神来："哦！好吧，我送你过去吧！"

"不，今天你不仅要送我，还要在那里等着我！"

"你得工作啊！我在那里多不合适。"

"怎么不合适？你可以和大家一样，听我唱歌。今天我的歌，就专门唱给你听！我知道，你一听到我的歌，就会什么都不想，就会开心起来！"宋梅大声而调皮地说。

"好！"王大力脆生生地说，"谢谢你，梅子！"王大力在心里甜蜜蜜地说。

……

坐在"暴点"的沙发里，王大力看着舞台中央的宋梅。宋梅的歌声依然那么婉转动听；而且，王大力知道宋梅的歌声今晚是专门陪伴着自己。王大力一边品味着音乐带给他的一如既往的舒适；一边品味着宋梅带给他的长期以来的幸福甜蜜；一边也品味着韩宁、宋梅带给他的也许未曾考虑过的那些思考⋯⋯

38

　　时光在平淡无奇中缓缓流淌着；每个人也都在这平淡无奇中继续着自己的生活。入冬了，今年的冬天似乎来得早，来得猛。之前大家都还在说今年的秋天真好：漂亮、怡人！可是，之前还叫人惬意的秋风，怎么转眼间就越发吹得凛冽？之前还色彩绚烂的景致，也怎么感觉没有多久就被灰白一色的肃杀给取代了？一连好些天，没有雨水，也没有什么阳光；总之，天空似乎就总是阴沉沉提不起精神来；城市里的景观树，几乎都已经是光秃秃的，像一个个瘦骨嶙峋的老头在越发瑟瑟的寒风里哆嗦着；公园和街边之前的那些花儿当然早就没了踪影；至于草儿，枯黄的一簇簇算是好的，不少地方甚至也都没了，暴露出难看的、坑坑洼洼的地皮。这样的天气里，除了好动的人们、工作的人们、上学的人们以外，说实话，真不愿意出门，免得惹得自己的心情也会黯淡得提不起兴致。

　　韩宁依然是守着诊所那门可罗雀的生意，没有多少新近登门的病人，即使有几个，要么也都没有什么大问题，韩宁轻车熟路地开导、诊断，顶多开点类似安神或者助眠的药也就解决了，要么就是这些病人跟韩宁见过一两次以后就没有再来了，不知是小病易愈，还是大病已然无望，也可能是对自己或者对韩宁没了信心。王大力间或来过几次，除了把一些该结的费用结算了以外，韩宁从表象上来看，认为王大力正在朝着良性的方向发展，他的心理状态以及和韩宁交流的情绪上，正在趋于韩宁一直所希望的方向——当然，目前韩宁还只能认为这仅仅是从表象上来看；因为从另一方面而言，韩宁害怕的是，亦有可能是王大力自身的心理康复发展进入一个瓶颈阶段，反而会造成一种正面的假象，所以还有待进一步观察；但更大的问题，或许是自己作为医生进入的瓶颈阶段,韩宁想去深入,却不知该如何推进;同时,韩宁发现自己的潜意识里,有一股奇怪的力量,让他感到害怕惶恐,于是主动阻挠着自己往前的进一步推进;或者是另一种奇怪的力量,纠缠着自己瞻前顾后、进退维谷——当然,至少,每一次韩宁见到沐浴在爱情中、快乐且变得开朗起来的王大力时,总是为他高兴的。

此外,对于韩宁来说,跟唐可的爱情依然在继续,无论是心灵的沟通上,还是肉体的痴缠上,两人依然那么无比依恋地喜欢着对方。只是,韩宁却也愈发发觉彼此之间的爱情在某些问题上的裹足不前,比如,他依然憧憬着重回乡土的宁静;她却依然执着地奔向那"更远的地方"。韩宁也很久没有见过马媛,甚至没有马媛的消息了。

王大力依然是守着自己作为公务员在商务局的那一亩三分地。尽管在韩宁的诊疗和宋梅的开导下,王大力对自己的工作有了清醒而近似否定的认识,但至少直到目前,他还是每天重复着这份乏味工作的每一个环节,包括工作的思考、工作的任务、工作的约束、工作的无可奈何、工作的空虚……当然,在对工作已经有了清醒认识的情况下,王大力自然更加觉得对工作的一种漠然,更加觉得工作中的自己简直就像行尸走肉,无非是做一天和尚撞一天钟——公务员的"铁饭碗"这点倒是好,只要王大力不犯错误、不提出辞职,至于说王大力以一个什么样的状态去工作,甚至说工作的成效究竟如何,单位或者说组织——也就是王大力所在的商务局,不但不会较真地计较,还总会是养活着你;但反而也正是如此原因,让王大力越发觉得工作,包括觉得自己本身,似乎都充斥着一种颓然与腐气……

同时,由于韩宁也要求自己去回忆和思考包括自己过往的生活状态,因此,王大力也谨遵医嘱地这样做着,似乎有点心得,又似乎不明就里,他觉着自己似乎到了一个难于自我突破的瓶颈;他也始终在考虑着为什么韩宁医生似乎越发的谨慎,很多话者好似小心翼翼,说得半云半雾;他也一直在怀疑,也许自己的病情——看来的确是病,而并非简单的心理小问题——反而已经越来越严重，或者本来就确实很严重，只是韩宁医生不敢直接告诉自己？

此外，对于王大力来说，跟宋梅的爱情依然在继续，除了爱情本身的化学作用之外，宋梅本身的那种爽朗、外向、自由、随性，甚至大胆，越来越深深地打动着自己，哪怕和宋梅之间不是男女朋友的关系，王大力也会欣赏宋梅，甚至，王大力多么想成为宋梅那样的人啊！宋梅还带着王大力去见了自己的家人，她的爸爸、妈妈，她的姐姐，大家也都挺喜欢忠厚老实的王大力；其实，只要是宋梅自己真心喜欢的，想必他们大抵都能够开明地接受。

但是，杨大力却似乎人间蒸发了一般，没有去找过韩宁，没有他的消息。一方面，韩宁理所当然地会经常想起他，也会担心，但韩宁始终没有想过主动去联系他；另一方面，韩宁更多的是有着自己才说得清楚的安心，他偶尔在幻想着杨大力以后再也不要来找自己，他越来越觉得，也越来越希望这种可能性会越来越大——像是韩宁自己在逃避杨大力。至于说杨大力在诊所里累积的费用？韩宁没有来得及想到这里……韩宁独自又去过几次"暴点"，不过当然不是为了去找那个号称在此做驻场DJ的杨大力，他去那里要么是为了放松解乏听听音乐喝点酒，要么当然是去找仍在这里上班的唐可——只是，没有一次见到过杨大力……

今天更是不知为何，尤其冷，天气预报说了近日会大幅降温，但没有想到来得这么快。基本上都是正常健康作息的韩宁，今早也不愿意爬出被窝了，这样的天气里，窝在暖和的被子里，无论是睡觉，还是看书，还是想事情，哪怕就无所事事地发呆，都是一件很惬意、也很奢侈的享受——反正这几天就完全没有来过一个病人——包括王大力、杨大力，所以，韩宁也能够在这样一个入冬的早晨，心安理得地享受着被窝里的慵懒。

直到中午，毕竟中午的气温多少暖和了很多，更重要的是饿了一个上午，韩宁实在得起身吃饭垫肚子了……

洗漱完毕，推开门，风蹿了进来，"嗯，的确冷！"韩宁搓搓双手，忍不住自言自语地叫出了声。

"二哥，二……"韩宁不由自主地、一如既往地吆喝着对面的孙二哥，还是按照惯例地指望着孙二哥给自己张罗中午的饭食；可刚一招呼出口，却赫然发现，对面孙二哥的店铺却还并没有开张；韩宁着实愣住了。

"咦？！怪事！这都几点了，怎么二哥？"

"难得难得……这一年365天的，倒是第一次。"

"也是，这么冷的天，想必二哥也实在想偷偷懒咯……"

"得，中午得去外头吃午饭……唉，这么冷的天，麻烦……"

韩宁一边自己跟自己嘟哝着，一边回到屋里又拿了一件厚外套，然后走出门，"啪哒"锁上门，用手推了推，还是习惯性地又看了看门口的诊所招牌，然后准备往闹市区的方向走去。正在此时，对面孙二哥的店铺侧门打开了。

一个和孙二哥年纪相仿、气质相仿的男人首先走了出来，孙二哥紧跟着他；两人的四只手还相互紧紧握着；那个男人一个劲儿地在孙二哥的耳边说话，凑着耳朵说，好像有意压低着声音，孙二哥在一个劲儿地点头；听不见他们说什么，只能看见说话的人和听话的孙二哥表情都很严肃。

直到孙二哥终于发现了路对面仍站在诊所门外的韩宁，他愣了一下，然后朝着韩宁笑了笑，但笑容有些不自然甚至尴尬，韩宁更加莫名其妙，也反而有点无所适从。那个男人也立即从孙二哥的表现上觉察到了韩宁，他止住了说话，拍了拍孙二哥的肩头，然后就是上下晃动着双手跟孙二哥握手，然后抽出手来，朝着孙二哥挥了挥，这算是道别了，然后转身就走。孙二哥朝着那个男人的背影也挥了挥手，算是再见。那个男人望了韩宁一眼，没有笑意客气，只是脚步依然匆匆，不过，韩宁从他警觉但善良的眼神里，也并没有看到恶意。

直到那个男人走远了，孙二哥的目光才从那远去的背影上转移到韩宁的身上。韩宁还是愣在那里，不知道该不该说话，也不知道该说什么。孙二哥打破了尴尬的宁静："韩大夫！好啊！"

"哦！二哥，早……不不，不早了！呵呵……"韩宁缓过神，应付着寒暄。

"本打算在您那儿吃饭呢，没想到，没想到……"

"哦，是啊，来人了，老家来了一朋友，招呼客人，所以，所以就干脆今早不开张了。"孙二哥解释着。

"哦！也好！今早这么冷，您也难得休息。"

孙二哥笑笑，没有说什么。

"那您忙，我去外面找地儿吃午饭去！"

"别！我也得吃午饭了，韩大夫要是不介意，要不就在我这儿，和我一起凑合着吃点儿？"

韩宁其实本想拒绝，不想麻烦人家，但又觉得那样的话，反而会让人家多心，于是就应承下来了。

午饭很简单，一两碟常备的凉菜，切了一盘冰箱里拿出来的卤牛肉，煮了两碗面条；不过，孙二哥的手艺的确好，简单的小菜和面条，端上桌来，就马上是香气扑鼻而来；韩宁也的确是饿了，立马就食欲大开。

"喝两杯不？"孙二哥问。

"大中午的，算了；下午咱们都还得做生意呢！"韩宁忙摆手拒绝。

"没事，不会多，来吧，陪二哥喝两杯。"

韩宁看着孙二哥一脸的诚恳，而且也觉着可能是因为那个男人的到来，或者是那个男人的到来给孙二哥带来的什么消息，让孙二哥有了些心事，也就有了喝酒的欲望，"那好吧！"韩宁说。

两人就这么不紧不慢地吃着、喝着。韩宁在孙二哥的脸上，的确感受到他的心事；孙二哥却没有明说，他也就不好问；孙二哥吃得很少，酒却喝得很快；韩宁担心孙二哥喝得太急、太多，于是故意找着话头聊起来。

"二哥，最近还好吧？"

"我这儿还能怎么样？你都天天见着呢，不还是老样子？"

"哦！那，那家里，老家都还好吧？"虽然不好直接打听那个男人的来意，但韩宁还是忍不住从侧面发问。韩宁并不是想探听什么，只是发自内心地关心孙二哥。

"哦！没，没事。"韩宁注意到，孙二哥没有说"好"还是"不好"，却说"没事"；其实，很有可能反倒是老家的确有什么事，韩宁迟疑了一下说："没事就好！家里有什么事情，记得跟我知会一句，别客气，说不定能帮上忙。"

"没事，没事，真没啥事，"孙二哥似乎有些戒备什么，努力地回避着，然后，他又补充着说，"老家的朋友，出差到这边，就顺便过来看看我；韩大夫，谢谢你！放心，没事。"

"嗯，那就好！"

"来，喝酒！"孙二哥笑着劝起酒来。

"韩大夫最近好吧？"话题又转到韩宁身上。

"我还是老样子，都还好吧。"

"看您最近生意……！"

"您可别提了，唉……没办法！再这么下去，以后得天天上二哥这儿来蹭吃蹭喝了！"

"好啊！那你得天天陪我喝酒呢！哈哈！"孙二哥终于又回到了爽朗的状态，他说完，两人都哈哈大笑。

又一杯酒下肚，孙二哥忽然又想到什么，然后说："对了，韩大夫，有件事情，不知该不该问你！"

"没事，您说您说！"韩宁一边夹起一粒花生米，一边头也不抬地说。

"您和那个闺女……"孙二哥低声说了半截话。

韩宁还没来得及把筷子伸进嘴里，停住了，抬头看着孙二哥，有些不好意思："您是说……那个女孩啊！您都看见了？"

"不是我打听啊！人家闺女都来你这儿好几次了。再说了，看你们俩那模样，我就估摸着可不是你的病人客户吧！"

"嗯，不是……"韩宁觉着自己的脸都有些发烧了。

"唉，这事儿怎么说呢？！"孙二哥想了想又问，"那马媛那边儿咋办？"

"二哥啊，唉，我也不知道这事儿咋说！马媛？唉……您也知道的……我和她，估计，估计也差不多了……"

"看你俩这事儿闹的……！唉，那她知道不？"

"我也不知道她知不知道，她现在一心在忙着出国的事！"

"我看哪，你要是自己想清楚了，好歹要不自己跟马媛说说得了，我看马媛和那闺女，也都是不错，可别耽误了谁。"

"你说的是……可这事儿我咋跟她开口提？"

"迟早的事儿，你这儿老是回避着这事儿也不是办法啊，马媛那一头，你想躲也迟早躲不了啊！"

韩宁心头一紧："回避？躲？怎么又是这些个字眼？！我还真是遇事儿就……"韩宁在心里七上八下，呆呆地愣在那里。

孙二哥见韩宁这副模样，不好再细问，忙端起酒杯岔开话题："来来来，不说这些，来，咱哥儿俩还是喝一个吧！"

"好！"韩宁缓过神，也干脆不去想这些，端起酒杯，一饮而尽。

39

中午喝了点酒，晕乎乎；酒桌上和孙二哥聊起来的那些事情，不论是关于孙二哥的，还是关于自己的，都叫韩宁的心里有些上堵；反正也没什么事，借着酒劲，韩宁干脆关上诊所的门，和衣而睡。

天还是干冷干冷，阴沉沉没有太阳，诊所房间里又暗又静，韩宁入睡很快，舒舒服服抛开脑子里所有的事情，在这样的环境里，时间都好像停止了，让人分不清几时几刻。

也不知是下午几点了，手机铃声吵醒韩宁，韩宁迷迷糊糊拿起手机，看也没看就放在耳边，想必肯定是唐可。

"喂……"韩宁嘟哝着。

"喂，是我。"

"你？"韩宁激灵地坐了起来，停顿一下，清了清喉咙，故作清醒地接着说，"哦，你啊！有事吗？"

"对，有事，我就在诊所门外。"

"哦，你，你稍等……"

韩宁说完电话，立马跳下床，把床铺整理了一番，又对着镜子把自己头发脸上梳理一番，确认自己的形象能够见得人后，打开诊所门。

马媛就站在诊所门外。

"你居然睡到现在？"一进房间，马媛就一边打量着韩宁，也打量着诊所房间，一边问着韩宁，她的语气和眼神中，既有不可思议，也有些厌恶。

"没呢！忙了一上午，中午一个之前的病人请吃饭，没办法喝了点酒，回来就打个盹儿。"

"哦，是吗？！"马媛看了一脸韩宁，韩宁猜想，马媛对他说的"忙了一上午"和"之前的病人请吃饭"似乎都不相信。

"唉，你呀……"听得出来，马媛对眼前颓废的韩宁以及韩宁颓废的生活状态都很失望。

原本对马媛的突然造访，韩宁有些忐忑紧张，他也害怕在马媛眼中暴露出任何不好的印象，他怕马媛对自己失望或者担心；但马媛的眼神和语气，反而让他觉得反感甚至讨厌，甚至有种"我就偏要这样，关你什么事"的对抗想法；所以，韩宁反倒心安理得，故意冷冷地、不欢迎地问："有事吗？"

"哦？！"马媛觉察到了韩宁的变化，但她很快转过神，也是平静而淡淡地说，"对，有事。"

"院里把该办的手续都办好了，加拿大那边都筹备差不多了，过去的签证也顺利批下来了，院里在办机票，已经定下来下个月上旬就出发。"马媛没有任何委婉转折，只是用最简单的描述把她要说的事情冷冷地说了。

韩宁愣了一下，短短几秒钟，就在这短短几秒钟，韩宁自己的心里可谓天翻地覆。虽然来不及去想很多事情，来不及去考虑该问什么，该说什么，但当马媛出国的方案真正落实、连时间都定下来后，他明白这对于他和马媛而言，将是多大的人生转折；他心里赫然有一种离别的不舍，因为他也无法想象，和马媛的这一别，未来的他俩是否还有亲情、情感的交集，甚至人生的交集。

短短几秒钟很快，因为方才内心情绪的影响，韩宁依然固执地不想表露出自己真实的内心，还是淡淡地说："好啊！总算都顺利了。"

"你没什么要说的吗？"

"祝你过去那边也都顺利吧。"韩宁想了想，还是又补了一句，"还要说什么？事情不早就是这样吗？"

"看来你想得明白。"马媛无奈地说。

"你也早想明白了。"

马媛摇了摇头，淡淡地说："我们不用再顶嘴抬杠了吧？"

"对。"韩宁也觉得没必要再针对彼此了。

"韩宁——"马媛的话陡然卡住了，认真地看着韩宁的脸，至少过了有半分钟，她又淡淡地，这一次甚至有些无力地接着说，"我们离婚吧。"

"离婚？！"尽管一直在竭力压抑自己内心的起伏，伪装成表面的冷淡抗拒，但此刻韩宁还是错愕地禁不住叫出声来。

看着韩宁一脸的诧异，马媛依旧平静，但有些悲凉地重复道："对，离婚。"

韩宁一脸的茫然，不知所措，吃惊得说不出话来。

"其实我想这应该是我们能够预计的结果吧？"马媛淡淡地说，"只是时间问题。"

"我们……"马媛的话又一次让韩宁不知是该赞同，还是该反驳。

"之前我们就知道，我一个人这一走，未来是什么样子，你我都难以预料；之前我考虑离婚可能对我申请签证有障碍，不过院里这么快就把这些问题都解决了。"

"原来你早有想法，不，应该是早有计划了吧？！"韩宁对于马媛的说法有些愤懑。

"随你怎么说吧，总之，分开，对你我也许都好。"

"你都定好了，只是来通知我罢了。"

"其实你不用怪我，不是我的错，也不是你我的错，只是注定如此吧。"

韩宁低头不语。

马媛想了想，转移话题笑着说："对了，她应该很好吧？"

"她？什么她？"韩宁下意识地问。

"你知道我说的是谁，可能只是你不知道我知道她而已。"

韩宁当然意识到马媛说的是唐可，尽管早知道纸是包不住火的，但当马媛此刻直接问起来的时候，韩宁也当然有些紧张和不知所措。

"没事，韩宁，我想这也是我俩必然会遇到的状况。而且，有了她，我们分开也才是更应该去做的选择，也才最终坚定了我的想法。"

"她……"韩宁在琢磨着怎么去解释这个话题。

"韩宁，不用解释什么，不用自责，我不怪你。对了，你还没回答我，她应该很好吧？"

韩宁叹了一口气，想了想马媛说的话也不无道理，也想到其实自己也有自己的委屈，他想了想，不再忐忑，而是平静地说："她也算不得很好吧。她不一定比你漂亮，论工作，论其他，她哪方面都并不如你。"

马媛笑了："其实你没必要在我面前抬高我，不应该贬低人家。"

"我说的的确是事实。"韩宁又想了想，继而认真地说，"只是，我和她在一起的时候，很轻松，没有压力，我能够感受到一个真实、简单、快乐的自己。"韩宁说完，意味深长地看着马媛。

马媛愣了一下，她明白韩宁的话里之话，脸上的笑容有些苦涩："不说了，不说了，我也不问了，离婚的事情，你还有异议吗？"

韩宁在脑袋里飞速地回忆着他和马媛过往的点滴，体味着自己在这些点滴中的各种感受，思考着自己和马媛的现在与未来，最后，他小声却坚定，却仍然终究带着遗憾地说："我同意，我们离婚吧。"

马媛还是笑着，笑里带着解脱、苦涩、凄然，以及那种类似宿命的味道；然后转身，准备离开这里。

走到门口，马媛忽然转过身，对韩宁说："谢谢你爱过我。"

这是韩宁心中久违的来自马媛的温柔，他也顿时放下方才的抵触甚至强硬，说："我也是。"

"韩宁，知道我突然想起来什么吗？"

"什么？"

"想起当年在大学的操场上，我第一次那么大胆地亲你……"

马媛说完后，韩宁看见了她的眼里闪动的晶莹。马媛再次转身，走了。

留下韩宁，兀自地、孤零零地站在房间的中央。

天色更是暗淡下来，没开灯的诊所里，也更加黯然；依然是干冷干冷，冷得人手脚特别冰凉。一动不动的韩宁，分明感受到，自己两侧的脸颊上，也是一丝丝特别的冰凉……

爱情的世界里是从来没有理性的，要么会爱得山崩地裂，要么会恨得死去活来；所以，当韩宁与马媛在做出离婚的决定而又平静地处理离婚的手续及后续各种事宜的时候，他们自己也明白，他们之间，的确已经没有了爱情。但也是在此过程中，他们体味到了岁月和情感在他们血液里已然注入了亲情的基因；所以，在理性的同时，他们也分明宽容和体谅着彼此，似乎都想为对方弥补什么，似乎都分外担心对方的未来。

　　所以，整个离婚的办理过程是顺利而充满人情味的，没有常见的拉拉扯扯、斤斤计较，反而都是彼此的相互礼让。最终，韩宁从应该算作两人共有的家庭储蓄中仅仅拿走了两万块——韩宁主要是估摸着，无论怎样，还是得把明年上半年必将上涨的诊所房租备着，其余的储蓄，都交给了马媛；马媛提议把房子留给韩宁，但韩宁坚决提出相反的建议，他说马媛只有留着房子，在外面漂泊得累了，才能有家可以回，最终，在两人各自为着对方的利益而固执己见的情况下，只能协商着干脆把房子卖了，两人一人拿了一半的房款；至于其余的家具、家电、各类小物件，要么让马媛拿回了父母家，要么由韩宁直接放在了诊所。

　　在这个过程中，韩宁体味到了作为曾经的妻子，马媛对自己仍有的那份关怀；马媛则再一次看到了作为曾经的丈夫，韩宁那非常男人而毫不窝囊的一面。当然，两个人过往共有的痕迹就几乎被消磨干净了，只是留在了彼此一生的记忆里。

　　在民政局办完离婚，刚拿到离婚证的时候，马媛说："陪我去一个地方走走吧，也许是最后一次。"

　　韩宁没有问去哪里，只是说："好。"

　　韩宁和马媛并肩驻足在清水桥上的时候，韩宁发觉白天的清江确实不如夜晚的清江那么让人心旷神怡，流水的声音早就被过往的汽车轰鸣声完全掩盖，河水也并不干净。

　　马媛说："我们终究没能够走下去。"

韩宁说："是啊，在婚姻的路上，我们一起做了逃兵。"

离婚后的韩宁，的确还是从内心感到一种轻松与解脱，当初从公立医院里走出来，如今再从婚姻里走出来，韩宁之前能够感受到的无形压力都被瓦解殆尽，至于说因为诊所清淡的生意而不得不考虑的生活的压力，在韩宁的眼中反倒不是什么大问题。

韩宁第一时间把离婚的消息告诉了唐可，唐可的确是个善良懂事的好女孩，她并没有因为自己爱情的胜利而狂喜，相反，她一方面并没有觉得韩宁的离婚是自己爱情的胜利；一方面还对自己作为事实上的第三者对马媛的伤害而耿耿于怀；此外，唐可还认为，无论如何，离婚都是对韩宁情感世界的巨大创伤，所以，她从没有主动提及任何关于韩宁离婚的话题，反而还以自己的温柔与细心，小心地呵护着她认为的韩宁受伤的心灵。

真正伤心的人是韩宁仍在乡土的父母，他们为儿子婚姻家庭的破碎而痛心不已，善良的他们没有怪罪马媛的不是，全是责骂儿子韩宁，韩宁理解父母的心情，对此亦只能无可奈何。韩宁回想起来，上一次父母如此痛苦的时候，就是自己从公立医院毅然辞职的时候，当然，有着父母为儿子未来的生活而担心的缘故；只是把这两次的事情放在一起看，韩宁又忽而觉得，自己之所以让父母如此痛苦，一来，是他放弃了在农民父母眼里只有城里人才能吃到的"皇粮"；二来，是他放弃了二老引以为傲的城里儿媳妇。

对于生活而言，韩宁的改变并不大，毕竟离婚之前很长一段时间，他和马媛其实就已经过着不像夫妻、彼此鲜有往来的日子。韩宁的生活还是如往常一般的平常，比方说，他考虑的人和事，无非就主要是自己、唐可，当然，还有孙二哥、王大力、杨大力；至于马媛的名字和身影，其实也并不见得就完全从他的脑海里淡去……

40

自打入冬以来，就一直没有下过雨，天气寒冷而干燥，似乎街边的每一棵树、街上的每一个人，都越发地在寒风中干瘪着，整个世界都好像亟待滋润的状态。

这天早上，坐在诊所里的韩宁无所事事。也不知道王大力最近怎么样了，想必是沉浸在与宋梅的爱情里甜蜜吧，这么久没有联系过韩宁。韩宁虽然时常想起他，想起之前和他交流的进展，也时常惦记着他，但并没有主动联系他。直到自己和马媛离婚的事情完全处理完毕之后，韩宁想着得主动约一约王大力了，该继续推进的诊疗还得马上继续了。就在韩宁寻思的时候，手机在诊所安静的氛围中突兀地响了起来，倒是让韩宁吓了一跳。

手机刚一接通，对方洪亮的声音就说："韩宁，是我啊！你好吗？你在诊所吗？"

"你，你，哦？！居然是你！"那久违的大嗓门让韩宁大吃一惊；也让之前韩宁一直担心、一直在回避的事情终究还是没有躲过，而韩宁之前的那些美好愿望，甚至是奢望，终究也还是化成泡影。

"对啊！是我！我杨大力啊！"

……

不久，杨大力如约来到了韩宁的诊所。

"韩医生好！"久违的杨大力依然是活泼热情的状态。

"来了？进来吧，坐，别客气。"韩宁嘴上说着"别客气"，杨大力却觉得是韩宁的语气神态显得很客气，不知为何，当中还透露着疲倦，甚至是对自己登门的厌恶。他猜想可能是自己最近长时间没有露面，惹得韩宁不太高兴。

杨大力不敢说话，按照韩宁的指示，小心翼翼地在韩宁的办公桌前坐下，只见韩宁不动声色地坐在自己的办公椅上，两眼却直勾勾地盯着自己打量。

韩宁一直也没有说话，这让杨大力越发觉得不自在："韩，韩医生，最近，最近比较忙，比较忙……是我不对，不对！"杨大力只能一个劲儿地道歉，缓和眼下的僵局，也缓和韩宁对自己的意见。

"哦——"韩宁像是出了神一般，杨大力的话才让他缓了过来，"没事，没事，我没有怪你。"

"最近忙什么？"杨大力还在思量着接下来说什么，韩宁紧跟着问了一句。

杨大力听出韩宁语气的缓和，放心地笑了笑说："其实，也没忙什么，瞎忙吧。"

"在哪儿忙呢？还是在'暴点'那边？"韩宁仍旧盯着杨大力问。

"没呢！我没在'暴点'干了！所以最近也是在忙着在其他地儿找工作。"杨大力的神色中透露着忧心忡忡的压力与疲惫。

"是吗？"杨大力的话让韩宁一愣。

"对啊，唉……"

"你不是说喜欢音乐，喜欢那里的工作吗？你在那里不是干得好好的吗？怎么突然就……？"韩宁打破砂锅问到底。

"唉……说来话长……说到底，这也是由不得我的事啊……人家老板说让我走，说是我也在那里干了这么久了，'暴点'也该有所创新，换换路子了，就从我这个DJ开始换起呗。"杨大力无可奈何地说。

"这样啊……"韩宁从杨大力那一贯开心调皮的脸上居然看到了憔悴与沧桑。

"那工作找得怎么样？"韩宁问。

"唉！最近就忙这一头啊！不好找，的确不好找哦！去了几家酒吧夜场，都不怎么顺利；你说除了音乐吧，我也不晓得自己还能做其他什么！唉……总之最近烦着呢……所以说啊，还是得有份好工作才成啊！至少不会莫名其妙就被人开了吧？！"杨大力愤愤地说。

韩宁非常留意着杨大力的神态、语气；事实上，杨大力说的具体内容，韩宁倒并没有真正上心。

"不说这些不开心的，"想了想，韩宁又说，"怎么又想到来诊所了？"

"这么久没有来，再不来，您都得怪罪我了，怪我不遵医嘱了。"杨大力终于也一扫颓唐，故意打趣地说。

"呵呵，看来还算是明白！"韩宁的笑是干巴巴的。

"韩医生，您放心，必须得听您的，我知道您是为我好！"

韩宁的脸上总算见到笑容，他的心里也的确有了一些安慰："那我们之前交流过的那些东西，回去有没有思考过？有没有想明白？"

"嗯……其实，其实，没有完全想明白；当然，我当然能够依稀明白一些其中的道理……"杨大力停顿了一下，大约是在思考接下来的措辞，但还是比较直接地接着说，"只是，只是觉得，您是不是把我的状况看得过于严重了？"

"我倒真希望如此！！"韩宁在心里对自己说。当然，他的脸上，不动声色。

韩宁没有回答杨大力的问题，转而却说："这样吧，今天我们换一个方式，不聊天了，我给你早就准备了一套测试题，你把它做了吧。"

"做试题？韩医生，从小到大，我可最怕做题了！"杨大力面露苦色。

"放心，这套题很简单，根本不用你动脑筋。"

"不用动脑筋的试题？"

"对，就是要你不动脑筋，要你以自己最本能的直觉去做这套题，动脑筋冥思苦想，反而答案就不真实了。"

"哦……那有什么用啊？"

"当然是为了对你的心理状态做更细致的分析！你赶时间吗？这套题要在一个小时完成。"

"哦……我不赶时间，不赶时间……"

"那要你做你就做！"韩宁有意板起了医生的严肃面孔。

"好的，好的！"

韩宁从放在办公桌的一沓文件中拿出了一叠纸张，看来这套试题是他早就找出来准备好的。

"来，我让开，你坐在我这里来，方便答题。"韩宁一边说着，一边起身，同时，把铅笔、橡皮等文具也都拿出来。

"好的！"杨大力也起身，走了过去。

"都是客观题，只选择'是'或者'否'就可以了，不要刻意去思考，用自己第一时间的直觉去选择。这套题无所谓答案正确与否，但必须在一个小时内全部完成；不许提问，安安静静独立完成！明白了吗？"

看着韩宁严肃的表情，杨大力也严肃地回答；"好！"

韩宁端起手腕，看着手表，然后说："现在开始吧！"

杨大力低下头，开始笔头沙沙地答题了……

韩宁坐在方才杨大力坐的沙发上，随手拿起一本杂志，漫不经心地翻阅起来，但内心却怎么也静不下来，脑袋里乱糟糟的。

不一会儿，韩宁觉得手里的杂志实在无趣，也根本就看不进去，他也觉得自己此刻实在无聊，于是小心地，避免被杨大力察觉地，又一次认真地打量着他。

杨大力答题很认真，所以丝毫没有察觉到韩宁的眼神；他时而蹙眉思考，时而果断落笔，时而拿起橡皮推翻之前的答案，时而紧张地看看手表掐着时间……

"他的动作、他的表情、他的神态，以及他之前说话的语气，特别是他眼睛里的东西，跟我第一次见到他的时候一样，一直都是如此；在我眼里，他是如此鲜活又特别的一个人；也许，在人群中，只要让我见到他的眉宇眼神，我就知道他就是杨大力……"韩宁盯着杨大力陷入了沉思，自己在心里默默地说。"不过，东子……"韩宁居然想到了王大力的好朋友周东，"他给我的感觉，和那个东子好像好像……"

韩宁觉得思绪累了，眼睛也累了，于是转头望向窗外——呵！奇怪！这么冷的天，窗外的枝头上，居然站着两只不知道叫什么的小鸟，它们并排而立，动作是那么的协调一致：警觉地侦查着四周，扭头的方向完全一致；冷风袭来，打的哆嗦都不差分厘！韩宁好奇地侧过身子，好更好地看看这两只在寒风中勇敢而团结的小鸟——哦！不对！只是一只！窗玻璃的折射，让韩宁方才只不过是看错了而已。

"不过如此。呵呵……"韩宁自言自语……

"时间到。停笔。"韩宁掐着手表平静地说。

"好的好的……"杨大力在交卷的最后时刻手忙脚乱，一边应着韩宁，一边还拿着橡皮涂改着某道题之前的答案。

"没事，不是考试，也没有标准答案，我不是老师！"韩宁有些好笑地说。

"好好好！"杨大力抬起头来，不好意思地笑了，然后把试卷交给了韩宁，随后，杨大力走出办公桌，坐到办公桌前的沙发上，韩宁走进去，坐在了办公椅上。

方才无所事事的韩宁觉得这一个小时过得真慢，总算等到杨大力把题做完；方才奋笔疾书的杨大力觉得这一个小时过得太快，也不知自己匆匆忙忙有没有答好试题。

韩宁看了看试卷："嗯，很好，没有漏题，都答完了。"

韩宁正打算收起试卷的时候，又忽然想起什么地说："对了，写上自己的名字，也写上今天的日期。"说完，韩宁再次把试卷交给杨大力。

"哦！"杨大力接过试卷，在空白的角落上熟练而流利地写上"杨大力，2013年12月3日"。

杨大力再次把试卷交给韩宁，韩宁仔细看了一眼他的签名落款，并没有再看其他，马上把试卷叠好，重新放回方才的那一沓文件当中。

"呃……"杨大力看着韩宁，又看一看那一沓文件，嘀咕了一声。

韩宁马上明白过来说："不急，急不来，回头我会认真研究你的答题。"

"哦，哦，不好意思……"杨大力吐了吐舌头。

"那好吧，要是你没有其他事情，今天可以到这里了，想必你也累了？"韩宁轻松地说，其实他的脸上倒是写满了累。

"哦？"杨大力愣了一下，又说，"哦，那好！"杨大力站起身，忽然又说，"对了，韩医生，你看诊疗费……？"

"哦！下次再说吧！"

"又是下次？我就从来没有给你结过一次费用呢！"

"有什么问题吗？"韩宁面无表情地问杨大力。

"问题倒没有，只是觉得奇怪，而且，而且，这样不好吧？我觉得过意不去。"

"没事，该问你结的时候会问你结的。"

"可是，可是你这是什么意思啊？凭什么平白无故地给我看病呢？"杨大力的语气变得很认真了，看来韩宁暂且没有收他费用的问题反倒成了他心里一个疙瘩。

韩宁一下子也被问住了，他想了想说："也行，那今天就结一次吧。500吧！"

"好啊，好！"杨大力反倒是高兴且爽快地掏出现金，交给了韩宁。

"你需要发票报销吗？"

"不用不用。"

"那我给你写张收据吧！"韩宁说完，认真地填写了一张收据，递给杨大力。

"对了，"杨大力接过收据的时候，又突然想起一件事情，"韩医生，你后来怎么也没问我要登记身份证号码呢？"

韩宁愣了愣，然后笑了笑，"亏你还记得！算了，你都来了这么多次了，况且我这里病人也少，我想也就不用了。"

"好吧。"

"那行，没其他事了，等我把你今天的答题专门分析以后，再联系你吧。"韩宁再一次跟杨大力说出告别的话来。

"好吧。"杨大力似乎有些欲言又止，然后再次站起身来，转身的一瞬间，他又忽然说道，"对了，韩医生……"

"你今天怎么了，怎么这么多问题啊？"韩宁有些不解地问道，语气当中不耐烦的意思更加明显，但他马上意识到自己的话针对病人的不妥，接着说，"那你坐吧，有什么事情就直接大大方方地说出来，感觉你今天好像扭扭捏捏！"韩宁的确在此刻第一次发现杨大力的脸上居然有了不好意思的、羞涩的神情。

杨大力一边再次坐下来，一边又吐吐舌头，然后吞吞吐吐地说："其实，我觉得，也不知当讲不当讲……但你之前又说过，有些事情还是应该如实向你汇报的……"

"对！那你快说吧！"

"我，我喜欢上一个女孩……"杨大力的语气当中充满了幸福感。

"什么？？！！"韩宁惊呼一声，差点从办公椅上站了起来，他此刻全然没有顾及应当在病人面前避免的失态。

韩宁愣住了，杨大力被韩宁突然激动的反应也吓得愣住了，一时间，诊所里突然安静下来，两人突然就冷场了。

韩宁很快觉察到自己的失态，缓和下语气，然后故作平静地说："呵呵，想不到。"

杨大力依然对韩宁方才的反应感到诧异与震惊："韩医生，你，你怎么啦？"

"没什么，你突然这么一说，我当然没想到！"

"哦……"杨大力其实心里面对韩宁的解释还是有些将信将疑，"我也没想到的事情，只是，只是她很好，然后很自然地，我就喜欢她。"杨大力的不好意思与幸福感都跃然脸上。

韩宁的脸上不但没有与杨大力分享幸福的表情，反而有着更深的忧虑，韩宁想了想，问道："那你跟人家表白了吗？你觉着她会接受你吗？你，你不会担心像你之前告诉我的那样，她会不会对你的工作，生活状态，家庭情况，等等之类的，提出什么异议，或者不一定接受？"

"她为什么要有异议？"杨大力忽然认真地看着韩宁。韩宁从杨大力的眼中，第一次看到了严肃，甚至严肃得有点生气、有点凶的神情，这是韩宁第一次在杨大力活泼、快乐，偶尔还嬉皮笑脸的神情中看到这样的眼神。

韩宁立即解释道，"我不是别的意思，只是你告诉我以前曾经遇到过不开心的爱情经历。"

杨大力严肃的目光软化下来："哦，对，那是以前。她不一样，她是个简单善良的好女孩，她是一个老师。"杨大力的眼神中重新又是温暖、幸福的色彩。

"什么？！"韩宁又一次错愕地脱口而出，"她是老师？"

"对啊，"王大力再次对韩宁的反应感到莫名其妙，"老师啊，她是施南一中的老师！市里重点的公立中学呢！"韩宁注意到，杨大力在中学前面清楚地说明，而且语气的重音也明确落在"公立"二字上。

"那她叫什么？"

杨大力更加不好意思了："原来你也这么八卦！"

"我随口问问。"

"嗯，我叫她'梅子'。瞧，给你看看她的照片吧！"杨大力大方地回答，还不无自豪地拿出手机，调出里面的照片拿给韩宁，却丝毫没有注意到韩宁此刻的表情。

韩宁近乎有些心急地拿过手机，仔细看了看照片上的女孩。

韩宁想说什么，但并没有开口，韩宁的脸上几乎是狼狈的表情。

杨大力也没再说话，两人又同时安静下来。过了一会儿，韩宁想了想说："大力，其实，你目前……我建议的话，最好还是不要谈恋爱。"

"为什么？"杨大力大声问道。

"我想，在我对你的心理状况做出最终准确的诊断之后，会好一些吧！我想，你目前的状况并不一定适合恋爱。"

"我目前到底是什么状况？我心理到底有多严重的问题，你倒是直接说啊！怎么连谈恋爱都不行？！"杨大力明显激动起来。

韩宁忽然有了一种无可奈何、力不从心的感觉，进而又立马感受到一种近乎恐惧的担心："我，我看完你先前的答题，会做出最后判断的，我希望你暂且听我的建议。"

"我并不认为这对我的心理问题……"杨大力停了一下，"如果你认为我真有心理问题的话，我不认为恋爱也会对它产生多坏的影响。"

韩宁低下头，思考着，没有说话。

"早知道就不告诉你了。"杨大力不高兴地说，随后，他又觉得自己这样说话有些不妥，又说道，"韩医生，要不我们不说这个，我会注意的，努力避免恋爱对我的负面影响。"

韩宁抬起头看了一眼杨大力，只是笑了笑。

"那，那没别的事情，要不，要不我就先走了？"

"好吧！"韩宁还是笑着看着杨大力，挥了挥手；杨大力转身，走出了诊所……

"这他妈到底是要怎样啊？！操！"韩宁发狂般地怒吼一声，然后，整间诊所陡然陷入了瘆人的安静……

韩宁后来一直就窝在诊所里，没有出门，甚至连屁股都没有挪开过办公椅，午饭也没有吃，没有食欲。韩宁觉得自己的脑袋里像是一团糨糊，乱七八糟不知从哪里理出一个头绪；他又觉得自己的心里充斥着各种各样的感受，也不知从哪里才能说得清楚。尽管脑袋里、心里在翻江倒海似的，韩宁拿出杨大力之前做的试题来，对照着评分参考，给他统计着分数——和做题一样，这套题要批改起来，也不用动什么脑子，无非对照着"是"或"否"的答案去加分或者不加分罢了。

不过，韩宁批阅得很认真，很仔细，所以也就很慢，可能他也是怕自己眼下这焦躁的情绪影响了自己的工作，所以有意放慢工作的节奏，既是为了保证工作的准确，也是反倒可以平复自己的心情。很久之后，韩宁总算统计出了杨大力的分数。

韩宁看看表，不知不觉中已是下午两点多。韩宁把杨大力的试卷收拾好，再次放在之前的文件当中；想了想，不知在迟疑什么；站起身，在房间里来回踱了几步子；表情很严肃，偶尔还叹着气；最后，似乎是下了很大决心似的，他重新坐回办公椅上；拿起电话，拨了一个号码。

电话的等待音响了很久，终于有人接听了，韩宁并没有首先说话，对方也等了一两秒，终于忍不住先问了："你，你好！韩宁，韩医生？有事吗？喂，喂……"

韩宁清楚地听着对方的疑问，又停了差不多一两秒，才平静地说："王大力，喂，大力你好！"

"嗯，你好你好！"

"今天方便来我这里吗？也有段时间没来了。"

"今天，今天怕是不行，一直在上班呢，走不开。"

"哦——"

"您要是不急的话，要不还是周末吧？"

"好的好的，也不急；嗯……只是想跟你说一下，下次过来，我给你准备了一套心理分析试题。"

"哦！好的好的！谢谢！见面说吧！我先挂啦，有工作的事情……"

"好，再见。"韩宁刚说完，对方先挂了电话……

"对，今天不是周末，得上班的……"韩宁自言自语，还挂着一副"早知如此""的确如此"的表情。

"干脆不去想了！出去吃饭！"韩宁总算决定出门了。

出了诊所，锁好门。韩宁忽然想起之前看到的那只停在窗外枝头的小鸟来。"还会在吗？"韩宁一边想着，一边走到窗边那棵树下抬头望去。鸟还在，依然停在枝头，不过就不止一只了；也不知道这里面有没有之前韩宁看到的那一只。韩宁看了看，然后在地上捡起一颗小石子，朝着枝头的方向扔过去。

"吁——"，"啾——"那几只小鸟惊得马上扑腾起翅膀，尖厉的鸣叫划破长空，毫无方向感地逃窜向远方。

41

王大力最近的确很忙。感情上的事情很忙；工作的事情很忙；心里也就很忙。

感情上的忙碌让王大力感到充实与快乐。王大力和宋梅的感情愈发成熟与稳定，除了工作以外，原本交际与社会活动不多的王大力自然将很多的时间与精力都投入与宋梅的相处当中，他还越来越多地在宋梅的带领下去和宋梅的家人们共享家人间的天伦——他明白地感受到宋梅家人对自己的接纳与关心——他也因此愈发地觉得自己的幸福与满足。

工作的忙碌越发让王大力感到疲惫与无奈，他已越来越觉得工作的滋味如同嚼蜡，或者说至少越来越觉得自己的确不适合、不喜欢目前的工作。恰巧最近局里面很忙，一方面，该自己处理的工作堆在手头上的确有好几件；另一方面，还是和以往一样，王大力有时候也觉得工作中的忙，其实很多时候还是被工作之外的杂务所牵扯，所以，这种忙又往往不晓得在忙个什么名堂，以及又最终能够忙出个什么名堂。王大力越来越厌恶与害怕开一个个冗长而昏昏欲睡的会议，说一句句漂亮而虚伪虚假的官话，写一篇篇工整而没有干货的报告，赴一餐餐不菲而酒话连篇的应酬……这种"忙碌"的状态下，越发叫王大力觉得工作的乏味、苦闷、空虚；他越发频繁地会问自己："我在忙些什么，为什么忙，为谁忙……"

王大力的女友宋梅其实最近也很忙。乐队的知名度与日俱增，除了如今每周在"暴点"酒吧演出的场次增加以外，新近冒出的几个酒吧也都在第一时间抢着与他们签订了演出的合约；同时，随着乐队的成长与成熟，乐队成员们一致决定目前及以后的重点是加强音乐作品的原创，所以，他们除了演出之外，又必须得花更多的时间来进行相关的创作。但相比于自己而言，王大力明显地从宋梅的忙碌当中看到了快乐，那种快乐是自己在工作中无法企及的，那种快乐似乎是与自己在享受与宋梅之间感情忙碌的快乐相类似的。王大力从来没有奢望过工作能够带来这样的快乐，他也明白，这种快乐，与感情当中的快乐，是真正的快乐。每每想到这些的时候，王大力很羡慕宋梅。

自己感情上的忙碌、工作中的忙碌、宋梅的忙碌，交织在一起，使得王大力近来心里也越来越忙碌，各种各样的感受、想法、认知都在冲击着自己本就怀疑存在问题的心理。

聪明的宋梅也当然越发地觉察到王大力的苦恼，她也明显地察觉到王大力对于她之前提出的关于换一个工作仍心存的顾虑，所以，在一次两人吃饭又谈到这个话题的时候，宋梅是这样再次开导王大力的。

"大力，其实之前你跟我说过很多你的工作、你的感受，我只想说，可能你还有很多顾虑，当然我也不可能完全理解你的工作；但是，简单、轻松、真实的感情、工作、生活，是任何其他东西都不可能比拟的；而且，无论我们如何选择，我们，至少我们的内心，始终逃不过我们自己第一感觉当中向往的那份简单纯真；无论怎样，不要逃避自己的内心就好；况且，如果有些事情已经对自己的心情造成很坏的影响的话，健康可是任何其他东西都换不来的。"

宋梅并不一定意识到，自己的这些话对于王大力而言，也许比韩宁医生的话，更是拨云见日般的重要。

……

"辞职？你想好了？"待王大力周末急急忙忙把自己有关辞职的想法告诉韩宁后，韩宁的第一反应就是如此；但是看得出来，韩宁的表情谈不上非常吃惊，手上也一直在整理着办公桌上的资料，几乎都没有看着王大力。

"也还不能说就决定吧，只是宋梅也向我提出这个建议，如今我自己也觉得很有道理。"

"宋梅给你建议？"韩宁停住了手上的活计，抬头望着王大力。

"对，之前我跟宋梅说了说工作的一些情况和我自己的感受，宋梅当时就建议我干脆换个工作。"

"宋梅最近怎样？忙吗？还在'暴点'驻唱？"韩宁继续问道。

尽管觉得韩宁的提问有些偏离自己认为的谈话主题，但王大力还是一五一十地说："她最近都挺好的，更忙了一些，不仅在'暴点'唱歌，还在其他几个地方唱歌，他们乐队现在发展很好的！"

"哦……"韩宁点点头，若有所思的样子，王大力并不清楚韩宁在想些什么，韩宁继续说，"说起宋梅，那你觉得她的工作怎么样？"

"我都跟她说过，我挺羡慕她的工作状态的！"

"是吗？呵呵……"

"她的工作是做自己喜欢的事情，工作能带给她快乐。"王大力停顿了一下，执意又把话题拉到了自己身上，"我是想还听听你的建议，比如说，这样会不会对我未来的心理状态更好、更健康？"

"嗯……那我可得问你，辞职，就意味着丢掉你的'铁饭碗'，你应该知道现在要找一份工作是多不容易，何况是铁饭碗的工作，我觉得这也应该是最大的担忧吧？"

"是啊！"王大力以一种类似于感激的语气予以肯定，他可能是发自内心地感激韩宁对于自己一针见血的理解，"所以，所以我也想听听你的看法。"

"这可是关于个人的重大抉择，哪怕我作为你的医生，我也不合适帮你做什么选择。嗯……这一点，你得明白。"

"不要紧，不要紧，你就随便谈谈你的看法。"

"好吧，我就问你几个问题吧。"

"好啊！"

韩宁想了想："第一，你还这么年轻，四肢健全，有头有脑，有文凭，有专业，也踏入社会多少有了些社会经验，我想也多多少少有一些经济上的储蓄吧？"

"嗯……"

"那你总比刚刚进城务工，没有文凭甚至没有技能，可能只有勤劳和一膀子力气的农民工强吧？"

"嗯……可以这么说吧。"王大力很谦虚，所以被问得有点不好意思。

"好，那农民工们可以找到一口饭吃，我想只要你不会眼高手低地挑剔，哪怕辞了目前的工作，再去找份工作应该也不至于像我们想象得那么难吧？"

"嗯……现在的工作也不好找呢。"王大力抬头看着韩宁说。

"对，工作不好找！可养活自己的信心都没有？"

"这还是有的。"王大力不好意思地又低下头。

"好！"韩宁满意地点点头，接着说，"第二，什么叫稳定？什么叫不稳定？"

王大力一脸茫然地思考怎么回答这个问题。

"我们来举个例子，"不等王大力开口，韩宁就接着说："你我现在就这样好好地坐着，说难听的，谁能保证明天、后天、再往后你我谁都不会有一个三灾两病的？"

"那是！"

"灾来了，病来了，身体没了，人没了，还有什么是稳定的？就算工作一劳永逸，人可能就一辈子一劳永逸吗？"

"嗯……"王大力觉察到韩宁也是在拿自己目前的身体与心理状况引导自己做一个全面而健康的考量。

"第三，你别介意，我拿你和你的女朋友比比！"

"哦？"

"她的工作当然不如你稳定，可能还有不少人会觉得她那种酒吧里的工作也不如你的体面，对吧？"

"呃……"王大力无言以对。

"不用不好意思，我是实话实说。但是，她收入不比你少吧？"

"对。"

"你也说了，她在工作中比你快乐吧？不会像你这样愁眉苦脸吧？"

"对。"

"另外，公务员的行当，条条框框限制人的规矩比她多，比她麻烦吧？"

"对。"

"那你俩一比较，你无非就是稳定，无非就是走出去够体面，但自己内心的感受，比宋梅可是不如啦！"

韩宁停了停，想了想，做了一个类似总结陈词："所以说，我觉得，无论什么工作，说到底，最俗了说，就是一份找饭吃的活计，关键不是给别人看的，关键是吃到嘴里这碗饭、这碗菜，合不合适自己的口味。你要是喜欢吃清淡的，我给你一盘辣的，哪怕是再贵、再好、再体面的菜肴，估计你都没什么胃口吧？！吃下去得让你又掉眼泪又掉鼻涕，说不定还反胃，最后还说不定给吐了出来，伤了肠胃呢！”

　　韩宁看到，王大力的脸上舒展开了。

　　"当然，也就是因为如此，这饭怎么吃，选择什么口味，关键看你自己！"韩宁忽然又着意补充道，"任何别人都帮不了你，包括现在爱你的宋梅，包括以前爱你的妈妈……"

　　韩宁看到，王大力的脸上有一点点细微的变化……

　　"这不是心理诊断，我也就随便说说。"

　　"你说得很好，很好！"

　　"好什么呢？！瞧我自己的工作，也就这个样子呢！说起别人来，都好说！"韩宁自嘲地笑着。韩宁觉着关于王大力工作的话题可以告一段落了，他也很高兴王大力今天过来对此问题的请教，在某种程度上对于他未来的心理治疗也有很大的好处，并且，在不经意间，实现了一个韩宁认为的很大的突破，"来来来，咱们都喝点水吧！"韩宁一边说着，一边起身倒水。

　　"对了，忘了问你，"韩宁忽然又一脸严肃起来，"你那个朋友，东子，最近怎么样？"

　　"哦？怎么关心起他了？"王大力很奇怪。

　　"呵呵，我看你和他那么要好，上次见他，的确觉得是个不错的小伙子，也是这么久没见着，关心关心你的朋友！"尽管韩宁说得是轻描淡写，但其实，韩宁的心里和他的脸上，并不是那么轻描淡写。

　　"他呀，最近在忙着找工作呢！"

　　"哦？！不在'暴点'干了？"

　　"是啊，不过不是被老板炒，是他炒了老板，大概是和老板之间闹了点什么别扭，说是看不惯老板的为人，然后一气之下就不干了。"

　　"哎哟，怎么回事啊？"韩宁的一脸吃惊和一脸关切其实有些做作。

　　"嗨！你还别担心他，东子他才无所谓呢！他说什么'此处不留爷，自有留爷处'呢！他说不就一碗饭嘛，到哪儿不是吃呢！"

"哦！那倒也是，倒也是！呵呵，我看东子对待工作的看法，倒是很实在、很洒脱……"韩宁看了王大力一眼，然后若有所思，没再说什么；而王大力也分明注意到了韩宁这意味深长的眼神……

"瞧我俩在这儿侃的！我们言归正传，大力，上次电话里跟你说了，今天你在我这儿做一套题吧。"

"对对，好啊好啊！"王大力忙放下手中的水杯，站起身来就准备立马开始。

"不着急，把水喝完。"

"好好……"王大力一仰脖子把水杯喝了个底朝天，看来他倒是很着急做题了。

韩宁让王大力坐到了自己办公椅上，又给他解释清楚了做题的要求，然后掐住手表，说："开始！"

王大力低下头开始思考做题。

坐在一旁的韩宁有意识地打量起此时毫无察觉的王大力，"他的动作、他的表情、他的神态，以及他说话的语气，还有他眼睛里的东西，跟我第一次见到他的时候一样，仍然还是如此……"韩宁心想……

一个小时后，在王大力停笔交卷的时候，韩宁说："写上自己的名字，也写上今天的日期吧。"

"哦！"王大力在空白的角落上熟练而流利地写上"王大力，2013年12月7日"。

王大力把试卷交给韩宁，韩宁把试卷折叠好，放在办公桌的一沓资料当中——就整齐地放在之前杨大力做的那份试卷的上面。

"对了，大力，如果方便的话，我想有机会单独跟宋梅聊一聊。"韩宁收拾好试卷后说。

"哦？"王大力一脸疑惑。

"没什么特别的原因，放心，只是我觉得她对你帮助很大，我跟她交流交流，对下来的治疗，不，诊断，有好处；况且，我对于她也不算陌生人。"

"好啊，我会跟她先说一说的。"王大力笑着说。

就在最后韩宁送王大力出诊所的时候，猛然间，韩宁脑袋里闪过一个念头，他朝着窗外那棵树的枝头望去——

光秃秃的，今天没有一只鸟。

Chapter 8
第八章　逃离

42

王大力想通了，想通了要辞职，一来为了自己开心，二来为了宋梅和韩宁的话，三来，也是从深层次上讲为了自己的心理健康。王大力考虑，首先得跟单位，得跟单位的领导，特别是得跟顶头上司，也就是李科长提前口头通通气，商量商量，沟通沟通，王大力毕竟明白，最重要的，也是最起码的，只有这么做才符合单位里，特别是机关单位里的"规矩"。

上班一大早，早早来到办公室的王大力，就在惴惴不安地等待李科长的到来，他想着今天上班的第一件事就是把自己的想法赶紧告诉李科长。当然，王大力也在寻思，得找一个什么样的汇报工作的借口才好，最好是办公室其他人都知道的工作的问题；这样，自己独自走进科长办公室的时候，才不至于引起一些可能在同事当中会产生的猜疑——当然，这也是王大力如今慢慢悟出来的机关单位里的一些"规矩"。

李科长来上班了，和以往一样，绝不很早到，但也绝不迟到，脚步匆匆；但就是在看见李科长的一刹那，王大力决定，暂时，至少今天早上，或者今天上午就不要为自己辞职的事情去找李科长了。因为，要是和以往完全一样的话，李科长肯定会先在王大力与其他科员所在的办公室环视一周，然后才会走进后面自己的办公室的；不一定和谁打招呼道"早安"，但肯定会环视一周，那意思，特别是那眼神，不仅是告诉大家"我到了"，也是告诉大家"领导到了，该干活儿工作了"。但今天没有，李科长压根儿就没有看任何人一眼，头都没有抬起来，盯着地面就直奔自己的办公室了，其他同事显然也都精明地注意到这一点，几个人还面面相觑。王大力从李科长的侧脸看见，他的脸色并不好，阴沉沉的。

王大力老老实实地坐在自己的办公椅上，老老实实地低头看着自己先前就拿在手上的一叠工作材料——心里却跟手头工作毫无关系一般地捣鼓开了。首先，这个节骨眼儿上，绝不能去跟李科长谈可能惹他不高兴的事情，比如说"辞职"这种事情。其次，李科长为什么会一大早就板着一副脸孔呢？应该跟工作无关，如果与工作有关，那得是昨天的事情，按照李科长的脾气，昨天如果有工作上的不满意，昨天下班之前就应该发泄出来；况且，今天的这副脸孔并没有针对具体哪一个人，更加不应该是具体工作的问题。再次，如果猜得没错，李科长今早的心情应该和自己的私事，比如说家事有关。

放在以往，特别是刚参加工作的时候，王大力是认为自己、同事、领导们都不太会，也不应该把自己私人生活的不开心带到工作上，带到与工作有关的事和人身上的，他觉得那样不专业，那样是对工作、对其他同事的不尊重，可初出茅庐的王大力后来就实实在在地遇到过这么一遭。

那一次，也是上班一大早，王大力和另外一位同事都急着要把各自手上的报告交给李科长审阅签字。李科长来了后也是一头扎进了自己的办公室。本来急匆匆的另一位同事却突然大度地说："大力，要不你先去找科长吧，我没你着急。"

"谢谢啊！"王大力兴冲冲地奔进科长办公室。

直到把手中的报告交给坐在办公椅上的李科长的时候，王大力才发觉李科长的脸色并不好。

"你这报告是怎么写的？动脑子了吗？"李科长把报告扫过一眼就怒气冲冲。

"我……"王大力蒙得不知道说什么。

"你看看，你看看，你看看你这一段的落实方案写了些什么？！"

"可是，可是我是照着之前的报告模板写的啊，以前也都是这样的啊。"王大力被李科长的话弄糊涂了。

"那是以前！现在，现在有新的要求、新的方案！"李科长的话更加提高了分贝，显然，王大力的话在他此刻看来，就是一种很不礼貌的狡辩和顶嘴。

"新要求？我们都不知道啊！还没有传达到科里吧……"王大力不识趣地还在解释。

"不知道！不知道！不知道就不能自己主动地去了解清楚再动笔吗？！"

"……"

"还不拿回去改？难道要我给你改？"

"哦，哦……"王大力慌慌张张拿回报告，灰溜溜地从科长办公室逃窜出来……

王大力一出来，就看见好几个伸长脖子竖起耳朵的同事"倏"地一下缩回了脖子。王大力耷拉着脑袋，悻悻地朝自己的办公桌走去。

"喂，他怎么啦？大吵大嚷的。"刚一坐下，身边的一个同事就探头探脑地问。

"我也不知道，反正说我的报告没写好！"王大力的语气中明显透露着委屈和不解。

"你没看他一早脸色就不对，这个茬儿去找他！"同事小声地说。

"哦……"王大力总算明白了点什么。

王大力还注意到，之前要急忙忙找李科长签字的那位同事，一直没有去科长办公室，一直没有说话，一直没有探头，一直在心无旁骛、认认真真地伏案写东西……

那天下午，就有消息灵通的八卦同事弄清楚了，李科长早上出门的时候，和媳妇儿吵架了，事情是小事情。

据说，当时，李科长对媳妇儿说，"今天是咱妈生日，你下班买个生日蛋糕回来。"

媳妇儿说："老太太还买什么蛋糕？"

李科长说："老太太难道就不过生日啦？"

媳妇儿说："要买你买，我今天忙，没空。"

李科长于是隐隐有点不高兴了，谁知媳妇儿又多嘴补了一句："再说她是你妈，你自个儿去买……"

"她就不算你妈？！"没等媳妇儿说完，李科长就咆哮起来……然后，媳妇儿先是吓得一愣，再然后，媳妇儿就跟李科长干起嘴仗，个中细节不得而知，最后，李科长和媳妇儿两人彼此拂袖而去，各自上班去了。

王大力当时就是在这么个节骨眼儿上，堵枪口上了。

王大力对于李科长因鸡毛蒜皮的家务事对自己的迁怒而多少有些委屈和想法，但他后来也安慰自己："也是人之常情，都有七情六欲，难免工作的情绪会受到其他情绪的影响。"他也批评自己，"的确还是怪自己的报告本身没有认真写好……"

所以，今天早上，看这个情形，吃一堑，长一智的王大力当然不会再去堵枪眼，只能等等，绝不能这时候去找李科长说辞职这么大的事。

一个上午，李科长压根儿就没出过自己的办公室——除了出来去了一次洗手间，他没有跟任何人说过一句话；当然，懂事的同事们，也没有一个人去找过他。王大力也就一个上午都只好伏案工作——当然，什么都没干进去，他满脑子只是在想着什么时候怎么跟李科长开口。

一个上午下来，王大力很郁闷，想要跟李科长说的话，越发就像一个秤砣一样，堵在心里，堵在嗓子眼儿；中午吃完饭以后，他哪里也没去，就径直回到了办公室里。下午上班，李科长仍旧准时来了，看到王大力之后，居然主动笑着说："小王，这么早就来了？"

王大力吃惊地抬起头，看着李科长，李科长笑眯眯的，"我，我中午吃完饭就直接回办公室了。"

"哦？也没好好午休一下？"李科长的语气甚是关心，而且感觉不像是假惺惺。

"有，有休息一会儿。谢谢……"王大力一边回答，一边仍旧打量着李科长的神色，不论怎么说，李科长此刻的表情与早上阴沉的脸相比，至少是有了天渊之别。至于说早上李科长究竟因为什么事情不高兴，此刻他又究竟因为什么而心情愉悦，那就不得而知了。李科长一边寒暄着，一边走进自己的办公室。王大力想，下午去找李科长说自己的事情，应该是个不错的时机。

快到3点了，办公室的每个人都在认真工作——当然，说是认真工作，其实彼此也不知道彼此在忙什么、在想着什么；反正王大力是看似认真工作的样子，心思则全然不在，但在别人看起来，他当然看起来也是一副兢兢业业的样子；所以说，整间办公室里，个人的脑袋里此刻到底是什么心思，谁知道呢？办公室里安安静静，偶尔听得见笔尖在纸上"沙沙"的声音，偶尔听得见有人相当惬意地抿了一口茶，然后还惬意地舒了一口气——办公室里，每天的氛围，多数时候就是这样。

"现在去找李科长，到底合不合适？""不过，再不去找他，不知下次又得等到什么时候？"就在王大力的脑袋里翻来覆去、矛盾重重地考虑的时候，他忽然想起来，对比自己察言观色、反复权衡的小心翼翼，东子居然能够为了自己的一点不满意，就以"此处不留爷，自有留爷处"干脆勇敢地炒掉了老板，又想起了韩宁对于东子此举所谓"洒脱"的评价，更想起了当自己告诉韩宁这件事情之后，韩宁望着自己那意味深长的眼神……于是，王大力拿定主意，忽然站起身。

王大力这突然的动作显然立马破坏了办公室里安静的氛围，大家都奇怪地看着王大力；王大力按照之前就设计好的，在办公桌上拿起一沓他自己都没有细看的资料，也不管他人的眼神，大大方方地朝科长的办公室走去。大家看着王大力的举动，又瞄了一眼他手里的资料，然后就都回过眼神，继续专注于各自的事情，没有任何一个人开口问王大力什么。

王大力轻轻敲门。

"进来。"科长办公室的里面应了一声。

王大力把门拉开一些，刚好够自己侧身进入的幅度，然后挪进了科长办公室，转身，轻轻又把门关上。

"哦，小王，什么事？"李科长抬眼看了王大力一眼，很自然地问了一句，然后又继续在写着什么东西。王大力看出来，李科长的语气、动作、神态等，都是正常的。

"科长，我，我有一件重要的事情，要给您汇报一下。"

王大力在"重要"二字上加重的语气让李科长停笔，并抬起头来看着他；李科长愣了一下，然后笑眯眯地说："哦？是吗？来来来，坐下说，坐吧。"

"好。"

"说吧。是工作上有什么问题吗？"

"我，我，科长，我是想跟您汇报一个想法。"

"想法？什么想法？工作思路吗？"

"不是，是关于我，关于我自己的想法。"王大力越说越有些紧张。

"嗯，好，说说看吧！"

"科长，我想辞职。"王大力毫不遮掩，直截了当地说。一来，王大力想干脆直接告诉李科长，至少也显得自己坦坦荡荡；二来，直接向李科长说出来，也可以直接就看看他到底对此事是个什么态度。

李科长的反应让王大力很诧异，他原本猜想李科长可能会大吃一惊，甚至也猜想李科长可能会对自己的想法感到生气；但李科长没有，他只是预料当中的停顿一下，然后居然仍旧以方才平静，还饱含笑意与关切的口气说："哦？是吗？"

李科长的反应反而让王大力不知道说什么，彼此冷场了至少有20秒的时间，王大力觉得此刻的气氛相当尴尬。

还是李科长打破了寂静，"没事没事，年轻人，有新的想法，也是好事！你第一时间跟组织沟通自己的想法，这是值得肯定的。"

"谢谢科长。"王大力对科长的理解很感激。

"来，具体说说你的想法，怎么就考虑想辞职呢？"刚问完这一句，李科长忽然又问道，"对了小王，要不要喝杯水再慢慢说？"说完，他站起身，准备去拿水杯。

王大力意识到，这是自己参加工作以来，不知来到科长办公室多少次以后，李科长第一次问自己"要不要喝水"；王大力觉得受宠若惊，不过这种受宠若惊里头，却不知为何又有点奇怪和不太自然的感觉；王大力忙说："不用，不用您麻烦！"其实王大力确实是不想喝水而已。

"好吧，那你具体说说。"李科长重又欠回身子，坐在他那张很大，看起来也很舒适的办公沙发里。

"科长，我觉得自己不太适合做现在的工作。"

"小王啊，你才工作没有多长时间，很多问题你当然还不能适应，凡事都得有一个过程，总不能一下子就马上否定工作，也否定自己吧。"李科长几乎是没有做什么思考，就很自然而流畅地回答道。

不等王大力再次开口，李科长又柔声地问："是不是工作上遇到什么难题了？还是和同事们，包括和我之间产生什么误会别扭了？"

"没有没有！"王大力连连摇头，"您别误会，跟您、跟大家都没有关系，大家都很好，只是我自己不太想继续做这份工作了……可能，可能主要是我感受不到工作的所谓，所谓成就感吧。"

"成就感？……"李科长愣了一下，旋即，他抿了一口茶，"哦——我明白，我明白，"李科长笑了，在王大力看来，好像是一种很职业的笑，"我明白你们年轻人的想法，你们哪，是没吃过苦，不像我们当年要求提倡艰苦奋斗，你要求高……当然，时代不同，这个也可以理解……是嫌工资低、待遇差吧？"王大力刚想分辩，却被李科长再次打断，继续说，"这我也明白，前些天我还听隔壁科的老苏说起来，说他们科的哪个小伙子也是嫌工资低，说是指望着这点死工资，猴年马月才能在市里买套房，说是也嘀咕着闹辞职呢！"

王大力的心里骤然很委屈，姑且不说自己不是为了物质待遇的问题想辞职，他首先是觉着关于辞职的想法只是自己一个人的打算而已，为什么到了李科长眼里就变成了"你们年轻人"这个群体共有的问题？况且，自己的事情更加不应该和"隔壁科"的谁谁谁相提并论，所以，王大力硬邦邦地回了一句说："我不是为这个！科长，其实很多东西并不完全是金钱能够衡量的！"

"哦？"王大力的话让李科长有些诧异，也让他有点脸红，他皱起眉头，又抿了一口茶，然后似乎是恍然大悟一般地笑着说，"小王啊，我明白，你嘛，的确是个要求上进的好青年，莫不是嫌自己的政治进步太慢了？"又一次，不等王大力分辩，李科长又接着说道，"要求进步是好的，不过组织对这些问题都有慎重考虑，你看你平常工作也都不错，组织也都看在眼里，我寻思着啊，到明年，一个是你的年限也差不多了，二来局里、科里有些位子也都陆续腾了出来，你副科的问题也就水到渠成了；再说，朱局……"说到这里，李科长还是打住了，没把话继续说下去，而是以和蔼的目光看着王大力。

王大力不仅感到委屈，更感到有些心烦，甚至恶心，他不明白自己在李科长眼里到底是个怎样的印象；不过他明白的是李科长话到嘴边提到"朱局"的一番意味，于是，王大力再次硬生生地回了一句说："根本不是因为这些，"王大力的心里此刻有点赌气的意味，想了想，又不咸不淡地补了一句说，"其实，在我看来，哪怕就比如说您吧，作为科长，除了压力比我大，责任比我重，我看不出有什么其他的不同，甚或所谓的优越感……"王大力说完这话之后，其实自己也被自己吓了一跳，他突然不明白自己为何这般鲁莽，或者说这般大胆地在李科长面前说出这样的话来，放在以前，也许心里敢这样想，但绝口不敢这样说。

"哦？"王大力接二连三的否认以及越发生硬的态度让李科长完全不明所以，他也只好暂时沉默，办公室里骤然像冰窖一般，静悄悄、冷冰冰的，让人感到极为难受。

王大力慢慢也意识到自己方才针对李科长的情绪的确不礼貌，所以缓和下语气说："科长，您误会了，我想辞职倒并不是因为您说的这些。"

"哦——"李科长的语气也缓了下来，转而换了一种方式劝解道，"小王啊，我暂且不想计较你为什么有辞职的打算，只是你想过没有，一来，这份工作虽说不是升官发大财，但毕竟这皇粮饭你也是好不容易才争取到的，多少人想挤也挤不进来；二来，你再想想，你现在辞职出去了，你又能找到什么样的好工作？相比于其他那些并不比你差的求职者，你又有什么过人之处与一技之长？"

李科长的这一席话倒是让王大力感动，因为不论怎样，这毕竟是李科长将心比心、实事求是的交心；但是，王大力忽然又想到了韩宁、宋梅、东子，他立马从这种感动当中清醒过来，他在心里对自己说，"是啊，就是因为这所谓稳定的'皇粮饭'，让我在此踟蹰不前、犹豫不决；也就是因为对于未知风险的恐惧，让我就甘愿在此一天天虚耗着自己的青春与梦想……在这里，除了写'八股文'一般的报告，除了小心翼翼地应付着领导，除了开会、应酬，我又学到了什么呢？每天无非就是为了工作而工作；怕是再长此以往，我的生活轨迹就和办公室身边的每一个人都一模一样吧，他们的今天一定也就是我的明天；不但我的梦想消磨殆尽，我之前的所学丢得一干二净，我连自己是谁，我和别人有什么不同都不知道了吧……当我再决定离开的时候，我会发觉自己真就是一个什么都不会的废人啊！"想到这些，王大力突然发现，李科长的这些话，其实，也就是那所谓的"牢笼"！

当然，王大力没有把此刻的所思所想说出来，但是因为心里在如此激烈地碰撞，他的脸已经是涨得通红；李科长看着王大力的神情，不明白他此刻为何情绪这般激动，一时半会儿也不敢再说什么。

半响，李科长突然问道："小王，这些想法，你跟朱局交流过吗？"看来，李科长并不知道王大力和朱婷婷之间故事的终结，所以在他看来，朱局对于王大力而言，应该是一个非常特殊的存在。

"还没有。"王大力只是实事求是地回答，没有说其他。

"这样啊——"李科长有一种如释重负的感觉，似乎他难于解开的王大力的这个心结，可以直接交给朱局长了，"你呀，还是应该跟朱局好好沟通沟通。"李科长一边说，一边居然径自拿起了办公桌上的座机，拨着号码。王大力紧张地失声叫道，"科长，您别……"可是电话已经接通。

"朱局好！我是小李啊！打扰您啦！"李科长以一种非常职业的乐呵呵的口气说着。

"是这样，我们科小王啊，……对对对，王大力，王大力……这样的，他有些情况，刚刚跟我谈了谈，不过我觉得有必要让他直接跟您汇报汇报……看您什么时候方便，我让他去找您？……现在？哦，好好好，那我就让小王直接去您办公室吧！……好，谢谢朱局关心，打扰您啦！"李科长挂上电话，脸上那夸张的笑容也适时退去。

"小王，你直接去跟朱局聊聊吧，我觉得有必要，也是为你好。"

"我，我，……唉……哦，好吧……"王大力无可奈何地站起身，转身往外走。

"成就感？呵呵，什么文绉绉的狗屁成就感？！少年不识愁滋味！"王大力走出科长办公室并顺手关上房门的时候，李科长自言自语地叹息着……

坐在朱局长的办公室里，王大力反而觉得不像在李科长办公室里那么紧张与不自在，他一五一十地说了自己打算辞职的想法，也说明了这与工资待遇、职位进步等并没有什么关系，也提到了"成就感"这个词。

"大力，这我得批评批评你了！怎么能把我们的工作简单地就仅仅看作是一份'工作'呢？"此刻朱局长给王大力的印象就不是作为朱婷婷的父亲的印象，而是仅仅作为局长的印象。

王大力被朱局长的话搅得有些糊涂。

朱局长看得出来自己的话吊起了王大力的好奇，于是继续说："我们的工作不仅仅是一份工作，一份职业；我们是公务员，所以我们的工作与社会其他的工作不一样，我们的工作更是一份事业，是一份担当，做好我们的工作不仅仅是上班这么简单，也在于我们对党和国家、人民交付的事业有没有一种责任意识，这也才是你提到的那个关键词——成就感！"朱局停了停，语气又柔和下来，"大力，你说对吗？"

没想到朱局长轻易间就把这个问题提升到如此高瞻远瞩的站位，朱局长说的也全是实话，王大力突然觉得自己的渺小。不过，王大力还是继续说道，"可是，这不是我的兴趣、我的理想所在，我觉得工作不快乐……"

"大力呀！我们的工作可不是什么兴趣爱好的问题，党、国家，和人民选择我们做公务员，把这份工作交给我们，是对我们的信任！而且，无论是革命工作，还是建设工作，哪有那么多所谓的快乐？本身就是个吃苦耐劳的问题啊！"

"我……"

"大力啊！这样，我给你打个简单的比方吧！我们的工作其实就跟做饭吃饭一个道理！"

"咦？怎么朱局长也扯到吃饭的问题？"王大力心里瞬间想起来韩宁之前给自己打的比方。

朱局长没有停顿，继续解释道，"我们的工作不是简单自己吃饭的问题，我们啊，就相当于是厨师，除了自己吃饭，还得认真把饭做好，要让人民、让百姓吃好饭。所以，不能说自己不想吃饭就不做饭，厨师可不能这样子啊，你说对不对？"

"对……可是……"

"不用可是啦！你明白这个道理就好！说到底，不是我批评你，还是你的思想站位、思想觉悟不够啊！不过不要急，把工作做好，在工作中好好磨砺，政治站位就会慢慢提高！"

"可我，可我感觉快被工作磨得没有一点斗志了，感觉自己在碌碌无为、虚度光阴……"

"年轻人有大志是好事啊！不过可不能小看了我们这份工作啊！就是要在最简单的平凡当中，才能慢慢积累出伟大！"

"我……"

朱局长想了想，又补充说道："大力呀，组织可是很看好你啊，组织也希望好好培养你，所以你可不能掉链子让组织失望啊……"

"我……"

"没事，别不好意思，有这些想法也是正常的，以后有这些想法，都应该跟组织多交流、多汇报！明白吗？……你看，我这里还有这么多文件要处理，要是没有其他事情，就赶紧回去抓紧工作吧！"朱局长说完，笑眯眯地看着王大力。

"哦……好，好吧……"王大力支支吾吾，实在也说不出什么了，只好站起身，转身走出了朱局长的办公室。王大力出去关上房门的时候，朱局长脸上的笑容陡然间就消失了，拿起桌上的文件，看了起来，好像方才什么也没有发生一样。

王大力回到自己办公室的时候，其他同事偷偷瞄了他几眼，打量他的神情；王大力感觉到了大家的目光，他没有看大家，径自回到自己的办公桌；大家也迅速转移开了目光。坐在办公椅上，王大力心事重重："唉！朱局长说得也对，至少我这么做确实是自私，是不负责任、逃避责任的表现！跟朱局长比，唉，我呀，的确也是个思想意识的问题啊……可是，宋梅和韩宁的话……而且，为什么我自己小小的私事，居然一下子就涉及如此一个高度的大问题？……唉，别扯远了，再说吧……"

不论王大力是否能够最终想明白，总之，王大力第一次鼓起勇气针对辞职的努力也就如此戛然而止；办公室又恢复了宁静，有笔尖在纸张上"沙沙"摩擦的声音，有偶尔传来的有人喝水喝茶的声音……

43

今年的冬天是个多事之"冬"，当然，多的事是不好的事。王大力的单位就出事了，准确点说，就是王大力所在科室的一把手李科长，以及王大力所在的商务局的一把手朱局长出事了。

那天早上刚一上班，按照之前的计划，李科长把全科的人都召集在一起开会。开会的缘由是根据上级部门的统一要求和部署，必须要求限期召开学习会；开会的内容，是关于党风廉政建设；其实，局里、科里开这种会的时候实在太多了，所以大家也都习以为常。

果然，会议的内容、流程和往日开的这种会，并无多少不同。作为支部书记的李科长主持会议，科里，也就是支部里的宣传委员拿出纸笔做会议记录。李科长先把上级印发下来的文件全文通读一遍，文件的具体内容大致也跟以往区别不大：主要是说最近什么时候，某些或某位重要领导，在哪里，与哪些人开了个重要的会；会上，这个重要领导发表了重要讲话，再次，需要说明的是，这次会议强调了党风廉政建设的重要性，所以要求哪些部门、哪些人必须一级级将会议精神予以传达，大家都务必深入学习和领会……李科长通读完之后，向大家强调这次会议、这次学习的重要性，也提出了自己对此次学习、对相关文件的思想认识。李科长说完以后，全科同事们，包括与会的党员们，以及得到极大荣誉被"邀请列席"的非党员们，都必须轮流发言，对李科长刚刚所传达的文件谈谈自己的感想。大家的发言，彼此与彼此之间相比，也与以往开会的发言相比，都大同小异，大家旗帜鲜明地支持党风廉政建设的重要性与必要性，义愤填膺地痛斥不讲党风、不讲廉政的罪恶行为，当然，还都无不深刻地自我批评，剖析自己在政治上、思想上的不足之处。王大力当然也发言了——这种会开得多了以后，之前不善言辞的王大力也多少都能体面而合适地说上几句；在发言之前，王大力很自然地还想起之前因为自己提出辞职而被李科长、朱局长教育的事情，所以越发发自肺腑地觉得自己的惭愧，所以在发言中，王大力也是希望自己能够实实在在地谈点自己内心的感触，但话一出口之后，尽管王大力自己知道自己是说出了自己的心里话，但他同样又觉得，其实在别的同事听起来，可能自己与大家的说法都是一回事，也都基本上是这种会议所必须的应景的表态罢了。

这样的会无非也就是一个表态的会，至于关于党风廉政建设在未来如何落实的问题，那当然是未来，至多也应该是下次开会再讨论的问题了。按照科里原先的计划，一个上午圆满地完成了此次会议应该达到的目的。中午，李科长提议说，既然今天大家一起开了这样一个民主生活会，那就干脆大家一起吃个饭，也算是为了增进科里同事之间的团结，而且上午会议上意犹未尽的内容，大家还可以继续在饭桌上讨论。王大力觉得李科长很照顾大家的情绪，吃饭的提议也很有道理，但同时又想到今天开会的内容，对于吃这顿饭的感觉又总是有一些说不出的怪怪的感觉——不知道李科长自己和其他同事怎么想。

大家就在单位附近的酒家吃着、聊着，一顿午饭一直吃到快到两点上班的时候。就在大家一起回到办公室准备开始下午工作的时候，赫然发现局里的二把手、常务副局长——马副局长和几位素不相识的人已经早早等候在办公室外。

这场面让大家午饭之后的困意顿时消弭，李科长马上大步走上前去，热情地向马副局长问好，同时，以一种职业性的礼貌笑容，却又饱含诧异地打量着马副局长身边这几位表情极为严肃的客人。

"您好！您几位是？……"李科长看看他们，又看看马副局长，指望着予以一一介绍。

"这样吧，"马副局长对于李科长的表情未予理会，也是表情严肃而语气淡然地对李科长说，"我们也不在这里一一介绍了，你跟我们一起先去我的办公室吧。"

"哦……，那，那好吧……"李科长揣摩着马副局长这不咸不淡的话，战战兢兢地应承着；然后以奇怪的眼神望了一眼同样奇怪的大家，就跟着马副局长和那几位客人一起往电梯口走去。走出了几米远，马副局长忽然站定，转过身，对依然莫名其妙杵在原地的大家说了一句，"没事了，你们赶紧上班，别凑什么热闹。"

"是是是……"大家赶紧允诺着，赶紧开门进办公室。

李科长一个下午都没有回办公室，当天下午快下班的时候，办公室外、楼道里都有点吵吵嚷嚷的声音，王大力和其他同事都忍不住往门外、窗外探出了头去，想打听个究竟。只见李科长被先前那几位陌生的客人领着一起走出办公楼，走在局里的大院里，从窗户远远看出去，看不清具体的情形，但却能很清楚地看见李科长低着头，身影颓然的样子，全没有平日里在局里的那种风风火火；让大家，特别是让王大力感到非常诧异的是，并肩走在李科长身边的，同样也耷拉着脑袋的，还有局的一把手——朱局长。

这种事情传得很快，其实大家小道消息传说的各种版本与事实大致差不多，朱局长和李科长那天是被市纪委的干部带走了，从目前能够打听到的情况来看，两人都已被"双规"，涉及的问题是经济问题，大概是与市里哪些企业之间存在"利益输送"的问题，具体金额还没有准确的说法，但据说数额不小、问题很大。

可以确定的是，那天上午还在主持科里党风廉政建设会议的李科长，以及王大力一直相当敬重的朱局长、之前因为朱婷婷的缘故而使得彼此关系多少有些不一般的朱局长、不久前还以国、以党、以民劝导王大力认真工作的朱局长，从那天下午因为经济问题被带走之后，他们的政治生命，他们作为公务员的职业道路，他们在局里的岁月，就此应该算是彻底终结……

几乎就是从局长、科长被带走的那天开始，就一直在下雨，冬日里一连好多天阴雨绵绵的情况并不多见，所以大家都觉得今年冬天的天气是那么难以捉摸。每天的雨并不大，几乎不用撑伞，但总是雾蒙蒙、水蒙蒙的；在外面走上一遭，头发上、衣服上全是细细的一层雨雾；扭一扭头，雨雾蹭在脸上，蹭在脖颈里，就非常难受，冷得人只想哆嗦；家里的被子、褥子也都是又潮又冷，弄得人晚上睡觉盖上多厚的被子都感觉睡不暖和。总之，相比于干冷的气候，这阴冷潮湿的感觉更是让人难以忍受。

办公室里的气氛比这湿冷的天气有过之而无不及，每一个人都像是把自己套在一个套子里，哪怕彼此之间的寒暄、彼此之间因为工作缘故必需的交流还在，但彼此与彼此之间的氛围，不说隔了千重山万重水，但至少也是像这恼人的天气一般，云山雾罩的看不清、说不清。本就压抑的王大力最近更加像是喘不过气来，每天走进办公室的时候，在他自己看来，就像是走进一个阴冷、潮湿、狭仄的地窖一般，以往那些熟悉的同事，也在粉饰的表情之下，掩盖不了一种阴冷、潮湿、狭仄，还有人心惶惶的担忧甚至恐惧。看来，领导们的突然落马，的确造成了极大的冲击。

不知道大家对于局长、科长的真实感触究竟如何，对王大力而言，李科长的事情倒是其次，但朱局长的变故对其造成的心理冲击更甚于事件本身的冲击。长期以来，王大力对于朱局长在工作上的作为、做人的表现、待人接物等方面是相当佩服的，曾几何时——起码在有了辞职的想法之前，他也曾期望着自己能够成长为像朱局长这样优秀的人才。之前朱局长对于自己关于辞职问题的开导，更是在思想觉悟上使得自己显而易见地看到了与朱局长的差距。但，就是这样一位自己在内心看作工作上、生活上、思想上的"人物"，突然之间，不是消失了，而是轰然倒下了；这不仅仅是对朱局长这个人的认识的一种强行转变，更是逼得王大力对自己长期以来的思想认识过程本身、甚至信仰本身，必须有个重新的审视及180度的转向——这很难——对于王大力的心理状态而言，很难。

局里、科里最近组织了很多次会议，主要的主题就是加强纪律的学习，不过在王大力看来，其实也在绝大多数人看来，大家都心知肚明，从另一方面来说，这些会议，说到底也是对朱、李二人的批判。尽管朱、李二人涉及违纪、违法的作为理所当然应该受到严厉的批判；但王大力觉得不可接受的是，为什么之前还对朱、李二人马首是瞻的很多同志们，如今，在他们的眼中，朱、李二人竟然一无是处；似乎在他们的眼里，朱、李二人完全就是工作的败类、生活的渣滓——甚至于关于抽烟、喝酒、下棋等委实无足轻重的个人习惯，全都成为二人不务正业，乃至奢靡腐化的最佳证明，以及其走上犯罪道路的一个个诱因；这不得不让王大力想到了"落井下石"的字眼。

接踵而来的，还有局里各种流言蜚语开始像讨厌的苍蝇、蚊子一样，发出"嗡嗡"的声音充斥在王大力的耳边。

"知道吗？！朱局落马全都怪他那老婆呢！他老婆算是干部子女，当年嫁给了不名一文的朱局，在家里那真是高高在上、耀武扬威呢，听说就像太后一样！叫朱局往东，他不敢往西呢！朱局昧着良心捞钱全是他老婆的主意呢……"

"朱局捞那些钱，也就是为了在他那老婆面前抬起头来呢……"

"难怪李科在朱局面前像孙子一样，两人是一丘之貉呢……"

"难怪朱局家里看上小王这个穷小子呢！这样的女婿以后才好管教呢……"

"谁说的？！说是朱太看不上小王呢！小王入赘豪门的白日梦早醒啦……"

"对对对，说是朱太最后给朱婷婷挑了个官二代呢……"

"谁说不是好事呢！小王这下反倒是幸运呢……"

"你们知道吗？小王好像也有相好的啦！不过据说就是酒吧里一卖唱女呢……"

"啧啧……""呵呵……""哈哈……"

王大力觉得难过，他觉得无论如何，即使朱局的太太纵有万般不是，但也不至于把懵懂而不懂世故的朱婷婷牵扯进来；王大力觉得委屈，他觉得无论如何，自己与朱婷婷之前的感情纠葛也与朱局的犯罪并无丝毫的关联；王大力觉得愤怒，他觉得无论如何，美丽善良的宋梅毕竟应该是置身事外而无辜的……王大力看着那些曾经沉稳持重、官威堂堂的领导，那些曾经在大会小会上呼吁着团结友爱、互帮互助的同志，如今，在他们冲着自己那躲躲闪闪、百般意味的眼神中，他却看到了恶俗的八卦与市侩。

王大力想到了韩宁，多好，他似乎只需要面对他的病人；他想到了东子和宋梅，多好，他们似乎只需要面对喜欢的音乐——即使面对同事，也只是于工作本身当中相互配合的团队而已；而自己呢，就像困在一个被压抑得近乎窒息的牢笼里，需要面对的，是这些他害怕去面对、难于去理解的同事，不，"同志们"。

王大力的内心几乎就像要爆炸一般，他倒真的宁愿能够炸起来，把这地狱一般的湿冷肮脏全都炸得粉碎，把这些无处不在的小鬼喽啰全都炸得干干净净——当然，期待的爆炸并没有到来，反而就像越来越多、多到难以容纳的火药在持续不断地在自己的内心堆积。除了心烦，王大力同时也害怕，他越来越害怕在这里多停留一刻，越来越害怕自己本就惴惴不安的心灵会终究承受不起——还是选择辞职？也许吧，也许只有如此，辞职至少是为了躲避，为了逃离，为了逃离这不堪的现实与心理的境地……

王大力很想去看望朱婷婷，但他终究还是没敢去。

44

"铁打的营盘流水的兵。"无论朱局长怎么样，不论李科长怎么样，局里、科里的工作还是得继续，至少面上来看，日常工作的进程总算还是有条不紊。当然，还有一件多数人都在惦记，却又无人明说的事情也在科里面慢慢发酵和酝酿——谁来做新任的科长？——谁来做新任的局长轮不到科里的大家去操心，毕竟那肯定是与己无关的事情；但关于李科长被开除党籍、开除公职，移送司法机关的决定下达以后，谁来做新任科长的这个问题就迫在眉睫，越发凸显出来。科里的很多人，特别是自认为年富力强的业务骨干，或者年轻有为的青年精英们都越发明显地跃跃欲试。王大力都看在眼里，对他自己而言，这倒不是自己关心的问题，一来论资历论业绩，的确轮不到自己；二来原本就已经因辞职的打算而在工作中意兴阑珊，所以这个问题也的确引不起自己的兴趣。

结果是出人意料的，科里的张科，也就是那位曾经不带"长"的张科，被不少人一直称作"老张"的张科，居然被任命为新一任的科长。科里不少人嘴上不说，心里是充满诧异也包括不满的，但既然组织已经白纸黑字做了这样的安排，工作也就只能如此继续。这对于王大力而言，仍旧也只是一件根本就毫无所谓的事情。

这天临下班之前，上任也就刚几天的张科长从里间的科长办公室探出一个脑袋，对正在收拾东西，准备结束一天工作的王大力说："小王，你先等等，别着急走。"声音很大，办公室里都能听见。

"哦？"王大力停下手中的忙碌，奇怪地望着张科长应了一声。张科长没有解释为什么，缩回脑袋，关上房门。

科里其他人奇怪地望了一眼科长办公室和王大力，也都没有说什么，各忙各的，陆陆续续离开办公室。

王大力轻轻敲门。

"进来。"

王大力走进科长的办公室："张科长，您找我？"

"对，坐。"张科长停下手上仍在忙碌的笔头，微笑着看着王大力说。

王大力坐在张科长的对面，心里忐忑不安地不知道新任科长有什么事情要找自己，而且还非得是下班之后。

看着王大力疑惑的表情，张科长笑着说："小王，没其他事情，只是跟你聊一聊。"

"哦。"王大力的回答既像是表示理解，又像是表示奇怪。

"好吧，你也不用瞎猜，我就开门见山跟你说吧，"张科长以相对严肃，但仍旧微笑的表情说，"科里最近出了这么大的事情，局里很担心，所以，也是从保持干部队伍稳定的角度，委托我，分别和科里同志谈一谈。"

"哦。"王大力这下才算明白。

"说说吧，对这件事情，自己有什么想法吗？"

"我，我觉得，他们，他们，"王大力有点不好意思开口，而且他只是含糊其词地用"他们"来代指此刻自己和张科长所说的那两个人，"他们，辜负了组织……"

"行啦行啦，"没等王大力继续，张科长忽然大笑起来爽朗地说，"小王，我是什么性格你也不是不知道，就不用在我面前说那些空话套话！我们今天只是聊天，不是开会！另外，我希望此刻你不要把我当什么新任科长，把我还是当作以前的'张科'，或者'老张'吧。这样你说着舒服，我听着也舒服。"

"好好，老张，哦，不，科长。"

"行啦，谈谈你的真实想法。"

"嗯……我其实并不清楚事情整个的情况，我只晓得肯定是很严重的错误，对我个人而言，怎么说呢……嗯……"

"没事，想到什么说什么。"

"其实，我一直觉得他们都是很不错的领导，工作能力强，把局里、科里工作搞得也很好。"

"对，这点我赞成！"

张科长的表态也鼓励起王大力继续"实话实说"的勇气，"特别是朱局，他之前其实是我在工作中学习的榜样。"

"不错！小王！我欣赏你的客观实在！不说空话，不落井下石！而且我能够理解。那这件事情对你而言？……"张科长看着王大力。

"对我而言，嗯，的确想不到吧。"

"对。还有呢？"

"还有？还有……"

"我是说，之前你学习的榜样，突然之间……你没有想法吗？"

"我……"忽然之间，王大力感觉到自己的心里在翻腾，心跳似乎在明显加快，各种各样的想法一瞬间都冲进自己的脑子里；坐在他面前的，好像忽然之间不是什么张科长，不知道是何人，样子都似乎模糊起来；只是，好像自己内心摆放着一个个火药桶，而且忽然都被眼前这个人点燃了导火索……

"小王，怎么了？"看着王大力紧锁的眉头和陡然间难看的脸色，张科长关切地问。

"哦，哦，没，没什么……"王大力总算缓过神来，表情也随即舒展。

王大力尽量缓了缓自己的情绪说："之前，他跟我说过我们的工作不光是为了自己，也是为了国家，为了人民……可如今，我，感觉，感觉一切就是个讽刺，就像是谎言……"

"那是他的问题，大力，不应因为他的问题影响自己的思想。"

"不，也是我的问题！"王大力断然地说，目光坚决地望着张科长，张科长愕然了。

"老张，我工作时间不长，对工作的确还没有很全面的认识。不过，说实话，很多时候，或者从参加工作开始，我没有那么多远大的理想抱负，我只是认为这是我的职业、我的工作而已，甚至你可以说我缺乏坚定的信仰；尽管我始终明白起码的职业道德，比如，所谓的'在其位谋其政'，但也许在我的境界里，所谓信仰，其实是那么缥缈的东西。我说过，我曾经把他作为自己的榜样，抑或偶像，特别是当他告诉我那些为国为民的道理后，我更加深信这一点，我也开始发觉原来自己的工作可以是那么崇高，我甚至开始意识到，原来，信仰，就在我所从事的工作的点滴当中，信仰就在他言传身教的言行当中！即使我可以认为自己没有政治觉悟、思想觉悟，但我却意识到，跟着他好好学、好好干，我的觉悟也会越来越崇高……但是，突然之间，我发现这是假的，他是假的，甚至他是错的！那我之前认为崇高的那些东西呢？！我刚刚找到的那崇高的信仰呢？……再说李科长吧，不对，应该说前任李科长，当初我写的入党申请书，他在上面写了大段的批示，不仅肯定说内容写得好，还写着说年轻干部就应该这样积极追求进步，就应该争取入党，就应该甘于奉献……我知道以后不仅是高兴，更是感动，更加坚定了一种理想，可他居然，居然……他对我的那些肯定与鼓励，如今看来，不算是一种讽刺吗？老张，我……"

张科长对于王大力突然之间似乎爆发一般的滔滔不绝瞠目结舌，他迅速地思考，究竟是王大力心里长期以来郁结了什么东西，还是自己刚刚说的话戳到了王大力心里的某个软肋，才会让这个自己看起来一直有些木讷的年轻人居然突然之间爆发出这样的性情。当然，张科长也不得不承认，他的内心被王大力有些肆无忌惮的咆哮所震撼、感动。

"呃……"张科长此时反倒变得有些不知所措，"小王，我明白，此刻，此刻，我只能说，我明白你内心的这种彷徨，我能够猜想得到作为一个质朴的年轻人在面对这种事情时的心情。我，我只能说，怎么说呢？我们不能因为一两个人的错误甚至罪行否定了他们的全部，也不能因为这一两个人否定了我们共同的事业。你说对吧？"

王大力低着头，依然难看的脸色，并没有回答张科长的问话。

张科长也没有等王大力的回答，就继续又说："小王，总之，路是我们大家一起走的，不能因为之前的领路人走错了路，就把你，把我们大家都带到火坑里去吧？！"

这句话让王大力抬起头，若有所思地看着张科长。

张科长没有回避王大力的眼光，也没有等王大力说话；然后，喝了一口茶，有意转换话题，"我们，我们聊点其他吧……你，你最近手头的工作怎么样？"

"我在考虑辞职。"王大力冷冷地说。至于说是因为刚刚的冲动再次激发起自己的这个想法，还是前任朱局长和李科长的事件终于让自己又一次想到这样的决定，王大力自己也不知道，总之，他是自然而然地向新任科长提了出来。

"辞职？"张科长预料之中地反问一句，不过，预料之外的是，他的表情倒并算不得诧异，然后只是淡淡地说："如果只是因为这件事情，我想你就太不值得。"

"不是。其实之前我跟朱局和李科都提过，只是觉得自己不喜欢，也不想做这份工作了。"

"哦！如果是自己早就有这个想法，那倒未尝不可。"

"哦？"王大力吃惊地听着这位新任科长对此的意见。

"呵呵，"张科长笑了笑，"怎么？我的反应让你觉得奇怪？"

"我……"

"你一定在奇怪我怎么就没有反驳，没有挽留你吧？"

王大力不好意思地低下头，其实也算是一种默认。

"哈哈，小王，感谢你的坦诚！放心，我年纪一大把，但我可不是老古板！我理解年轻人的想法，做自己不喜欢做的事情，的确不是好事！"

"……"王大力不知该怎么说，但他以感激的目光看着张科长。

"小伙子，我是过来人，我也曾年轻过。说实话，今天我作为一个普通的老人家，不是作为你的科长，说一句其实不太负责的话，趁年轻，照着自己的想法，去活，去闯去！"王大力在张科长的眼中，看到了年轻人具有的那种甚至有些轻狂、目空一切的光芒。

张科长停了一下，又补充一句，"否则，如果始终犹豫不决、瞻前顾后，始终困在一个自己不喜欢的笼子里，等到未来某一天，不仅你年轻的锐气没了，可能你原本具备的本事也都没了……等你到我这个年纪的时候，后悔可就来不及咯……"王大力注意到，张科长眼睛里方才那瞬间的光芒突然暗淡了下去。

"您，您不会觉得我对工作，对我们的事业不负责吗？"

"为什么会这么想？心不在此，做一天和尚撞一天钟地混日子，难道就是对事业负责？说一句大道理的话，工作有很多种，你不干这个，干其他的，只要干好了，都是为国、为民，也为自己负责。"

王大力很自然地把张科长的话和前任朱局长的话对比起来，忽然有了豁然开朗的感觉。

"我再跟你打个比方！工作其实就像做饭，我们每个人其实就是厨师……"

"咦？！又是厨子和做饭的比喻！"王大力几乎叫出声来。

张科长继续不紧不慢地说："比方说厨师做饭，比方说你是四川人，从小吃惯了又麻又辣的川菜，喜欢吃川菜，也学会了做得一手好川菜；如果非得让你去一家上海餐馆做上海菜，你会做吗？做得好吗？自己都吃不惯的口味，能指望你去做吗？而且，你勉为其难做出来的上海菜，到底是为人民服务呢？还是坑老百姓的钱呢？"

"嗯，嗯！明白了！"王大力由衷地拼命点头。

"所以说，工作的道理，也是一样，既然还在这里，就认认真真做好每一件工作；如果自己深思熟虑好了，当然，我是说这毕竟是自己人生的大事，一定要考虑周全，毕竟现在要找到一份真正适合自己的工作也并不容易，如果做出辞职的决定，我也一样支持你！我只希望无论未来你在哪一个工作岗位上，都能够干得出色！好吗？！"

"好好！谢谢，谢谢科长！"王大力的内心被这个新任科长，以前似乎大家都看不上眼的老张，深深感动。

"还是叫'老张'好！"

"嗯！老张！"

"行了，今天我们就聊到这儿，我也谢谢你的坦诚……"

张科长忽然又想起一件事，紧接着说："对了，局里打算招一批后勤临时工，主要是保卫科、收发室几个部门。虽然不能算局里公务员的编制，但是进来干得好的话，局里会酌情争取事业编。招的人不多，所以局里的考虑是先看看局里的干部们有没有什么家属、亲戚之类的推荐，也算是优先照顾。不过得首先保证品行端正，然后局里再统一按名额筛选。如果到时候咱们内部招不满，再考虑向社会公开招聘去。所以你回头也考虑考虑看有没有家属、亲戚需要找工作；另外，这个事情目前当然得对外保密！嗯……还有一条，小王，我也希望你从大局出发，即使定下来辞职，也等过完春节，到明年上半年再说，把眼下手里的工作完成好，把科里的事情顾全好，好吗？算是站好最后一班岗！"

"好！"

"对！在这儿干一天，就得好好干！你可别像之前那样，三天两头就请假！"

"三天两头请假？我有吗？"

"哎呀！不提之前了！总之用心就行！"

"哦，哦……"王大力觉得有些莫名其妙，也不好继续问下去，就转身往外走了。

出了科长里间的办公室，王大力发现，一连好多天的雨不知道什么时候已经停了，此刻，居然还有了冬日的夕阳，暖暖地洒进办公室里……

45

自从王大力和杨大力分别在韩宁这里做了试题以后，韩宁近日里就在忙着试题的事情。不是简单地批改试卷、给个分数这么简单的程序，而是针对他们的答题，具体到每一个题目他们所做出的选项，对照试题配套的详细解释与分析，参考心理学相关的专业理论研究，来最终归纳、评估，特别是量化杨大力与王大力目前的心理状况与有关数值。所以这是一件辛苦烦琐的工作。

随着对王大力与杨大力答题情况的分析，韩宁进一步证实了二人的心理疾病程度比之前自己所能够做的最坏的结果还要严重；同时，一想到王大力还正在与宋梅的恋爱，以及刚刚得知的杨大力与他所谓的那位"梅子"的恋爱——爱情，对于心理状况已出现严重问题的二人而言，已并不是像韩宁之前所侥幸认为的那样有助于心理疾病的改善，反而极有可能成为负面的催化剂——韩宁就更加的心如乱麻与心急如焚。一方面，自己尚需要宁静的思考来努力找到对症下药的治疗手段；另一方面，自己的确没有办法在很短的时间内找到解开难题的钥匙——似乎越是着急，就越是一筹莫展或犹豫不决，所以，韩宁这些日子并没有尽快地再次联系和约见王大力或者杨大力，大部分时间，只能把自己囚在诊所里，忍受着头脑与心情的煎熬。

唯一还能使自己暂时忘记工作烦恼的，就是唐可。唐可像是一个精灵——韩宁一直这么觉得，她像个精灵一般，给韩宁日复一日单调的工作与生活状态带来灵动的节奏，也给最近一段时间以来因为工作原因而日益黯淡的心情带来鲜艳的色彩。但是，韩宁却又忧心地发现，尽管自己与唐可的联系日益紧密，彼此的了解日益加深，却渐渐地不像一开始的时候那么美好，感情似乎在慢慢冷却，交流似乎越来越话少，即使做爱，也不像当初那般激情似火、山崩地裂；不知道是自己的原因，还是唐可的原因，还是度过新鲜期的爱人所必然经历的情感的倦怠，还是完全是自己毫无必要的多虑……韩宁说不清楚，"可能是我太闷了吧？可能是跟我一起的日子太闷了吧？"韩宁偶尔会这样想，总之，他非常不希望也非常害怕自己和唐可会一步步走向当初自己与马媛所陷入的情感沼泽；他想好好珍惜唐可以及和唐可之间的这份他一直认为的简单、朴素的爱情；当然，每每心有忧虑的时候，韩宁又反过来总会想，尽管我还是那个我，但唐可并不是马媛。

所以，韩宁也想着以自己的方式改善目前他所担忧的这种状况，他希望以自己的方式为这份感情当中增添更多的惊喜。几乎没有经过过多的考虑，也没有跟唐可商量，韩宁从与马媛离婚"分家产"得到的款项当中拿出五万块，自作主张地买了一台二手车，这对于诊所生意并不尽如人意，甚至收入已然捉襟见肘的韩宁而言，实在已不是一个小数目，也的确能够从中看出韩宁的良苦用心。

"今天怎么这么早就有空了？"在天气放晴之后的一个阳光明媚的早上，坐在街边茶馆里的唐可一边喝茶，一边问坐在对面的韩宁。

"想你了，所以一大早就约了你出来。"韩宁一边喝茶，一边坏笑着说。

"什么时候也学会嘴甜了？！"唐可嗔怪着，脸上却露出掩盖不住的幸福的喜悦，"你不是说最近都很忙吗？今天不用泡在诊所里吗？"

"唉……"提起工作的事情，韩宁不由自主地想起王大力和杨大力的病情，于是不由自主地先叹了一口气，"可可，今天不要谈诊所的事情，我只是想看看你，而且也想散散心。"

"好啊！"

"对了，今天约你出来，是因为我给你带了一份惊喜！"

"惊喜？"

"对！你猜猜看是什么惊喜！一定是你喜欢的！"

"我不知道，猜不着，你就说吧！"唐可�’嘟嘴撒娇，吵着让韩宁赶紧直接告诉她。

"你看看外面!"

"外面?"唐可好奇地朝窗外望去,"没什么啊?什么惊喜?"

"车呀!"

"车?停着的这台车?车怎么啦?"

"这就是惊喜啊!送给你的惊喜啊!"

"车?你买的车?!"

"对呀!喜欢吗?"

"你干吗啊?!我又不会开车,再说,你花这么多钱,有必要吗?!"唐可皱起眉头埋怨着。

唐可并没有韩宁之前预想得那样高兴,韩宁首先有一丝失望的感觉,不过他马上也意识到,只是唐可并没有明白自己的用心,善良体贴的她反倒是责怪自己乱花钱,"没事,也没多少钱,二手车罢了!不过车况性能都很好!"

"可是平白无故花这个钱做什么?我又不会开车。"

"我没说让你开啊!我知道你舍不得让我为你花钱,所以幸亏我没有买什么珠宝首饰送给你,那样你更会怪罪我对吧!"

"……"唐可不知道说什么,不好意思地低下头。

"所以,我就买了这台车,不是给你开,以后我就做你的司机,我只是想开着车,带着你随心所欲地满世界跑!你说不好吗?!"

"嗯!好!"唐可终于也像韩宁预想的那样,真正地开心起来。

于是,心情愉悦的两人,一个早上就泡在街边这家小小的茶馆里,天马行空地神侃着要一起驾车开去哪里,天涯海角,世界的每一个角落,在此刻他们的眼里,似乎开着这台二手车,就都只是咫尺的距离。

今天的阳光很好,把整间茶馆里头都镀上了一层暖洋洋的金色;特别是唐可的发梢,在阳光里,也闪着耀眼的金色,唐可的脸庞,在阳光里,也镶着一层金边……韩宁这样看着,这样想着。似乎已经很久，韩宁和唐可之间，没有这种久违的、温暖的感觉了……

时间不知不觉已近中午，两人就一直这样聊着聊着。突然，韩宁收敛起微笑，认真地说："可可，我想，要不，你以后不要去'暴点'上班了吧。"

"咦？为什么？"

"我觉得没有必要去，那里的薪水也不高，人又很累。"

"呵呵，"唐可调皮地笑着说，"不去上班，那我喝西北方去呀！"

"我挣钱就够啦！再说，我还有积蓄，大不了你再慢慢找一份更好的工作。"

"你什么意思？"唐可止住了调皮的笑脸，认真地看着韩宁。

"没什么意思啊，我只是觉得你没必要去'暴点'。"

"你希望我以后都指望你养活吗？"韩宁没有想到唐可对此居然有着难以理解的敏感。

"你说什么啊？！我哪里是这个意思？"

"那你是什么意思？去'暴点'上班，我自己挣钱养活自己，怎么就没必要了？"

"我知道你很独立，可是，每天晚上在那边卖酒，我真的觉得不适合你，酒吧里面本来也就很复杂。"

"怎么不适合？是不体面，还是丢脸了？是丢我自己的脸，还是你觉得我丢你的脸？"唐可越说越急，脸涨得红红的，几乎是瞪着韩宁。

"我，我，我不是这个意思……"韩宁无力地解释着，但其实，他突然也意识到，唐可的敏感无意中也戳穿了自己潜意识里面的一些想法。

两人沉默，良久，唐可恢复平静，淡淡地说："韩宁，今天我们说好了不聊大家工作的事情。"

"好好……"韩宁尴尬地点头，然后，却还是忍不住说道，"可可，其实在这里工作、生活，真的都挺不容易的，听我的，我们一起回到家乡，重新去找回那种平静、安详的生活好吗？你陪着我，我陪着你，我们一起简简单单、快快乐乐地一直在一起，好吗？”

“你怎么又来了？”唐可再一次皱起眉头，再一次表现出对韩宁提出的这个建议的厌烦。

“我是为我们俩好，不好吗？”

“我跟你说过，我不想那样，我还想飞，飞得更高、更远，我还想看看外面更大的世界！我还不想那么早早地就回到当初那个狭隘、乏味的天地里！”

“可，可是我们？”

“韩宁，你知道，我是真心喜欢你的，我也很想跟你长久地在一起。但我们不能牺牲彼此的理想啊。”

“怎么是牺牲呢？我也是为了我们好啊！”

“呼……”唐可长舒了一口气，继续认真地说道，“韩宁，我知道你也是为我们好。但是你有你的理想，我也有我的理想。我知道你来到这里很多年，你经历了很多开心或不开心的事情，你在心里已经满足了、平静了。可是我没有啊！我的心里还在向往着外面的世界啊！心里面，我真的很想很想让你能够一直带着我，去更远、更大的地方去闯荡，可是，我有强求过你吗？不是我不在乎我们，只是我知道自己不能那么自私……呼……”唐可一口气说完，又长长地舒了一口气，端起茶杯，猛灌了一大口已经冰凉的茶水。

“……”唐可的话让韩宁无言以对，猛然间，他警醒一般地审视自己，“的确，唐可并没有说错，的确是我的自私，也许是为了我和她共同的未来，但谁说又不是一厢情愿地只考虑自己呢？……我和她，唉……”

“韩宁，韩宁，别想多了，可能我的话说得重了。”平静下来的唐可关切地安慰着一言不发、傻傻发愣的韩宁。

“没，没事……可可，是我不好，对不起。”

"别这么说，没事。"

"是我不好，的确，对不起。况且，况且，我连一个承诺都不曾给过你。"韩宁看着唐可，深情地说，说完，惭愧地低下头。

唐可并没有责怪，甚至并没有不甘，她只是接着说："没事，我懂，而且，我不也是不敢给你一个永远的承诺吗……"说完，唐可也低下头。

两人都没再说话，彼此的心里都不好受，又都在理解着对方；其实，彼此都是一样，都是想逃离当下；不同的是，韩宁想逃避在这座忙碌城市里疲惫的身心，唐可想逃避在这座不起眼小城里井底之蛙的眼界。

沉默很久，唐可说："走吧。"韩宁说："好吧。"

两人一起走出了茶馆，甫一出来，韩宁和唐可才发觉，外面其实还是很冷的；早上还难得的好太阳，到了中午，反倒是躲进了厚厚的云层里，天色，又阴了下来。

"这鬼天气，说变就变！"韩宁嘟哝道。

"是啊，呵呵。"唐可笑了笑……

韩宁和唐可没有一起吃午饭，从茶馆出来以后，韩宁本提出要送一送唐可，唐可说自己想独自走一走，于是，韩宁就独自驾着刚买的二手车开回诊所，早上本是开开心心地约会，最终却搞得有点不欢而散的意思，韩宁的心情就跟转天的天色一样，很差。

到了诊所，韩宁刚在门口停好车，就听见一个调侃的声音在耳边响起："呦！韩大大夫！您买车啦！"

杨大力来了，不知在诊所外等了多久。

"唉！"韩宁在心里叹了口气，"本想散散心，他怎么又来了？不爽的事情总是堆在一起来！"韩宁冷冷地看了杨大力一眼，并没有理会他的调侃。

"进来吧。"韩宁一边开门，一边冷冷地说。

"哦……"杨大力看出了韩宁的脸色，怯怯地应了一声，只是在心里想，"韩宁今天是怎么了？"

"坐吧，对了，自己倒水喝。"韩宁仍旧是冷淡的口气，根本没有把杨大力作为自己的病人或者客人，径自走进办公桌里坐下了。

这样的气氛让杨大力有些意外，但也不好意思说什么，他没有去给自己倒水，而是也径自走到韩宁的办公桌前，坐了下来。坐下以后，杨大力才发觉更加尴尬和坐立不安，他在想自己今天必定是撞在韩宁有什么不开心的事情的霉头上了。

杨大力正在寻思要不要开口说点什么，以及怎么开口的时候，韩宁总算把自己上午和唐可闹得不开心的情绪调整过来，并且开口打破此刻冷场的尴尬，不过，韩宁的语气和他的问话却依然并不见得热情。

"你今天怎么过来了？"

"我？……"杨大力没有想到韩宁会这样问，以前很长时间不来的时候，韩宁反而会责怪自己，怎么今天来了，韩宁反倒是不欢迎了？当然，看来韩宁今天确实是心情不太好，想必也没有心思迎接自己的到来。杨大力迟疑了一下，就接着说："韩医生，你今天是有什么事情吗？如果你不方便的话，我就不打扰你吧。"

杨大力的真诚与关切让韩宁觉得自己的不对，把生活中的情绪又一次带到工作当中确实不应该；当然，也许韩宁还有其他一些不太"欢迎"杨大力的原因吧。

"哦，没事没事，你别误会。我只是说没想到你会来，也没提前打个招呼。"韩宁的脸色与口气明显和缓很多。

"真没事？你都还好吧？"

"真没事！……你怎么倒关心起我来？"韩宁没好气地说。

"嘿嘿，没事就好，没事就好。"杨大力立马又恢复了固有的调皮的神色，"对了，韩宁！你也买车啦？！"

"一台二手车，代步而已。"韩宁把背靠在了椅背上，扬起眉头，撇了撇嘴，似乎有意端起架子地说——韩宁是有意表达对杨大力这样打听自己私事的不满意。

杨大力并没察觉韩宁的态度，依然嬉皮笑脸地说："还这么低调呢！最近是发了财？……"

"行了！你是来看医生，还是来贫嘴的？"韩宁抢过话茬儿，大声说。

"哦……"杨大力吐吐舌头，安静下来。

看着杨大力的这副样子，韩宁忍俊不禁地笑了，杨大力也就跟着轻松地笑起来。

"你还没说呢？今天怎么想着过来了？"韩宁回复到严肃的表情，把话转到正题。

杨大力也识趣地严肃起来，认真地说："上次在你这里做了试题以后，我就一直惦记，我想着，过了这么久，应该改完卷了吧？所以，就不等你联系我，着急过来了。"

"哦。"韩宁只是应了一声。

"韩宁，韩医生，那，那我做的试题，怎么样？"杨大力的表情和语气中无不透露着紧张、忐忑、胆怯，像极了应考之后的学生焦急等待成绩张榜的样子。

"试卷我倒是批阅完了。"韩宁还是只说着半截话，从他的表情看，他在寻思着每一个字眼怎么说出来，至于下半截话怎么说，则似乎是还没有考虑成熟的样子。

"那，那……"杨大力的表情则更是急切，目不转睛地盯着韩宁。

韩宁慌乱地躲过杨大力的眼神，支吾着答道："嗯，从你做的试题分析来看，和，和之前我给你分析的状况差不多吧。"

"你之前跟我提过'癌症'，但你没有给我具体解释，所以我不但一知半解，而且还更加担心。"杨大力的表情越发焦虑，此刻他等待韩宁给他解释的样子更像是一只嗷嗷待哺的小鸟终于看到觅食归来鸟妈妈的样子。

杨大力的话居然让韩宁不知所措，韩宁此刻在脑海中飞快地思索，他不仅想到了自己对杨大力的病情已然在心里做出的结论，还想到这么久以来对杨大力的深入了解与分析；不仅想到了此刻杨大力的状态及心情，还想到了长期以来杨大力的性格及心理承受能力；甚至还想到了第一次认识杨大力时的情景……结果，韩宁不但不知道此刻该怎么跟杨大力把问题解释清楚，他甚至很后悔当初把自己对病情的分析结论，包括所谓的"癔症"，那么早地告诉了杨大力。

　　韩宁最终决定此刻只能尽可能地搪塞过去："大力，你的病情，我有了一个结论，但只是不成熟的设想，还需要我进一步地分析和论证，我想现在还并不是详细向你解释的时机，否则反而会增添你的心理负担，对后面的诊疗不利。你明白吗？"

　　"这么说，是相当严重的结论？"杨大力继续紧紧盯着韩宁。

　　韩宁继续回避了杨大力直视的目光，故作轻松地说："你想多了，不要胡思乱想。"

　　"哦。"杨大力低声应了一声，但显然，韩宁今天的话并没有什么说服力。

　　又冷场了。两个人都突然不知道说什么，两个人其实对今天直到此刻的谈话都并不是很满意。还是韩宁打破尴尬，他也的确想起来他想询问的一个问题："你最近都还好吗？除了，除了工作的事情，"在用到"工作"这个词的时候，韩宁不由自主地顿了一下，"你和那个女孩子，你上次说的那个叫'梅子'的女孩子，怎么样了？"

　　"呵呵……"杨大力方才脸上焦急的愁容一下就没了，取而代之的是显而易见的幸福感，"你又关心这事呢！"

　　"你放心，不是我好奇，只是了解你生活的全部是我工作的必要。"韩宁的话说得很正式。

　　"放心，韩宁，就算你是为了好奇而打听，也没什么的。还好吧。"

　　"就说说她吧，或者说说你们之间，你认为可以不用对我保密的事情。"

"嗯，从哪里说起呢？"杨大力不好意思地挠了挠头，想了想，然后打开话匣子，其实，看得出来，杨大力并不排斥韩宁对这一话题的兴趣，反而是，他很希望有个人能够主动地要求分享自己的这份喜悦。

"她很漂亮，所以第一次见到她的时候，我就被深深地吸引住了。"

"嗯，从上次你给我看的照片上就看得出来，的确是个很漂亮的女孩子。"韩宁表示认同，又马上问道，"你第一次是在什么时候，在哪里见到她的呢？"

"呃……其实我们，我们时间也不长……总之，第一次见到她，我就希望能够成为她的男朋友！"杨大力的话并没有直接回答韩宁，倒像是在刻意隐瞒或回避什么，"当然，外表只是其次，真正打动我的，是她这个人。"

"怎样一个人？"韩宁的问题也是步步紧逼。

"她是老师，对，我上次就跟你说过，她是老师，她给我的感觉就是一个好的老师的样子。"

"什么样子？"

"就是老师那样，温柔、温和、善良、文静、真诚，很体贴人，还有一些内敛、矜持吧。"杨大力眯起眼睛，在甜蜜地总结着。

"哦？这么完美？那就是梦寐以求的贤淑女子咯？！"韩宁打趣地说。

"对对，就是那样子！"杨大力想了想继续说，"她总是给我沉静和井井有条的感觉，她的生活、工作的状态总是那么得体、温文尔雅，把每件事情都总是做得那么周全完美。"

"她平常工作忙吗？"

"挺忙的吧！但我总能感觉到她在忙碌中不仅充实，而且总是把自己的忙碌管理得井然有序，看不到一点慌乱疲惫的感觉。"

"她对你呢？"

"嘿嘿……"杨大力不好意思地笑笑，"不知道，应该，应该也有好感吧。"

"你向她表白了？"

"还没呢……呵呵……"杨大力仍旧不好意思地憨笑着，"慢慢来吧，我相信彼此之间有这份默契。"

"这样啊——"韩宁意味深长地说。

韩宁想了想才接着说："听你这么说，我感觉你说的这个'梅子'，其实跟你的生活状态是完全不同的两个世界吧？"

"你这样认为？"

"难道不是吗？她的性格、生活与工作的节奏状态，似乎跟你都完全不同。"

"哦？"

"对呀！总而言之，听你介绍，我感觉，她就是给人一种稳重的感觉，哪像你？！你总是成天嬉皮笑脸！"韩宁笑着戏谑着杨大力。

"嗯，那倒也是，"杨大力吐吐舌头，"可能就是因为这样，我才被她吸引吧！"

"嗯，有道理。"韩宁一边看着杨大力的神情，一边简单地说，停了一会儿，韩宁又问，"但是时间长了，你觉得你们还会合适吗？能够相处吗？"

"怎么不可以？！"杨大力提高了声音的分贝，忽然以一种认真的语气反问。

"你不要误会我的意思。我只是觉得，觉得……"韩宁一时吞吞吐吐，又在琢磨着吐出口中的每一个字眼，"你们彼此是如此不同，如果真在一起了，时间长了，会不会暴露出彼此间的不合，产生彼此间的摩擦？况且你们所处的环境，比如家庭，都是如此不同……"

"行了，韩医生！"杨大力打断韩宁，"我明白你的意思，只是我搞不懂为什么你总是不看好我和她在一起，上次也是这样。"

"我不是这个意思，我是为你好，也是为她好。"

杨大力看了一眼韩宁，韩宁注意到，此时杨大力的眼神，是异常严厉的，"放心，你的顾虑是多余的，而且，我愿意为了她而改变自己。"

"改变？怎么改变？"韩宁为杨大力的话大吃一惊。

杨大力的眼神和语气总算软化了一些："我打算，嗯……我得去适应，也去尝试她那样的生活状态，首先，我想，我想去找份工作，就是一般人所说的那种'正经工作'吧！"

"'正经工作'？你的意思是说你之前的工作，你在'暴点'的工作不是正经工作？"

"我没有这样认为，但别人似乎都这么认为。"

"找什么工作呢？现在要找份好工作也并不容易。"

"嘿！"杨大力神秘地一笑，"我都考虑好啦！"

"哦？哪儿啊？"

"商务局！"

"什么？！"韩宁吃惊地差点从椅子上蹦起来，他非常刻意地立即调整自己的情绪，尽可能地掩盖自己因吃惊而造成的失态，"商务局？去商务局找工作？"

杨大力对韩宁的反应也感到奇怪，不过他并没有疑心，也许韩宁只是没想到自己能够去商务局找工作吧，"怎么？没想到吧！嘿嘿……"杨大力继续神秘地说，"商务局马上要招一批人呢！而且只要干得好，就能转成事业编制呢！"

韩宁略一沉思，然后问道，"这消息你怎么知道的？报纸，还是网上？"说完，韩宁紧紧地盯住杨大力。

杨大力并没有注意到韩宁怪异的目光，神秘地说："这你就别管，嘿嘿！这还只是内部消息，还没公布呢！你也得保密呢！嘘——"杨大力的眼中有一种故意卖关子和自鸣得意的神采，这倒和他一贯调皮的神色相得益彰。

韩宁的目光明显地暗淡下去，他的脸色似乎突然之间沉下去，好像整个人都瞬间精疲力竭的样子，"哦——"韩宁沉重地应付一声，既表示自己知道了，也像是一筹莫展地哀叹一般。

　　"怎么了韩宁？"杨大力更加奇怪了。

　　"哦，没，没什么……"韩宁努力调整起自己的情绪，而后看着杨大力，认真地说，"大力，你就对去商业局工作这么大兴趣？你去能做什么呢？"

　　"应该是保卫科、收发室之类的后勤部门吧。"杨大力想了想说。

　　"你？你愿意去做个保安？愿意去天天收信、发报纸？你不嫌无聊？你能坐得住？"

　　"毕竟是个稳妥的工作！"

　　"稳妥的工作？就图个稳妥？"

　　"说不定事业编呢！"

　　"你就对这个这么感兴趣？"

　　"唉！韩宁，"杨大力边摇摇头边说，"由不得我去感不感兴趣！我一直以为自己的生活、工作都很好，可我也告诉过你，身边的大部分人都不会这么认为，大家只会觉得我是一个游手好闲、无所事事的混混而已，所以，找一份工作，我是说大家都认为的那种'正经'工作，大家都瞧得起的工作，也是没有办法啊……当然，现在，为了她，我想我更应该如此！有了一个正经单位，如果能捧上事业编制的铁饭碗，至少也可以让我在她面前更加安心。"

　　"大力，你想没想过，如果你真的得到这份工作，就与你现在的生活状态完全不同了，你就进入了你一直羡慕的，但其实是像个牢笼一样的所谓的'体制'里，之前你是自由散漫惯了，以后你真的能适应吗？"

　　"为了她，我想我肯定可以！"杨大力坚定地说。

　　"唉……"韩宁又叹了一口气，"为什么你就总是想逃脱当下本来自由、有趣的生活呢？"

"呵呵，身不由己！你是不知道啊……"杨大力无可奈何地说。

"在你看来，我不也成了没有正经工作，没有正经单位的人了？"

"这，这……你好歹是个医生嘛！医生这身份就不一样！"

韩宁敷衍着笑了笑："对了，你认为自己真正了解她吗？她的家庭、她的家人你都见过吗？"

"当然！我当然了解她，不然怎么会这么喜欢她？！她的家人我都见过啊。"

"你见过她的家里人？"韩宁忽然对此很好奇，很感兴趣。

"是啊，都是很好的人……"杨大力停顿了一下，转而却说，"算了，韩宁，我们不聊她了。"

韩宁愣了一下，却也笑着说："也对，不聊这个，免得你总是在这里秀恩爱了。呵呵……"

杨大力也笑了。

停住了这个话题之后，韩宁和杨大力之间却又一次冷场了。韩宁不知道该和杨大力说什么，他甚至在考虑哪些话可以说，哪些话可能已不适合说了；也正是由于韩宁的态度，杨大力也不知该从何开口了。

"韩宁，你看，我们今天就闲聊了这么久，反而耽误你工作了。"杨大力想了半天说了一句很客气，却也是很实在的话。

"大力你客气了！而且，今天的谈话同样很重要，对我了解你目前的心理状况都是非常难得的！你放心吧，今天我们的谈话同样非常有价值！"

"那就好，那就好！那你看，我的病……"

"我知道你想问什么，不要提'病'这个字眼，放心，我再研究研究，嗯，适当的时候，我再详细地专门给你做个定论，解释清楚。"

"那就辛苦你……嗯，那，那我看，要不你没有其他问题要问我的，要不我就不打扰你了？"

"也好，暂时就这样吧！"

"哦，那好，那再见吧！"说着，杨大力站起身，韩宁从他的神色中，明显感觉到他其实对于今天未能从韩宁这里直接得到自己想要的病情结果着实有一些失望。

"好，再见！……对了，"韩宁突然说道，"大力，如果，如果你觉得方便的话，我看有空的话，介绍你的女朋友跟我见见吧，我也希望跟她交流交流。"

"她？！"

"对，她！当然，看你觉得方便与否。"

杨大力依然是惊异的表情："没问题，有机会！"

"嗯……"韩宁本想接着再问问杨大力口中的"梅子"全名究竟是叫什么，但话到嘴边却还是打住了，他觉得其实也没必要再打听下去。

杨大力走了以后，诊所重又安静下来，安静得甚至有些可怕。韩宁感到自己头疼得厉害，不知是上午与唐可的不愉快产生的影响，还是方才和杨大力谈话的沉重造成的冲击。

"可能是上午在外面吹了冷风的缘故吧？！不会是感冒了吧？！"韩宁忧心地想。

46

时间过得很快，转眼间，这一年又已经接近尾声。很长一段时间，韩宁没有联系王大力，没有联系杨大力，甚至都很少见唐可。这当然也是可以理解的，毕竟年底的日子，各人都有各人的忙碌，无论是生活上，还是工作上，还是感情上，年底多是忙于总结的忙碌日子。韩宁还寻思着，这一年于自己而言，发生了太多太多的故事……马媛、王大力、杨大力、唐可，甚至宋梅，以及杨大力口中尚未得见的"梅子"，就像走马灯一样，在韩宁的脑海中蹿来蹿去。

自从上一次和唐可的那一次不愉快的谈话之后，韩宁和唐可之间的隔阂已是越来越深。尽管韩宁清楚自己还像之前一样喜欢着唐可，唐可在他心目中也还是像之前一样那般的质朴和纯粹，但两人之间感情的变化却是不争的事实。为了满足唐可猎奇的心愿和对外面世界的向往，韩宁不止一次地开着自己的二手车，载着唐可去近处、远处旅游，但即使韩宁预想着旅行是如何的新鲜新奇，但事实上，无论是枯燥的旅途，还是两人的心情，却都没有那么无忧无虑的天马行空。

韩宁是一个人独自度过了公历新年的元旦，在新年钟声敲响的时刻，韩宁枯坐在诊所的电视机前，他只是告诉自己两件事情："又过了一年，我又老了一岁；新一年诊所的房租肯定要涨，只看房东张大妈什么时候过来催租。"当晚，韩宁还是给唐可打了一个电话，唐可也是独自一人在家里，她告诉韩宁她很好；但是，两人除了在电话里互道新年快乐之外，都并没有解释两人为什么不在一起过元旦的原因。

过完公历的元旦，人们就都盼望着农历春节的到来。天气是越来越冷，每天几乎都是阴沉沉的天空，把整个世界都冷得不愿意动弹；大自然里美好的花香、鸟鸣，到这个时候根本就奢望不来。"要是能够下一场雪，反倒也是好事！至少，粉妆玉砌的世界总不至于如此灰蒙蒙的寡然无味！"韩宁成天窝在诊所里这样想。诊所里似乎比外面更冷；已经很久没有新的生意登门，诊所里和韩宁的心里就比这天气，还要冰冷得厌烦。

当然，春节将近的气氛毕竟还是随处可见。路边道旁树的树干上不知何时被裹上各色的彩带，树枝上还被装点上三三两两的彩灯——在韩宁看来，却像是一个面貌丑陋的女子非得给自己戴上不合时宜，甚至艳俗的珠宝首饰；还有不少人家、单位的门口，挂上了彰显喜庆的大红灯笼——在韩宁看来，却像是一个面貌丑陋的女子非得给自己浓妆艳抹一番后的狰狞与令人恶心……

就是在这样的气氛里，索然无味的冰冷日子一天天过着，直到腊月二十三，也就是传统过小年的那一天。

尽管这天也还是很冷，但韩宁却不知何故地很早就醒来，躺在床上的韩宁在寻思着这无聊的一天又该如何打发，后来一想，毕竟快过年了，好歹也得去给自己置办点年货，况且，再过几日，或许商店都不会开门营业了，总得提前去置办一些春节期间的必需品。于是，韩宁麻利地起床、洗漱，收拾好东西就走出诊所。

"对了，早饭又怎么办呢？好多天不见二哥，离了他才晓得多麻烦！难不成他回老家过年去啦？也不跟我说一声？……"韩宁一边寻思着，一边摸索出钥匙锁门——不知何故，已经好些天没见到孙二哥，孙二哥的饭馆也是好些天没有开张了，韩宁一连几天都只好叫外卖打发自己的三餐伙食，所以，到了饭点儿上，哪怕是自己的肠胃，也开始想念起孙二哥了。

等到韩宁锁好门转过头来，却发现对面孙二哥的店铺虽然依旧没有开张，但门却开着。门口已经聚集着一些人，大家在三三两两地议论着；更加赫然的是，门口停着两辆刺眼的警车，警笛没有响，警灯却在闪耀着，四周围站着好几个神情严肃而紧张的警察。

"怎么？二哥出什么事了？！"不好的预感让韩宁陡然紧张起来，怀着七上八下的心，韩宁三步并作两步地冲到马路对面；拨开堵在门口的人群，韩宁一边往前面挤，一边几乎失声地大声叫道："二哥！孙二哥！……"

"嚷什么嚷？！挤什么挤？！"刚一挤开人群，韩宁就被两个威风凛凛的年轻警察堵住，"警察办案！不要影响公务！退回去！"

韩宁还想往前面去，但一来架不住两个年轻警察的力气，二来他也被这突如其来的架势搞得腿都有些发软。两个警察不再作声，只是有些恶狠狠地瞪着韩宁，并且再也不许他的脚步往前跨进一步。韩宁还想张口，但居然叫不出声音来；他只好踮起脚，伸长脖子往屋里瞧着。

屋里还有好几个警察在，他们把英子团团围住，三言两语地好像在问她什么；英子在号啕大哭，偶尔点头，偶尔又摇头。但是，韩宁没有看见孙二哥。

韩宁的心提到了嗓子眼，到底孙二哥和英子出了什么事？为什么把警察都招来了？看这架势，事情不是一般的严重。

"英子，英子——"韩宁还是忍不住朝屋里面叫起来。

"还嚷？！"拦住韩宁的警察丝毫不客气。

英子听见韩宁的声音，她望着韩宁，哭得更厉害。

"你——"屋里正在对英子问话的一个警察听到韩宁的呼喊，也看到了英子的神色，于是大步走出来，冲着韩宁大声招呼一声，"就你！过来！"

话音刚落，拦住韩宁的两个警察非常配合地立马让出道来，让韩宁走上前去。

韩宁着急而又忐忑地疾步走到那位警察的跟前，这个警察看起来应该是这一群警察当中年龄最长的，看他的气势，也应该是这一群警察当中说话做得了主的领导。

"警官，您好！"韩宁平静了一下情绪，才开口。

"嗯……"警察上下打量一番韩宁，"你认识这个姑娘？"

"对，认识，认识，她是这家饭馆的服务员……哦，我是经常来这里吃饭的。"

"你跟这里的老板也熟咯？"警察的脸上没有什么表情。

"嗯，熟，熟！……对了，警官，您，你们，你们这是怎么了？"

"我们怎么怎么了？"

"我是说，他们，他们，出什么事了吗？"

"谁出事了？"

"哦，我是说孙二哥，孙二哥人呢？不会出什么大事了吧？！"

"你跟他熟，你不知道他去哪儿了？"

"我，我也好几天没看见他了，我也想知道他去哪儿了。"

"真不知道？真没看见？"警察歪着脑袋，眯起眼睛打量着韩宁的脸。

"不知道啊！"韩宁一来是莫名其妙，二来对警察怀疑的口气不太喜欢，关键是搞了半天，自己还是不明白孙二哥到底出了什么事。

"那算了，没你事，你先走吧……嗯，如果看到他，马上到派出所或者市局跟我们报告！"警察的口气相当严厉，说完转过身准备再次回到屋里去。

"是是……不过警官同志，请问，请问，孙二哥到底是……"

警察回过头，又打量了一眼韩宁，"你谁啊？你干吗的？"

"哦，我叫韩宁，对面开诊所的！喏——"韩宁一边解释着，一边指着马路对面自己的诊所。

警察顺着韩宁指的方向望过马路对面："'韩氏心理咨询诊所'，哦，这么说，你是诊所的老板咯？韩医生？"

"对对！"韩宁点头。

"好吧，跟你透个底，这儿没有什么'孙二哥'，你说的那人是个逃犯……总之，有他的线索，就立马向我们报告！"

"逃犯？！……"韩宁不禁喊了出来，警察立即给他一个很凶的眼色，韩宁只得住口，但还是瞠目结舌地把嘴张得大大的，小声地喃喃道，"逃犯？您说二哥，二哥是逃犯？"一边说着，一边用怎么也不敢相信的表情望着警察。

警察的脸上看不出一点底细，也不再作声。

"警官，他，他到底怎么回事啊？你们，你们没有弄错吧？"

"你知道这些就行了，别瞎打听了！"

韩宁本来很想细细地问一问究竟怎么回事，但警察的威严让他不敢多嘴了。

"对了，"警察倒反而再次主动开口，"你最近一次见到他是什么时候？当时有没有觉得有什么异常？"

韩宁这才回忆起来，之前竟然一直没有意识到，跟孙二哥最后一次见面，应该就是上次那天中午陪他喝了几杯的那天，也就是那天见到孙二哥神秘兮兮地和一个陌生人，他所谓的"老家来的朋友"说话的那天……

韩宁很快抑制住自己的思绪，他怕自己的回忆在脸上写出来，那样肯定逃不过眼前这个精明警察的眼睛；韩宁还看到警察腰间的手枪和手铐；那把枪看起来是那么冰冷，韩宁的心里都禁不住打个寒战；那手铐在光天化日下看起来是那么锃亮，韩宁被晃得都有点头晕目眩。

于是，韩宁不敢向眼前的警察全盘托底，他宁愿选择不知情："我，我都不记得了，反正经常来这里吃饭，最近好久饭馆都没开张了，我也没来这里吃饭了，也记不得有多久没见到孙二哥，不，没见到他了……"

警察好像没怎么认真听韩宁说什么，但是很认真地盯着韩宁的脸和眼睛，最后警察说："成，没你事，你也就别掺和了。"

韩宁退出了人群，但他没有走远，只是待在人群外面，傻傻地站着。

又过了差不多一个多小时，英子出来了，走出人群，低着头，两眼已经哭得红肿，匆匆忙忙小跑着逃离着人群；韩宁本想叫住她问一问，但没有："她应该和我一样，也应该是刚刚知道吧，唉，小姑娘应该是被吓坏了吧！"

"散了散了！——"在警察的吆喝声中，人群也陆续散去。

警察三三两两地走出来，三三两两地上了停在门口的车，看来今天算是到此为止了。

已然瞧不出其他名堂，韩宁转过身也打算离开，只是依着此刻的心情，他不知道是继续出去找地方吃东西呢，还是回去窝在诊所里呢。

"韩宁！"一个清脆的声音在身后响起。

韩宁扭过头，只见又冒出一个警察——应该是之前一直在屋里向英子问话，所以韩宁方才并没有见到他——一边朝他走来，一边上下下地打量着他，"韩宁！果然是你！"

"你——？"韩宁先是以为又是哪个警察想拉住他问话，但听这口气，看眼前这个警察的样子，不太像，于是他也打量起越走越近的这个警察来。

"哦？！"韩宁忽然惊喜地认出眼前人来，"二喜子！"

"哈哈！韩宁！"

"哎哟，怎么是你！二喜子！"热情完毕，两人情不自禁地拥抱在一起。

"太巧了！你怎么在这里？"二喜子问。

"我就在这附近啊，喏，我的诊所——"

"牛啊！自己开诊所了！不带我去参观参观？"

"别贫了！来，去我那儿坐坐！"

"嗯……成！你等等……"二喜子扭过头，对着年长的那位警察说，"头儿，这是我同学，多年不见，我去他那儿瞧瞧……对了，顺便也了解点情况！"

"他是你同学？……"方才那位年长的警察果然是个领导，他又歪着脑袋瞟了韩宁几眼，然后冲着二喜子有点不耐烦地说，"去吧去吧，早点回局里！"

二喜子名叫邓喜，是韩宁的大学同班同学，和韩宁同样的年纪，因为家里还有个大哥，他排行老二，所以要好的同学们就叫他"二喜子"。二喜子大学毕业之后就在市里干了公安，但具体在哪个部门，韩宁并不知道；而且之后也许是各忙各的缘故，同在一个城市的韩宁和二喜子慢慢断了联系，想一想两人大概得有五年没有联系，更别说见面了。

"来来来，坐，破地方，随便坐吧！"韩宁一边招呼着，一边忙给二喜子冲茶。

"不错！还能干咱的本行呢！还当上老板啦！牛！"二喜子乐呵呵地嚷嚷着，坐在沙发上。

茶冲好了，韩宁把两杯茶搁在茶几上，坐在二喜子的身边。这时候，韩宁才开始细细打量起五年没见的老同学。二喜子当年在学校可是运动健将，身体像一头牛似的，这也是当年毕业的时候，公安能够看上他的主要原因之一。可是眼前的二喜子，也就五年不见，老了，的确是老了很多，看起来比韩宁都老多了，别人是越长越发福，他却是比起当年显得黑瘦得多了；他把警帽摘下来的时候，头上居然都秃顶了；脸上的皮薄薄地挂着，哪怕是面色平静的时候，也能看见额上、眼角的皱纹；右手的食指和中指是很明显的黄色，这当然是很大烟瘾的缘故。看着看着，韩宁的心里有一些酸酸的感觉……

就在韩宁打量的时候，二喜子掏出一支烟来，自己给自己点上了。

"你看我，自己不抽烟，所以没想起来招呼你！"韩宁说。

"习惯了，不介意污染你这儿环境吧？"二喜子说。

"尽管抽，当自己家里一样！"韩宁一边说着，一边拿出放在茶几下的烟灰缸。

"咱可是五年没见了吧？！你都忙什么呢？！不是在医院干着吗？居然还自己开了诊所呢！"

"呵呵，医院混不下去了，只能自己混口饭吃呗。"韩宁自我解嘲地说。

"跟我还来这一套呢！您现在可是大老板咯！"

"唉！什么大老板？能把日子混走就不错咯……"韩宁在老同学面前由衷地叹息着。

"对了，马媛怎么样？还在医院干着吧？当年你俩可是班里羡煞旁人的金童玉女呀！"

"呵呵，我们刚刚离婚。"韩宁的语气尽管平静，在二喜子听来却有些悲戚。

"啊？……怎么回事啊？你们不是挺好的吗？"

"呵呵，说来话长……"

看来韩宁的确不打算把自己和马媛之间的情感纠葛再详细道来，所以二喜子也就不好再问下去，"那孩子呢？……"

"好在没有孩子，所以离婚倒也轻松……"

"哦……这样……"二喜子很不好意思，他觉得自己不该提及这些伤心事，他不知道的是，这些事在韩宁看来，其实并算不得有多么不好。

诊所里安静下来，二喜子端起茶杯，啜饮着茶水，"呼呼"的声音打破了令人尴尬的冷场。

"嗨，别老说我，说说你自己啊，你小子这几年都躲哪儿去了？"韩宁转开话题笑着说。

"也是瞎忙呗，之前不是一直在派出所吗，后来就调去市局，更忙了，好多同学也都断了联系。"

"呦，你小子高升啦？"

"哼——"二喜子摇头叹了一口气，然后又掏出一支香烟来点上，"高升？！我也想啊！从所里去到市局，本以为会升得快吧，结果还是原地踏步，到如今连个副科都还不带'长'呢；倒是以前在所里的那些同龄人啊，如今都至少是所长、副所长，毕竟是一方的领导咯！"

"呵呵，"此刻韩宁又觉得自己不该聊起这个让二喜子不顺心的话题来，只能安慰性地说："不过市局总有市局的好，总比基层所里要轻松吧。"

"我从所里去到市局，就直接分进了刑警队，说起来好听，所里提到了市里，但也就说着好听而已！工资没见多，忙得昏天黑地不

298

说，干刑警可也是提着脑瓜子干革命呀！说实在的，我倒想回到所里去，也不指望升官进步了，就躲个清净，图个安心……唉……"

"那嫂子还好吧？"其实二喜子的老婆，韩宁也就只是在当年二喜子的婚礼上见过一次，"老婆孩子热炕头，你总还是强过我嘛！"

"还多亏她的理解支持，成天为我提心吊胆不说，家里基本上是指望不上我什么的；她一个人开一间杂货铺，还照顾着女儿，唉，真是难为她……何况，我这每个月一点死工资，还抵不上她一个月杂货铺里头赚得多……兄弟，这说起来也是惭愧！"

"都不容易，不容易……"韩宁在心里默默地共鸣着，也感慨着，转而又说，"好在毕竟你的事业总算是为国为民嘛！"

"得——"二喜子猛咂一口烟，喷云吐雾着说道，"你小子也甭给我扣高帽子，别提什么事业！心里堵的时候吧，我也是这样安慰自己，好歹也算实实在在为老百姓做了点实事；可现如今，无论发生什么事，总是把我们警察推到前面，几乎所有的社会矛盾，大的、小的、敌我的、人民内部的，总之都是让我们警察去直接面对，你想想，咱这行当能不得罪人吗？很多人眼里，不分青红皂白，就把我们警察当成是穿着制服的流氓一般，你说我们这心里能不委屈吗？再者说，咱自个儿不也就是一小老百姓吗？境界再怎么崇高，咱和老婆孩子不也还得柴米油盐地过日子吗？这日子的苦啊，就跟境界无关了，就只有咱自己心里知道啊！"

二喜子喝了一口茶，突然说："韩宁啊，我其实倒羡慕你呢！"

"真会奉承人！"韩宁笑了。

"说真的！你看你如今一人吃饱，全家不饿，不用像我一般总觉着欠着老婆孩子，欠着家里。再说，想想当年我们在学校那会儿也算是意气风发，如今你毕竟还没有丢下老本行！我呢？老本行早丢了！心里知道干刑警没意思，干刑警又苦又累，我也不止一次想过转行不干了！可就算我如今不干刑警了，你说我出来还会干什么呢？当年咱们是大学生，是人才，现在你满世界看看，哪怕就在我们局里，本科生都不值钱咯，我都算个狗屁咯！所以啊，也就只能得过且过地混下去咯，呵呵……不过说实在的，这磨得久了，泡得久了，也就麻木了，习惯了；我现在啊，唯一的想法啊，就是好好把女儿培养出来，只希望她以后别像她爹娘老子这么辛苦……"

"我给你续点热水吧。"韩宁端起二喜子的茶杯，转身去倒水，其实，他不想让二喜子发觉，自己的鼻子有点发酸。

"呵呵，瞧咱哥儿俩，这么多年没见，一见面就像娘儿们一样絮叨！"二喜子开怀地说。

"就是嘛！哈哈……"韩宁也爽朗地笑着。韩宁忽然想起今天的事情，于是严肃地说："对了，今天你们这是怎么回事啊？……我先声明，违反你工作纪律的话，就别告诉我！"

"可以说，可以说，我们办案子不也得依靠人民群众嘛！哈哈……"二喜子止住笑，认真地说，"那个饭馆老板你也认识？附近邻里说是叫他'孙二哥'？"

"我跟他熟啊！常去那里吃饭，很好，很老实的一个人！"

"你看谁都是好人呗！呵呵，"二喜子接着说，"那个'孙二哥'真名叫李明涛，湖南人。三年前，他们村的村支书和某个开发商狼狈为奸，非要强征村里的地，他们村里人都不同意，村支书就伙同开发商打算一起暴力拆迁。就在村委、开发商，和一大帮村民剑拔弩张的时候，李明涛没忍住，拖出家里的柴刀，把村支书给砍了！然后，他就逃跑了。那个村支书被他砍成三级伤残，警方也介入了，他们县里、市里都开始彻查此事，从此，李明涛也就上了我们的公安联网，被列为通缉犯、逃犯。据查，他跑了很多地方，跨了好几个省份，名字都换了又换，而且这期间，老家他一次也没有回过。大概一年多前，他来到咱们这里，就靠这个店铺养活，他也就变成了你们口中的'孙二哥'了。"

"居然是这样？！"韩宁为"孙二哥"的故事惊诧不已。

"你瞧，如今，又逃了！"

"那他家里那边……？"

"他这事一闹大，他们那个村支书和那黑心商人的勾当也由此曝光，连带着查出很多事情，他们都已经被抓了！而且，虽然政府和公安一直在追查他的下落，但倒也从来没有为难过他的家里人，所以他家里那边倒也还好。"

"哦！那就好，那就好！"韩宁反倒因这一点为"孙二哥"感到欣慰。

"你瞧你这立场！"二喜子没好气地说。

"其实，李明涛也好，'孙二哥'也好，你不觉得也是不容易吗？你当他想当逃犯吗？不也是被逼的吗？"韩宁淡淡地说。

"嗯，谁说不是呢！方才，你们这邻里的人，没一个不说他好的。"二喜子也淡淡地说。

……

"走，出去找个地儿请你吃个饭吧！我早餐就没吃上呢！"

"别，下次吧！你也看到了，我这也得马上赶回局里呢！下次，下次吧！"二喜子一边站起身，一边把警帽端端正正地戴在头上。

"行！也不留你！反正知道我这儿了，没事儿就得常来！"

"好嘞！那我走啦！有事儿要跟兄弟言语一声！"

"当然啦！我的人民警察！呵呵……"

把二喜子送出门之后，诊所里，是二喜子方才一连抽了好多烟之后留下的乌烟瘴气；所以，韩宁长时间站在屋外，久久地伫立在冷风里；只见满街那喜气洋洋的彩带、灯笼，此刻的颜色显得更加扎眼与狰狞。

47

韩宁的心情完全被早上突如其来的事情搅得兴致全无，根本不想再出去置办年货，午饭也毫无胃口，只是窝在办公桌前愣愣地发呆，他的思绪还是无法完全冷静下来，他觉得今早发生的事情是那么的虚幻与不真实，他回想起和"孙二哥"在一起的点点滴滴，始终难于把厨子"孙二哥"和逃犯李明涛联系在一起，他更是难以想象无论是"孙二哥"还是李明涛的人生际遇与心路历程。总之，韩宁只能确定的一点是，李明涛为了逃离法网，不得已变成了"孙二哥"；还不能确定的一点是，不知道李明涛或者"孙二哥"还将逃到何时，又将再逃到何处去……

还有二喜子，从他与其年龄极不相符的苍老里，从他无可奈何的言语中，从他疲惫的生活里，从他对现实的麻木与投降中，韩宁也看得出，二喜子的生活也是那么不易，他其实也想从他的生活境况里逃出去。韩宁可以确定的一点是，如今的二喜子已然没有了逃离的勇气，不能确定的一点是，不知道未来的二喜子从当下的生活无奈中，能否逃得出去……

"丁零零……"手机在安静得瘆人的诊所里突然响起，惊得韩宁几乎吓一跳，也总算把他从混沌的思绪里拉出来，韩宁看看手机，是个陌生号码。

"你好！哪位？"韩宁的语气很生硬，可能他是在对突如其来的电话吓自己一跳而不高兴。

"您好！是韩医生吧？"电话那头是个年轻女孩的声音，声音很好听，也很有礼貌。

韩宁的口气也柔和很多："对，我是，你是哪位？"

"是我，韩医生，我是宋梅。记得吗？我们见过。"

"宋梅？哦！是你啊！"韩宁的脑海中马上回想勾勒出当时他第一次见到宋梅的时候，宋梅唱歌的模样——那一次在"暴点"的偶遇，也是王大力和宋梅的初识，"怎么样宋梅？你有什么事情找我吗？"

"您记起来啦！呵呵！"电话里头是宋梅爽朗的笑声，"也没大的事情，之前听大力说，您说想和我见面聊一聊，我觉得很好啊！拖了这么久，今天没事忽然想起来，所以想看看您是否方便……当然，也不是什么急事，所以如果您忙的话，也无所谓的！"

韩宁寻思起来："不错，自己倒是跟王大力提过想见一见宋梅，而且，确实是非常有必要的事情；不过，没想到宋梅自己倒是主动联系起自己……难道，难道大力？……"韩宁不愿再胡思乱想，马上果断地说，"放心，不打扰，我也非常希望能和你见面！今天随时都可以！"

"那好，对了，您的地址是？"

"哦？大力没告诉你吗？"其实，韩宁还很想问的是，"你没有问大力吗？"，或者是，"你没有告诉大力你今天过来吗？"

"哦，没呢！一直没问他，今天也没和他在一起，您看要不您直接告诉我咯？"

韩宁也马上就说："好的，我马上发短信告诉你吧！既然这样，嗯，你暂且也没必要告诉大力你过来找我的事情。"

"好！谢谢！那等会儿见，韩医生！"宋梅并没有说其他。

……

宋梅来到韩宁诊所不过仅仅一刻钟之后的事情，此时，韩宁已完全从一大早"孙二哥"和二喜子的事件当中抽出思绪来，让自己的头脑早早进入了关于王大力的工作状态中。当然，从"孙二哥"、二喜子转移到王大力，也只不过是从一件觉得头疼的事情转移到另一件觉得头疼的事情上而已。

诊所门大开着，宋梅还是在门上敲了敲，不过没等韩宁招呼，就径自走进来。

韩宁忙站起身，热情地招呼："宋梅你好！欢迎欢迎！咱们又见面啦！"

宋梅也热情地寒暄着："谢谢韩医生，很高兴再见您！给您添麻烦了！"

宋梅和第一次见她的时候一样，青春活力、漂亮的样子，表情上在不经意中流露出一种自信快乐的神气——宋梅的这种气质，让韩宁忽然觉得其实她和某个人反倒是挺般配的……不过，韩宁也注意到，今天的宋梅比那天的宋梅要刻意礼貌得多，可能是因为她认为今天是来给韩宁添麻烦的缘故吧。

"来来来，坐吧！"韩宁一边招呼着宋梅在茶几边的沙发上坐下，一边忙着给宋梅倒水冲茶，他有意没有让宋梅坐在自己的办公桌前，一来那样显得过于严肃拘谨，二来宋梅毕竟不是自己的病人，哪怕自己是因为工作原因、王大力的原因提出要见宋梅，但自己还是主要希望能够跟她闲聊一番而已。

"谢谢，您太客气了！我冒昧打扰你，是大力告诉了我您的电话号码。"宋梅接过韩宁端过来的茶杯。

"是你太客气了！别叫我韩医生，就叫韩宁吧！我们也算是朋友，大力也是直呼我的名字，也别'您'来'您'去了，我不至于那么老吧！"

韩宁的话不仅让诊所的气氛顿时轻松起来，也让宋梅彻底轻松起来，从她的神情上看，韩宁明显就注意到宋梅放下了方才多多少少有的那些拘谨、客套——当然，这也是韩宁希望达到的效果，他想和一个最真实的宋梅聊一聊。

"宋梅，听大力说，你们乐队现在可是蒸蒸日上，越来越红火啦！了不起！"

"呵呵……"宋梅有些不好意思却开心地笑着，"谢谢你夸奖，没大力说的那么好，还得继续努力啊！"

"我也很久没见大力了，大力好吗？"

"挺好的。"宋梅依然高兴地说，但就是那么一瞬间，韩宁注意到宋梅眉头动了一下，眉宇间闪过一丝丝焦虑的神采。

"哦，那就好！"韩宁也只是笑着应付着，"你和他，你们小两口也还好吧？"

"呵呵，"宋梅脸红了，"也还好吧。"

"哦！——"韩宁想了想，然后，收起满脸的笑容，平静地说，"宋梅，也不跟你寒暄了，言归正传吧！"

"嗯！"宋梅也收住脸上的笑容，认真地看着韩宁，一副洗耳恭听的样子——宋梅脸上有些焦虑的神情更加的明显，"看来，她想必也的确是很想找我聊聊吧。"韩宁暗暗想着。

韩宁喝了口茶，继续认真地说道："你应该也知道吧，这大半年，大力一直在我这里，做一些心理咨询。"

"我知道！韩医生，对，韩宁，他难道是有什么问题吗？有心理疾病吗？情况怎么样啊？"宋梅更加焦急起来。

"哦？怎么这么问？你认为他有什么问题吗？"韩宁看着宋梅。

"不不不，我只是很担心他，所以想弄清楚情况；而且，我也不好直接当面问他。"

"嗯，我明白……我之前跟大力提过，很想跟你见一见，因为，我想你算是他很亲近也很信任的人了，我也很想从你的这一面，你的视角，来看看大力的某些情况，对我的诊疗会有很好的帮助。"

"好啊！你想了解什么，尽管可以问我，希望我能够帮到你，帮到大力！"

"谢谢你！嗯……你觉得大力是个什么样的人？"

"什么样的人？"

"对，就随便谈谈你的看法，比如你觉得他的性格、特点，想到什么说什么，我们只是聊聊天，你不要有什么顾虑。"

"大力，嗯……大力是个很好的男人！他很善良，不光是对我很好……性格很真诚，从不会说假话、做坏事……很内向，虽然和我在一起倒也很健谈，但的确是一个性格内向的人……人很老实，有时候简直就是木讷，呵呵……你也应该这样觉得吧？"宋梅一边想，一边没有什么条理一般地说着。

"对，大力是比较内向。还有呢？大胆说，想到什么说什么好吗？"

　　"嗯，"宋梅点点头，沉思着，"有时候吧，我觉得大力的性格当中有一些沉重的东西，有一些不开心的东西，我想，可能跟他的成长经历、他和他父母的遭遇有关吧……有时候他喜欢独自一个人沉思，我也不知道他在想什么，偶尔问起他，他也总是说没什么，但我确实很担心……韩宁，其实这些也是我想见你，想从你这里了解他的心病的原因。"

　　"你应该是比较了解他的，你觉得在你们的接触当中，有没有发现大力有什么异常的时候？"

　　"异常？"

　　"嗯，就是说感觉跟平常不一样，比如做事、说话，甚至某一个神情，感觉跟他平常不太一样的。"

　　"这个应该还好吧，我可能也没有刻意去留意……也可能，大力其实心里还有不少东西是我并不了解的。韩宁，怎么了？"

　　"哦，没什么，我想随便多问问……嗯……他应该在你面前还是很坦诚的吧？"

　　"对！"

　　"哦！他把自己的家庭，特别是他的父亲、母亲的遭遇都跟你说过？"

　　"对，他都告诉我了。我觉得大力这一路走来，的确挺不容易的。而且，我觉得王阿姨的确是一位了不起的妈妈！"

　　"王阿姨？哦？大力的妈妈也姓王？"

　　"大力从小妈妈带大，他是随他妈妈的姓，哦，大力没告诉你吗？"

　　"这倒没听他说，那他爸爸不姓王？"

　　"他爸只是就听他说过一次，姓杨吧。"

　　"姓杨？！"韩宁的眼中忽然闪过一道凌厉的光芒，他盯着宋梅的眼神让宋梅都突然觉得害怕。

"对啊，怎么了？"

"哦，我只是不知道他妈妈姓王，他爸姓杨……唉……"韩宁长长地叹了一口气，只有他自己明白，这当中，有无奈，也有释然……

"怎么了韩宁？有什么问题吗？"宋梅也发觉韩宁情绪的变化。

"没有没有……哦，原来是王妈妈、杨爸爸……"韩宁仍在自顾自地嘀咕着。

"你和大力感情都挺好吧？"韩宁忽然问。

"嗯，我们很好。"宋梅大方地说。

"我不是打听你们的隐私，你别误会……"

"放心吧韩宁，怎么会呢？"

"嗯，我想说的是，无论大力变成什么样子你都还是会一如既往地喜欢他吗？"

"嗯，我想我当然会的！"宋梅坚定地说。

"那你觉得大力会不会变成什么样子呢？"

"咦？你的话，我，我不明白……"宋梅一脸诧异地望着韩宁。

"呃……没什么……我随口问问……"韩宁淡淡地说，但他的眼睛，却非常认真地看着宋梅，两人的目光对在一起，然后，韩宁把目光转开了。

"对了，还有个事情，"宋梅仍旧还在思量着韩宁方才问话的含义的时候，韩宁突又转换了话题，"市里的施南一中你熟不熟？或者你有什么朋友？"

"施南一中？熟啊！"宋梅连想也没想就说。

"哦？是吗？"

"很熟呢！我姐就在那儿当老师呢！"

"什么？！你姐？！"惊骇中的韩宁忍不住"哗"地一下从沙发上一跃而起，"你，你有个姐姐？"韩宁似乎是不敢相信的样子。

"对，对啊……"韩宁的反应让宋梅再次吓了一跳，她怯怯地说，"我，我有个姐姐，我双胞胎的姐姐……"

"双胞胎？！跟你长得一模一样？！"韩宁几乎是惊叫起来。

"对，对呀，怎，怎么了韩宁？……"

"她叫什么？"韩宁几乎有点咄咄逼人地问。

"她，她叫项梅……对了，因为我俩是一起落地的双胞胎，所以我爸妈就让我俩一个随爸姓，一个就随妈妈姓了……"

"哈哈哈……双胞胎！都叫一个'梅'字！原来如此！"韩宁没有回答宋梅，径自地大笑起来，宋梅听得出来，那大笑当中，却有说不出的痛苦。

韩宁忽然止住大笑，深呼一口气，重新又坐进沙发里，缓和一下自己的情绪，然后重归平静地说，"我明白……"不过这话似乎并不是说给宋梅听的，而是说给韩宁自己的。

"怎么了韩宁，要紧吗？难道大力有什么问题吗？"韩宁的异常举动让宋梅担心不已，她恨不得韩宁能够马上把各种缘由全都告诉自己。

"哦，让你受惊了！呵呵……"韩宁继续平静地说，"你家里人，你父母，你姐，都见过大力了？"

"嗯，见了很多次了。"宋梅低下头，有些不好意思。

"他们觉得他怎么样？"韩宁没有计较宋梅的不好意思，连珠炮似的问。

"还行吧……我父母倒没有专门跟我谈起这个，他们应该觉得是我自己的事吧，而且大力呆头呆脑的，至少也不会惹人讨厌嘛！"

"哦——"韩宁明显地松了一口气。

"不过……"

"不过什么？"韩宁突然紧张起来，眉头再次皱在一起。

"呃……"韩宁的表情让宋梅也紧张了，有些怯怯地说，"我姐，我姐似乎不太喜欢大力。她之前倒是跟我说过几次，说是对待男朋友，还是要慎重些，还得要仔细考察好人品性格……"

"她……"韩宁感觉嗓子眼像是堵住了，不知道该说什么。

"想必我姐接受不了大力傻傻的性格吧；再说，我姐就我这么个妹妹，想必也是心疼我啊！"宋梅说。

"呵呵……"韩宁干笑一声。

思考片刻，韩宁从方才奇怪的反应中走了出来，又把话题拉回到王大力本身，"我想我可以告诉你的是，对于大力的病情，我已经完全明白，其实是早就可以下一个最终的结论的……只是，只是下结论毕竟是需要无比慎重的事情，我一直不愿意草率地去下某一个结论……"韩宁自己都已经觉察到自己言语当中的矛盾了。

"很严重吗？是怎么回事啊？！"宋梅忐忑地问。

"这个……这个得容我考虑考虑目前方不方便告诉你……毕竟一来我得为大力保守病情的知情权——哪怕你是他非常信任的人，希望你能够理解……二来，我，我想先跟大力自己做一次沟通……看效果会不会好些……"

"严重吗？！"宋梅只是问这一句。

"宋梅，实话跟你说，大力的情况的确不容乐观……不过，从你跟我说的这些情况来看，我倒又觉得他病情的发展也是自然，而且，比我之前设想的最坏的可能相比，反而更能够让人理解，也更能够让我接受，我想事态应该不会再有更坏的可能……"

宋梅对于韩宁的说辞几乎是毫不理解，甚至于，韩宁又说严重，又说他能够接受……更加让宋梅不知所措，但是，对于韩宁的考虑，宋梅亦是只能无可奈何地去理解，所以，宋梅没再说话，更没有继续打破砂锅问到底。

一时间，诊所里安静下来，宋梅想了想再问道："那你看还有什么需要问我吗？"

"我想差不多了吧。"

"那，那……"

不等宋梅支支吾吾地继续说下去，韩宁接过话来，也说道："行，没什么其他事情，你要是有事，可以先走吧。"

"好，谢谢！你要是再有什么事情，可以随时找我，对了，先前拨通你电话的，就是我的手机号码。"

"嗯！好！谢谢！"

"那我先走了，韩宁再见！"

"好，再见！"韩宁和宋梅都起身，"对了！——"韩宁突然想起来说道，"宋梅，回去之后，一来不要跟家里人，比如说你姐提起今天的事情，也不要提大力看心理医生的问题，而且，千万不要告诉大力今天我们见面的事情，特别是我们聊过些什么；二来，二来……"韩宁迟疑着思考一会儿才说，"大力的确是个好人！你一定要相信他！你要相信大力对你的感情！你要理解他的病情，还要对我们一起治愈好，嗯……治愈好他心理的疙瘩有信心，好吗？……"韩宁巧妙地只是用了"疙瘩"这样的字眼。

"嗯……"尽管宋梅觉得韩宁依然是欲言又止的样子，自己也依然还是不明所以，但宋梅的语气与表情是非常肯定与真诚的……

韩宁把宋梅送出诊所门口后，很长时间就一直呆呆地站在门口，倚靠在门框上，目光呆滞地望着远方："两个大力！还有两个'梅'！……唉……"

很久之后，当韩宁抬头望向天空时，他看到，天上的云层都不见了，想不到今天居然有这么好的太阳，冬日的阳光照在身上，暖洋洋的很舒服，"拨云见日吗？……"韩宁自言自语着。

48

不论是喜欢也好，不喜欢也好；不论是盼望着也罢，排斥着也罢，农历春节毕竟还是姗姗而来。韩宁从一开始就没有打算春节回老家，近来烦心的事情始终萦绕脑海，他不愿意把自己因为工作和生活的烦闷带回老家影响到父母；加上今年发生在自己身上的这些事，他可以想见，回到老家之后，父母仍然会每天因为他和马媛离婚的事情而在他耳边喋喋不休；更何况，考虑到王大力、杨大力的原因，韩宁原本也就想着过年还是不回老家更加稳妥一点。

但韩宁是没有预料到唐可居然也拿定主意不回老家了。"工作太忙还是'暴点'给的假期太短？"韩宁曾这样问唐可。"不是，只是自己没打算回去。"唐可这样说。"为什么？有其他事吗？"韩宁曾这样问。"没事，就算我留下来陪你吧。"唐可的话让韩宁有些感动。"而且也正好有机会跟你好好谈谈。"唐可还这样说。"哦！"韩宁很好奇唐可这么认真的态度究竟是想跟自己聊什么。

尽管在这座小城生活了这么多年，对这里的一切其实早已是熟悉得了然于胸；但韩宁很不喜欢留在这里过春节的感受，每每这个时候，他总感觉自己就像是没有根的浮萍一样，在这座熟悉的城市里漂来漂去，丝毫没有家的感觉——即使当年和马媛还在一起生活的时候，韩宁也始终没有在这里找到童年少年时代，在那遥远的乡村里那种过年的味道，那才是温暖的味道，一种放心的味道，一种躺在床上就能什么都不想的酣然入梦的味道……

和马媛的离异让韩宁在这座城市里的"家"已然破碎，韩宁于是可以预见到，孤家寡人的意味可能在这一次的春节将感受更甚。于是，韩宁给唐可打了电话："可可，除夕怎么过？"

"不知道。我想和你一起过。"唐可的语气里也有着和韩宁一样的悲凉的意味。

"好啊！我打电话给你就是想跟你说这事！我俩一起在'家'里做年夜饭吧！"韩宁并没有意识到他所谓的"家"究竟是指的什么，其实，无非也就是他这个今年房租已经提价、生意却门可罗雀的小诊所。

韩宁提前几天把该买的年货，特别是年夜饭该准备的食材置办好了："好久没有自己做饭了！"韩宁这样想着，不禁朝对门曾经每天都炊烟袅袅的店铺望去——大门紧闭，毫无生气，"不知'二哥'怎么样了，也不知英子现在去哪儿了……"除夕那天一大早，韩宁起了个早，先给父母打了个电话，"爸，妈，新年快乐！"韩宁在电话里说。

"你呀！自己一个人过年，照顾好自己！"父母始终对韩宁放心不下，这让韩宁既感动又惭愧。

父母又接着说："对了，你呀，在城里头好好干！明年得赶紧再找个城里闺女过日子……"

"好了，就这样吧，我挂了。"方才的感动瞬间被父母絮叨所带来的厌烦所取代。

韩宁又想了想，拨通了马媛的电话："喂，是我，你在哪儿？都还好吗？"

"在家，和父母一起，都还好，你呢？回老家了？"

"没有，在诊所，不回了。"

"哦……"

"出国的时间定下来了吗？"

"差不多了吧，应该就是这个月或者下个月。"

"哦……没事，我就想祝你新年快乐！"

"谢谢！你也是……你和她一起过除夕吗？"

"我……"

"没事，我也就随便一问，那就这样吧，再见。"

挂断马媛的电话，韩宁的心里怅然若失，迟疑一阵子，韩宁冲进厨房，开始准备今晚的年夜饭。

中午刚过，唐可就来到诊所，事实上，韩宁也已经有些日子没有见她，更别提两人的约会了。韩宁注意到，今天唐可分明是精心打扮一番才过来的，也许是专门为了见韩宁，也许只是为了应着除夕这个景，总之，打扮得非常适宜、非常漂亮，韩宁也因此而高兴。

"看你忙的！没想到你还会做饭！"唐可看到忙碌的韩宁，张口就说。

"那当然！而且今天是专门为你做饭嘛！"韩宁一边说着，手上的活计却丝毫没有停。

"来来，看看我能够做什么？"唐可已经脱下外套，撸起了袖子。

"哎呀，不用不用，你就坐着看电视嗑瓜子吧！今天不用你忙活！你就乖乖等着吧！"

"呦！今天这么好啊！那可不成！我得帮着你做，再说，两个人总比一个人手脚更快！"唐可已经冲进厨房。

"你瞧你……好吧好吧……来……"于是，韩宁招呼着让唐可帮着他打杂。

两个人一边叽叽喳喳地聊着，一边齐心协力地忙碌着。韩宁觉着，自己和唐可之间已经好久没有这样其乐融融的感觉了，看着唐可手脚麻利忙碌的样子，韩宁心里有了久违的甜蜜的感觉，也多少有了一些那种"家"里才有的温暖感觉。

一直忙到晚上7点多的时候，烹煮炸炒的所有工序终于全都完成，很丰盛的菜肴，两人也已是忙得有了饥肠辘辘的感觉。

"开饭吧！咱们的年夜饭！"韩宁高兴地宣布。

"好！"唐可一边说着，一边从手提包里掏出一瓶白酒。

"咦？还要喝酒啊？还是白酒啊？"韩宁问。

"当然！年夜饭一定得喝！"唐可坚定地说，"而且，我很想和你一起喝。"唐可有些羞赧地低下头。

"好嘞！不醉不休！哈哈！"韩宁开怀大笑。

于是，韩宁和唐可，这两个各自独居城市的同乡情侣，就在这小小的诊所里，品尝起他们自己动手的年夜饭，彼此慰藉着彼此在除夕这一天异样的孤独。两个人的胃口都很好，酒兴也是越喝越浓，看得出来，两人都是一种久违的尽兴。

"可可，你现在还像当初那样喜欢我吗？"微醺的韩宁借着酒劲，说出自己很想说出的话来。

"当然！"唐可仰头又干掉一杯白酒，"我在你面前说的每句话都不是谎话，也不是心血来潮的冲动。"

"哦……"韩宁反而觉得自己不该那么问，"可可，我对你的感情，你知道吗？"

"我知道，我从来没有怀疑过你的感情。"此刻的唐可说起话来依然似乎是相当清醒。

"那我们……你觉得，我们之间……"韩宁皱起眉头望着唐可。

"我明白，韩宁……"唐可继续平静地说，"我想那不是我们之间感情的问题，也许是生活的问题……"

"对，也许吧……"听着唐可的话，看着唐可此刻微微红晕的脸庞，在暖暖的灯光下，韩宁觉得今晚的唐可的确是那么漂亮，好像比之前任何一次见到她都要漂亮，"可可，今天你真漂亮！春节快乐！新年快乐！来，干一杯！"

"你也一样！新年快乐！干杯！"说完喝完，淘气的唐可凑到韩宁的面前，在韩宁的脸颊上轻轻一吻。

韩宁闭起眼睛，不知是酒的原因，还是吻的原因，总之是在晕晕乎乎中体味着幸福甜蜜。

"韩宁，"看着依然闭着眼睛陶醉中的韩宁，唐可说，"和你恋爱这么长时间，其实很多心里话也早想跟你再聊聊。"

"好啊！"韩宁睁开眼睛。

"之前，我们闹过几次别扭，其实也不叫闹别扭吧，总之搞得大家都不开心。"

"嗯……"韩宁点点头。

"其实，通过这些事情，我渐渐明白，我确信我们彼此是那么喜欢着彼此，但是，……"

"但是什么？"韩宁不禁抬头望着唐可。

"但是其实我们并不适合彼此……"唐可的话让韩宁立马端起酒杯，自顾自地又干了一杯。

"韩宁，少喝点，你别这样，听我说，"唐可顿了顿，接着说，"其实，我俩对于生活或者理想的追求是不一样的，我想这一点你应该也都感受到了。而且，而且我说一句错话吧，我知道自己是喜欢你这个人的，但事实上，与其说你喜欢我，不如说你喜欢的是我带给你的那种感觉，你对城市生活的厌倦，你对家乡生活的追忆，在我身上，你也许只是找到了这种情感的共鸣……"

"你……"就在韩宁想要反驳的时候，他忽然猛然间发觉，似乎唐可的话是一语中的地点中了自己情感的软肋，韩宁转而问道，"你今天就为了跟我说这些？"

"我今天来，的确是想和你，和我喜欢的人一起过除夕；另外，可能，可能也算是我跟你的道别吧。"

"道别？！什么道别？！你去哪里？！"韩宁惊得目瞪口呆。

"开年之后，我可能离开这里，我跟你说过，我想去更远更大的地方走一走、看一看，年后我打算去广东，和'暴点'做营销的一位大姐一起去，她在广东有朋友，也有门路。"

"门路？！"韩宁提高声音，"你这样不经考虑就去那么个人生地不熟的地方，你这不是胡闹吗？！"

"我考虑了很久，而且，我不去，怎么知道那里究竟怎样呢？怎么知道我自己是不是在胡闹呢？"

"你去了能够做什么？你能够养活自己吗？有多危险你知道吗？！"

"不去试一试，不去闯一闯，我就真的什么都不知道，哪怕以后有一天我会遍体鳞伤，但我至少趁着年轻，大胆去闯过，我一定不会后悔！"唐可看着韩宁的目光里，不是以往那种情意绵绵，而是一种坚决。

"那我们……"韩宁此刻明白，劝说已是毫无作用，只是低声地嘀咕着。

"我们，对啊，我们……唉……"唐可叹了一口气，"我也不知道未来的我们会怎样，我想无论我在哪里，我都会把你藏在心里；如果有一天，你忘了我，我也不会怪你。"

"我不会。"韩宁执拗地说。

"我想，有一天，你会的；有一天，你会遇到一个真正给你情感归宿的女人。"唐可微笑着说着，可是晶莹的泪珠却在眼眶里打转。

"走吧，都走吧……"韩宁不再争辩什么，只是自言自语地叹息着……

两人几乎没再说话，静静地低头吃菜喝酒，直到菜也吃不动了，酒也喝不下了。诊所里很安静，直到后来，许是到了零点转钟的时刻，外面噼里啪啦的爆竹声、啾啾的礼花声充斥耳膜，打破夜的宁静。

"新年了！高兴起来！你要好好的！"唐可笑着说。

"嗯，你也是。"韩宁淡然地说。

这一晚，在新年的夜里，唐可没有回去。不知是酒精使然，还是新年气氛使然，还是两人这一晚或喜或悲的情愫使然，韩宁和唐可近乎疯狂地做爱。韩宁是那么的激情，唐可是那么的投入。只是，在彼此情欲高涨的脸上，韩宁看到唐可的眼角不时滚落着泪珠；唐可看到韩宁的五官时而有着那种痛苦的扭曲变形……

Chapter 9

第九章 缘灭

49

　　和原先就预料的一样，韩宁的春节过得很不开心，唐可远行的计划让韩宁感到更加的寂寞与悲伤；而尽管与马媛已经在事实上可以说毫无关系，但这么多年来第一次度过一个没有马媛的春节，以及马媛即将出国的消息还是不自觉地在韩宁的心里平添更多的悲凉；尤其是对比着别人家欢天喜地、阖家团圆的新年氛围，韩宁只能残酷地认为，自己失败透了、潦倒透了。好在还有工作，似乎也只有工作能够尽可能地去填充自己的大脑，就像一支麻醉剂一样，至少可以麻醉自己糟糕的心情。

　　本来，王大力与杨大力的病情搅得韩宁焦头烂额、忧心忡忡的，之前有那么一段时间里他甚至曾想过自己是否应该及时放弃，干脆不再插手，或者建议他们去其他医院另请高明，但经过反复的权衡与分析，特别是与宋梅的交流了解到很多很有价值的信息之后，韩宁坚定而自信地做出勇敢的决定，他决定还是应该继续坚持下去，既是为了挑战他们棘手的病情，也是为了挑战自己；在之前已经与王大力、杨大力做了比较充分的交流沟通与心理引导之后，经过很长时间的思考和反复的评估预判，韩宁最终决定给他们的病情下一剂猛药！

一直等到正月十五的元宵节之后，绝大多数的机关企事业单位等才算真正重新走上工作的正轨；烟花爆竹声没了，街上的灯笼、彩带、彩灯不知什么时候也已经撤走，电视里的节目也不再是被类似春节联欢的娱乐节目所占领，看来，多数百姓也基本上都重回到正常劳作的生活与工作秩序。韩宁一直等到此时才决定联系王大力以及杨大力。

这是一个阴云密布的早上，尽管已经立春好几天了，但几乎完全感受不到春天的节奏或者气息，没想到居然还有如此沉闷的天气。韩宁把诊所里里外外都认真打扫了一遍，把办公桌上的书籍资料都仔细地归类收拾了一遍。做完这一切之后，韩宁把诊所环视一遍，他很满意，然后，拿出手机。之前所有的这些准备工作，不知是韩宁为了开始新一年的工作而必要为之，还是为了在这新的一年招呼王大力与杨大力而郑重其事。

"喂——"电话很快接通，韩宁首先招呼了一声。

"喂！韩宁，韩医生！"那一头的电话里，王大力也招呼着。

"新年好！"韩宁轻松地说。

"新年好！不好意思，其实应该是我去给你拜年的，或者应该也是我先主动打电话给你的！"

"没事，我们之间还讲究这些客气做什么？"韩宁笑着说，"对了，你今天，嗯……现在，能够到我这里来一趟吗？"韩宁虽说是商量，但他的语气中却多少有些不容置疑的味道。

"现在？现在我在上班呢！年后刚上班，手上正忙！"

"哦……那下午呢？下午能不能请个假过来？"

"下午怕是也不行，下午也没空。"

"那么忙？"

"今天比较特殊，下午我要去公墓，今天，嗯……今天是妈妈的忌日。"

"哎呀! 对不起, 对不起!"

"没事没事, 看来只能改天了。是我不好意思啊, 韩宁!"

"没事没事, 改天再说吧。那你先忙, 我也就不打扰你上班
了。"

"好, 再联系吧, 再——"

"等等! ……"王大力口中"再见"的"见"字还没有来得及说
出口, 就被韩宁粗暴地打断, "等等, 先别挂电话! 不好意思, 不好
意思……"

"怎么了韩宁? 还有事?"

"我想, 我想如果你不介意的话, 下午, 下午能不能让我陪你一
起去?"

"你和我去? 去公墓?"

"对, 如果你不介意的话……其实, 作为朋友, 我想我也应该陪
你去的, 我去看看伯母也是应该的, 你说呢?"虽然此刻的韩宁其实
还有很多的想法, 但他说的这些话却也的确是真诚。

"谢谢你, 韩宁! 好啊! 我们一起去!"

"也应该谢谢你! 谢谢你的信任! 那好, 下午你看什么时候方
便, 我开车过去你们单位接你吧!"

"好! 下午两点吧!"

"好! 两点见!"

"去那么一个特殊的地方, 真是想不到, 真是一件好事!"挂了
电话之后, 韩宁独自想着, 脸上露出满意的笑容……

韩宁把车停在商务局门口的时候是下午一点五十五分。韩宁特意
穿上白衬衫, 外面套着黑色的冬衣外套; 车上放着刚在花店买的一大
捧白菊花。王大力已经早就等在路边, 在韩宁看来一向都不怎么修边
幅的王大力也穿着整洁的白衬衫和黑色的外套, 他今天是显然把自己
认真地打扮得庄重而肃穆了。

王大力上车之后，韩宁驾车朝着郊外的公墓驶去。或许就是因为两人这庄重肃穆的打扮，使得车里的气氛也庄重肃穆起来，两人都没怎么说话，连"好久不见"或者"新年快乐"这样的寒暄此刻都应该不合时宜，所以只听见引擎的声音，衬托着天色的阴沉。

　　在停车场停好车后，韩宁和王大力并肩走进公墓。公墓很大、很安静，今天来这里的人不多，况且，也都是庄严肃穆而没什么人言语的。一个个造型规范而一致的坟头整整齐齐地排列着。无论一个人身前是何等的风光也好，还是何等的卑贱也好，此刻，躺在公墓里，则都是享受一般平等的待遇，一个个小小的坟头把诸多不同的人生全都浓缩成一致了；这一个个坟头里头藏着一个个悲伤和离别的故事；不过，从另一方面来说，一个人，当他走完人生而来到这里的时候，他就可以不闻世间的一切纷扰，安安静静、心安理得地躺在这里，哪里也不用去，什么样的现实也好，什么样的困难也好，甚至什么样的灾祸也好，都不必去面对，去选择，或者，去逃避，去逃离。

　　韩宁一边心情复杂而诡异地思考着，一边跟着王大力的步子，终于来到王大力妈妈的坟前。和其他的坟头并无二致，正前面镶嵌着一小块墓碑，镌刻着"慈母王秀芬之墓""孝子王大力敬立"，以及王妈妈的生卒年份、入墓立碑的年份，墓碑的正上方镶嵌着王妈妈的照片——王大力和妈妈长得非常像，像是同一个模子倒出来一样。

　　"妈，我来看您了！"王大力拿出带来的扫帚，先把妈妈的坟头四周清扫一遍；然后拿出一些水果、点心，搁在盘子里，再放在妈妈的墓碑前；最后双膝跪地，朝着妈妈的墓碑和照片磕了三个头。王大力的脸上写满了虔诚、忧伤、思念。韩宁恭恭敬敬地站在王大力的身后，静静地看着王大力所做的一切。

　　磕完头，王大力站起身，对着墓碑说："妈，今天我还带了朋友来看您！"说完，王大力闪开身子，让韩宁走上前来。

　　"阿姨您好！我叫韩宁，我是大力的好朋友，经常听他说起您，所以，今天我也来看您了！"韩宁说完，把那捧白菊花放立在墓碑旁，然后站正了身子，恭恭敬敬地鞠了三个躬。

"怎么样？你还好吧？"韩宁问。

"没什么，妈妈也走了这么长时间了，也都习惯了。而且，每次来看她，心里反而安心很多，欣慰很多，所以你放心吧。"王大力没有看韩宁，只是盯着妈妈的照片。

韩宁看见王大力的神色比方才轻松很多，于是想着换个话题，换个他本来想找王大力聊的话题："最近怎么样，大力？我是说你最近的心情、情绪。"

"还好吧，感觉比之前好多了。"

"要不，我们走吧，边走边聊？"韩宁此刻终究还是觉得直接在王妈妈面前聊起王大力病情有关的问题，实在不太合适。

"没事，我想陪妈妈多待会儿，而且，我也想让她听听我们聊的话题，也让她知道儿子最近怎么样。"王大力微笑着说。

"哦——"韩宁的这一声"哦"，意味深长，其实，王大力的建议打消了他方才的顾虑，并且，倒也符合韩宁自己最初的想法，同时，韩宁也在这一声拖得很长的"哦"当中，思考着接下来该和王大力说些什么。

"你跟我预想的一样，我预料你的心情应当是越来越好的。"

"是吗？"

"一来你和宋梅的感情很平稳，二来你下定决心决定辞职。就像我之前跟你说的你心里的问题其实就是一个个'牢笼'的问题，爱情的'牢笼'、工作的'牢笼'等，之前就压得你喘不过气来，现在好，你都把这两个'牢笼'给敲碎了，所以你的心理状态当然应该是越来越好！"

"这么说，我应该没问题了？"王大力的脸上和眼中写满惊喜。

但韩宁的脸上和眼中却被王大力的这句话镀上了一层阴霾。

王大力当然看出了韩宁的心事重重，"怎么，韩宁？还是有问题？还有你所谓的'牢笼'吗？……对了，差点忘了问你，上次我做的试卷，成绩怎么样？"

"呵呵……那不是考试，无所谓成绩的，只是为了考察你心理的真实动态……试卷我倒是批阅完了……"

"你不要卖关子啊！有什么话你要说啊！"

韩宁看了一眼王大力，又把目光投向王大力妈妈的坟头、墓碑、照片，"其实也好，当着大力妈妈的面，有些话也许更好说，也更应该说。"韩宁一边思考着，一边决定用一种"以毒攻毒"的方式去刺激王大力的心理。当然，这不是韩宁心血来潮的想法，他经过了深思熟虑，他也觉得到了这样一个合适的时机，今天，既然来到王妈妈的坟前，他更觉得这是一个不得不利用的好时机；他希望着这样一种直接的方式能够让王大力的心理猛然警醒，能够从心理的泥沼中奋而走出来……

"大力，你有没有思考过，你心理的包袱、牢笼、不快乐，最初来自于哪里？它们是如何从一开始霸占了你的心灵？"

"没有，也不知道。"王大力茫然地说。

"对啊，他当然不知道，不然也不会这样了。"韩宁在心里对自己说。韩宁想了想，用一种很严肃、很庄重，甚至有点仪式感的口气说："大力，接下来我要跟你说的话，也许会伤害你、触怒你，你也许很难理解，但请你相信我，相信我的专业，也相信你我之间的友谊。还记得那次在我的诊所里听肖邦的《夜曲》吗？当时在你半梦半醒的呓语里，很明显地，我看到了你毫无安全感的内心世界，你对现实，也是对过往的经历存在着很强烈的危机感以及失落感。我考虑了很长时间，就是等你在理解了我所谓的心理的'牢笼'之后，在你自己打破了心理的那一个个'牢笼'之后，在慢慢建立起自我内心哪怕一点点的安全感之后，才等到了如今的时机，今天，你和我一起来到你妈妈的墓前，也许这更是一个恰如其分的时刻。"

"你最初的问题来自于她。你心理当中最早的一个、最坚固的一个、最让你窒息的一个'牢笼'，是她给你打造的。"韩宁平静地说着，目光始终望着王妈妈坟头的照片，手也指着同样的方向。

"你说什么？"刹那间，王大力以为自己听错了，但在王大力看来，韩宁的目光、手指就像匕首一样，寒光闪闪，要刺向自己已经安息的妈妈，也要刺向自己的心里。

韩宁没有说话，把目光又转到王大力的脸上。

"你说什么呢？！你想说的是我妈妈？"王大力的语气很着急。

"对，是她。我知道，你深深爱着你的妈妈；我也知道，你妈妈生前，也是深深爱着你。但事实就是如此，却也是她，在你最无知懵懂的童年时代就已然伤害着你幼小的心灵。那种伤害，是不经意的，对你的影响，却又是挥之不去的。"

"你错了吧？想必你的分析过头了，全错了，妈妈怎么会伤害我？没有她的含辛茹苦，我能有今天吗？"

"对，她的含辛茹苦养育了你，却也是她的这种含辛茹苦伤害了你……"不等王大力再次争辩，韩宁滔滔不绝地继续说，"你只不过是一个普通的单亲家庭的孩子，是你妈妈，把她和你父亲之间的情感纠葛转嫁给无辜的你，在对待你父亲的态度上，她在你小小年纪的心灵上就播下了仇恨的种子。你的童年、少年，是你妈妈反复给你灌输，也仅仅给你灌输着'好好学习'的要求，但她不是为了你的成长，只是为了你能够有朝一日为她扬眉吐气，为了日后她能够依靠你，这是多么自私的一份情感包袱啊！她让你冷漠地对待人与人之间喜怒哀乐的各种真情实感，她用'学习'和'一定要争气'把你套在一个冷酷的、没有自由的套子里、'牢笼'里。在你的自我人格与自我意识觉醒之后，在你找到最好的心灵伙伴——音乐的时候，又是她，强迫着把你死死按在她认可的人生轨道里。试想一想，不是她，你会选择自己厌恶的大学专业？你会选择之后让你那么厌烦的工作？也许你早就在音乐的大道上，快乐地追求着自己的梦想吧？！你不是没有想过去打破妈妈给你安排的这一切，但你做不到，因为，'含辛茹苦'，就是你妈妈让你只能就范的终极武器……呼……"韩宁一口气说完，长长舒了一口气；尽管口干舌燥，但韩宁觉得内心是那么舒坦解气——早想说了，早想说了……

"你胡说！你冤枉！你，你，你凭什么……？！"王大力的声音声嘶力竭，极力反驳着韩宁；但他的脸涨得通红，五官令人感到恐怖一般地在扭曲——韩宁知道，王大力在强迫自己也在强迫他不去接受这样的论断，但他的内心，不得不在分析着，或许不得不接受着韩宁客观的分析。

韩宁也在平息着自己方才激动的情绪与口气，他尽量柔缓地继续说："大力，其实你扪心想一想，你所说的那些烦恼、苦衷，工作的、爱情的、生活的，其实，又算得了什么呢？和许多更加不幸的人比起来，你的人生难道还不算顺利吗？但是，为什么这些细小的问题在心里纠缠着你，并且居然成了愈发严重的问题？"

韩宁的这些话既像是在问王大力，又像是他为了继续滔滔不绝而设置的设问或者反问，王大力并没有回答。

果然，韩宁还是尽可能平静地说："在你曾经的世界里，妈妈给了你最高的评价标准，比如，'好好学习''争气''乖''听话'，等等，而且你都做到了，在妈妈眼中，进而也在你自己眼中，你是那么优秀，甚至完美而特别，你是妈妈以及你自己的骄傲。但后来呢？现实中呢？你从别人眼中，也从自己眼中发现，其实，你很普通，普通到甚至算不得优秀，想象中那么好的工作，之前和朱婷婷之间那么好的爱情，原来也不过如此，甚至很不好。于是，你失衡了，你失落了，你的心理上承受不了了。"

"我……"

"不用解释。大力，你再想一想，你是什么时候发现自己心理状态的问题？你是什么时候来到我的诊所？是在你妈妈离开你之后。为什么？一来，妈妈的离开，客观上帮助你不再受到她所打造的'牢笼'对你的压抑；二来，妈妈的离开，使得你得不到之前能够得到的那些荒唐的肯定与褒奖，使得你清醒并痛苦地品尝到现实中的失落。"

韩宁叹了一口气，然后笑了笑，也许他很满意说完了自己想说的话，也许是为了让后面的话更加轻松起来："我今天的话对于你的心理而言，其实某种程度上是对于你长期以来的一种信仰而言，都是过于强烈的冲击。大力，我知道你难于接受，没关系，我不需要你去接受或认可。你现在的状态其实很正常，也很好，和我反复权衡评估的一样，还好，你能够承受我的这些话，没有崩溃，没有什么过激的表现。我明白，你的妈妈几乎是你唯一的亲人，妈妈留给你的是一幅美丽的图画，我今天把这一切都推翻了，打破了……但也只有把这些都暴露出来之后，你才可能从心底里真正地轻装上阵，重新做好自己。"

"你不要说了，我不想听了！不要在这里亵渎她！"

"好，对不起，大力，我不说了……其实，其实……"韩宁的眼神突然有了变化，语气当中竟然有了赞许的意味，"你并不像你自己以为的那么懦弱，并不像我最初认为的那般懦弱。事实上，你勇敢地选择了你自己的方式来抛弃、来逃离这些问题。我曾经以为你心里最可怕的问题是你的心已经死了，其实没有，后来我才知道你以一种很特别，其实也是很勇敢的方式，在心里、在情感上，仍然是那么热情地追求着、迎接着你真正在乎的一切，你的梦想，你的自由，你向往的生活，你所爱的所有——甚至，包括你的父亲。"

"不要在这里提起那个人！"王大力望着韩宁，眼中有些泪花，还有一些恶狠狠，"你什么意思？"

"唉……"韩宁低下头，叹了一口气，"等你意识到自己的选择的时候，就是你的心病痊愈的时候……有希望，慢慢来吧……"

王大力的脸色和天空一样，阴沉沉的。韩宁不想贸然再把这个问题进一步深入，他换了一个话题，不过也是一个有意的话题，"听说你们局里最近在忙着招聘临时工？"

王大力还沉浸在自己的思绪中，一时之间没有应声。不过他很快一个激灵地问："你怎么知道？"

"听一个很特别的朋友说的。"韩宁只是简单地敷衍了一句。他的脸色也和天空一样，阴沉沉的。

韩宁本想着王大力会继续问下去，但王大力根本没有继续聊下去的想法，"你走吧。"王大力无力地说。

"我们一起走吧，还是开车送你。"

"不，你走吧。"

"今天这样的状态，作为医生而言，我必须把你送回家的。"韩宁固执地说。

"我回办公室。"王大力冷冰冰地撂下一句话，急匆匆地往停车场走去；韩宁跟着王大力的步伐，但他走出几步，回头看了一眼王妈妈的照片，照片上的王妈妈依然笑得很安详……

一路上，和来的时候一样，两人都没有说话，只有引擎的声音，好在天上阴沉沉的云朵散开一些。

"如果今天我见的是杨大力呢？他会带我去她妈妈的墓地吗？我又该跟他说些什么呢？……"韩宁的目光在前方，手在方向盘上，心思不知飞到了哪里……

50

当韩宁和王大力在公墓的时候，当韩宁和王大力在公墓近乎针锋相对的时候，宋梅家里，也正在经历着一场剑拔弩张。

"为什么？究竟是为什么？！"此刻的宋梅怒气冲冲，她咆哮着，声音里带着难以名状的愤怒、痛苦、悲愤的哭腔，在客厅里狂躁地来回辗转着，噙着泪的目光饱含着失望与残酷地瞪着客厅里宽大的三人沙发的一角——沙发的一角，坐着和她长得一模一样的双胞胎姐姐，项梅——当然，宋梅和项梅之间还是有一点区别，宋梅是干练的短发，项梅则是留着柔顺的长发。项梅低着头，什么也没说，看不见她的眼神与表情，只看得见晶莹的、像断了线的珠子一般的泪水在"扑簌扑簌"地往下掉。长得一模一样的两个人，此刻，彼此性格的不同倒是展现得淋漓尽致，一个是泼辣到几乎放肆的地步，一个是内向到几乎文弱的地步。

"你怎么不说话？！你以为你那所谓的内秀、文静，此刻都能派上用场了？你可以逃避这一切的事实了？！"宋梅一手指着项梅，一手拿着几页稿纸不停地挥舞着。

"你倒是说话！你还是我姐吗？我为什么有你这么个姐姐？爸妈不是说你从小就让着我、迁就我吗？都是假的！想不到你背后比谁都无耻、自私！"

"小梅，不是，不是你想的那样……我，我也不知道……"项梅仍然低着头，却忍不住地哽咽着辩解着。

"不是我想的那样？！我想的是什么样？！你倒是说啊！这下你不说了？你说，这是怎么回事？！你倒是给我解释啊！"宋梅更加用力地抖动着手中的稿纸，上面密密麻麻写满了字。

"我，我不知道……"

"哦？！这下你不知道了？！你都忘了？好，我帮你回忆，我帮你想想这是怎么回事！"宋梅的声音也是越发地哽咽，她清清嗓子，让自己的狂怒暂时镇定一些，然后展展手中的稿纸，开始旁若无人地高声念起来：

"亲爱的梅子：

请允许我这样称呼你。当我第一次见到你的时候，我就想如此这般轻轻地呼唤你。

感谢上苍，感谢缘分，让我遇见你；我没有想到能够在漂泊不定的人生路上，遇见你。

从此，我是如此地眷念着你的眼睛，她那么清澈无瑕；我是如此地眷念着你的长发，她那么飘逸芬芳；我是如此地眷念着你的身影，她那么魂牵梦绕；我眷念着你的每一个微笑，我眷念着你的每一个蹙眉……

眷念你的美丽，更眷念你的心灵，人类灵魂的工程师，在你面前，才发现自己的卑微与渺小，真想，我真想坐在你的课堂上，和那些幸运的孩子一起，聆听你婉转轻柔的声音……

不止一次，远远地，默默地，注视着你；不止一次，想鼓起勇气，靠近你；不敢，不愿——不敢我的冒昧唐突了你的宁静，不愿我的不自量力击碎了我静静欣赏你的权利……

直到夜不能寐，直到身心俱疲，我才明白，我的这份眷念，不得不告诉你；今天，我抛下所有的胆怯与顾虑，只愿，善良的你，能够给我机会，让未来的我，能够走得更近，好好欣赏你……

……"

稿纸上的文字并没有念完，宋梅再次哽咽了，"还要我念吗？觉得耳熟吗？觉得浪漫吗？你还想否认什么吗？"宋梅继续咆哮着。

"不是你想的那样……我不知道，我不知道他为什么写这些，我……"

"你什么你？！你不知道？！白纸黑字的情话还有什么是不知道的？！他在我面前不好意思说的话，原来全都写给了你！你们什么时候开始的？！说啊！说啊！"

"小梅，我，我，……不能怪我啊……"

"别叫我'小梅'！难怪你表现得不喜欢他，难怪你那么多次要我对他要慎重一些，还要好好考察，原来你是指望着自己！我没有这样的姐姐，自私、无耻，还要跟我抢男朋友的姐姐！"

"我的确知道……但我一直在躲避，我没有……"

"你不是说你不知道吗？！怎么又知道了？知道什么了？！他那么个傻小子，不是你的勾引，不是你的怂恿，他敢吗？他有那份心吗？你们，你们是什么？你们是狗男女！……"

"宋梅！你放肆！"不知什么时候，宋梅的父母已经站在客厅

328

里，听到小女儿方才对着姐姐口无遮拦的谩骂，父亲终于忍不住怒吼起来。

"哇……"宋梅和项梅，几乎是同时号啕大哭起来，项梅把头埋得更低了，宋梅瘫软着蹲下身子，把头埋在双膝之间。

"到底怎么回事？你俩给我说清楚！丢人现眼！败坏家风！"一向对女儿千依百顺的父亲，此时的话斩钉截铁。

项梅坚持不住了，"倏"地从沙发上跳起来，双手捂着脸，哭喊着奔出门外。

"大梅，你等等，你，你去哪儿？……"母亲被吓蒙了，紧张地喊叫着，跟着项梅往外跑。

"你给我回来！让她滚！出去想清楚之后再回来！让这两个现世宝独自想清楚！"父亲冲着母亲怒吼着。

宋梅仍旧在哭泣，手里已经无力再攥着写着情话的那几页稿纸，零落地散在地上。

父亲捡起地上的稿纸，快速地翻看着，那纸上，不仅有满篇浪漫的情话，还有最后的落款，赫然写着——"大力"。父亲的手把稿纸越攥越紧，像是要把它们捏碎一般，额头上、脖颈上粗大的血管被憋得暴起。

母亲流泪了，她打算低身扶起蹲在地上的宋梅。父亲拦住她，无奈地说："别管她，唉……她俩自己造的孽，先让她俩自己去想清楚……"

……

在宋梅和项梅的吵闹戛然而止的时候，王大力刚刚回到单位，一路上他都在思考着韩宁之前在公墓当着母亲的面给自己说的那些话，心里像千头万绪一般的凌乱，他拖着沉重的步子，一步一步往办公室挪着。就在刚要走进办公室的时候，里面几个同事的对话让他猛然停住步子，把伸出去准备推门的手缩回来，静静地驻足在门口。

"听说了吗？说是王大力打算辞职呢！"

"我也听说了，说是自己都跟上头汇报了！"

"我看呀，他和那姓朱的之间，肯定有些不干净！好歹之前算是准上门女婿嘛！这下姓朱的一倒，他得赶紧溜号，不然指不定把他的事儿也查出来呢！"

"对对对，肯定是这样！你说这小子，也忒没良心了吧！之前像哈巴狗一样，觍着脸往姓朱的那儿，往朱婷婷那儿去拱，就盼着一夜之间飞黄腾达；这姓朱的刚倒下，他倒好，先是蹬了朱婷婷，现如今，连工作也不要了，打算远远闪人了！"

"所以说世道炎凉啊！别看那小子平日里不作声，这些鬼心思，深着呢！原先我还当是朱婷婷瞧不上他，现在才明白，他呀，怕是早听到什么风声了，所以赶在姓朱的出事之前，就把人家千金给飞了！"

"我跟你们说，他这样单亲家庭出身的，从小就没爹的，心理上本就不健全！"

"是啊！对了，听说后来马上找了一个什么酒吧卖唱女？"

"我也听说了！那能是什么好货色？！"

"这种人，早走早好！留在这儿，指不定还会闹出什么幺蛾子！"

……

"啪——"王大力再也忍不住了，他几乎是拼尽力气地一脚把门踹开，这一声巨响，让办公室里围在一起的同事吓了一跳。

王大力满脸通红，恶狠狠地盯着眼前的同事们，他的牙咬得"咯咯"作响，双手的拳头捏得紧紧的，像是要捏出血来一样。同事们被眼前的王大力——平日里总是内敛沉稳的王大力，吓得瞠目结舌，他们一边害怕地看着他，一边悄悄地挪着步子，想悄悄地挪回自己的办公桌。他们哪里知道，从下午以来王大力一直积聚在心中的困惑、烦躁、愤懑，此刻终于被点燃。

"你们他妈的站住！说，继续说啊！……"

同事们不敢应声，也不敢再动，胆战心惊地站在原地。

"你们他妈一帮龟孙子！有种当我面说！这下怂了？！不敢开口了？！看我平日好欺负吗？来呀！这下不敢来欺负我了？！"王大力咆哮着，几乎整座楼都可以听得见。

"小王，我们，我们，……别误会，别误会，好好说话嘛……"一个同事壮起胆子来充当和事佬。

"要我好好说话？你们他妈的在这儿嚼舌根子？！你们他妈的会说话啦？！一个个人模狗样的公务员，比他妈市侩还市侩！"

王大力一步并作两步地冲到这几个同事面前，这些同事都被吓得四散开来，他们不知道王大力要做什么，单是他这犹如雷霆的气势，就让他们再也不敢靠近，再也不敢开口。

王大力站在一张办公桌前，轻蔑地扫了一眼眼前这帮如鼠窜的同事们，又看了看办公桌。突然，他俯下身子，撩起胳膊，把桌上所有的东西"呼"的一声全扫在地上；然后，他再"呼"的一声把办公桌整张掀翻在地……"噼里啪啦……"桌上的文具、水杯、纸张，桌子抽屉的各种小物件零零散散地铺得满地都是。

"今天我就实话告诉你们，我的确不干了！不跟你们这帮人渣为伍了！但只要你们再敢嚼你们的舌头根子，我不会放过你们！……你们去叫人啊，去告我啊！去保卫科告我去！去公安局告我去啊！我他妈豁出去了，陪你们耗到底！"

王大力发泄完之后，像钉子一样站在原地，"呼呼"地大口大口喘着粗气。办公室里顿时静下来，静得异常可怕。办公室外已经围了好多别的科室的人，他们只是用眼神彼此和彼此交流着，试图打探究竟发生了什么，但谁也不敢交头接耳……

王大力从单位回到家的时候，天已经黑尽，没有月亮，没有星星。有时候，人会觉得，漆黑的夜色其实比阴沉沉的天空更好一些。

王大力独自坐在家里的沙发上，没有开灯；路灯的光亮从窗户洒了一些进来，整个房间有了一层昏黄；王大力静静地坐着，不抽烟的他正在一口接一口地抽烟，烟雾缭绕在家里的昏黄里，烟头忽明忽暗……

"今天发生了太多的事情。下午在办公室里的爆发其实是自己内心积郁的最终爆发，如此那般龌龊的地方，做出逃离的决定是多么的明智！早一天走早一天好！……还有韩宁，他为什么今天在那样的场合跟我说那样鲁莽的话？！为什么他要那样恶毒地诋毁？为什么他的话总让我挥之不去……？妈妈啊，你说这到底是为什么啊？……难道，难道我就像一个可怜的孤家寡人，没有一个人怜悯我吗？所有人都要抛弃我吗？连妈妈，妈妈，原来你也……"

夜已经很深，没有了人的喧闹，没有了车的喧嚣，外面的世界已满是宁静。

"丁零零——"本来清脆的手机铃声此刻是那么刺耳与瘆人，"哦！原来是梅子！对，我还有梅子啊——"

"梅子——"王大力尽可能不在电话里向梅子显露出他此刻焦躁的心情。

"不要再叫我'梅子'……"电话那头是有气无力的声音，伴着分明的啜泣。

"梅子，你，怎么了？"

"别问我怎么了，你问你自己怎么了！"宋梅的声音当中夹杂起愤怒了。

"怎么了梅子？你在哪里？出什么事情了？是谁欺负你了？"王大力更加着急了。

"我在哪里，用得着你管吗？我出了什么事情？谁欺负我？你自己问问你自己！"

"我，我怎么了？……"

"我都知道了。"宋梅的声音里透露着绝望。

"你知道什么了？"

"呵呵……继续否认吧！你，你和她一样！骗子！流氓！为什么？为什么是我最爱的两个人伤害我？你们为什么那么狠心？！呜呜呜……"宋梅几乎语不成句。

"到底怎么了？你在哪里？"

"没什么，王大力，我们分手吧。"宋梅止住哭泣，惨然却决绝地说。

"分手？为什么？"王大力只觉得刚刚晕涨的头脑突然一片空白，"为什么？"

"既然你不知道为什么，那就不为什么！没有为什么！我想离开你了，我不再喜欢你了，我不会相信你了，我，我恨你了……"

"梅子，你，你说清楚，到底怎么回事？！你在家里吗？我马上去找你！"

"听着！"宋梅的语气陡然凌厉，"你听着！我不想再见到你！再也不想！我们之间结束了，彻底结束了！不要再打扰我的生活！难怪你总是有那么多所谓的心事，总算明白了……你是个骗子！你，你，对，你就是心理变态狂！"

宋梅没有想到的是，之前的咆哮尚且是让王大力莫名其妙、惴惴不安；最后这一句话是让王大力一团乱麻的脑袋如同受了当头一棒。王大力整个人傻了，手里捏着手机，却说不出话来。电话那头又传来宋梅连续不止的哭泣声，声音越来越小，直到很快，电话被无情地挂断。

王大力傻傻地仍旧把手机放在耳朵边很长时间，他已经听不到电话里头"嘟嘟"的断线声；他目光呆滞地坐在地上；窗外路灯的灯光洒在了他的身上；此时的王大力，像一摊昏黄的烂泥。

"我怎么了？——什么都没了？——"良久，静谧的房间和静谧的夜空里，回荡着王大力的这句话，声音很大。

51

从公墓回来送走王大力之后，韩宁直接回到诊所，就孤单单地坐在诊所的办公椅上；直到夜幕降临，他也没有出去，没有吃晚饭，就这么静静地坐着。他把诊所房间所有的电灯都打开了，照得整个诊所灯火通明；他想在这样分外光明通透的环境里保持着思想的清醒。

"我今天这样做，到底算不算是合理的选择？"

"会不会太直接、太大的刺激了？"

"要是不这样，还得拖到什么时候？"

"他能够承受得了吗？"

"万一，万一……现在还可以补救吗？"

"我是不是该打电话问他？"

"不不不……此刻关键要靠他自己！我得沉住气！等他，等他的电话来吧……"

韩宁静静地坐着，其实内心就这样纠结着、碰撞着，如坐针毡。慢慢地，夜越来越深，外面的世界也安静了。

"丁零零——"终于传来久等的电话！韩宁迫不及待地抄起身边的手机，"怎么是她？"看到来电显示之后，韩宁的心里有点失望。

"喂，马媛你好！"韩宁客气地说。

"喂，你好！在哪儿啊？诊所吗？"马媛也很客气。

"对，就在诊所呢。你，你有什么事吗？"

韩宁的问话让马媛有点尴尬，也有些失望："难道没事就不能打电话了吗？离婚了，就只能形同陌路吗？"马媛在心里默默地想着。

"没事，没事，只是想跟你说一句……"

"哦？……什么事？尽管说吧！"

"我，我现在在机场——"马媛停顿了足足有十秒钟，"我的航班就在今天夜里……我，我想跟你说的是，再见——"马媛的声音越来越低，低到像是呜咽一般。

"哦——"韩宁刹那间无言以对，就是这么一刹那，韩宁意识到，马媛真的要走了，这一走也许会是两人的永别；韩宁也意识到，无论彼此之间发生过什么，真到了此刻的时候，心里原来还是有那么多的不舍。韩宁也足足停顿了有十秒钟，才喃喃地说："好，好啊！总算，总算都办妥了……太，太突然……"

"是啊，很快，说走就走了……"

"你，你一路上，一路平安……"

"谢谢！"

"你，你，你到了，还是记得给我捎个信，报个平安吧……"

"嗯……你也要好好地保重，保重！要和她，都好好的……"韩宁听见了，电话那头的马媛掉泪了。

"嗯……我……"韩宁说不出话来。

"呵呵，就这样！再见！"没有等到韩宁继续说下去，马媛果断地挂了电话，韩宁知道，总是那么强势而泼辣的马媛，此刻毫无遮拦地暴露了自己最柔软的一面，她说不下去了，她也听不得韩宁的声音了。

"走了，终于还是走了……"耳朵里是电话断线后"嘟嘟"的声音，韩宁自顾自地仍旧对着话筒说着……

韩宁缓过神来的时候，他想到唐可，是啊，连马媛都在电话里提到了唐可；此刻，韩宁的内心能够得到的慰藉，可能也只能来自唐可。韩宁于是拨通了唐可的电话。

"可可——"

"哎，韩宁！"

"我想你了，想念你的声音了。"韩宁的声音是那么可怜而无助。

"你怎么了韩宁？没事吧？"

"没事，只是想你了。"

"我，我也想你。"

"呵呵，谢谢……你，你在干吗呢？"

"我，我在……我在火车站，今晚，我，我南下的车次……"

"哦——"唐可没有想到，连韩宁自己也没有想到，得知这个突如其来的消息，韩宁并没有大吃一惊的过激反应，他只是长长地"哦"了这一声，然后，两个人都在电话里静默了。

还是韩宁再次开口了："这么着急，你都没有告诉我。"

"我，我害怕，我害怕告诉你，害怕你的不舍，更害怕我自己舍不得你，我害怕我会改变主意……"

"哦——"韩宁尽可能地保持着声音的平稳，但两行泪珠已经悄无声息地、毫无感觉地、丝毫不受控制地，流淌下来，从嘴角滚进了口里；韩宁觉得咸咸的，和他此刻心里的滋味是一样的。

"你要一路平安！你要保重！"韩宁说。

"你，你也要照顾，照顾好自己。"电话那头的唐可泣不成声。

"到了给我报平安！"

"嗯！"

"去了，去了之后，早点回来；如果累了，累了也就回来……"韩宁说。

"嗯……韩宁，韩——"这一回，不等唐可继续说下去，是韩宁主动把电话掐断了，手机里再次传来"嘟嘟"的声音，韩宁依然还是久久地把手机放在耳边……

"走吧，都走吧……"韩宁对着手机话筒说。

这两通电话之后，韩宁再也无法安静地坐着了。他站起身，在房间里来回踱步，他不知道自己心里究竟在想什么；他把待客用的香烟拿了出来，急急忙忙地抽出一支，给自己点上，大口大口地吸着，满屋子都是呛人的烟味；他从柜子里翻出来不知放了多久的大半瓶二锅头，对着瓶口，大口大口地喝着，满喉咙都是热辣辣的像是要喷出火来……慢慢地，在满是烟雾的房间里，韩宁模糊地看着灯泡在摇曳着、闪烁着，怎么那么多灯泡，天花板上、桌子上、墙角边……明晃晃的，晃得自己眼睛都睁不开了。

韩宁忽然很厌恶身边的这一切，他觉得自己在这样一个狭小的房间里迟早要窒息而死；他踉跄着翻出车钥匙，三步并作两步冲出门外，"啪"的一声，顺手重重地把门关上，再冲进车里，急急忙忙插进钥匙，发动引擎，绝尘而去；他想起什么来，回过头，只见诊所还是灯火通明，原来出门忘了关灯，"管他呢！"韩宁扭回头，望着前方……

"去哪里？开去哪里？！"上路之后，韩宁才发现自己的漫无目的。

"去机场吧！还赶得及去见马媛最后一面吧？"

"去火车站吧！我想念唐可啊……"

韩宁踌躇着，矛盾着；韩宁的车行进的方向也踌躇着，矛盾着……韩宁恍恍惚惚，夜色中的景致越发模糊不清、摇摆不定；韩宁打开了所有车窗，清冽到寒冷的夜风"呼呼"灌进车里，韩宁却觉得自己热血沸腾……

在家里和宋梅剑拔弩张之后，项梅满怀着委屈、伤心、气愤，冲出家门，她漫无目的地在夜里的街道上走着，脚步越来越沉重，心情越来越沉重，身上越来越冷，心里越来越冷，眼睛红肿得不成样子，泪水却早已哭得干干净净。父母接连打来几个电话，她都不愿接听，她不知道该怎么向父母解释，更不知道该怎么跟宋梅解释——后来，她索性把手机关了。走吧，就这样走吧，不知道会走到哪里，直到走不动为止。

"为什么会这样？为什么？！为什么会发生在我身上？为什么全成了我的错？！"项梅在心里一遍一遍地念叨着。

"是啊，我也想知道，他为什么会这样？！他为什么要这样对小梅，为什么要这样对我？！我知道，我都知道，他一遍一遍地向我表白，我一遍一遍地拒绝，不可以！绝对不可以！小梅难道不懂我吗？我难道会对他那样的人有好感吗？我一遍一遍地奉劝小梅，我只是想保护她啊！我又能做什么呢？难道怪我太软弱？为什么不能直接把事实早点告诉小梅呢？我怎么开口啊？！我怎么忍心打破小梅爱情的甜蜜啊！……对，都怪我，都怪我的软弱！怪我的无能！小梅为什么要有我这样一个姐姐？！……我还是人民教师吗？人民教师有我这样的'现世宝'吗？……"项梅每走一步，都在心里反复地质问自己……

此刻，在王大力的家里，正在上演着一出诡异而荒诞的闹剧。

一直呆坐在地上的王大力倦了、困了、迷迷糊糊了……直到他在昏暗的房间里模模糊糊看到一个似有似无的人影。

"谁？"王大力虽然警觉起来，但似乎眼睛老是像蒙着一层雾，身上也似乎完全没有气力。

对方并没有应答。

"你，你是谁？"王大力提高了声音。

"你是谁，还是我是谁？"对方的声音很挑衅，对方的话也很奇怪。

"你到底是谁？你想干什么？！"王大力感到害怕，但有意地呵斥着，掩盖自己内心的恐惧。"这难道是幻觉吗？"王大力不知道是不是幻觉，他只知道很害怕。

"哈哈——"对方无所顾忌，"我倒问问你，你是谁？"

"我，我是谁不关你事！你，你想干什么？！"王大力看到对方好像在一步步走近，他的确害怕了，他坐在地上，一点一点地往墙角挪动。

"放心，我不会伤害你，"对方想必是看出了王大力的胆怯，直接给他吃了定心丸，"我知道你是谁，你不就是大力吗？你是王大力！哈哈哈……"

"你到底是谁？！"王大力努力睁大眼睛，但始终看不清眼前人，不知是因为房间没有开灯的缘故，还是自己难于集中精神和眼力的缘故。

"我就是我，我都认得你，你肯定认得我！……我是谁不重要，我只想问问你，怎么今天成了这副样子？"

"我不用你管！"

"我才不管你呢！我是笑话你！你看看你这副德行！你看你还有什么呢？爱情没了吧？！工作也快没了吧？！你的那些同事巴不得你滚蛋吧？！你最爱的人，你的妈妈，也离你而去了吧？！哈哈——"

"你——！"

"我什么我？我比你强！你就是一个失败者！从一开始就是吧？！瞧你那样子，生来就是胆小鬼！生来就是傻瓜，就是土鳖！难怪你爹不要你！你以为你妈有多爱你吗？你今天应该明白了吧？就是你妈害了你吧？！你也该醒醒了吧！晚了吧？今天你才清醒了，你的人生就是这样啦！你就是个失败者啦！你什么都没啦！你这一生算不算是白忙活了啊？！你活得苦不苦啊？累不累啊？哈哈——"

"你放屁！你才是失败者！"王大力的叫嚣中带着明显的哭声，眼泪已如决堤之水。

"我？我是失败者？我不是啊！我好着呢！我活得比你潇洒啊！我才不管我爸我妈呢！我只管自己怎么活得快活呢！我还有心爱的人啊，我有我的爱情呢！你不知道吧？！我有梅子惦记着我哪！现在还有谁会在乎你吗？"

"什么梅子？！你知道什么？！梅子是我女朋友！"王大力的声音在颤抖。

"人家还要你吗？还喜欢你吗？人家不是说了恨死你吗？梅子是我的女朋友啊！傻瓜！哈哈哈——"

"你，你……！"王大力气急败坏、恼羞成怒，满腔的怒火与羞愧把嗓子眼儿完全堵住一样，"你到底是谁？！你怎么进来我家里？！你为什么要害我？！"

"哈哈——"对方依然狂妄地笑着，"不是我害你，你还不明白吗？是你以为爱你的那些人害你啊！"

"不可能，不是的……"与其说王大力在向对方争辩着，不如说王大力此刻是在说服着自己。

"你不是很想知道我是谁吗？呵呵……"对方的语气满是轻蔑。

"你，你是谁？！快说！"

"我才是大力呢！"

"你是大力？！"

"对呀！我才是大力呢！你这个没爹的野种，叫什么王大力。知道我是谁吗？我才是大力呢！我不像你啊，我有爹的，我爹姓杨，我叫杨大力！"

"杨大力？"王大力彻底蒙了……

对方突然没有了声音，也没有了身影，只留下王大力在痛苦地号叫、哭泣……

王大力精疲力竭，忽然，他想起一个人，想起一个此刻可能唯一能给他解释、能够帮助他的人，他抓起手边的手机，拨通了一个号码，很快，电话接通了。

"韩宁！韩宁——"王大力在电话中哭号着，"到底怎么回事？你知道吗？你们是合起伙来整我吗？梅子为什么要离开我？他又是谁？你肯定知道！告诉我！杨大力到底是谁？我是谁？……呜呜呜……"

还没有等到电话那头韩宁的声音，刚才那个可怕的身影又出现了，"呵呵，你找韩宁？！你以为他能帮你？你做梦吧！晚啦，太晚啦！你死心吧！哈哈——"

王大力突然之间不知哪里来的那么大的气力，终于站了起来，手里仍旧紧紧攥着手机，然后弓起背，猫起腰，怒吼着，铆足全身气力向那个黑影迎头顶过去……

"哗啦啦——"房间里顿时响起非常刺耳的玻璃破碎的声音；王大力倒下了，没有一点声息了；那个自称"杨大力"的身影不仅也没有动静了，还消失了；王大力手中的手机里传来"大力、大力"的叫声……

340

窗外路灯的光芒洒在满地破碎的玻璃上，房间里更显昏黄……

52

王大力的来电让仍在驾车中踌躇的韩宁顿时酒醒不少，"糟！出事了！怎么会？！……"他不敢继续多想，只是把方向盘握得更紧；他此刻不再犹豫到底是去见机场的马媛，还是去见火车站的唐可了，他只想飞快地奔到王大力的家里去见他的病人王大力；此时，酒精给予韩宁的，不再是迷醉，而是肆无忌惮的胆量，他努力地把油门踩到底去……

"砰——"一声巨响划破夜的宁静。

"糟——不好！"当韩宁发出这声凄厉的惊叫的时候，他尚没有注意到前方头顶交通灯那刺目的猩红颜色，他只是突然意识到他飞驰的车头撞到了一个柔弱的躯体。他下意识地猛地踩住刹车，猛地转动着方向盘。"吱——呀——"车轮和地面突然剧烈摩擦所发出的噪音再次划破夜的宁静。

当然，已经来不及了。被车猛烈撞击的那个躯体被抛向空中五六米，翻腾着；还来不及听到被撞者的惨叫，就听到"啪"的一声，那个躯体被重重地砸在了地上。

但就是因为韩宁情急之中猛踩刹车、猛打方向盘所造成的车身的失控与摇摆乱撞，又从侧面撞上一辆同样在急驰中的摩托车，"刺啦——"又一个刺耳的声音又一次划破夜的宁静。被撞的摩托车侧翻着在路面上滑行了十多米。

"完了！"瞬间，韩宁彻底酒醒了。他急忙冲下汽车，"怎么办？怎么办？"他一边急切地自言自语，一边望着被撞的行人、被撞的摩托车，踟躇无措。

很快，出于本能，韩宁冲向了离自己更近的那个被撞的行人身边。这是怎样一幅惨剧啊！躺在地上的哪里还是一副人形？躯体和四肢扭曲变形，畸形地纠缠在一起，头部完全是血肉模糊，地上散漫的猩红色比仍在亮着的红色交通灯还要刺目……

韩宁失魂落魄地蹲下，抱起这副躯体的上半身，"醒醒！你醒醒！你快醒醒啊！"韩宁拼命地摇晃着，呼叫着，对方毫无反应。韩宁哆嗦着左手，抚去对方脸上的鲜血以及凌乱遮挡的乱发，把手指探向对方的口鼻之间——"完了，完了啊！"韩宁失声痛哭起来——对方已经全然没有气息。仰天号哭的韩宁忽然止住了，再次低下头仔细地凝视着躺在自己怀里的这张脸，这本是一个姣好的女孩的脸，这是一张熟悉的脸——"怎么会是你？！怎么会是宋梅？！——不对，不对，宋梅是短发，她，她怎么会是长发？她，她是……？对！她一定是姐姐！宋梅的姐姐！她，她就是项梅！为什么，为什么是你？！"韩宁痛苦地把自己的脸和项梅的脸贴在一起，他的泪水，和她的血水，融在了一起……

"哎哟——哎呀——"远处传来的呻吟声在夜的宁静中分外清晰。韩宁马上想起来，还有一个人啊！他轻轻地把项梅放平在地上，随即冲向十多米之外那辆侧翻在地的摩托车。摩托车的车轮已经停止转动，车灯却还发着耀眼的光芒，韩宁不得不用手挡住灯光对眼睛的直射；骑车人此刻蜷缩在路边，仍旧在不停地呻吟与哀号。

韩宁的心里很讽刺地略显安心，他此刻最直接的想法是，"毕竟，人命还在！"他冲到对方身边，蹲下身子，抱着对方，"先生，怎么样？你怎么样？哪里受伤了？哪里不舒服啊？！"一边问着，一边把对方掰过来正面朝向自己。

"啊——！你，你——"尽管对方的脸因痛苦而扭曲变形，但这是一张韩宁无比熟悉的脸庞，"怎么，怎么是你！孙，孙二哥——？"韩宁的语气中，有痛苦、伤心、自责、后悔、吃惊，但居然也有一点好久不见的惊喜。

"啊……？"听到韩宁的声音，对方的呻吟停了一下，脸上的五

342

官明显地被触动了一下，挣扎着睁开眼睛，然后，他也认出韩宁，"啊……！韩，韩医生！怎么，怎么会是你？！是我，是我啊，我，我是二哥啊……"

韩宁又突然回想起来，孙二哥不是孙二哥，孙二哥应该是李明涛，但此刻他来不及，更不愿去计较这些，他只是焦急地询问："二哥，你，你怎么样了啊？我，我送你去医院！"

"嗯……没，应该，应该没事，放心吧，我命大，没，没事吧！只是，只是这一跤摔的，摔的是够厉害呀！呵呵，没，没大事……我，我歇一会儿，就，就好！你，你先走，别管我……"

"二哥，我，我走不了啦——"韩宁痛苦地低头，再次哭泣。

"你，你怎么？……"孙二哥诧异地望着韩宁。

"出人命了！人没了啊！……"韩宁一边说着，一边望向远处躺在血泊中的项梅的尸体。

"啊——"孙二哥一声惊呼。就在转念之间，孙二哥忽然像是完全忘记痛楚一般，正色地说道："韩宁，你，你更应该走！你得马上走！"

"不，不行啊……"

"没事，你马上走，人是我骑摩托车撞的！跟你没关系！你明白吗？！你赶紧走！"

"二哥，那，那怎么行？！我，我不能害了你！"

"韩宁！听哥一句！"

"不行！你是我哥！"

"韩宁！你听好！我不是你哥！我不是孙二哥！我是逃犯！多一事少一事，对我来说本就无所谓！"

"我，我知道，那，那你快走，你快走啊！"韩宁一边说着，一边想把孙二哥拉起来。

"你住手！"孙二哥挣扎开，酸楚却又苦口婆心地说道，"韩宁，我是逃犯，逃了多少年了，刚才都还是在逃亡的路上！其实我早就不想逃啦，累啦，再逃下去我又往哪里逃啊？再怎么逃，最后也还是逃不了了！不逃啦，不逃啦！我想老婆孩子啦！我不逃了，才是给他们报平安啊……等我回去，总是得进去几年，再加上今天这一单，无非就是加上多少年吧，只要不逃了，其他的，其实我都无所谓啦……"孙二哥的眼中，噙着泪，既是哀伤的泪，也是如释重负的泪。孙二哥又接着厉声道，"你不同！韩宁！你跟我不一样！你本有好好的人生！何必要牵扯进来！你走，听我的！你快走！"

"总之不行！"

"韩宁！你快滚！你他妈要是还当我是哥，你就快滚！"

"不……不……"韩宁的眼泪"扑簌扑簌"地滚落。

"你不认我这个哥了？！你也就只是把我当逃犯了？！"孙二哥的泪水也终于没有忍住，"扑簌"而落。

"不，不，你是我哥，永远永远都是！"

"当我是哥，你就听哥的，快滚！不然，老子一辈子不认你这个弟弟！"

"我，我……"

"快走吧——"孙二哥说完，一个转身，背过韩宁，再次弓起背，把头和身子蜷缩在一起……

"哥啊——！"韩宁仰天长啸一声，决然地站起身来，冲向自己的汽车，上车，点火，一脚踩死油门，向远方奔驰而去……

一路上，韩宁任凭泪水依旧无声无息地淌着，"现在我该去哪里？去找王大力吗？去见马媛吗？去看唐可吗？我……我，我又能逃去哪里啊？……"当车毫无意识地开到清水桥头的时候，韩宁忽然完全释然了，他忽然也是居然有了一种看破一切，不在乎一切的轻松感了，他停下车，走下来，走上夜色中的清水桥，然后，他就在桥上，倚着栏杆，站着，一直这样站着……

天空即将破晓，黑沉沉的夜色终究算是到了尽头。

韩宁，两手空空，身无一物，站在清水桥的栏杆外。

他的心里，此刻终究回归平静，任初暖还寒的春风掠过耳畔，任脚下奔腾的清江水哗哗东流……

韩宁累了，累得终于再也不想逃离了。

逃离故土，逃离城市，逃离婚姻，逃离家庭，逃离工作，逃离生活……直到方才，都还在为了逃离而慌不择路，但终究，也终有疲累的时候，而其实，却似乎也还是留在原地。

韩宁明白，积极也好，消极也罢，生活原本就是一个被迫而不断逃离的过程。此时的韩宁还明白，即便如此，即使选择逃离，也不是任何事都可以一逃了之，也不是任何人都清楚能够逃去哪里。

此刻，韩宁在静静地聆听内心的声音，不知道未来会走向哪里——只是无边无际，只是漫无目的……

有人在叫他的名字，循声而望，一个女子的身影由远而近。韩宁闭上眼睛，深深地呼吸了一口新鲜的晨气……

稍早些时候，警方在到达车祸现场后，首先确认了死者项梅和伤者李明涛的身份；李明涛被警方拘捕并同时送往医院；听取了李明涛对车祸情况的描述后，谨慎的警方同时查阅了事发路段的交通摄像头，通过肇事车辆的牌号确定了韩宁的身份；警方赶赴韩宁的诊所，发现其不在，便通过中国移动公司查询到韩宁的手机号码及最后通话的几个电话；警方据此联系了马媛，手机关机，王大力，手机无人接听；最终，警方联系到身在火车站准备登车的唐可；心急如焚的唐可当即放弃南下的念头，主动提出协助警方找到韩宁；在唐可的建议下，警方最终在清水桥找到了交通命案的肇事者韩宁……

"警官，赶紧，派人去王大力家吧！"韩宁见到赶来的警察之后，首先是说了这样一句话……

逃得了夜的黑，也逃不过昼的白。遥远的天幕边，天空破晓，初升的太阳，为天际镀上一抹炫目灿烂的金色……

53

"首先，我必须再次强调，此次会面交谈时间不得超过半个小时；不许讨论与嫌疑人交通肇事案件直接相关的案件细节。明白了吗？"施南市公安局看守所内，一名年轻的警官义正词严地对宋梅交代着。

"好的，放心，警官请放心！"

"吱啦——"警官拉开一扇铁门，"行，你的家里人来了，你过去吧。"

戴着手铐的韩宁从铁门走进客室，他的气色比想象中好，脸上还居然有着轻松释怀的神色；但当他和宋梅目光相对的时候，他的脸上又出现了明显的尴尬与自责。

"你终于来了？"韩宁一落座就开口平静地说。

"得感谢邓喜，是他想办法积极争取的，把我作为你的家属才同意我见你的。不过邓喜也觉得哪怕不涉及案子本身，很多来龙去脉的问题也值得我跟你见面。"

"嗯……"韩宁点点头，想了想，才说，"宋梅，你恨我吧？都怪我！"

"唉……"宋梅叹了一口气，"我不知道如今面对你是什么样的心情，我不知道我恨不恨你，但起码，我很恨我自己……"接着，宋梅简明扼要地把她和姐姐项梅事发那天吵架的情况告诉了韩宁，然后，又把那封情意绵绵、落款"大力"的情书交给韩宁。

"嗯，是，是大力的字迹，是大力写的……可是，唉……怪我啊！还是怪我……"

"为什么？韩宁，到底怎么回事？"

"我托二喜子让你带来的资料你带来了吗？"

"带进来了，邓喜出面跟警方沟通了，跟你的案子也没有直接关系，总算就同意了，你看——"宋梅说着从包里拿出一大叠资料来——这是二喜子和宋梅按照韩宁的意思，从他诊所里拿来的，有那本厚厚的笔记本，还有包括王大力、杨大力做的试卷在内的一些资料。

"大力怎么样了？"韩宁没有翻看资料，而是问道。

"就在事发那晚，警察按你说的，马上赶去了大力家里，警察也立即联系到我，我也赶了过去……"回忆起当时的场景，宋梅哽咽了一下才说，"整个客厅里一片狼藉，他躺在地上，头上尽是伤痕，地上到处是血，一面大镜子应该是被他自己撞破的，地上全是镜子的碎片……他，他……"

"宋梅，你先听我说！"韩宁打住了还想继续说下去的宋梅，"事到如今，我只能告诉你……王大力有比较严重的癔症性身份识别障碍，通俗一点说、具体一点说，他具有典型的多重人格，至少是双重人格症状，他所有的心理问题，以及他之所以自我感到苦恼而找到我的原因，都是因为本质上双重人格症状在作祟。"

韩宁说完之后，全是一种轻松、解脱，这是近半年以来终于一次彻底的轻松与解脱，所以，在说完这段话以后，韩宁有了一种自与王大力、杨大力相识以来从未有过的舒畅的感觉。韩宁的脸上不再有任何表情，他看着宋梅的目光是那么的平静、从容。

宋梅的脸上也没有任何表情，只是紧锁着眉头望着韩宁。时间与空气似乎都凝固了，加上会客室里安静得可怕的氛围，让人有一种喘不动气乃至窒息的感觉。两个人此时就像两座雕塑一样互相望着对方；两个人的表情尽管不尽相同，但他们的脑袋里此时都几乎是空空如也，世界在他们的心里的确是完全停滞了……

"嘀嗒嘀嗒……"会客室墙上挂的石英钟依然稳健而准确地发出秒针走时的声响，也只有通过这唯一的途径，才能意识到，哦，原来时空依然在平静与正常地流转……

"你说什么呢，韩宁？！"宋梅像是从梦中终于醒过来。

"我说的什么你都听见了，只是你不相信。"

"这不是我不相信的问题，这是天方夜谭！呵呵，呵呵……"宋梅尴尬地干笑了出来。

"这不是天方夜谭，这是事实，这也是我从医以来遇到的第一个真实的案例。"韩宁的话依然平静，平静得像一潭冷到刺骨的死水一般。

韩宁接着说："宋梅，我知道这难以接受，但我是以非常负责任的态度跟你说这些话的。很早之前我就得出了这样的结论，但很长一段时间里，我都在证明这不是恶作剧，也不是我的误判，同时，我也在反复研究造成他的疾病的原因，以及我到底应该采取什么方式去应对。我一直没有跟王大力明确说破，一来我认为时机太不成熟，我担心他不可能接受，反而对他造成严重的刺激；二来我一直寄希望于针对他的双重人格各自的引导，既了解他真实全面的内心，也争取能够让他的人格认同能够逐渐自我修复。我，我之前其实很想告诉你，说实话，什么'保护患者隐私'倒是其次，但我发现你和他的爱情是他病情最好的一剂药品，我既不想打扰你们的爱情，更害怕得知实情的你选择放弃，选择离开王大力，那将会对他造成致命的打击，所以……唉，其实，现在看来，果真应该告诉你……"

"不，不可能！"尽管宋梅仍旧无法接受，但她的语气中已有了明显的不自信与动摇。

"因为我不仅见过王大力，也见过另一个'大力'……"韩宁淡淡地叹息着。

"另一个……大力？"宋梅瞠目结舌。

"对……"韩宁看着宋梅，"你看看这两套试题吧，"韩宁把桌面上之前交给王大力和杨大力分别做的两套试题递给宋梅，又接着说，"这是MMPI人格测验的专门试题，是目前定论多重人格的权威手段，这两份答题不仅清楚地展现和证明了王大力的症状，而且……"韩宁没有继续说下去。

宋梅紧张而慌乱地翻看着试题，"这，这……等等！！"

宋梅突然注意到两套试题上分别落下的名字——一份是"王大力"，另一份是"杨大力。"

韩宁注意到宋梅的惊讶，于是紧接着问道："看到了？什么印象？"

"什么什么印象？"

"没有什么特别的感觉吗？除了一个'王'字、一个'杨'字之外，其余的字迹，包括日期、笔画、字体，难道不熟悉吗？"

"这，对啊，这，这都是大力的字迹……这……"宋梅自言自语，此时，她的内心已由之前的荒诞感觉慢慢变得恐惧。

"你现在应该明白那封写给你姐项梅的情书是怎么回事了吧？那不是王大力的情书，那是杨大力的情书。唉……"

宋梅没有说话，她又拿出两张纸来递给韩宁："这是送大力去医院时，在他衣兜里发现的。"

韩宁看了看，一张是"施南市商务局辞职申请表"，另一张是"施南市商务局临时工聘用登记表"，两张都是空白，都没来得及填写。

韩宁接着说："宋梅，不能怪大力，也不能怪你姐。因为多种原因，王大力形成了双重人格的识别障碍，一个是他本身王大力，另一个是他渴望成为，却也害怕成为的'杨大力'。对于王大力而言，他对自我很多实在的经历与现状不满意，他想逃避，结果不自控地选择了一个最极端的方式，而所谓'杨大力'，是他对他想成为的人格的一种幻想和投影，比如周东，他的好朋友，由于跟他有类似的一些人生经历，而且彼此又非常熟悉，所以周东的很多在王大力看来非常羡慕的优点，就映射到了'杨大力'这个人格上，但后来，周东的很多在王大力看来不满意的地方，也投射到了'杨大力'的身上。王大力于是以两重人格生活着，追求着各自认为好的人生。具体到爱情上，王大力爱上的是你，但'杨大力'，他却喜欢上的是项梅。你和项梅，既是那么相同，但性格、现状、工作等，又是那么不同，所以就让王大力和'杨大力'分别陷入其中，清醒着，又彷徨着……我这样说，你明白了吗？"

宋梅没有说话，眼泪不知何时已经无声无息地奔涌而出。

"宋梅，我有罪！不仅是造成项梅车祸的直接肇事者，而且整件事情，缘由就在于我，为什么没有早下决心，早一点把很多的真相……"

"不不不！"宋梅打断韩宁的话，她的声音不大，却字字千钧一般，"我才是真正的罪人！我宁可相信那一纸甜言蜜语所谓的'白纸黑字'，我却不相信姐姐，不相信大力，不相信我和大力的爱情……是我害了姐，是我害了大力……"

"唉……"除了叹息，韩宁此刻不知道该说什么。

宋梅的哭声越来越小，眼泪越来越少，很快，宋梅止住了哭泣，只是面无表情、目光呆滞地木然坐着。揭示了整个事件真相的韩宁愈发感觉到自己内心的解脱，随后，他甚至是以一种轻松的语气说："宋梅，不要责怪自己，其实，伴随着我对大力病情的治疗，特别是这些天我在这里安静地反思，我把很多问题看透了，所有的悲剧也许不仅仅是我的错，你的错，是我们所有人的错，跟大力比起来，也许更重要的原因在于我们的幼稚与愚蠢。"

宋梅呆滞的目光终于闪动了一下，她望着韩宁，没有说话。

韩宁的眼睛却只是望着桌面，脸上带着轻松释然的笑容，他自顾自地继续缓缓说着："当我刚开始见到王大力和杨大力的时候，我意识到最坏的结果就是双重人格的病症，作为医生，我感到棘手、害怕、恐惧。但后来，我了解、理解了两个大力之后，我很多次在问自己，为什么我要把他们作为严重的心理病患者呢？为什么我们那么狭隘地一定要把两个不同的人格作为一个人去对待呢？何况，我们凭什么认定王大力才是真实的，杨大力就是虚幻的呢？就是因为这所谓的社会的认知，这所谓的我们认为理所当然的对一个人身份、人格的认知，让我们，也让大力自己，不能开阔而包容地去同时容纳王大力和杨大力。比如，就那么一张小小的身份证，从此就认定了他只能是王大力，对于这唯一的人格与身份，他想逃避都逃不了，他想逃避就是他的错，就是他的病症。其实，我们在乎的只是我们对大力的认知，不是在乎大力这个人本身。我很惭愧，两个大力都是那么信任我，可我呢？……唉，大力，太不容易……"

宋梅的脸上也居然有了释然的色彩。

"对了，"韩宁忽然想起来问道，"大力现在怎么样？康复了吗？受伤要紧吗？"

"在医院昏迷了两天，总算苏醒了，不过，现在的大力，他，他，失忆了。"宋梅落寞地看着韩宁笑了笑……

"啊？！"韩宁惊呼一声，但他转而又轻松甚至羡慕地说，"其实，失忆，何尝不是好事？忘记过往所有的烦恼，从过往一切的烦恼中逃离，重新开始新的人生，重新认识新的自己……我们再也不要强求他一定成为之前的某个大力了，就让他自在地做他自己吧。你说呢？"

宋梅再次笑了，不过脸上没有了方才的落寞。

"喂喂喂——超半小时了！到此为止了！"之前那位年轻警官一直在旁监视韩宁和宋梅的对话，但他一直没有作声，甚至好像透明一样，以标准的立正站姿站在门口，此刻，他再次严厉地发话。

"韩宁，那，那你保重！有什么事情，托警察，托邓喜，告诉我们！"宋梅站起身，真诚地说。

韩宁感激地冲着宋梅笑着，站起身来，警官也走过来，押解住了韩宁的肩膀，一起朝铁门外走去。在就要跨出铁门的时候，韩宁停了一下脚步，转过头来，从容地看着宋梅，真诚地说："好好照顾大力，好好爱他，记住我的话，在面对人生与现实的抉择上，大力反而比我们多数人勇敢得多、智慧得多。"说完，韩宁转身，迈着坚定的步子走了。

Ending

尾声 重生

54

又是一年七月的时节。今年的七月天气很好，太阳固然很大，天气固然也很热，但不像往年夏天那样，来不来就是"桑拿天"，让人感觉胸闷气短。今年的天气总是那么气爽，热，热得酣畅淋漓，即使下雨，也是说来就来、说走就走，下得也是酣畅淋漓！看，绿油油的树叶在亮晃晃的阳光下，不仅像是镶着金边，还像是要滴出翠来一般；听，枝头的知了叫得也是那么好听，不是聒噪，却像是唱歌一样。

……

湖南Z市公安局的看守所里。李明涛的老婆带着两孩子来探望老公。

"明天就要开庭了，紧张吗？"老婆问。

"不紧张，嘿嘿，看见你和孩子，就更不紧张！"李明涛憨厚地说。

"嗯……"老婆脸红了。

352

"老婆，你跟我受苦啊！这不知得是多少年，家里只能你操心了……"

"少说丧气话！我倒是乐意你乖乖在里面待着呢！总比东躲西藏让我们娘儿仨担惊受怕好吧？知道对不住我，等你出来好好疼我就是！呵呵……"

"嗯！嗯！……兔崽子！叫我！"

"爸！""爸！"两个不足十岁的孩子脆生生地异口同声叫道。

"哈哈！这回总算不认生啦！好啊好啊！"李明涛和老婆都开怀大笑。

……

广州开往施南的火车车厢里。唐可正和同行的姐妹聊天。

"可可，你看你，这才没多久，又要回去看他呀？"

"对呀！想他了呗！"

"你呀，还真是痴情呢？男朋友进了牢狱，你都还愿意守着他！"

"这有什么？我们说好了，我们要互相等着！我呢，就趁这几年，好好在大城市里挣钱攒钱，等他出来以后呀，我俩就一起回老家去！盖自己的房子，做自己的生意，到时候，他继续开诊所做医生，我嘛，就相夫教子咯！呵呵……"

"不害臊！……哈哈……"

……

施南市公安局里。警察们刚从会议室走出来。

"邓，邓，邓队长！嘿嘿！您现在荣升队长啦！中午不请弟兄们搓一顿吗？！"一个年轻警察调侃着。

"就你小子嘴馋！中午不行！下午还得干活儿！今晚，说好了，今晚，我请客！咱这个刑警队长是靠兄弟们抬举！"

"好嘞！听者有份哪！"

……

北京中央电视台某演播大厅里。正在进行某原创音乐比赛。

"你的创作和演唱都非常出色！来，跟大家介绍一下你自己！"一位评委对一名参赛者说。

"我叫周东，大家爱叫我东子，从小就喜爱音乐，以前在酒吧干过DJ……嗯，……好像，好像就这些吧，呵呵……"周东不好意思地挠挠头。

"哈哈，好啊！那你参加完这次比赛还有什么梦想？"

"嗯……"周东表情严肃起来，"我有一个最实在的愿望，我在等待我一个兄弟，我想等着他和我一起去实现更好的音乐梦想！"

"啪啪啪……"评委和观众都响起热烈的掌声。

……

加拿大温哥华某幢公寓里。此刻已是深夜，但这间房间的台灯依然亮着，一名华裔女子正伏案在给远在中国的朋友写信。信快写完了，她想了想，写了最后一句："……韩宁，一个人在里面好好照顾自己，我会经常给你写信，陪你说话。"然后落款——"马媛"。

……

施南市第一监狱里。吃中饭的时候，这个时候也是播放新闻，让用餐的犯人们学习时政的时候。

在餐厅四个墙角的天花板上，分别安装着牢固的铁架，四台电视机就分别放置在四个铁架子上，此刻，电视里正在播放本地新闻，"据我市统计局近期数据统计，我市今年上半年出现了一定程度的农民工返乡潮，与去年同期相比，减少农民工人数×××，减少率为×%……但农民工返乡后，对我市农村、郊区地区的经济带动起到了积极推进作用，也为我市乡村地区接下来更进一步推进城镇化建设奠定了物质与人才基础……"

"这多好！回自己家乡，回农村，好好过日子，好好建设农村，多好，何必都从农村逃难似的往城里挤！"韩宁乐呵呵地想着，往嘴里塞了一大口米饭。

……

施南市人民医院的花园里。宋梅陪着王大力在散步。

王大力目光充满好奇，眼前的一切似乎都很陌生，包括眼前这位对他百般照顾的漂亮女孩。走了一会儿，也许是走累了，两人都停下步子。王大力仍旧以好奇的目光打量着眼前的一切，一会儿四处瞅瞅，一会儿踮起脚，希望看得更远。

看着眼前的王大力，宋梅满脸笑意，默默地想着，"大力，放心吧，我会好好爱你，好好照顾你！不论你记不记得我，你都是我的大力；不论以后你是哪个大力，我也都会好好跟你在一起，只要你喜欢，我愿意是你的宋梅，我也愿意是你的项梅……"

"梅子，我们回房间吧。"王大力忽然说。

"好！听你的！"宋梅挽起王大力的胳膊，然后又说，"大力，我就喜欢听你叫我'梅子'！"

……

施南市商务局的一间办公室里。大家都还在上班，有人其实在悠闲地看报纸，有人在玩手机，倒是有两个人在认真地敲着电脑写着什么报告。两人样子看起来好年轻——哦，他俩是今年刚进局里工作的大学应届毕业生呢。

……

这里是施南市一条熟悉的街道，不过如今又有了一些变化。当初那个叫"孙二哥"的湖南人不在这里开小饭馆了，小饭馆如今变成了彩票站。街对面之前开了一家"韩氏心理咨询诊所"，如今也换了招牌，改成了"香口包子铺"，包子铺的生意可比以往的诊所生意好得多，顾客都在门口排起了长长的队伍。咦？来了一位很面熟的老太太！哦！对了，她是这里的房东张大妈，看来，怕是来问包子铺催讨下半年的房租了……

Postscript
后记

　　当你把兴趣爱好作为了一件很严肃认真的任务以后，兴趣爱好就突然变得不全是可爱了；而当这件任务还没有开始，你就忍不住向亲朋挚友们畅想其美丽愿景以后，不曾预计的压力也就陡然间从此而来了。

　　不知是幸还是不幸，总之，上述两种情况，我都遇到了，在创作《逃过夜的黑，逃不过昼的白》的时候，都遇到了。

　　曾经在很早的时候就有过几次写长篇的念头，曾经也当真动了笔，但最终的结果都是半途而废，不了了之；当然，从那时起也就明白了，喜欢码字和真正写就一个故事，是完全不同的两件事情。

　　之所以写《逃过夜的黑，逃不过昼的白》，首先是源于在生活中，在日复一日的日子中，慢慢积淀下了创作的冲动，直到后来，这种冲动，不仅仅关乎兴趣，变得一发不可收拾；其次是尝试着对自我的一种挑战，甚至挑衅，考验着自我能否有毅力，把玩物丧志中消磨着的时光，拿来做成一件多番几次逃之夭夭的事情。

　　本来是想对芸芸众生在"逃离不逃离"的现实无奈中发出自己的悲叹，况且，在创作过程中一次次精疲力竭、无从继续的时候，自己只想停笔作罢的心思也真是印证了所谓"逃离"的主题；但是，想不到的是，偏偏是自己创作的那些人物，生生把我拉了回去，不再是我写他们，是他们推着我去写，是他们带着我感受着故事的过程，走向了最终我未曾预计的结局；而到头来，"逃离"，也居然不再是我曾一厢情愿设计的人生悲歌了。

尽管终究是对自己思想的肤浅与笔触的拙陋而惴惴不安，但至少还是心安理得，总算厚着脸皮可以说做了所谓的一件事情。相较而言，我更得感谢和佩服身边的至亲、知己、挚友们，感谢他们的鼓励与支持，更佩服他们居然能够在这样的拙作面前，没有流露出哪怕一点点嘲讽的嘴脸。

还有幸的是得到花城出版社的信任，特别是编辑部的蔡安先生与欧阳蘅女士，他们句句斟酌权衡、字字锱铢必较的专业作风，事事度我之所急、时时虑我之所需的无私付出，让我感动并惭愧，更让我在文学初创之时又能够收获了真诚的亦师亦友。

万事开头难。既然尝试着写了，那以后就继续吧，不指望其他，至少算是找着一件坚持去爱好着的事情，在这一点上，我想我不会再"逃离"；若拔高一些，按当下的潮流来说，那更应该得是"不忘初心，继续努力"。

雄岩

2016 年 8 月 28 日